WUNDERRAUM

Lesen ist ankommen.

ADELIA
SAUNDERS

DIE Worte, DIE DAS Leben SCHREIBT

Roman

Aus dem Englischen übersetzt von
Jörn Ingwersen

WUNDERRAUM

Für Nick

MAGDALENA

Vilnius 1991

Wenn in alten Zeiten ein Kind geboren wurde, stand die Glücksfee draußen am Fenster und flüsterte: *Es wird reich werden. Es wird groß und stark werden. Es wird bekommen, was ihm zusteht.* Wenn dann das Kind gewaschen und gewickelt war, setzte sich die Hebamme ans Fenster und lauschte. *Es wird nur so lange leben, wie das kleine Feuer brennt,* mochte die Glücksfee wohl sagen. Und wenn die Hebamme wusste, was sie tat, riet sie der Familie, das Feuer niemals verlöschen zu lassen. Also verbrachte die Mutter ihre Tage damit, die Flammen mit Zweigen am Leben zu halten, und ihr kleiner Sohn wuchs in einer stets warmen Küche auf, bis er – so hieß es in den Geschichten – ein reiches Mädchen heiratete, das nichts für die alten Sitten übrig hatte, in der Küche nicht sonderlich bewandert war und den Rat der Schwiegermutter in den Wind schlug: Und so fiel er im selben Moment tot um, als sie den Ofen erkalten ließ.

Das war die Geschichte, die Magdalenas Mutter ihr von Zeit zu Zeit erzählte, bis sie eines Tages, als sie gerade lesen lernte, noch bevor sie ahnte, dass sie irgendwie anders war, ihre Mutter fragte, wieso die Hebamme nicht verhindert hatte, dass die Glücksfee mit ihrem Stift durchs Fenster hereinkam.

»Was denn für ein Stift?«, fragte die Mutter.

»Um ihren Namen zu schreiben.«

»Welchen Namen?«

»Auf dem Baby.«

»Was redest du?«, fragte ihre Mutter.

»So wie hier.« Magdalena fuhr mit ihren kleinen Fingern über die Worte, die am Hals und an den Armen der Mutter geschrieben standen, suchte nach *Glück,* was im Litauischen ein Wort war, das auch *Frohsinn* bedeutete, und außerdem etwas, das im Grunde weder das eine noch das andere war. Sie fand es am Handgelenk ihrer Mutter, wo die weiche Haut die Buchstaben zusammenfaltete. »Hier«, sagte sie. Die Buchstaben zuckten mit dem Herzschlag ihrer Mutter. Magdalena strich mit den Fingern über das Wort und überlegte, wo die Glücksfee wohl gelernt haben mochte, ihren Namen so sauber zu schreiben, wenn man bedachte, dass sie doch eine Fee war und nie eine Schule besucht hatte.

Doch die Mutter riss ihre Hand zurück. »Sehr witzig«, sagte sie, lachte jedoch nicht. Sie fühlte Magdalenas Stirn, um nachzusehen, ob sie fieberte, und schickte sie zu Bett. Danach erzählte sie die Geschichte vom Glück, das draußen vor dem Fenster stand, nie wieder.

2008

RICHARD

Paris, Juni

Inga Beart verlor so vieles in Paris, dass es ihren Biografen gar nicht einfiel, ihre Schuhe zu erwähnen. Damals berichteten mehrere Zeitungen, sie sei barfüßig an Bord des Schiffes gegangen, das sie zurück nach New York bringen sollte. Es hieß, sie habe den helfenden Arm des Schiffsarztes zurückgewiesen und sei dann auf Zehenspitzen übers Deck getappt. Meines Wissens jedoch hat niemand je zu klären versucht, was eigentlich genau mit ihren Schuhen passiert ist. Sie waren rot, mit hohen, schmalen Absätzen, und Historiker meinen, während ihrer gesamten Karriere sei sie in der Öffentlichkeit kaum jemals ohne diese Schuhe gesehen worden. Als sie Frankreich 1954 verließ, waren ihre roten Schuhe einer ganzen Generation von Lesern ebenso bekannt wie die blassen Augen und tintenfleckigen Lippen auf dem Umschlagfoto oder die Art und Weise, wie sie noch der schlichtesten Phrase etwas Feines, etwas Lyrisches entlocken konnte.

Ich mache den Biografen keinen Vorwurf, dass sie ihren Füßen kaum Aufmerksamkeit gewidmet haben. Im Vergleich mit dem gewalttätigsten Ereignis in Inga Bearts kurzem Leben wird ihnen der Umstand, dass ihre Schuhe fehlten, wie ein geringfügiges Detail erschienen sein, und Gelehrte konzentrierten sich stattdessen auf die letzten Zeilen, die sie auf dem Schiff zurück nach Amerika geschrieben hatte – ein Geständnis, obwohl niemand es glauben mochte, in die Farbe ihrer Koje geritzt, mit einem Bleistiftstummel, den sie unter der Zunge versteckt hatte. Denn da war ihr alles andere natürlich längst genommen worden.

Von allen offenen Fragen, die in Bezug auf Inga Bearts letzte Monate geblieben sind, beschäftigt mich das Verschwinden ihrer roten Schuhe am meisten. Jahrelang hatte ich daran gedacht, nach Paris zu fahren, um vielleicht selbst herauszufinden, was damit passiert sein mochte, obwohl ich natürlich wusste, dass es so gut wie unmöglich wäre, knapp fünfzig Jahre später noch Hinweise auf das Schicksal eines Paars Schuhe zu finden. Ich hatte einige Historiker danach gefragt, doch die zuckten nur mit den Schultern oder musterten mich skeptisch – diesen alten Mann, der sich für ein Paar Pumps interessierte, die längst zu Staub zerfallen waren. Sie müssten wohl in Paris geblieben sein, erklärte man mir. Mit diesen Schuhen hätte sie ohnehin nichts mehr anfangen können, nachdem die Krankenschwestern ihre Sachen gepackt und sie auf den Heimweg geschickt hatten.

Damit könnten die Historiker Recht haben. Ich weiß über Inga Beart nicht mehr als alle anderen. Ich bin meiner Mutter nur ein einziges Mal begegnet, und als ich ihren Besuch datieren wollte, war niemand bereit, mir dabei zu helfen. Nicht nur Tante Cat, auch der Rest der Familie bestritt rundweg, dass dieser Besuch je stattgefunden hatte. Ich weiß nur, dass ich nicht älter als drei gewesen sein kann, denn an meinem vierten Geburtstag war sie schon in Paris, und als sie dann zurückkam, hätte natürlich niemand zugelassen, dass ich sie in ihrem Zustand zu sehen bekam.

Die Details jenes Tages, an dem sie mich besuchen kam, haben sich derart mit Szenen aus alten Filmen und Bruchstücken ihrer zahllosen Biografien vermischt, dass ich nicht mehr sicher sein kann, was damals tatsächlich passiert ist und was ich mir in meiner Fantasie später ausgemalt habe. Die Erinnerung ist zu detailliert für einen kleinen Jungen, das will ich gern zugeben, aber ich habe gelesen, dass die Erinnerung an scheinbar wahllose Informationen bei Kindern in diesem Alter manchmal bemerkenswert zutreffend ist. Und obwohl es recht selten vorkommt, muss es wohl auch auf mich zutreffen, denn ich erinnere mich so deutlich an die Schuhe meiner Mutter, dass ich sie noch heute vor mir sehe, wenn ich nur die Augen schließe.

Die Erinnerung ist umrahmt von etwas, das wie eine Spitzendecke aussieht, vermutlich aber Tante Cats Plastiktischdecke ist, was mich zu der Vorstellung veranlasste, ich hätte mich während des Besuchs meiner Mutter unter dem Tisch versteckt. Der Rest meiner Erinnerung – eine blaue Tür, eine zerbrochene Teetasse – passt nicht recht zu Tante Cats Küche. Das alles muss später hinzugekommen sein. Doch der Anblick dieser Schuhe gehört mir allein. In den Stunden oder auch nur Minuten, die ich dort unter dem Tisch verbracht habe, während sie und Tante Cat sich unterhielten, konnte ich mir einen Teil von Inga Beart aneignen, der sämtlichen Verlegern und Forschern und Fans und Reportern und selbst Tante Cat und den Ärzten entgangen war. In der gesamten Literatur findet sich – so detailliert ihr Leben auch beschrieben sein mag – keine einzige Erwähnung ihrer Schuhe, die so präzise wäre wie meine Erinnerung. Einigen Biografen habe ich zu erklären versucht, dass ich sie mir genau ansehen konnte, aber niemand schien sich dafür zu interessieren, und in ihren Büchern schrieben alle das, was Tante Cat gesagt hatte, dass nämlich Inga Beart nie bei uns gewesen sei.

Man kann sich im Leben jedoch nur weniger Dinge wirklich gewiss sein, und wahrscheinlich hatten diese Biografen und Uniprofessoren ihr Kontingent an Gewissheit schon anderweitig verbraucht. Einmal bin ich ihr begegnet, das weiß ich genau, und im Laufe der Jahre habe ich mir, wenn ich nicht schlafen konnte, die Füße meiner Mutter eingeprägt. Ich sah, wie ihre Knöchel zuckten, als flatterten kleine Vögel unter der Haut. Ich kannte das weiche Leder und das Rot dieser Schuhe genau, und ich sah die Stellen, an denen sie zerkratzt und geflickt waren. Für mich war das alles kein Zufall: Ich sah, dass ihre Sohle gebrochen war, bevor irgendwer sonst es bemerkte – es war die linke Sohle, einmal quer über den Fußballen gespalten, als hätte sie auf Zehenspitzen gestanden, lange, sehr lange.

Ich denke, es dürfte wohl am sinnvollsten sein, meinen Bericht mit jenem Morgen zu beginnen, an dem ich in Paris eintraf. Ich habe versucht, mich an meine ersten Momente in der Stadt zu erinnern. War da ein Geräusch, das etwas Bekanntes in mir wachrief? Oder ein Geruch, der mir fremd und doch vertraut war? Die Wahrheit ist, dass mir nach den vielen Stunden im Flugzeug alles neu und fremd vorkam. Ich weiß nur noch, dass mir – als ich endlich aus dem Airport-Shuttle auf den Boulevard de Sébastopol hinaustrat – auffiel, wie früh am Morgen es noch war.

Zu dieser Uhrzeit herrscht eine ungewöhnliche Stille, die ein Mensch vom Lande der Stadt gar nicht zutraut. Lose Fahrradspeichen klimperten ihre kleine Melodie auf dem Kopfsteinpflaster einer Gasse, und das erste Sonnenlicht fiel auf endlose Reihen milchfarbener Steinhäuser. Doch war mir nicht danach, mich an der Stille zu erfreuen. Ich machte mir Sorgen um den alten Koffer meiner Tante Cat. Die Verschlüsse hatten nachgegeben, und auf dem Gepäckkarussell lag der Koffer in einer Plastikwanne, mit Klebeband umwickelt, auf dem stand, dass mein Gepäck während des Fluges beschädigt worden war.

Ich hätte wissen sollen, dass der Koffer die Reise nicht überstehen würde, und traute mich nicht, das Klebeband zu lösen und den Koffer gleich dort auf dem Flughafen zu öffnen – ich bezweifelte, dass ich ihn je wieder zukriegen würde. Zum Glück hatte ich meine Notizen und alle wichtigen Dokumente in meiner Tasche bei mir. Im Koffer waren nur Kleidung und ein paar Bücher. Erst als der Shuttlebus schon anfuhr, fiel mir ein, dass sich unter den Büchern auch die neueste Biografie über meine Mutter befand, erst vor wenigen Monaten erschienen. Dieses Buch brauchte ich dringend für meinen Termin am nächsten Tag im Französischen Nationalarchiv, und ich war nicht sicher, ob davon in Paris ein neues Exemplar aufzutreiben wäre.

Als mir der Busfahrer also mein Gepäck aushändigte, kniete ich auf dem Bürgersteig und fing an, das Klebeband abzureißen. Ich hatte das Buch als Letztes eingepackt, ganz oben im Koffer, ohne zu bedenken, wie alt diese Verschlüsse waren und dass ein schweres Buch zuerst herausfallen würde.

Ich klappte den Koffer auf. Die Unterhemden, die ich eingepackt hatte, waren zerknüllt, als wären sie rausgefallen und wieder reingestopft worden, aber das Buch war da. Der Umschlag hatte einen Fleck bekommen, und ich holte mein Taschentuch hervor, um ihn wegzuwischen. Nicht, dass mir das Buch am Herzen gelegen hätte: Es war nur eine weitere sensationslüsterne Nacherzählung des Lebens meiner Mutter, verfasst von einem britischen Professor namens Carter Bristol. Dieser Bristol hat eine ganze Reihe revisionistischer Biografien verfasst, und wenn er darin zu geschmacklosen Schlussfolgerungen über diverse Berühmtheiten gekommen war, dann hatten ihn diese nur umso erfolgreicher gemacht. Der Umschlag des Buches – Bristols Name übergroß mitten auf dem Foto meiner Mutter – ärgert mich besonders, aber den Fleck habe ich trotzdem weggewischt. Es ist nämlich ein hübsches Foto, eines der wenigen, auf denen sie direkt in die Kamera blickt. Vor dem dunklen Hintergrund haben ihre hellen Augen etwas Unheimliches, was mich an eine Beschreibung erinnerte, die ich mal in einer Zeitschrift gelesen hatte: Inga Beart blicke aus zwei Leerstellen in die Welt hinaus, stand dort. Ihre Augen seien Lücken in der Schöpfung, die nie ausgemalt worden waren.

Ich wischte das Buch so gut wie möglich sauber und wickelte es in ein Hemd. Im Grunde sollte ich Bristol in gewisser Weise dankbar sein. Mein ganzes Leben habe ich dafür gebraucht, den Mut aufzubringen, und jetzt bin ich hier in Paris. Wenn Bristol nicht wäre, hätte ich wohl auch noch den Rest meines Lebens dafür gebraucht. Denn so sehr er die Fakten zum Privatleben meiner Mutter für seine eigenen Zwecke verdreht haben mag, scheint ihm in seinem Kapitel über ihre letzten Jahre in Paris doch eine echte Entdeckung gelungen zu sein: eine Handvoll Briefe und unveröffentlichte Fotos, von denen Bristol behauptet, sie stammten aus dem Sommer 1954. In der Fußnote steht: »*Fonds Labat-Poussin. Archives Nationales de France.*« Sollte das wahr sein, wäre es das erste neue Material seit Jahren, das irgendwer über sie gefunden hat.

Der Koffer meiner Tante Cat gehörte nicht zu der Sorte, die rollte. Er war schwer, und wegen der defekten Verschlüsse musste ich ihn vorsichtig tragen. Ich hatte mir ein Hotel in der Nähe des Nationalarchivs gesucht, nicht ahnend, wie schwer es mir fallen würde, der Wegbeschreibung dorthin zu folgen. Erst bog ich in eine schmale Gasse ein, die vor einer hohen Steinmauer endete, dann irrte ich durch kleine Straßen, die mein Stadtplan gar nicht kannte und die am Ende allesamt in eine andere Richtung führten als am Anfang.

Natürlich hatte ich mich gleich gefragt, ob Inga Beart wohl durch dieselben Gassen gekommen war, eines frühen Morgens, vor einem halben Jahrhundert. Ob sie vielleicht von einer Party kam, als eben die Straßenlaternen erloschen, ob sie sich einen Moment lang an eine davon gelehnt und zum selben Himmel aufgeblickt hatte, während dieser sich vor ihren Augen drehte. Ich hatte Fotos dieser Pariser Soireen gesehen: Inga Beart findet sich meist am Bildrand wieder, klammert sich – betrunken bis zur Bewusstlosigkeit – an einen fremden Arm oder wendet sich von der Kamera ab, die längst nicht mehr auf sie gerichtet war, sondern auf die neuen Autoren und bildenden Künstler, auf jüngere, frischere Schönheiten. Vermutlich hätten sie gar nicht bemerkt, dass meine Mutter sich davonstahl, auf wackligen Beinen, stolpernd vielleicht, weil sie mit ihrem Absatz zwischen den Pflastersteinen steckenblieb.

Da lief ich zufällig an einer Schuhmacherei vorbei und blieb kurz stehen, um einen Blick in den Laden zu werfen. Ich stellte mein Gepäck ab, gönnte meinen Armen eine Pause und sah mir die staubigen Regale hinter der Scheibe an. Es war nicht so, als hätte ich ernstlich erwartet, hier auf rote Pumps zu stoßen, die vor fünfzig Jahren zur Reparatur abgegeben worden waren und nun zwischen vergessenen Gummigaloschen und Sommersandalen darauf warteten, abgeholt zu werden. Trotzdem suchte ich danach, für den Fall der Fälle.

Während ich mir den Laden ansah, merkte ich gar nicht, dass ich den ganzen Bürgersteig versperrte. Eine junge Frau, ebenfalls mit Gepäck, musste auf die Straße ausweichen, wobei ihr Koffer vom Kantstein kippte und umfiel. Ich gab mir Mühe, mich bei ihr zu entschuldigen, woraufhin sie stehen blieb und etwas sagte, das ich nicht verstand.

»Tut mir leid«, erklärte ich, und als sie mich verwundert ansah: »Tut mir leid, ich spreche kein …«

»Ach, was. Ist schon okay«, sagte die junge Frau auf Englisch. Die brauche ich gar nicht erst nach dem Weg zu fragen, dachte ich. Sie sprach mit einem Akzent, der unmöglich französisch sein konnte.

»Kommen Sie, ich helfe Ihnen«, sagte ich. Ich hob ihren Koffer auf und stellte ihn wieder auf den Gehweg. »Ich fürchte, Sie haben ein Rad verloren.« Ich suchte im Rinnstein danach.

»Das war schon so«, sagte sie.

Offenbar verwechselte sie mich mit jemandem, denn sie betrachtete mich eingehend, kniff ein wenig die Augen zusammen, als versuchte sie, ein bestimmtes Detail meines Gesichts unterzubringen. Ich wandte mich ab und begann unwillkürlich, vor mich hin zu zählen, *eins eintausend zwei.* Die Taktik hatte ich mir angeeignet, als damals die Probleme mit der Schulleitung begannen. In meinem letzten Halbjahr als Lehrer blickte ich den Mädchen in meiner Klasse nicht mehr offen in die Augen, sondern betrachtete stattdessen ihre Haare, während ich vor mich hinzählte, *eins eintausend zwei,* dann wandte ich mich langsam ab, damit nur keiner auf die Idee kam, der Blick würde zu lange dauern. Das Mädchen, das hier vor mir stand, hatte einen hohen, gleichmäßigen Haaransatz, mittelbraun. *Eins eintausend zwei,* dachte ich und richtete meinen Blick auf unsere beiden Koffer, *eins eintausend zwei,* dann auf die in Zellophan gewickelte Rose, die das Mädchen in der Hand hielt. Da fiel mir auf, dass das Mädchen außerdem einen Schuhkarton unter dem Arm trug.

»Ich halte Ihnen die Tür auf«, sagte ich auf Englisch. Als sie mich daraufhin mit leerem Blick betrachtete, nickte ich zum Schuhladen hin. »Wollen Sie rein?«, fragte ich.

»Nein«, sagte das Mädchen. Als sie merkte, dass ich ihren Schuhkarton musterte, sagte sie. »Nein, nein. Das sind nicht Schuhe.«

»Oh«, sagte ich, und zu mir selbst: *eins eintausend zwei.*

Das war der Moment, in dem ich merkte, dass sie mir auch irgendwie bekannt vorkam. Ich sah nochmal genauer hin, versuchte, die Form ihres Unterkiefers oder die Kopfhaltung unterzubringen.

»Wissen Sie Weg zu Bahnhof Montparnasse?«, fragte sie.

»Keine Ahnung«, erwiderte ich. »Tut mir leid. Ich kenne mich in Paris nicht aus.«

Eins eintausend zwei, dachte ich, und als ich das Mädchen

wieder ansah, wurde mir klar, was mir an ihm bekannt vorkam. Es war nicht so, als hätte ich ihr Gesicht schon mal gesehen – zumindest nicht genau. Aber eben erst hatte ich Bristols Buch in der Hand gehalten, mit diesem Foto von Inga Beart und ihren ungewöhnlich hellen Augen. Die junge Frau mit dem Koffer ähnelte meiner Mutter in keiner Weise, bis auf den Umstand, dass auch sie sehr helle Augen hatte, die ihrem Gesicht denselben abwesenden Ausdruck verliehen – sie sah mich an, doch ihre Augen mochten ebenso taumelnde Staubflocken betrachten oder auf irgendetwas gerichtet sein, das in weiter Ferne lag.

Sie sagte noch etwas in ihrer eigenen Sprache. Nach wie vor musterte sie mich. Ich konnte sehen, wie ihre Pupillen sich weiteten, wie Tinte in stillem Wasser. Zu spät fiel mir ein, meinen Blick auf die Stirn des Mädchens zu richten. Da ich nicht wusste, was ich sonst tun sollte, wandte ich mich wieder dem Schaufenster des kleinen Ladens zu.

Es gibt da etwas, das man über meine Mutter sagt: Bei allem, was sie in anderen zu sehen vermochte, hat sie mich doch keines einzigen Blickes gewürdigt. Nach Aussage der Biografen wandte sich Inga Beart schon im Augenblick meiner Geburt von mir ab. Einer der Biografen zitiert eine Krankenschwester, die behauptet, dabei gewesen zu sein, und meint, sie könne sich auch nach Tausenden Geburten noch daran erinnern, denn selbst Leihmütter versuchten, wenigstens noch einen kurzen Blick auf ihr Baby zu werfen, bevor die Schwestern es wegbrachten. Inga Beart jedoch schloss die Augen, wie sich die Schwester erinnerte, und wollte sie erst wieder öffnen, als man mich gewogen, einen Fußabdruck genommen und der Fürsorge des Staates übergeben hatte. Als man ihr erklärte, es sei nun an der Zeit, die Papiere zu unterschreiben.

Es dauerte eine Weile, bis das Krankenhaus herausgefunden hatte, wo meine Verwandten lebten, und noch eine Weile länger, bis Tante Cat und Onkel Walt es einrichten konnten, mich abzuholen. Es fiel ihnen nicht leicht, ein weiteres Kind aufzunehmen, da Pearl noch nicht aufs Töpfchen ging und Eddie kaum sechs Monate alt war, und so verbrachte ich die ersten Wochen meines Lebens in einem Waisenhaus.

Als mein Sohn zur Welt kam, schwor ich, für ihn sollte alles anders sein. Er lag in seiner Krankenhauswiege und packte meinen Finger mit wilder, neugeborener Kraft, zu frisch auf dieser Welt, um irgendetwas halbherzig zu tun, und ich versprach ihm, solange es in meiner Macht läge, sollte er sich niemals allein fühlen. Glücklicherweise wusste ich damals noch nichts von den tausend Gründen, die es einem unmöglich machen können, ein solches Versprechen zu halten, und so saß ich die ganze Nacht vor der Glasscheibe der Säuglingsstation. Ich wollte sichergehen, dass mein Sohn nicht ohne seinen Vater war, wenn er die Augen aufschlug.

Ob sich meine Mutter je darum geschert hat, dass ich vielleicht einsam oder verstört sein mochte, ist nirgendwo belegt. Tatsächlich hat mich meine Mutter in all ihren Romanen und Kurzgeschichten, in ihrer umfangreichen Korrespondenz und den stundenlangen Interviews, die sie im Laufe der Jahre gegeben hat, kein einziges Mal erwähnt. Sämtliche Gelehrten haben darauf hingewiesen, und selbst den Zurückhaltendsten ihrer Biografen bleibt nichts anderes übrig, als es unter Schmerzen zuzugeben. Wie einer von ihnen sagte: »*Für Beart, die erst an einen Menschen glaubte, wenn sie ihn niedergeschrieben hatte, existierte ihr eigenes Kind schlichtweg nicht.*«

Möglich. Zugegebenermaßen lag es im Bereich des Möglichen, dass ich Inga Beart nie zu Gesicht bekommen habe – dass ich an jenem Tag, als sie uns auf der Ranch besuchte, unter dem Küchentisch meiner Tante Cat versteckt blieb. Aber sie ist zu mir zurückgekommen. So sehr sie es auch versucht haben mag, konnte meine Mutter mich doch nicht vergessen. Das ist das Einzige, dessen ich mir all die Jahre sicher war. Denn wenn ich die Augen schließe, sehe ich eine Doppelnaht direkt unter ihrem Fußgelenk, dann noch drei Stiche, und da beginnt der Riemen, verläuft von links nach rechts am linken Fuß und von rechts nach links am anderen. Außen haben die Schuhe Schnallen im vierten Loch. Direkt unter dem dritten Loch befindet sich eine Kerbe, eine abgewetzte Stelle, an der man erkennt, dass diese Schuhe vorübergehend etwas weiter getragen worden waren. In jungen Jahren habe ich diesem Detail keine weitere Beachtung geschenkt. Als ich jedoch später hörte, wie eine Schwangere einer Freundin ihr Leid klagte, ihre Füße seien immer so geschwollen, begann ich, mich zu fragen, ob diese Kerbe im Leder nicht mein Beitrag zum Leben meiner Mutter war, meine Marke, die ich bei ihr hinterlassen hatte.

Überrascht stellte ich fest, dass das Mädchen mit dem Koffer nach wie vor auf dem Gehweg stand. Ich hatte das Gefühl, sie wartete darauf, dass ich etwas sagte, obwohl ich mich nicht recht erinnern konnte, worüber wir eigentlich gesprochen hatten.

Die meisten anderen Läden in der Straße waren noch nicht geöffnet, doch hinten im Schuhladen sah ich den Schuster bereits bei der Arbeit. Gerade war er dabei, neue Schnürsenkel in alte Wanderstiefel zu fädeln. Neben ihm stand ein Paar roter Pumps, frisch poliert und zum Abholen bereit. Sie wirkten altmodisch, doch die Farbe war zu hell, und die Riemen waren falsch.

Die junge Frau musterte mich, als wäre sie nicht gänzlich überzeugt, dass wir einander unbekannt waren. Sie schien mir in etwa so alt zu sein wie mein Sohn. Ich behielt das Schaufenster des Ladens im Auge und überlegte, was ich sagen sollte.

Auf einem Regal über der Nähmaschine entdeckte ich eine Sammlung von Figuren, kunstvolle, kleine Dinger, komplett aus Einzelteilen von Schuhen gefertigt. Offensichtlich hatte der Besitzer des Ladens sie selbst gemacht, um sein Geschick mit Leder und Faden zu beweisen. Kleine Kreuzritter hielten Lanzen mit Spitzen aus Schusternägeln, die Einlegesohle eines Kinderschuhs war zu einem Schiff umgebaut, samt Takelage aus Senkeln und einem Segel aus Putztuch.

Ich wandte mich dem Mädchen zu. »Sind die nicht unglaublich?«, sagte ich.

»Wer?«, fragte sie.

»Hier.« Ich deutete darauf. »Diese Figuren im Fenster. Sehen Sie die kleinen Rüstungen? Mein Sohn wäre hin und weg.«

»Hin und weg?«, sagte sie.

»Ich meine, sie würden ihm gefallen.«

»Ah, ja«, sagte sie. »Die sind nett.«

Sie musterte die Kreuzritter. Ihre in Zellophan gewickelte Rose ließ den Kopf hängen.

»Als er noch klein war, haben wir so was auch gebastelt. Burgen und Ritter, und ich erinnere mich noch an ein Katapult – wissen Sie, was ich meine? Unseres bestand aus Eisstielen und einem Holzlöffel.«

»Ach?«, sagte das Mädchen.

»Ist lange her«, sagte ich. »Mein Sohn geht jetzt aufs College. Aber er studiert Geschichte.« Ich deutete auf die Ritter. »Genau so was.«

Eigentlich hatte ich gehofft, diese Reise nach Paris könnte etwas sein, das mein Sohn und ich gemeinsam unternehmen. Mit seinem Highschool-Französisch wäre er mir eine große Hilfe gewesen, und die Recherche hätte ihm bestimmt gefallen – wir hätten ein gemeinsames Abenteuer daraus machen können. Ich hatte mir ausgemalt, dass er derjenige sein würde, der es fand: ein Foto meiner Mutter, das all die Jahre in den Pariser Archiven verschollen war. Ein Foto, das sich Carter Bristol nie näher angesehen hatte, weil ihr Gesicht verschwommen war – ihre Füße aber wären deutlich zu erkennen. Oder vielleicht ein Schnappschuss vom Gartenfest in einem Château: ein kleiner Bach, eine dunkelhaarige Frau mit Augen wie Flecken auf einem Negativ, den Bruchteil einer Sekunde zu spät, um ihr Lächeln einzufangen, während sie sich vorbeugt und die Zehenspitzen ins Wasser hält. Die Arme ausgebreitet, um das Gleichgewicht zu halten, in einer Hand ihre Schuhe mit den Riemen, beide mit je zwei Kerben, wo die Schnalle ins Leder geschnitten hatte, die eine tief, die andere kaum zu erkennen. Daraufhin mein Sohn: *Wow, Dad. Genau wie du gesagt hast.*

Das Mädchen betrachtete mich eingehend. Dann lächelte sie. »Und sind Sie beide zusammen hier?«

»Mein Sohn? Nein, der ist nicht mitgekommen. Leider bin ich allein«, sagte ich.

»Ach, okay, tut mir leid«, sagte sie. Sie wich meinem Blick aus. Nach einer Weile sagte sie: »Dann sind Sie hier für eine – *Reunion?*« Sie betonte das letzte Wort, zog die Silben in die Länge, sprach es irgendwie falsch aus.

»*Reunion?* Nein, habe ich das gesagt?«

Das Mädchen lachte auf, wie zur Entschuldigung. »Ja, ich dachte, Sie hätten so etwas gesagt. Irgendwas von einem Wiedersehen mit der Familie.«

»Na, dann habe ich das wohl«, sagte ich. Es war nicht das erste Mal, dass ich laut vor mich hindachte. Ich wollte sie nicht verunsichern, also sagte ich: »Ist doch komisch, was einem manchmal so rausrutscht.«

»Verzeihung?«, sagte sie.

»Im Grunde haben Sie Recht.« Der lange Flug oder der abrupte Wechsel der Hemisphäre hatte offenbar mein Unterbewusstsein geweckt, denn wenn ich mich auch nicht erinnern konnte, das Wort je benutzt zu haben, nicht einmal im Stillen, war eine *Reunion* doch genau das, was ich mir vorgestellt hatte: Mein Sohn und ich würden alte Dokumente durchforsten, auf der Suche nach einem Bild von seiner Großmutter. Nach getaner Arbeit im Archiv würden wir am Abend bei einem Glas Bier unsere Notizen zu Inga Bearts Leben in Paris vergleichen. Wir drei, wiedervereint, mehr oder weniger, über alle Zeit hinweg.

Noch immer sah mich das Mädchen an, also sagte ich: »Ich bin hier, um zu recherchieren. Familienforschung. Und mein Sohn, der mag so etwas. Ich dachte … eine Reise nach Paris. Es sollte ein Geschenk werden. Zum Geburtstag.«

»Ja, das kann hübsch sein«, sagte das Mädchen.

Leider war das Gespräch ganz und gar nicht wie geplant verlaufen, als ich meinem Sohn diese Reise vorschlagen wollte. »Sei doch realistisch, Dad«, hatte er gesagt, als ich ihm von Carter Bristols Fußnote und der Möglichkeit erzählte, endlich ein Foto in der Hand zu halten, auf dem auch die Schuhe abgebildet waren. »Erinnerungen trügen oft«, erklärte er mir. Am Ende bin ich gar nicht dazu gekommen, ihn zu fragen, ob er mit mir nach Paris fliegen wollte.

»Na ja, manchmal …«, sagte ich, »… manchmal kommt es eben anders.«

»Ja«, sagte sie. »So ist das mal.«

Das Mädchen, das mich eben noch eindringlich gemustert hatte, war nun die Höflichkeit selbst – schließlich hatte sie mich nur nach dem Weg gefragt. Wahrscheinlich machte ich sie verlegen, wenn ich so redete.

»Hier«, sagte ich. Ich zückte den Stadtplan, den ich am Flughafen gekauft hatte, und gab ihn ihr mit zitternder Hand.

Sie schenkte mir ein kurzes Lächeln. »Für mich?«, sagte sie. »Okay, danke.«

Sie warf einen Blick darauf, dann klemmte sie sich den Plan unter den Arm und spähte durchs Fenster in die Schuhmacherei, als wäre ihr da drinnen etwas aufgefallen.

Ich nahm Tante Cats Koffer, doch zögerte ich einen Moment, bevor ich ging. Die Sprachmelodie des Mädchens hatte etwas ausgesprochen Nichtamerikanisches an sich, und die Art und Weise, wie sie *ach* und *okay* sagte, erinnerte mich an eine osteuropäische Dame namens Diana, die uns früher im Haushalt geholfen hatte. Ich wünschte, ich hätte das Mädchen gefragt, woher es kam, obwohl mir klar war, wie ungebildet ich geklungen hätte. Zu uns kommen so selten Ausländer, dass für mich wohl alle gleich klingen.

Dennoch rief der Gedanke in mir Erinnerungen an manche Nachmittage wach, an denen ich Diana, wenn sie mit ihrer Hausarbeit fertig war, nach Hause fuhr und wir unterwegs ins Gespräch kamen. Manchmal lud ich sie zum Mittagessen ein. Ich hatte mich nicht mehr bei ihr gemeldet, seit Onkel Walt im letzten Herbst von uns gegangen war, denn – offen gesagt – gefiel mir die Vorstellung nicht, dass sie für mich allein putzen sollte. Ich hatte überlegt, sie einfach so mal einzuladen, nur sah es im Haus natürlich schlimm aus, und dann lief irgendwann ihr Visum ab. In der Adventszeit rief sie an, um mir mitzuteilen, dass sie wieder in ihre Heimat ging, aber wir vereinbarten einen komplizierten Plan, Weihnachtsgeschenke zu tauschen – unsere Kinder leben beide drüben in England, und Diana fand es schade, dass sie sich nie begegnet waren. Doch Weihnachten kam und ging, dann war Frühling, dann Sommer, und als ich mich auf den Weg nach Paris machte, wusste ich immer noch nicht, ob die Kleinigkeiten angekommen waren, die ich meinem Sohn für sie mitgegeben hatte – und ich erhielt auch kein Päckchen von Diana.

Das Mädchen mit dem Koffer stand immer noch am Schaufenster und spähte hinein. Offenbar hatte sie mich schon vergessen. Ich wollte sie nicht erschrecken, indem ich unser Gespräch einfach wieder aufgriff, und außerdem wäre es uns beiden peinlich gewesen, wenn ich ihr zu erklären versucht hätte, dass mir ihr Akzent einen Stich versetzte. Aber in diesem Moment konnte ich ohnehin nur daran denken, dass selbst Dianas Lachen einen Akzent hatte, der sie als Ausländerin zu erkennen gab. Zu gern hätte ich der jungen Frau etwas Lustiges erzählt, damit sie lachte, nur um zu hören, ob es bei ihr auch so klang.

Stattdessen zählte ich wieder vor mich hin – *eins eintausend zwei* –, um einen klaren Kopf zu bekommen. Ich hielt Tante Cats Koffer fester und nickte dem Mädchen zu, das noch immer konzentriert ins Schaufenster spähte, dann machte ich mich auf den Weg die Straße entlang, etwas schneller als nötig.

Schon bald bereute ich, dass ich dem Mädchen meinen Stadtplan gegeben hatte. Ich wusste wohl, wie ich zu meinem Hotel kam, aber irgendwie konnte ich die Straße nicht finden. Wieder bog ich falsch ab, diesmal auf eine Hauptverkehrsstraße. Hier war einiges los. Junge Leute auf Motorrollern rasten auf rote Ampeln zu – und auf mich, der gerade die Straße überquerte.

Ich dachte, es wäre besser, wieder dorthin zurückzulaufen, wo der Shuttlebus mich abgesetzt hatte, um nochmal ganz von vorn anzufangen. Aber ich hatte ein wenig die Orientierung verloren, und zu allem Überfluss änderten sich die Straßennamen ständig, selbst wenn ich geradeaus gelaufen war. Die Arme taten mir weh von all den Büchern und Unterlagen, die ich mitschleppte, und plötzlich fühlte ich mich todmüde und fern der Heimat. Ich bog in eine weitere Straße ein, dann noch eine. Ich traute mich nicht stehen zu bleiben, um meinen Standort zu bestimmen, ganz zu schweigen davon, mir jemanden zu suchen, der des Englischen mächtig war, um ihn nach dem Weg zu fragen.

Ich war kurz davor, mich endgültig zu verlaufen, als mir ein alter Cowboytrick aus meiner Kindheit einfiel. Wahrscheinlich kannte ich ihn aus einem Louis-L'Amour-Roman. Dreh dich um bei deinem Ritt und such dir Orientierungspunkte für den Rückweg. Der Gedanke an die billigen Westernromane gab mir ein gutes Gefühl. Die Biegung, die der Bürgersteig beschrieb, war die eines Flusses – ich prägte sie mir ein –, denn die Läden und Restaurants sahen alle gleich aus, auch so eine Art von Steppe.

Ich lief denselben Weg wieder zurück, den ich gekommen war, bis ich auf die zugemauerte Gasse stieß, in die ich gleich zu Anfang falsch eingebogen war. Ich ging daran vorbei, kam durch enge Schluchten voll teurer Geschäfte und machte mir einen Spaß aus der Vorstellung, wie ein verirrter Cowboy sein Pferd vor einem dieser Geschäfte festband, um sich eine Tüte Makronen zu kaufen. Die Schluchten führten mich zu einer Baustelle an einem alten Kirchturm, dessen Form mir trotz des Baugerüsts bekannt vorkam. Wie der Kegel eines erloschenen Vulkans, der sich über der Steppe erhob.

Und tatsächlich war ich nach ein, zwei Häuserblocks wieder da, wo mich der Shuttlebus abgesetzt hatte, auf dem Boulevard de Sébastopol … Der nächste Bus traf gerade ein. Ich erkannte sogar die Stelle auf dem Gehweg wieder, wo ich gekniet hatte, um meinen Koffer aufzumachen. Und wieder wünschte ich, mein Sohn wäre hier bei mir. Er hätte nachsichtig seufzen können, wenn ich meinen typischen Pseudo-Lehrerwitz darüber machte, wie viele Touristen wohl durch Paris irren mochten, denen so manches irgendwie bekannt vorkam. Schließlich benutzten wir nicht ohne Grund dafür das französische Wort *Déjà-vu.*

NEIL

London, Mai

Als Neil endlich eine Busfahrkarte nach Swindon kaufte, waren die Weihnachtsgeschenke, die er dort abliefern sollte, bereits fünf Monate alt. An dem verabredeten Morgen kam er auf dem Sofa zu sich. Im Traum hatte er das Bindegarn gegessen, das früher immer draußen vor der Scheune von Nan und Pop lag. Falls Träume etwas zu bedeuten hatten, dann bedeutete dieser, dass er verkatert war. Worauf auch die leeren Gläser und Kartons von billigem Wein hindeuteten, die überall herumstanden. Irgendwer, vermutlich er selbst, hatte gestern Abend noch angefangen, aufzuräumen, denn auch im Ausguss standen Flaschen. Neil nahm welche heraus, um an den Wasserhahn heranzukommen. Er hatte einen fürchterlichen Geschmack im Mund. Er drehte den Hahn auf und trank aus der hohlen Hand.

Selbst in der Küche konnte er hören, wie sich Veejay, sein Mitbewohner, schnaufend im Bett wälzte. Außerdem piepte es, weil Neil seinen Wecker nicht abgestellt hatte. Vorsichtig wankte er zwischen den Gläsern hindurch, um ins Schlafzimmer zu gelangen. Es roch nach Füßen. Veejay, der sich gestern Abend an ein Mädchen von der Filmhochschule herangemacht hatte, schlief nun glücklicherweise allein, und so konnte nur Neil sehen, dass seine Augen nicht ganz geschlossen waren. Zwischen den Lidern sah man kleine, weiße Halbmonde. Es war unheimlich, und hätte Neil sich nicht selbst wie ein Untoter gefühlt, wäre er vielleicht losgegangen, um seine Kamera zu holen. Aus irgendwelchen Gründen leugnete Veejay, mit offenen Augen zu schlafen, genauso wie er leugnete, mit einem schweren indischen Akzent zu sprechen, wenn er mit seinen Eltern telefonierte. Neil stellte den Wecker aus.

In der Küche fing er an, die Flaschen in Plastiktüten zu verstauen, so leise wie möglich. Veejay war nicht leicht zu wecken und Alex' Zimmertür wie immer verschlossen, doch das klirrende Glas bereitete Neil einen stechenden Schmerz im Kopf. Keine Partys mehr in dieser Wohnung, dachte er zum wiederholten Mal. Keine Wein-und-Käse-Partys mit den Mädchen von nebenan, denn immer ging es damit los, dass sie irgendwas Sprudeliges mitbrachten, und endete damit, dass Neil und Veejay rüber zum Tesco liefen, um kistenweise Wein zu holen. Und dann saßen alle herum und sahen sich Arsenal im Fernsehen an. Neil war ein lausiger Trinker. In Zukunft wollte er niemandem mehr was vormachen. Er mochte Fußball nicht mal und hatte endgültig genug davon, in Gegenwart der Mädchen dauernd darauf achten zu müssen, dass er dieses Spiel auch bei seinem korrekten Namen nannte, denn sie hielten jeden Amerikaner für einen Banausen, der kein hysterisches Interesse an einem Sport zeigte, dessen Spiele fast immer torlos endeten.

An einem Morgen wie diesem beneidete er Alex, der niemals ausging, nicht einmal wenn »Ausgehen« nur bedeutete, in der Küche mitzufeiern. Alex, ihr hauseigener Vampir ohne

Freunde. Er wusste nicht, wovon Alex träumte, aber in diesem Moment hätte Neil alles dafür gegeben, in nüchternem Zustand auf diesen schwarzen Laken zu schlafen, die Alex zweimal wöchentlich wusch, eine Angewohnheit, die ihre lausige englische Waschmaschine dazu veranlasste, im Schleudergang unter dem Tresen hervor und quer über den Küchenfußboden zu wandern. Manchmal wettete er mit Veejay, wie weit die Maschine kommen würde, und überall am Boden sah man Markierungen früherer Ausflüge.

Müde fragte sich Neil, warum er eigentlich wach war, und erst, als er draußen auf der Straße stand und bei jedem Klirren zusammenzuckte – während er eine Flasche nach der anderen durch die Gummilaschen des großen Glascontainers am Park schob –, da fiel ihm das Busticket wieder ein. Was auch erklärte, wieso er sich heute den Wecker gestellt hatte, an einem Sonntag, der normalerweise doch dafür da war zu rehydrieren und den Stoff zu lesen, den er am Samstag hätte fertig haben sollen. Swindon. Verdammt, dachte er. Er würde bei dieser Wie-hieß-sie-gleich anrufen und nächste Woche hinfahren müssen. Es war schon das dritte Mal, dass er ihr absagte, und langsam wurde es peinlich, aber es war ja schließlich nicht so, als hätte Wie-hieß-sie-gleich angeboten, nach London zu kommen. Warum sollte sie auch? Das Ganze war sowieso absurd.

Die Idee mit der Geschenkübergabe stammte bestimmt von Wie-hieß-sie-gleichs Mutter. Neils Vater hatte mit Weihnachten nichts am Hut. Er wäre nie auf so eine Idee gekommen. Wenn er ein Geschenk verschickte, dann per Post, wie jeder normale Mensch auch. Es war ja nicht so, als gäbe es in diesem

Land keine Briefträger. Nein, das Ganze war ein hinterhältiger Plan von Wie-hieß-sie-gleichs Mutter. Wahrscheinlich sollte ihre Tochter Neil verführen, um an eine Greencard heranzukommen. Bestimmt würde es nur peinlich werden.

Neil schob die letzte Flasche in den Glascontainer. Swindon. Sein Vater bat ihn so gut wie nie um einen Gefallen, aber er hatte Neil das Päckchen schon im November geschickt und gesagt, weil die Tochter seiner Freundin auch in England wohnte, hätten er und seine Freundin beschlossen, ihre Weihnachtsgeschenke auf diesem Weg zu übergeben. *Und dir bietet es eine Möglichkeit, jemand Neues kennenzulernen,* hatte Neils Vater gesagt. Ständig wollte er wissen, ob Neil denn auch neue Leute kennenlernte, was irgendwie einen seltsamen Beigeschmack hatte, denn Neil war ziemlich sicher, dass die Unbeholfenheit, die er von seinem Vater geerbt hatte, ihn gerade daran *hinderte,* neue Leute kennenzulernen und – falls doch – davon abhielt, die interessanten Dinge zu sagen, mit denen man sich andere zu Freunden machen konnte.

Der Form des Geschenks entnahm Neil, dass es sich um ein kleines, handgeschnitztes Pfeil-und-Bogen-Set handelte, wie sie sein Vater gern für teures Geld den Yuta-Frauen abkaufte, die in der Weihnachtszeit draußen vor der Tankstelle standen. Seitdem hatte das Geschenk unter Neils Bett gelegen, und jedes Mal, wenn er den Bus nach Swindon nehmen wollte – das, wie sich herausstellte, *weit außerhalb* von London lag –, ergab sich irgendwas anderes oder er vergaß es einfach, und er musste Wie-hieß-sie-gleich anrufen (wie *hieß* sie denn nun eigentlich?) und sich irgendeine Ausrede einfallen lassen. *Okay, isss okay,* sagte sie dann. *Kommst du nächste Woche, okay?*

Eine der Flaschen war nicht ganz leer gewesen, und Neils Hände klebten vom Wein. Er wischte sie an seiner Jeans ab. Es wäre schön, das Päckchen seines Vaters nicht mehr unter dem Bett liegen zu haben, weil es Neil jedes Mal, wenn er seine Schuhe suchte, an Zuhause erinnerte. Es war in dasselbe Weihnachtspapier gewickelt, das Nan und Pop immer benutzt hatten. Nan hatte jedes Mal einen nagelneuen Dollar dazugelegt, als Anreiz, das Papier nicht zu zerreißen, und jedes Jahr sezierten Neil, sein Cousin und seine Cousine ihre Geschenke, schlitzten das Klebeband mit dem Daumennagel auf und zogen vorsichtig heraus, was darin steckte. Dann sammelte Nan das Papier ein und strich die Falten im Bart des Weihnachtsmannes glatt, um es im nächsten Jahr wieder zu benutzen. Das wurde zum Familienwitz, denn natürlich hätte sie ihre Dollars auch sparen und davon neues Geschenkpapier kaufen können. Neil hatte das Päckchen von seinem Vater unterm Bett verstaut, weil es ihn deprimierte. Wenn er es umdrehte, konnte er den gezackten Rand und das kleine Stück von vergilbtem Klebeband sehen, mit dem das Papier an der Papprolle befestigt gewesen war. Es verriet ihm, dass sein Vater den Rest der Rolle aufgebraucht hatte. Nan war gestorben, als Neil gerade auf die Highschool kam, und inzwischen lebte auch Pop nicht mehr, doch Neil wäre nie auf die Idee gekommen, dass selbst das Weihnachtsmannpapier ein Ende nehmen würde.

Es war erst zehn Uhr. Wenn er sich beeilte, konnte er den Bus vielleicht noch erwischen. Und wenn er das Päckchen dann abgeliefert hatte, würde er seinen Vater anrufen und ihm erzählen, dass Professor Piot ihn als Forschungsassistenten für den Sommer ausgewählt hatte. Seit zwei Wochen wusste Neil davon, und es war eine große Sache – Professor Piot war praktisch eine Berühmtheit. Außerdem wäre Neil den Sommer über in Paris. Ein paarmal hatte Neil seinen Vater deswegen schon fast angerufen, dann aber doch nicht. Telefonieren konnten sie beide nicht so gut. Bei ihrem letzten Gespräch im Januar hatten sie sich beinah gestritten, und Neil waren ein paar Sachen herausgerutscht, die er nicht hätte sagen sollen. Er sollte seinen Vater anrufen und sich entschuldigen, auch wenn es eigentlich nicht seine Schuld gewesen war. Aber weil dieses Geschenk immer noch unter seinem Bett lag, hatte er den Anruf wieder und wieder verschoben, denn bestimmt würde ihn sein Dad fragen, ob er denn schon in Swindon gewesen sei.

Im Bus wurde Neils Kater unerträglich. Sein Magen fühlte sich leer an, gleichzeitig aber auch, als wäre er gern noch leerer. Neil atmete ein paarmal tief durch. Während sie durch die kleinen Straßen rumpelten, merkte er, wie jedes Schlagloch, jede Bodenwelle zum Tumult in seinen Eingeweiden beitrug. Er wünschte, er hätte sich eine Tüte von den Curry Chips gekauft, auf die Veejay schwor. Er wünschte, er wäre zu Hause im Bett. In einem Hauseingang sah er einen schlafenden Obdachlosen liegen und hätte ohne Weiteres all seine gesellschaftlichen Privilegien dafür hergegeben, diesen schaukelnden Bus gegen den Bürgersteig eintauschen zu können, der sich nur langsam bewegte, mit der Drehung der Erde, dem Kreisen des Planeten um die Sonne, dem Wandern der Kontinentalplatten und …

Neil bekam einen grausamen Schluckauf, da sich der Inhalt seines Magens offenbar nach einer stabileren Umgebung sehnte. Er sah sich um. Die Toilettentür war zugeklebt, und die Fenster im Bus ließen sich nicht öffnen. Der Platz neben ihm war leer, aber gegenüber saß eine Frau mit einem kleinen Mädchen. Die Kleine schlief so tief und fest, wie nur Kinder in Bussen schlafen, und auch die Frau hatte die Augen geschlossen. Ihre Haare waren in ein afrikanisches Tuch gewickelt. Immer wieder sank ihr Kinn auf die Brust, und jedes Mal schlug sie die Augen auf. Sie wäre bestimmt nicht begeistert, wenn er seinen Sitz vollkotzte.

Endlich hatten sie die Bodenwellen hinter sich, doch dafür steckten sie nun im Verkehr fest. Der Bus schob sich auf eine Kreuzung und blieb stehen. Die Ampel war grün, doch nichts bewegte sich. Sie wurde rot, dann wieder grün. Neben ihnen erstarb der Motor eines Lkws, und als er wieder angelassen wurde, stieß er bläulichen Qualm aus. Die Ampel sprang auf Rot, doch eine Wolke von Abgasen wehte auf und färbte sie lila.

Zu seinem Vortrag über die Zweite Industrielle Revolution hatte Professor Piot rußgeschwärzte, halb verwitterte Backsteine mitgebracht, um die Auswirkungen der Luftverschmutzung im London der Jahrhundertwende anschaulich zu machen. Noch heute sind Regenschirme schwarz, erklärte er, weil sie in Mode kamen, als auch der Regen schwarz war, und zum Ende des viktorianischen Zeitalters lief Silber so schnell an, dass die Menschen nicht mehr davon aßen – obwohl dafür auch sozioökonomische Faktoren verantwortlich sein mochten. Da es immer mehr Jobs in Fabriken gab und der Preis der Arbeit stieg, hätte man teure Diener einstellen müssen, um all die hübschen, schweren Teller zu polieren … Der Bus fuhr wieder an. Neil lehnte sich ans kühle Glas der Scheibe und überlegte, ob die Menschen zu Queen Victorias Zeiten ihre schmerzenden Köpfe wohl an Saucieren gekühlt hatten. Schließlich nahm der Bus Fahrt auf, die Außenbezirke der Stadt zogen hinter einem verwischten Fleck an der Scheibe vorbei. Nach einer Weile verwischten auch Neils Gedanken, und er nickte ein.

Professor Piot glaubte an etwas, das er *Beobachtetes Wissen* nannte, und gab sich alle Mühe, seinen Studenten zu vermitteln, was man alles aus der Vergangenheit lernen konnte, indem man die Gegenwart betrachtete. In Frankreich beispielsweise, woher Professor Piot kam, konnte man noch heute erkennen, ob eine Stadt vor hundertfünfzig Jahren eher republikanisch oder monarchistisch eingestellt gewesen war, nämlich daran, ob die Züge dort hielten oder nicht. Hatte die Stadt einen Bahnhof, konnte man darauf wetten, dass sie republikanisch geprägt war, denn nur die Städte, die sich mit der neuen République gut stellten, bekamen eine Bahnverbindung mit der Hauptstadt. Professor Piot erzählte, in kleineren Orten müsse man sich nur ansehen, wie weit das Mahnmal für die Gefallenen des Ersten Weltkriegs von der Kirche entfernt war, um einschätzen zu können, welches Verhältnis die Menschen nach Kriegsende, als die meisten jungen Männer tot waren, zur Religion hatten. Tatsächlich bestand ein statistisch signifikantes Verhältnis zwischen der Anzahl junger Männer, die in der Schlacht gefallen waren, und der Entfernung zwischen Kirche und Denkmal. Je mehr tote Soldaten, desto weniger waren die Bürger bereit, ein Denkmal auf dem Kirchhof zu errichten. Stattdessen stellten sie es vor dem Rathaus auf. Professor Piot hatte erzählt, in einigen Dörfern gäbe es Denkmäler mit gebrochenen Kreuzen – absichtlich zerbrochen, vielleicht sogar von vornherein, um zu dokumentieren, was die Menschen in diesem Ort vom Himmel hielten.

Während Neil vor sich hin dämmerte, wich das Dröhnen des Busmotors der nasalen Stimme von Professor Piot. Neil hoffte, es würde auf seinen zukünftigen wissenschaftlichen Rang hindeuten, nicht so sehr darauf, dass er ein Streber war, wenn es in seinen Träumen derart oft um das Historische Seminar ging und er Professor Piot reden hörte, möglicherweise weil er in diesem Semester zwei Kurse bei ihm belegt hatte. Manchmal hörte Neil sich sogar schon mit Professor Piots Akzent denken, was definitiv zu weit ging, und in seiner Sprechstunde – Professor Piot war auch Neils Tutor – musste er sich sehr konzentrieren, um ihn nicht versehentlich nachzumachen.

Neil spürte, dass etwas gegen seinen Fuß stieß. Er schlug die Augen auf. Das kleine Mädchen von gegenüber krabbelte unter den Beinen der Mutter herum und griff nach dem Geschenk von Neils Vater. »Keine Sorge«, sagte Neil, als die Mutter die Kleine wieder auf ihren Sitz hob. »Meinetwegen dürfte sie es auspacken, aber … es gehört mir leider nicht.«

Er lehnte seinen Kopf gegen eine neue, kühlere Stelle an der Scheibe. Mittlerweile hatten sie die Stadt hinter sich. Etwas Gelbes blühte auf den Feldern rundum. Bis in weite Ferne zog sich die Farbe übers hügelige Land, wie mit einem Textmarker bemalt.

Professor Piot hätte bei einem Blick aus dem Busfenster sicher etwas lernen können. Neil betrachtete die endlose Weite gelber Blüten, doch fiel ihm dazu nur ein, dass es in England keine Sprinkleranlagen gab. So unüberschaubar Colorados Prärie den Pionieren vorgekommen sein mochte, war dort mittlerweile doch jedes Fleckchen Grün von gepunkteten Linien durchzogen, einem Gitternetz aus Hochdruckleitungen zur Bewässerung des Bodens. Als kleiner Junge war Neil mit seinem Cousin und seiner Cousine an Sommernachmittagen oft unter Pops Sprinklern hindurchgelaufen und hatte sich das Wasser auf den Rücken prasseln lassen. In England dagegen regnete es ständig, und Neil überlegte, ob die britischen Bauern es wohl leichter hatten, weil sie nicht ständig kaputte Bewässerungspumpen reparieren oder sich fragen mussten, ob die Leute flussaufwärts mehr abpumpten, als ihnen zustand. Das Gelb der Felder war so grell, dass es wehtat, also schloss Neil für den Rest der Reise die Augen, dachte an Nan und Pop und überlegte, wie es seinem Vater wohl ergehen mochte, da er die Farm jetzt ganz allein bewirtschaftete.

Die Mädchen von nebenan fanden es irgendwie putzig, dass Neils Vater Farmer war – dass er ursprünglich Englischlehrer gewesen war, behielt Neil lieber für sich. Am Abend vorher hatte er den Mädchen während der Halbzeit davon erzählt, wie sein Dad seine Mom zum ersten Mal mit nach Hause brachte, um sie seiner Familie vorzustellen, an einem Tag, an dem Pop Bullenkälber kastrierte. Zum Abendessen hatte Nan Prärieaustern serviert – die Ehe stand offensichtlich von Anfang an unter keinem guten Stern –, und Amanda fand die Vorstellung von Hoden im Brotteig dermaßen lustig, dass sie vor lauter Lachen irgendwie an Neils Schulter sank und auch während des Elfmeterschießens so sitzen blieb. Neil nahm sich vor, seinen

Vater zu fragen, ob in den Monaten, seit sie zuletzt miteinander gesprochen hatten, irgendwas Interessantes auf der Farm passiert war. Leider hatten sie die Kühe verkauft, nachdem Pop nicht mehr lebte. Zu gern hätte Neil während der Verlängerung Geschichten über Kälberketten oder Probleme mit Kojoten zu erzählen gehabt.

Da er nun endlich unterwegs war, das Weihnachtsgeschenk abzuliefern, freute sich Neil direkt darauf, mit seinem Vater zu telefonieren, und er rechnete sich aus, dass er ihn durch die Zeitverschiebung gut am Abend anrufen konnte, sobald er wieder in London wäre. Er wollte seinem Vater von Professor Piots Seminarausflug nach East Sussex erzählen, bei dem sie über private Weiden gewandert waren, auf der Suche nach dem berühmten mythischen Graben, der letzten Bastion der Engländer während der Schlacht von Hastings. Die Nachricht, dass man ihn auserkoren hatte, mit nach Paris zu fahren, wollte er sich bis zuletzt aufsparen, weil er wusste, dass sein Vater oft mit den Tränen rang, wenn er stolz auf seinen Sohn war. Möglicherweise würde er auflegen, bevor Neil ihm alles erzählt hatte. Im Gegensatz zu Neils Mutter, der es unbegreiflich war, dass Neil nicht noch einen letzten Sommer zu Hause verbringen wollte, um im Kino zu arbeiten und Geld fürs College zu sparen, würde sein Vater verstehen, wie viel es ihm bedeutete, der Einzige in Professor Piots Forschungsteam zu sein, der aus der Unterschicht kam.

Der Busbahnhof von Swindon hatte nicht viel von einem Bahnhof. Im Grunde war es nur ein großer Wendeplatz mit überdachtem Wartebereich. Der Bus hielt, und Neil schälte sein Gesicht von der Scheibe. Seine Wange fühlte sich platt und kalt an, wie gekühlter Keksteig, der am Wachspapier festklebte. Der Geschmack in seinem Mund war grausam. Er suchte in seinen Jackentaschen nach Kaugummi und vergaß darüber das Päckchen seines Vaters unter dem Sitz, sodass er sich nochmal durch die aussteigenden Fahrgäste drängeln musste, um es zu holen. Ganz unten in seiner Tasche fand er einen alten Pfefferminzbonbon, längst ausgewickelt und voller Fusseln. Anfangs klebte der Bonbon nur an der Zunge fest, dann löste er sich langsam auf und kühlte seinen Mund. Neils stechender Kopfschmerz fuhr ihm bis in den Nacken, und in seinem Magen rumorte es. Er brauchte eine Cola und einen Cheeseburger, eine Mütze Schlaf und eine Zahnbürste. Mit dem Geschenk seines Vaters unterm Arm – mittlerweile ragte das gefiederte Ende eines Pfeils aus einem Loch im Kinn des Weihnachtsmannes – war Neil der letzte Fahrgast, der aus dem Bus stieg.

Die meisten Leute gingen rüber zur Haltestelle vom Stadtbus. Niemand nahm eines der beiden Taxis, die dort warteten. Neil hielt Ausschau nach einem Mädchen, das die Tochter einer Katalogfreundin seines Vaters sein konnte – denn er war ziemlich sicher, dass so etwas dahinterstand. Abgesehen von reichlich blauem Lidschatten hätte Neil jedoch nicht sagen können, wie so jemand wohl aussehen mochte, und außerdem war es nicht fair. Vermutlich stellte sich die Tochter der Freundin auch jemand anderen vor als ihn. Also hielt Neil die Augen nach einem ganz normalen Mädchen auf. Eine junge Frau saß bei der Bushaltestelle, telefonierte allerdings mit herbem, englischem Akzent. Als ein Bus hielt, stieg sie ein. Niemand stieg aus. Neil ging über die Straße zum Fahrkartenhäuschen. Davor stand ein Mädchen und rauchte. Neil lächelte sie an, doch sie reagierte nicht. Sie trat ihre Zigarette aus, schien ihn gar nicht zu bemerken. Neil ging in das Häuschen. Ein Mann ohne Schuhe lag quer auf den Sitzen und schlief, trotz der Armlehnen. Die Frau hinter der Scheibe des Fahrkartenschalters aß ein Automaten-Sandwich ohne Kruste.

Neil ging wieder vor die Tür. Er warf einen Blick auf sein Handy, doch es hatte niemand angerufen. Vielleicht hatte sie ihn vergessen. Er wollte noch ein paar Minuten warten und dann Veejay anrufen, ihn vermutlich wecken und dann trotzdem dazu bewegen, Neils Notizbuch zu suchen, weil er vergessen hatte, ihre Nummer auf sein Handy zu übertragen. Es würde unangenehm werden, denn Neil war ziemlich sicher, dass in diesem Notizbuch auch peinliche Reime über Amanda standen. Neil war kein Dichter, aber Amanda hatte so eine Art, mit den Fingerspitzen am Saum ihrer Kleider entlangzustreichen, wenn man mit ihr sprach. Es wirkte *elegant,* wie Neil am Abend zuvor gedacht hatte, als er eigentlich Arsenal hätte zusehen sollen, aber eher sie beobachtet hatte und vermutlich leicht angetrunken gewesen war. Vielleicht sollte er Veejay lieber schlafen lassen – sein Notizbuch sicher unter Pizzakartons begraben – und einfach wieder nach Hause fahren.

Der nächste Stadtbus kam und fuhr wieder ab. Neil stand da, mit dem mittlerweile kaum noch eingewickelten Pfeil-und-Bogen-Set unterm Arm. Plötzlich wurde ihm ganz schlecht bei dem Gedanken an den Quatsch, den er gestern Abend zu Amanda gesagt hatte, und daran, wie sie mit den Fingerspitzen am Saum ihres Hemds entlangstrich. Während sich sein Pfefferminzbonbon auflöste, spürte er, wie der Katzenjammer Kraft für eine letzte Attacke sammelte, bevor er sich in den gleichmütigen Nischen seiner Leber niederlassen würde.

»Ni-yell?« Es war das Mädchen mit der Zigarette, das offenbar beschlossen hatte, ihn nun doch zu bemerken.

»Oh, hi«, sagte er. »Ich wusste nicht, dass du es bist.«

»Ich warte auf dich auf der anderen Seite«, sagte sie.

»Ja, ich weiß«, sagte Neil. »Du hast mich wahrscheinlich nicht gesehen.« Sie wirkte abgelenkt, als passierte hinter seinem Rücken etwas Interessantes. Vielleicht hatte sie jemand Attraktiveren erwartet.

»Wollen wir gehen?«

»Okay«, sagte Neil, und sie liefen die Straße entlang. »Coole Stadt.«

»London ist mehr cool«, sagte sie.

Sie war etwa in Neils Alter, vielleicht ein bisschen älter. Offenbar trug sie gar keinen Lidschatten, und Neil schämte sich kurz dafür, dass er davon ausgegangen war, sie würde wie eine Nutte oder so jemand aussehen. Allerdings hatte sie einen Akzent wie der scharfe Roboter in WarCraft Reloaded. Verdammt, wie hieß sie noch gleich? Hatte sie es ihm gesagt? Er konnte sich nicht erinnern.

»Wie geht's deiner Mom?«, fragte Neil.

»Geht gut«, sagte sie.

»Ist sie wieder zu Hause?«, fragte Neil.

»Ja. Sie hat jetzt Restaurant in Vilnius«, sagte sie.

»Oh, wow. Was für ein Restaurant?« Heinrich IV. hatte viel

Geld bei dem Versuch verloren, Vilnius zu erobern, bevor er seine Aufmerksamkeit der Absetzung Richards II. zuwandte, aber Neil konnte sich nicht erinnern, in welchem Land die Stadt heutzutage lag. Weißrussland?

»Pizza«, sagte sie. Sie liefen durch eine menschenleere Einkaufsstraße, dann durch einen kleinen Park. Ein Brunnen plätscherte auf moosige Fliesen. Neil musste pinkeln. Er wünschte, er könnte sich erinnern, wo Vilnius lag. Da er einen Abschluss in Europäischer Geschichte hatte, war es doch recht peinlich, dass er es nicht wusste.

»Pizza ist neu – ganz groß in Litauen«, sagte sie. *Litauen,* dachte Neil. *Litauen, Litauen, Litauen.*

»Das kann ich mir vorstellen«, sagte Neil.

»Und dein Dad?«, fragte sie.

»Ach, dem geht's gut«, sagte Neil. »Du weißt schon.« Was eine blödsinnige Aussage war, weil sie seinen Vater gar nicht kannte, und sollte ihre Mutter ihr etwas erzählt haben, dann sicher nur, dass er, seit Pop tot war, ganz allein in diesem großen Haus wohnte. Eine Weile gingen sie schweigend nebeneinander her, und Neil betrachtete die vereinzelten Blumenbeete, während er überlegte, was er sagen könnte.

»Und was machst du so?«, fragte Neil, als sie auch gerade etwas sagen wollte. Die Worte purzelten durcheinander, sodass sie nochmal von vorn anfangen mussten. »Du zuerst«, sagte Neil.

»Nein, schon gut«, sagte sie. »Ich frag nur, ob ist okay, wenn wir gehen zu mein Haus?«

»Klar«, sagte Neil. Er musste dringend pinkeln.

»Und was machst du so?«, fragte er nochmal.

»Ich arbeite in ein Club«, sagte sie. »Kellnern und so. Ist kein schlechter Job, aber na ja …«, sagte sie. »Und du?«

»Ich studiere noch«, sagte Neil.

»An Universität?«

»Ja. Es gibt da so was wie ein Austauschprogramm mit meiner amerikanischen Uni. Wer will, kann ein Jahr in London studieren.« *In London studieren.* Oje. Wahrscheinlich hielt sie seinen Dad jetzt für reich. »Weißt du, normalerweise muss man etwas älter sein, aber ich versuche, nach drei Jahren fertig zu werden, um – na ja – um Geld zu sparen …«, was wohl der Wahrheit entsprach, aber bei all den Scheinen, die er schon beisammen hatte, würde er sein Examen zwangsläufig früher ablegen, »… also lassen sie mich ein Jahr früher zu. Es gibt hier so ein Programm für das, was ich studiere. Im Grunde ist es für mich sogar besser, hier zu studieren, denn es geht um Europäische Geschichte, und hier ist schließlich Europa. Zumindest dachte ich, hier wäre Europa, bis ich herkam und hörte, wie die Briten über Europäer reden – als wären sie Außerirdische oder so.« Die Amerikaner im Historischen Seminar machten sich darüber lustig, aber offenbar störte sie sich nicht daran, obwohl sie im Grunde auch hätte gekränkt sein können, denn sie *war* ja Europäerin. Immer wieder warf sie einen Blick über seine Schulter, als wollte sie ihn nicht ansehen. Er fragte sich, ob er etwas im Gesicht kleben hatte.

Als es in ihrer Handtasche klingelte, fing sie an, nach ihrem Handy zu wühlen, was Neil Gelegenheit gab, sein Gesicht abzutasten. Er strich seine Augenbrauen glatt und wischte sich über Mund- und Augenwinkel. Da er noch nichts gegessen hatte, konnte er wohl kaum etwas zwischen den Zähnen haben.

Als er fertig war, sagte sie gerade in ihr Handy: »Ja, ist eingesteckt in Wand? Du bist sicher?«, und zum ersten Mal konnte er sie eingehender betrachten. Sie hatte ein auffällig rundes Gesicht und Haare, die bewusst unterschiedlich lang geschnitten waren, sodass sie beim leisesten Windhauch aufwehten, und sie trug Stiefel mit hohen Absätzen, wie sie – zumindest bei ihm zu Hause – niemand trug. Amerikanische Frauen wirkten auf High Heels immer etwas verschämt, als wüssten sie, dass sie die Träume ihrer frauenrechtsbewegten Großmütter zerstörten oder sich Krampfadern einhandelten. In London dagegen waren Frauen auf High Heels oft derart grimmig überzeugt von ihrer eigenen Schönheit, dass Neil sie nicht mehr attraktiv fand. Bei Wie-hieß-sie-gleich hatten die Stiefel einen Effekt, den nur osteuropäische Frauen erzielten. Es sah nicht wirklich bequem aus, aber sie lief, als machte ihr das nichts aus – und das allein schon verlieh ihren Hüften etwas Faszinierendes.

Sie beendete ihr Telefonat, indem sie etwas in einer fremden Sprache sagte, dann: »Nein, ich rede nicht mit dir, wenn du mich so nennst … Ja, das weiß ich, okay, bis dann.« Sie warf das Telefon zurück in ihre Handtasche, die sehr groß war und reichlich Schnallen und Fransen besaß.

»Alles okay?«, fragte Neil, obwohl es ihn nichts anging.

»Alles scheiße«, sagte sie. Sie hatte einen grauen Zahn, genau wie Neil als kleiner Junge. Damals war ihm ein Milchzahn abgestorben, nachdem er eine Schaukel ins Gesicht bekommen hatte.

Sie bogen in eine Wohnstraße ein – reihenweise Häuser mit bleichen Gardinen vor den Fenstern und Gärten voller

Stockrosen und Dreirädern. Das Mädchen sagte nichts weiter, aber Neil wollte ihre letzte Aussage nicht unkommentiert lassen.

»Was ist passiert?«, fragte er.

Noch immer blickte sie so zielstrebig an ihm vorbei, dass Neil am liebsten sein Gesicht nochmal abgetastet hätte, weil er fürchtete, er hätte was Ekliges an der Wange. Plötzlich neigte sie sich ihm zu und sah ihn so seltsam eindringlich an. Entweder hatte er tatsächlich was im Gesicht, oder sie wollte ihn küssen. Neil dachte, er müsste gleich in Ohnmacht fallen. Stattdessen jedoch lächelte sie, als freute sie sich über irgendwas.

»Nichts weiter«, sagte sie.

Ihr Weg endete vor einem ziemlich großen Haus. Mit den sauber getrimmten Hecken sah es geschäftsmäßig aus, ein wenig wie eine Zahnarztpraxis. Das Mädchen blieb auf dem Gehweg stehen, suchte nach dem Haustürschlüssel. »Wow, hier wohnst du?«, fragte Neil. Es gab sogar eine Garage.

»Gehört ein Freund«, sagte sie.

Sie nahmen den Hintereingang und zogen im Flur die Schuhe aus. Ohne die hohen Absätze war sie etwa genauso groß wie Neil. Sie stieg in ihre Hausschuhe, und Neil folgte ihr den Flur entlang, wobei er sich Mühe gab, das Loch in seinem Strumpf zu verbergen.

Im Haus war es warm. Es roch nach Teppich, und der weiche Boden schien jedes Geräusch zu dämpfen. »Mein Freund heute ist bisschen gaga, da sagt er dumme Sachen.«

»War er das am Telefon?«, fragte Neil.

»Ja, er ruft immer so an. Hat Problem mit sein Computer. Ich weiß nicht, was.«

»Wir können auch woanders hin«, sagte Neil.

»Nein, nein, ist schon okay. Ich glaube, ich muss ihm zeigen, wie geht.« Sie führte Neil durch einen Wohnraum in eine Art Arbeitszimmer. Erst sah Neil nur einen Haufen Pappkartons, manche davon offen und voller Plastikspulen mit Fotonegativen. Bücher mit Titeln in verschiedenen Sprachen standen auf Regalen, gestützt von Soldatenhelmen aus dem Zweiten Weltkrieg. An der Wand hing ein großes Foto von einem nackten Mädchen. Irgendwas daran vermittelte Neil das Gefühl, es wäre angebracht, sich höflich abzuwenden. Das war der Moment, in dem er den älteren Mann bemerkte, der dort im blauen Lichtschein eines Computermonitors saß und ihn musterte.

»Sie ist hübsch, nicht?«, sagte der Mann, und einen schrecklichen Augenblick lang dachte Neil, er meinte Wie-hieß-siegleich. »Hab ich bei einer Auktion in Leeds ersteigert. Fünfhundert Pfund. Ist sie aber wert, oder?«

»Ja«, sagte Neil und betrachtete das Foto auf – wie er hoffte – reife und tiefgründige Weise.

»Barry«, sagte der Mann. Er war kein Engländer. Er klang australisch. Auf seinem Bürostuhl rollte er durch abgewetzte Furchen im Teppich auf Neil zu, um ihm die Hand zu reichen. »Magdute hat schon angekündigt, dass du kommst. Amerikaner, hm?«

»Jep«, sagte Neil. »Ich studiere in London.« *Magdute,* dachte er im Stillen und versuchte, sich den Namen einzuprägen. *Mag-du-te.*

»London ist ne tolle Stadt«, sagte Barry.

»Oh, ja«, sagte Neil. »Ja, definitiv.«

Magdute trat hinter ihm hervor.

»Hast du hingekriegt?«, fragte sie.

»Nicht wirklich. Schaff mir diesen Bluescreen vom Hals, okay?«, sagte Barry und fügte etwas in einer fremden Sprache hinzu. Es klang so ganz anders als Barrys Australisch, dass Neil einen Moment brauchte, bis ihm klar wurde, dass die Worte, was sie auch bedeuten mochten, von ihm kamen.

»Okay«, sagte Magdute. Sie drückte ein paar Tasten an Barrys Computer.

»Du studierst also …« Barry wandte sich zu Neil um. »Wirtschaftswissenschaften?«

»Geschichte«, sagte Neil.

»Ahaaa!«, sagte Barry. »Bin selbst auch historisch unterwegs. Was ist dein Gebiet?«

»Ich habe mich noch nicht endgültig entschieden«, sagte Neil. »Mein Professor ist Experte für das mittelalterliche Frankreich, und das finde ich ziemlich interessant.«

»Hm«, machte Barry. »Ich bin eher für die Neuzeit zu haben. Siehst du die Patronenhülsen?« Barry deutete auf ein kleines Einmachglas voller Patronen, das als Briefbeschwerer auf seinem Schreibtisch stand. »Die habe ich eigenhändig im Wald von Ponary ausgegraben, außerhalb von Magdutes Heimatort. Da wurden zwischen 1941 und 1944 hunderttausend Menschen hingerichtet. Mehr oder weniger.«

»Okay, Barry, fang jetzt nicht an damit«, sagte Magdute. Sie fand den Router unter ein paar Akten und zog das Kabel raus.

»Östlich von Berlin ist man allergisch gegen Geschichte«, sagte Barry. »Am schlimmsten sind die Litauer. Reichlich Leichen im Keller, stimmt's, *Gretchen?*«

»Dein Explorer ist von 2002«, sagte sie, ohne aufzublicken. »Besorg ich dir neues, okay?« Sie stöpselte den Router wieder ein. Verband den Computer mit dem Netz, dann wandte sie sich Neil zu und sagte. »Wartest du kurz? Ich hol dir eben deine Sachen.« Sie ging hinaus, und Neil versuchte, sich etwas einfallen zu lassen, was er sagen konnte. Aus dem Augenwinkel sah er immer noch das Foto der nackten Frau. Es war ihm unangenehm, und als er sich umdrehte, sah er, dass da noch andere hingen. Magdute sollte ihn nicht dabei ertappen, dass er die Bilder betrachtete, also nahm er ein staubiges Regal ins Visier, auf dem eine alte Feldflasche lag, daneben eine Gasmaske, die ihn aus schwarzen, apokalyptischen Augen anstarrte. Er fand sie unheimlich, wusste aber bald nicht mehr, wohin er sich wenden sollte.

Barry wackelte mit der Maus, dann rief er etwas in die Richtung, die Magdute genommen hatte. Neil meinte zu wissen, welche Sprache das war. Er äußerte eine Vermutung.

»Sie sprechen Russisch?«, fragte er.

»Litauisch«, antwortete Barry. »Hat seine Wurzeln im alten Livländisch. Lass sie bloß nicht hören, dass du es für Russisch hältst – zu lange unter der sowjetischen Knute, du verstehst?«

»Oh, stimmt«, sagte Neil. Er war ja ein schöner Historiker. »Haben Sie da gelebt oder so?« Er freute sich, einen Grund gefunden zu haben, dass er nicht mehr die Wände anstarren musste.

Barry lachte. »O Gott, nein! Sprachen sind ein Hobby von mir.« Magdute kam mit einer Einkaufstüte und einem Stuhl für Neil zurück. »Magdute hilft mir«, sagte er.

Sie sagte etwas auf Litauisch zu ihm, dann zu Neil: »Die Endungen kriegt er nie hin.«

»Lausig«, sagte Barry zu ihr. »Ich dekliniere lausig.« Er wandte sich Neil zu und sagte: »Estnisch ist leichter.«

»Sie sprechen Estnisch?«, fragte Neil.

»Und sechs bis acht weitere Sprachen. Bulgarisch, Lettisch, Polnisch – ein Hobby. Ich würde gern Ukrainisch lernen, finde aber kein Mädchen, und die Lernkassetten sind Mist. Damit geht es nicht.« Er sagte noch etwas zu Magdute, woraufhin sie mit den Augen rollte und wieder hinausging. Nebenan hörte man es rumpeln, und Barry rief ihr etwas zu, was Neil zusammenzucken ließ. Die seltsam klingenden Worte passten einfach nicht zu Barrys vokalreichem Akzent.

»Ständig rennt sie irgendwo gegen«, sagte Barry. »Blind wie ein Maulwurf.«

Magdute kam mit Limonade wieder. Sie sagte etwas zu Barry, und er antwortete ihr. Diese Sprache klang, als würde man Stöcke aneinander reiben, die hin und wieder Funken schlugen. Als sie sich vorbeugte, um Barry ein Glas zu reichen, strich er mit der Hand über ihre Wange, wie um eine Wimper wegzuwischen.

Neil wollte wieder los. Er bemühte sich, seine Limonade schnell auszutrinken, doch merkte er dabei nur, wie dringend er pinkeln musste. Er überlegte, wann er wohl fragen konnte, wo die Toilette war, ohne unhöflich zu wirken.

»Sprachen können Sie offenbar gut«, sagte Neil.

»Die Mädchen helfen mir. Weißt du, man muss die Worte anwenden. Man muss sprechen. Neue Sprache, neues Mädchen – manchmal auch umgekehrt. Zum Beispiel Litauisch.

Schmutzige Sprache, aber die kleine Magdute musste ich unbedingt um mich haben.«

Barry prustete vor Lachen. Neil war nicht sicher, aber es konnte durchaus sein, dass er selbst auch gelacht hatte. Sein Kater brachte ihn zum Schwitzen.

»Für Polnisch habe ich Zosia, für Bulgarisch Desislava, Veronika fürs Tschechische, nur für Ukrainisch finde ich niemanden. Die kleine Galya hat mich belogen, stimmt's?«

»Sie war Russin«, sagte Magdute.

»Blöde Fotze«, sagte Barry. »Aber was soll man machen? Für so eine Wohnung ziehen manche von den Mädchen eine echte Show ab. Mietfrei. Und ich kann doch so schlecht nein sagen.« Er zwinkerte Neil zu. »Du weißt schon: der baltische Charme. *Iiist guut, ja?*«, sagte er und imitierte Magdutes Akzent perfekt. Neils Mund schmeckte nach Essig. Er schwitzte stark. »Stimmt's?«, fragte Barry.

»Oh, ja«, sagte Neil. Er war nicht ganz sicher, wovon sie eigentlich redeten.

»Bloß keine Russen. Gegen Russen hab ich was. Gegen Deutsche auch. Alles Bolschewiken und Nazis, oder?«

Neil brauchte dringend ein Kaugummi. Sein Mund schmeckte, als wäre was darin gestorben. Er trank seine Limonade aus.

»Ich muss Arbeit«, sagte Magdute.

Sie ging hinaus, und Neil warf einen Blick auf seine Uhr – die gar nicht da war, weil er sie am Morgen vergessen hatte – und sagte: »Ich sollte auch mal lieber los.«

»Okidoki«, sagte Barry. Und dann, als Magdute draußen war, rollte er mit seinem Stuhl wieder zu Neil und sagte: »Hör mal. Willst du nicht noch etwas bleiben? Du als

Historiker – ich hätte da ein paar Sachen, die dich interessieren könnten.«

»Ich kann nicht«, sagte Neil. »Der Bus geht um drei, glaube ich, Viertel nach drei …« Barry nickte.

»Morgen fährt auch noch ein Bus.«

»Ja, aber ich muss zurück.« Ein warmer Schweißtropfen löste sich aus Neils Achselhöhle und rann an ihm herab. Für einen Moment zögerte der Tropfen an seinen Rippen, dann nahm er Anlauf und lief zielstrebig in seine Unterhose.

»Ich habe Filmaufnahmen von den Kriegsberichterstattern – offizielle Kameramänner der Waffen-SS. Himmler beim Pferderennen, eine Burlesque-Show in Minsk – bestimmt nicht für offizielle Zwecke. Echte Sammlerstücke.«

»Wow, kann ich mir vorstellen«, sagte Neil.

»Bleib über Nacht«, schlug Barry vor. »Wir bauen den Projektor auf.«

»Vielen Dank«, sagte Neil. »Aber ich muss noch was für die Uni machen.« Was gut möglich war, sogar wahrscheinlich, auch wenn er sich im Moment nicht erinnern konnte, ob es stimmte oder nicht.

»War ein Witz«, sagte Barry, boxte Neil an den Arm und lehnte sich auf seinem Stuhl zurück. »Hier sind nur Damen willkommen, okay?«

Neil merkte, dass seine Gedanken klappernd dem hinterherstolperten, was hier los war, wie eine leere Dose, die ein kleiner Junge am Band hinter sich herzog.

»Dürfte ich mal Ihre Toilette benutzen?«, fragte Neil.

»Links und wieder links«, sagte Barry und deutete zum Flur.

Das Haus war seltsam geräuschlos. Neils Strümpfe

hinterließen Spuren auf dem dicken Teppich, aber seine Schritte machten keinen Laut. In der Stille konnte Neil fast hören, wie sein Atem die Blase zum Schwingen brachte, die stramm war wie ein Trommelfell.

Neil spülte, dann stand er am Waschbecken und hielt seine Hände unters kalte Wasser. Endlich hatte er Gelegenheit, sich im Spiegel zu betrachten. Da war nichts Ungewöhnliches in seinem Gesicht, obwohl er seiner Sache nicht sicher sein konnte. Der Spiegel war eher eine Scheibe aus getöntem Glas, als wäre er gar nicht dazu da, benutzt zu werden. Wie der Rest des Hauses hatte auch das Badezimmer etwas Unpersönliches an sich. Es war wohl sauber, aber von einer Sauberkeit, bei der alles von einem Film überzogen zu sein schien. Seife in Form eines Seepferdchens lag unbenutzt in einer Schale, und am Arzneischränkchen hing ein kleines, silbernes Vorhängeschloss. Allein der einsame Kajalstift auf dem Waschbeckenrand verriet, dass dieses Bad benutzt wurde.

Neil warf sich etwas Wasser ins Gesicht und trank aus der hohlen Hand. Das Wasser schmeckte genauso nach Plastik wie in London, und seine Zunge fühlte sich kalkig an. Er brauchte Mundwasser oder einen Klecks Zahnpasta, irgendwas, um den fiesen Geschmack im Mund loszuwerden, der befürchten ließ, dass er grausamen Mundgeruch hatte. Er sah sich das Vorhängeschloss am Arzneischränkchen genauer an und merkte, dass es gar nicht richtig verschlossen war. Er öffnete die Spiegeltür.

Neil kam sich vor wie in einer Fernsehwerbung. Das Arzneischränkchen war leer, bis auf eine Dose Pfefferminzbonbons, die wie der Heilige Gral im mittleren Fach stand. Allem Anschein nach stand diese Dose schon sehr lange dort, denn sie klebte fest. Aber Pfefferminzbonbons werden nicht schlecht, und als sich der Deckel nicht öffnen lassen wollte, schob Neil einen Fingernagel unter den rostigen Deckel. Es nervte Neil immer, wenn Leute in Bonbon-Dosen herumwühlten und dabei alle anfassten. Er bekam den Deckel auf und warf einen Blick hinein, doch sah er keine kleinen weißen Bonbons. Nur ein aufgewickeltes schwarzes Kabel, zusammengehalten von einem roten Haargummi. Neil tippte mit dem Fingernagel gegen das Kabel. Das eine Ende führte durch ein Loch in der Dose und verschwand in einem weiteren Loch in der Wand. Das andere Kabelende war an etwas befestigt, das Neil anfangs für die Kappe eines schwarzen Textmarkers hielt, die seitlich in die Dose geklemmt worden war. Vorn hatte jemand ein weiteres Loch hineingebohrt, und als Neil sich vorbeugte, um es sich genauer anzusehen, blickte er in das gläserne Auge einer winzigen Kameralinse. Sie war auf die Dusche gerichtet, und Neil merkte, dass das, was er für die Spiegeltür des Arzneischränkchens gehalten hatte, von innen in Wahrheit durchsichtig war. An der Unterseite vom Fach klebte ein kleiner Zettel.

усмихни се
naerata
uśmiechnij się
pasmaidiet
šypsokis
lächeln

stand da.

Neil hatte noch etwas gesehen, bevor er seine Schuhe überstreifte und Magdute hinterherlief, auf die Straße hinaus. Als er später in London Veejay klarzumachen versuchte, warum ein Haus voll osteuropäischer Mädchen mit Kameras in den Wänden kein bisschen cool war, dass es im Gegenteil gruselig war, woraufhin Veejay ihn mit hochgezogenen Augenbrauen musterte, als verstünde er kein Wort, da war es dieser Anblick, den Neil sich nicht erklären konnte, dieser Anblick, der ihm auf ewig erhalten bleiben würde, in den Archiven seiner Erinnerung, unter dem Titel »Das Haus in Swindon«.

Als Neil gerade aus dem Badezimmer gekommen war, hatte sich eilig eine Tür im Flur geschlossen – ihm war gar nicht aufgefallen, dass sie offen gestanden hatte. Doch bevor sie sich schloss, hatte er ein blondes Mädchen im Abendkleid gesehen. Ihr Make-up war verschmiert, und sie hielt ihre Schuhe in der Hand – es schien, als wäre sie auf Zehenspitzen hereingeschlichen. Das Mädchen wandte sich um, blickte kurz auf und hielt zwei Finger an ihre Lippen, wie um sie geschlossen zu halten. Einen Augenblick lang starrten sie einander an. Und während sie das taten, kam Neil eine unangenehme Erinnerung. Jemand, den er als Kind gekannt hatte, blickte auf, mit geröteten Augen, erschrocken, starrte Neil mit panischem Blick an. Irgendein komplizierter psychologischer Vorgang war dafür verantwortlich, dass ihm dieses Gesicht in den Sinn kam, und Neil nahm sich vor, nicht allzu viel darüber nachzudenken. Er wusste jedoch, dass es eines ganz gewiss bedeutete: Er würde seinen Vater nicht anrufen, wenn er wieder nach London kam. Er würde ihm weder erzählen, dass er das Geschenk abgeliefert hatte, noch dass er auserwählt worden war, im Sommer mit nach Paris zu fahren – was bedeutete, dass dieser ganze Tag vergeudet war. Vor dem Hintergrund dieser unangenehmen Erinnerung wusste Neil, dass er seinem Dad unmöglich von Magdute und den anderen Mädchen erzählen konnte, die in diesem Haus lebten.

Magdute begleitete ihn zur Bushaltestelle. Sie liefen schweigend, und Neil überlegte, was er sagen konnte, wie er das Steuer in die Hand nehmen und ihr ruhig und vorsichtig beibringen konnte, was er gesehen hatte, wobei er alles etwas würde herunterspielen müssen, damit sie nicht in Panik geriet. Doch jedes Mal, wenn er sich dazu durchgerungen hatte, ihr von der Kamera zu erzählen, wusste er nicht genau, wie er anfangen sollte, oder wenn er so weit war anzufangen, wurde das, was ihm so einfach vorgekommen war, plötzlich immer komplexer, und er brachte kein Wort heraus. So liefen sie weiter, und Neil sagte nichts, merkte jedoch, wie ihm dieser Moment entglitt, der ihm für ein paar Sekunden die Chance bot, wirklich jemand zu *sein,* in dem das Leben eine Wendung nehmen konnte … nur wohin? Das war das Entscheidende. Zu einem Menschen mit Mumm, einem Menschen, der im entscheidenden historischen Augenblick eine Bauernarmee aufstellte oder Pflastersteine auf die Bastille warf, zu so einem Menschen, der Neil niemals sein konnte.

»Barry steht voll auf dieses Weltkriegs-Zeug, was?«, sagte Neil, weil er irgendwo anfangen musste.

»Oh, ja«, sagte Magdute. »Er ist besessen. Fährt durch ganze Land, um Feuerzeuge von deutsche Armee und so was zu kaufen.«

»Das ist schräg«, sagte Neil.

»Total«, sagte Magdute. Die Absätze ihrer Stiefel klackten auf dem Bürgersteig und erinnerten Neil daran, dass ihm die Zeit weglief. Er holte tief Luft.

»Das ist mal eine hübsche Kirche«, sagte Neil. Was redete er von Kirchen? Außerdem stimmte das gar nicht. Die Kirche war von dieser bewussten Ausdruckslosigkeit der Zeit zwischen den Weltkriegen.

Magdute blickte auf und kniff die Augen zusammen. Die Kirche war aus gelbem Stein gemauert, plump und entschlossen in ihrer Hässlichkeit. Gott, er war ein solcher Idiot. *Ich glaube, du wirst unter der Dusche beobachtet,* sagte Neil in seinem Kopf.

»Ja?«, meinte Magdute. »Ist mir nie aufgefallen die Kirche.«

Sie waren nur noch wenige Blocks vom Busbahnhof entfernt, und Neil sah, dass der Bus schon wartete. Magdute stand da und betrachtete die Kirche mit leerem Blick, als dächte sie an etwas völlig anderes.

»Da ist mein Bus«, sagte Neil. »Ich sollte mich beeilen.« Magdute blickte die Straße entlang.

»Nein, ich glaube, der wird kommen erst um drei«, sagte sie.

»Oh«, sagte Neil. Der Bus sah aus wie der, mit dem er gekommen war, aber er wollte nicht streiten. Langsam gingen sie weiter.

»Weißt du, als ich klein war, mochte ich Kirchen«, sagte Magdute. »Ich wollte mal werden Nonne. Wie findest du das?« Sie lachte. »Und jetzt sind wir alle beschissene Heiden, ja?«

»Kann schon sein«, sagte Neil.

»Sagt Barry jedenfalls. Diese Land ist voll von beschissene Heiden, die beten auf Steinen. Seit er das hat gesagt, ich suche überall Steine und verrückte Engländer, die beten darauf, finde aber keine.«

Apropos Barry, sagte Neil in seinem Kopf.

»Na ja, zum einen wäre da Stonehenge«, sagte Neil. Die Schlange vor dem Bus wurde immer kürzer. Inzwischen war er sicher, dass auf dem Schild in der Windschutzscheibe LONDON stand. »Ich glaube wirklich, das ist mein Bus.«

»Doch schon?«, fragte Magdute.

»Ja, der da«, sagte Neil. »Mist, tut mir leid, ich muss mich beeilen.« Langsam schloss sich die Tür. »Es war echt nett, dich kennenzulernen«, sagte er.

»Okay, auf Wiedersehen«, sagte Magdute, und Neil winkte über seine Schulter hinweg, während er die Straße hinunter lief. Der Fahrer öffnete die Tür, und Neil durchwühlte seine Taschen nach der Fahrkarte. Kleingeld und Kaugummipapier fielen heraus.

»Hey«, sagte der Fahrer. »Gehört die zu dir?« Er nickte aus dem Fenster. Magdute winkte mit beiden Armen. Sie kam auf den Bus zugelaufen, dann zögerte sie, wirkte unentschlossen. Sie machte kehrt und lief in die andere Richtung, ruderte aber immer noch mit den Armen und rief seinen Namen, als wüsste sie nicht, wo er abgeblieben war.

»Augenblick«, sagte Neil zum Fahrer. Er stieg aus dem Bus und rannte hinter Magdute her, die seltsam verloren wirkte und immer wieder »Niiiiii-yell!« rief.

»Ja?«, sagte er. Sie wandte sich um und wirkte schon gar nicht mehr so verloren.

»Du vergisst Geschenk!«, sagte sie. Und tatsächlich hielt Neil das Päckchen seines Vaters nach wie vor unterm Arm. Er hatte es so fest an sich gepresst, dass an seinem Handgelenk ein kleiner Abdruck der Pfeilspitze zu sehen war.

Magdute nahm eine Papiertüte aus ihrer Handtasche und gab sie ihm. Neil reichte ihr das Päckchen. Der Busfahrer hupte.

»Oh, Mann, danke«, sagte Neil. »Frohe Weihnachten.«

»Okay, *bye*«, sagte Magdute.

Neil winkte ihr, als der Bus anfuhr, doch sie schien ihn nicht zu sehen.

MAGDALENA

Swindon, Mai

Neil verschwand in dem Dauernebel, der auf Armeslänge alles war, was Magdalena noch erkennen konnte. Seine Farben waren verblasst, und Magdalena wandte sich eben ab, um zu gehen, als ihr einfiel, dass sie das Päckchen von ihrer Mutter noch in der Tasche hatte.

Fast hätte sie Neil einfach so fahren lassen – Magdalena war nicht sicher, ob sie ihm noch einmal ins Gesicht sehen wollte. Es war beunruhigend. Niemand, weder ihre Mutter noch Lina oder Ivan, trug – so weit sie es beurteilen konnte – Magdalenas Namen auf seiner Haut. Sonst stand da nichts weiter über sie, und auch keine Erklärung dafür, wie es angehen konnte, dass diese Buchstaben unter dem Auge eines Amerikaners geschrieben standen, den sie noch nie zuvor gesehen hatte.

Er war wohl möglich, dass sich diese Buchstaben auf eine andere Magdalena Bikauskaitė bezogen, doch selbst in Litauen kam dieser Name nicht oft vor. Vielleicht stand der Name am Ende eines Satzes, der unter seinen Haaren begann. Magdalena blinzelte zur Bushaltestelle hinüber und ruderte mit den Armen.

Im nächsten Moment löste sich eine Gestalt vom Bus und kam eilig auf sie zu, die Farben sortierten sich um, bis Neils Jeans vom Pulli zu unterscheiden war und ein heller Fleck zu seinen Haaren wurde. Die Umrisse wurden schärfer, und dann, als er nah genug war, leicht außer Atem, konnte sie die Worte auf seinem Gesicht lesen. Dort stand: *Magdalena Bikauskaitė*, gleich unter dem Wangenknochen. Sie reichte ihm das Päckchen.

»Oh, Mann, danke«, sagte Neil und rannte schon wieder zum Bus zurück, bevor Magdalena ihn bitten konnte, seine Haare am Ohr anzuheben, um herauszufinden, ob vor dem Namen noch andere Worte an seiner Schläfe standen.

Magdalena wartete, bis sie den Bus abfahren hörte, dann blickte sie sich um und überlegte, auf welcher Seite der Haltestelle sie sich befand. Für sie sahen die Straßen aus wie Keile, die in das verwaschene Braun und Grau geschlagen waren. Aus reiner Gewohnheit holte sie ihre Brille hervor und wollte diese gerade aufsetzen, um sich kurz zu orientieren, da stutzte sie. Ein Pulk kleiner Gestalten kam ihr entgegen, paarweise.

Und schon waren sie überall, hopsten in schemenhaften, grünen Uniformen an den Rändern ihres Blickfelds herum. »Sechzig Grad Nord-Nordwest!«, rief eine erwachsene Stimme. Die kleinen Gestalten kreisten paarweise um sich selbst und rempelten dabei Magdalena an.

»*Nord*-Nordwest!«, sagte der Anführer. »Kimberly! Emily! Was sagen wir?«

»Entschuldigung, Miss.«

»Entschuldigung, Miss«, und sie liefen dem Kompass hinterher, den einer von ihnen wie eine Winkerkrabbe am ausgestreckten Arm hielt. Magdalena nahm ihr Telefon hervor und tat, als wollte sie wissen, wie spät es war, nur um dem Anblick ihrer Gesichter zu entgehen.

»Unser steckt fest.«

»Unser auch.«

»Folgt Becky«, sagte der Anführer. »Okay. Vierzig Schritte Nord-Nordwest. Vorsicht, wenn ihr über die Straße lauft. Vorsicht! *Kimberly!*«, und die kleinen Gestalten verschwanden wieder im Nebel.

Dann war die Straße leer, dennoch steckte Magdalena die Brille wieder in ihre Handtasche, zur Sicherheit. Schlimm genug, wenn sie versehentlich einem alten Menschen zu nahe kam, in dessen Gesicht *Herzmuskelfehler* oder *Lungenentzündung* oder *Reue* geschrieben stand. Bei einem Kind wollte man so etwas nicht lesen. Da würde noch anderes stehen: *Wohnt in 12 Hollbury Mews. Stewardess. Heiratet Ronald. Findet eine Seeanemone.* Manchmal jedoch versteckte sich in einem Gesicht, auf dem – wenn es lächelte – quer über die Lippen *geliebt* stand, in einem Grübchen ein *niemals,* und Magdalena hatte schon vor langer Zeit gelernt, dass sie besser gar nicht erst hinsah. Bei alten Leuten mochte ein kompletter Satz in den Falten verschwinden, doch kleinen Kindern versuchte Magdalena aus dem Weg zu gehen, denn es war nur schwer zu ignorieren, was auf der glatten Haut ihrer Gesichter geschrieben stand.

Solange Magdalena sich erinnern konnte, waren die Worte da gewesen, wobei sie diese früher gar nicht als Worte wahrgenommen hatte. Anfangs hatte sie sie im Grunde überhaupt nicht wahrgenommen. Sie gehörten einfach zur menschlichen Haut, so wie Augenbrauen oder Windpocken oder der längliche Leberfleck in der Kniekehle ihrer Mutter, die ihr erzählt hatte, es handle sich um den Fußabdruck einer Fee, weil die manchmal mit ihren matschigen Stiefeln über kleine Kinder hinwegstapften. Und so glaubte Magdalena, als sie noch ganz klein war, auch diese anderen Male müssten von Feen stammen, die ja bekanntermaßen Unfug trieben und vermutlich auch mit Tinte an den Stiefeln über die Leute hinwegstapften.

Als Magdalena jedoch in die Schule kam, wurden die Male zu Buchstaben. »Wer kann uns den Buchstaben *A* zeigen?«, fragte die Lehrerin. Die ganze Klasse deutete auf die Kreidetafel, doch Magdalena deutete auf das Kinn von Tomas Kukauskas, der neben ihr saß.

Schon bald ergaben die Buchstaben Worte, und der Körper jedes anderen Menschen wurde für sie zur Leseübung. Als die Lehrerin sich einmal über sie beugte, um ihre Aufgaben zu korrigieren, betrachtete Magdalena die Male, die aus der Nase ihrer Lehrerin hervorkringelten, um im Ohr wieder zu verschwinden, und stellte fest, dass sie diese lesen konnte.

»Magdalena, wenn du eine Frage hast, dann stell sie laut, damit wir sie alle hören können«, sagte ihre Lehrerin, als Magdalena versuchte, die Buchstaben aneinanderzureihen. Das erste Wort war lang, doch als sie die einzelnen Laute bildete und zusammenfügte, merkte sie, dass es ein Name war: MY-KO-LAS.

»Mykolas«, sagte sie. Sie folgte den Buchstaben über die Wange der Lehrerin, fügte die Laute aneinander, wie man es ihr beigebracht hatte. Das zweite Wort war sogar noch länger: »KOMMT-NICHT-ZURÜCK«, sagte Magdalena. Auf Litauisch war das ein einziges Wort. Die Lehrerin richtete sich so abrupt auf, dass sie mit ihrem Stift einmal quer über Magdalenas Heft fuhr, als wären alle Fragen darin falsch beantwortet.

»Was sagst du?«, fragte die Lehrerin. Magdalena sagte es noch einmal. Sie stapelte die einzelnen Laute der Buchstaben übereinander, und als diese aus ihrem Mund herauskamen, waren es Worte.

»Woher hast du das?«, fragte ihre Lehrerin. Die Klasse war mucksmäuschenstill.

»Ich habe es gelesen«, sagte Magdalena.

»Wo hast du das gelesen?«, fragte ihre Lehrerin.

»Da.« Magdalena deutete auf die Stelle neben der Nase ihrer Lehrerin. Diese fasste sich mit beiden Händen ins Gesicht, und Magdalena dachte, sie wollte die Schrift wegwischen, doch hielt sie nur für einen Moment ihre Fingerspitzen an die Lippen.

»Mach deine Aufgaben zu Ende«, sagte sie.

Als die Lehrerin an ihr vorbeiging, sah Magdalena noch einmal hin. Es fiel ihr schwer, all die Laute im Kopf zu behalten und sich zu erinnern, wo sie angefangen hatte, doch wenn sie diese aussprach und ihrer eigenen Stimme lauschte, wurden daraus Worte: »MYKOLAS-KOMMT-NICHT-ZURÜCK.«

Wieder fasste sich Magdalenas Lehrerin ins Gesicht, dann nahm sie den Tafellappen und suchte einen sauberen Zipfel. Magdalena machte einen langen Hals, um die Worte noch einmal zu lesen, bevor ihre Lehrerin sie wegwischte. »MYKOLAS-KOMMT-NICHT-ZURÜCK.«

»Sag das nicht immer!«, fuhr ihre Lehrerin sie an. Die ganze Klasse blickte auf. Die Lehrerin drückte ihr Gesicht in den Tafellappen und wischte dabei Kreidestaub über ihre Wange. Magdalena hätte die Worte gern noch einmal wiederholt, doch blieb sie still. Und dann stellte sich heraus, dass diese Worte nicht wie Worte an der Tafel waren, denn obwohl der Lehrerin Tränen über die Wangen liefen, ließen sie sich doch nicht wegwischen.

Manchmal fragte sich Magdalena, was wohl aus ihr geworden wäre, wenn die Welt nicht an Schärfe verloren hätte, als sie sechs oder sieben Jahre alt gewesen war, als sie noch immer die Stirn von Menschen zu lesen versuchte wie andere Kinder Verkehrszeichen, als sie geweint hatte, weil sie als Einzige in der Klasse eine Brille tragen musste, nicht ahnend, dass ihre Kurzsichtigkeit ein Segen war. Mit gesunden Augen wäre sie vielleicht wie ihr Vater in der Badewanne geendet, mit aufgeschnittenen Pulsadern.

Mit zehn oder elf etwa hatte Magdalena aufgehört, ihre Brille zu tragen, und verbrachte ihre ganze Pubertät im Nebel. Erst als sie mit Lina nach London gezogen war, hatte sie die Brille wieder aufgesetzt und ließ sich sogar von Lina dazu überreden, Kontaktlinsen zu tragen, weil das besser aussah. In London verstand sie anfangs ohnehin nur die Worte auf Linas Haut, die sie längst auswendig kannte, und so vereinbarte Magdalena einen Termin bei einem Optiker, was zur Folge hatte, dass sie in der Stadt herumspazierte und selbst den Mörtel bestaunte, der plötzlich zwischen den Steinen erkennbar wurde. Da sie inzwischen jedoch so gut Englisch sprach, dass sie das meiste von dem verstehen konnte, was da am Haaransatz oder über einer Augenbraue geschrieben stand, setzte sie ihre Brille lieber nicht mehr auf und ließ die Welt um sich herum zerfließen.

Dieser Dauernebel war nicht gerade ideal. Ständig hatte Magdalena blaue Flecken an den Schienbeinen, weil sie überall aneckte, und in Momenten wie diesem wäre es schön gewesen, wenn sie hätte sehen können, wo die Häuser endeten und die Straße anfing. Sie war beim Busbahnhof, so viel wusste sie, aber anscheinend hatte sie sich irgendwie einmal um sich selbst gedreht. Farben und Formen verwischten. Nichts kam ihr bekannt vor.

Magdalena versuchte, sich an ihren ersten Tag in Swindon zu erinnern, als sie – von London kommend – aus dem Bus gestiegen war, mit einem Zettel in der Hand, auf dem Barrys Adresse stand. In welche Richtung war sie gegangen? Wahrscheinlich in die andere. Sie hatte versucht, Linas alten Koffer auf dem einen Rad zu balancieren, das dieser noch hatte, während sie in der anderen Hand den Schuhkarton mit der Asche balancierte. Der Karton war ihr heruntergefallen und feiner Staub daraus aufgeweht. Sie wusste noch, dass sie sich hingekniet hatte, um den Schuhkarton aufzuheben, und dass sie gesehen hatte, wie sich der Staub auf Pflastersteine legte, was bedeuten musste, dass sie sich jetzt auf der anderen Seite der Bushaltestelle befand, denn hier war die Straße asphaltiert.

Fast ein Jahr war seit jenem ersten Tag in Swindon vergangen. Der Schuhkarton stand immer noch unter ihrem Bett und wartete darauf, heimgeführt zu werden. Doch daran mochte Magdalena nicht denken. Sie ließ ihre Brille in der Tasche, wählte eine Richtung und lief los.

Wäre Lina da gewesen, hätten sie Arm in Arm gehen können, wie alte Frauen. Sie wären durch die halbe Stadt spaziert, und plötzlich – mit theatralischer Geste – wäre Lina zu erschöpft gewesen, um weiterzugehen. Oder sie hätte beschlossen, dass die andere Richtung doch besser gewesen wäre, und dann hätte sie den erstbesten Mann in einem schicken Auto angehalten, damit er sie mitnahm. Magdalena hätte auf seiner Stirn *drei Kinder* gelesen, oder irgendetwas, das sie nicht verstand, wie etwa *Lungenresektion* – Dinge, die sich leicht ignorieren ließen. Und nachdem er sie abgesetzt hätte, würden sie sich eine andere Möglichkeit suchen müssen, um wieder in die Stadt zurückzukommen. So war Lina einfach, sorgte einfach immer dafür, dass sie irgendwo landeten, wo sie nicht sein sollten. Nichts dachte sie zu Ende – so stand es auch auf ihren Füßen.

Ein Auto hupte sie an, und Magdalena merkte, dass sie mitten auf der Straße lief. Ohne ihre Brille verschwamm die Bordsteinkante mit dem Grau des Rinnsteins, sodass sie sich langsam mit den Schuhspitzen zum Gehweg vortasten musste. Darin war sie mittlerweile sehr geschickt, stockte und stolperte nicht, denn lieber wollte sie hin und wieder irgendwo anstoßen, als Gefahr zu laufen, dass jemand sie für blind hielt und näher kam, um ihr seinen Arm anzubieten.

Rechts von sich nahm sie einen Umriss wahr, der alles andere überragte. Das war vermutlich die Kirche, von der Neil auf dem Weg zum Bus gesprochen hatte. Sie drückte mit den Fingerspitzen leicht gegen ihre Augäpfel. Manchmal wurde die Umgebung dadurch schärfer, nur durfte sie die Frau nicht anstarren, die ihr entgegenkam. Sie war schon so nah dran, dass Magdalena die dunklen Wortflecken auf ihren Wangen erkennen konnte.

Magdalena hatte Barry erzählt, sie müsste immer um Viertel vor drei bei der Arbeit sein, eine Lüge, die ihr drei Stunden

Zeit gab, um sich mit Ivan zu treffen oder – wie in letzter Zeit – Ivan anzurufen und dann herumzuspazieren, um darauf zu warten, dass er sich bei ihr meldete. Oft genug tat er das gar nicht, und dann fand sich Magdalena immer häufiger bei Sainsbury's am anderen Ende der Stadt wieder, wo sie umkehren musste, wenn sie es rechtzeitig zu ihrer Schicht schaffen wollte, selbst wenn ihr inzwischen die Füße wehtaten.

Sich Ivan anzulachen schien ihr damals eine gute Idee zu sein, als sie nach Swindon gekommen war und einen Grund brauchte, hin und wieder aus Barrys Haus rauszukommen. Den Rat hatte ihr Zosia, das polnische Mädchen, gegeben. »Such dir einen Freund«, hatte Zosia gesagt, als Magdalena in das Zimmer neben Barrys gezogen war. »Er wird dich schimpfen eine Hure, aber lässt dich in Frieden.« Barry mochte die Freunde der Mädchen nicht, fürchtete sich aber auch vor ihnen. Und als Ivan sie eines Abends gefragt hatte, ob sie noch was mit ihm trinken gehen wollte, nachdem sie die Bar hinter sich abgeschlossen hatten, sagte Magdalena nicht nein.

Ivan war so ganz anders als die Männer, mit denen Magdalena nach Linas Meinung ausgehen sollte. Nach einer Weile hatte Lina es aufgegeben, aber in London wollte sie oft auf Doppeldates gehen und brachte für Magdalena immer einen älteren Mann mit, der viel Geld mit Aktien verdient und es in eine Fotosammlung von Zirkusfreaks oder in alte Jazzplatten investiert hatte. Magdalena war klug genug, kein Interesse zu zeigen, denn sobald sie es tat, riefen die Männer wieder an, um sich ein zweites Mal mit ihr zu treffen, und sie musste schnell ihr Handy an sich reißen, damit Lina nicht ranging und zusagte.

Ivan dagegen besaß so gut wie nichts, abgesehen von einer alten Vespa, die er eigenhändig wieder flottgemacht hatte, mit roten Flammen an den Seiten. Magdalena war ziemlich sicher, dass Ivan sich außer mit ihr auch noch mit anderen Mädchen traf, aber sie fuhr gern mit ihm auf seiner Vespa herum. Am Wochenende ließ sie sich vor Barrys Haus abholen und fuhr mit Ivan aufs Land, bis dorthin, wo der Raps blühte und der kleine Motorroller, der nicht für die Schnellstraße geschaffen war, unter der Last der beiden ächzte.

Am liebsten mochte sie an Ivan jedoch seine Haut. Magdalena sprach ein wenig Russisch, konnte es aber nicht lesen, und so blieb ihr Ivans Körper ein Rätsel, denn obwohl er behauptete, hundertprozentiger Brite zu sein, da er den größten Teil seines Lebens in Swindon verbracht hatte, fand sie an ihm doch nirgends auch nur ein einziges englisches Wort. Sie hatte sich davon überzeugt. Und obwohl Lina meinte, mit solchen Jünglingen hätten sie doch schon seit der Highschool nichts mehr angefangen, missfiel Magdalena doch der Gedanke, ihn und seine unverständliche Haut zu verlassen und sich jemand Neuen zu suchen, nicht zuletzt weil es ihr schwerfallen würde, alles Mögliche lesen zu müssen, was sie gar nicht wissen wollte. Da war es einfacher, nachmittags durch Swindon zu spazieren und darauf zu warten, dass ihr Handy klingelte.

Lina hatte immer behauptet, Männer besäßen ein Radar. Nie riefen sie an, wenn man darauf wartete. Der Trick bestand darin, ein Signal hinaus ins Universum zu senden, dass es einem egal war. In solchen Situationen hatte Lina dann zum Beispiel Schmuck weggeworfen, und tatsächlich: Sobald sie ein Paar Ohrringe in der Toilette heruntergespült hatte, klingelte das Telefon. Magdalena glaubte nicht an so was, hatte aber versuchsweise Ivans Nummer von ihrem Handy gelöscht. Trotzdem hatte er nicht angerufen.

Zum ersten Mal hatte Magdalena von Linas Theorie über Männer und deren Radar an jenem Tag vor vielen Jahren gehört, als Lina auf ihren Balkon in Vilnius herabgeklettert kam, während man von oben hörte, wie Glas zerbrochen wurde. Magdalenas Mutter war gerade dabei gewesen, den Frühstückstisch zu decken, und stieß einen überraschten Schrei aus, als sie ein siebenjähriges Mädchen zwischen ihren Knoblauchpflanzen stehen sah. Sie holte das Kind herein und fragte, was in Gottes Namen da oben vor sich ging und ob sie denn nicht wüsste, dass sie zu Tode kommen konnte, wenn sie so zwischen den Stockwerken herumkletterte. Lina hatte geantwortet, ihre Mutter würde eine Botschaft senden. Irgend so was in der Art. Selbst für das Radar des begriffsstutzigsten Mannes der Welt war nicht zu überhören, dass Linas Mutter gerade alles zertrümmerte, was es in der Wohnung über ihnen zu zertrümmern gab.

Bis dahin hatten Magdalena und ihre Mutter über die Valentukas, die über ihnen wohnten, nur gewusst, dass deren illegale Waschmaschine leckte und einen gelben Fleck an der Küchendecke hinterließ. Als Magdalena und ihre Mutter einzogen, war es nur ein winziger Fleck gewesen, geformt wie ein Kaninchen. Ein Symbol des Frühlings, nicht größer als Magdalenas Hand. »Ein Kaninchen bedeutet neues Leben«, hatte Magdalenas Mutter gesagt, als sie in der Küche standen und zu dem Fleck aufblickten, und genau das wollten sie haben. Das war kurz nach dem Tod ihres Vaters gewesen.

Der Fleck wuchs stetig, Woche für Woche, änderte seine Form jedes Mal, wenn Mrs Valentukienė Waschtag hatte. In ihm spiegelte sich die Stimmung von Magdalenas Mutter. In guten Zeiten sah sie darin ein gutes Omen – einen Laib Brot, braun an den Rändern, was ein glückliches Zuhause bedeutete, oder eine Locke wie von einer Frau, was Geld versprach. In schweren Zeiten konnte der bloße Anblick sie zum Weinen bringen. Wenn Magdalenas Mutter ein wenig betrunken war, las sie daraus die Zukunft. »Siehst du? Ein Pilz mit einem Hut. Ach … und er schießt einen Pfeil! Es bedeutet, dass irgendwo ein netter Mann nur darauf wartet, sich in mich zu verlieben, aber er ist wie ein Pilz. Wir müssen nach ihm suchen.«

»Im Wald?«, hatte Magdalena gefragt.

»Vielleicht«, hatte ihre Mutter geantwortet, und dann blickten sie beide zu diesem Fleck auf, der tatsächlich wie ein Pilz aussah, der einen Pfeil abschoss. Am Samstag würde er sich wieder verändern, wenn Mrs Valentukienė ihre Wäsche wusch. Weil ihre Mutter immer weiter trank, wurde sie irgendwann sentimental und schickte Magdalena nach oben, um Mrs Valentukienė zu bitten, dass sie nie wieder Wäsche waschen sollte, damit sie nicht ihren neuen Freund – den Pilz – verloren, der doch so vielversprechend war. Da wusste Magdalena, dass es an der Zeit war, ihrer Mutter ins Bett zu helfen, das Licht auszumachen, die Tür abzuschließen und die Jalousien herunterzulassen, um das Licht des Mondes auszusperren, das in diesem Augenblick irgendwo auf kleine Pilzmännchen fiel, die in allen möglichen Wäldern alle möglichen Pfeile verschossen und darauf warteten, gefunden zu werden.

Magdalenas Handy klingelte. *Unbekannte Nummer* stand da. Sie war froh, dass sie nicht zuerst angerufen hatte. Sie ließ es viermal klingeln, dann sagte sie hallo.

»Hey«, sagte Ivan.

»Hey«, sagte sie.

»Hör mal, tut mir leid, dass ich mich lange nicht gemeldet habe.« Ivan sprach akzentfreies Englisch, zumindest behauptete er das. Magdalena war keine Expertin für Akzente, aber er hatte die Angewohnheit, seine Sätze nicht richtig zu Ende zu bringen, als würde er sich mittendrin entscheiden, dass sie den Aufwand nicht wert waren, und das erinnerte Magdalena an die Russen, die sie zu Hause gekannt hatte.

»Ach«, sagte Magdalena. »Ist okay.« Er hatte sie bei der Arbeit ignoriert und sich ins Lager verdrückt, sobald ihre Schicht begann. Lina hätte auf seinen Anruf gar nicht reagiert. Aber Lina wurde auch jedes Mal zurückgerufen.

»Wann können wir uns sehen?«, fragte Ivan. Er machte den Dienstplan, also wusste er auch, wann sie arbeitete.

»Weiß nicht«, sagte Magdalena. »Hab zu tun.«

»Wir treffen uns in zehn Minuten, ja?«, sagte Ivan. »Beim Brunnen.«

Der Fleck, den die Waschmaschine der Valentukas verursacht hatte, veränderte sich besonders stark ungefähr eine Woche, bevor oben die Teller gegen die Wände flogen und Lina auf den Balkon geklettert kam. Wie sich herausstellte, lag es daran, dass Ruta Valentukienė – Linas Mutter – jedes einzelne Stück Stoff in ihrer Wohnung wusch, einschließlich der roten Vorhänge, die den gelblichen Fleck an der Küchendecke rosig einfärbten. Ruta Valentukienė wusch die Matratzenauflagen und die Vorhänge. Sie wusch die Tischdecken und die Sofakissen. Als ihr das Waschmittel ausging, nahm sie Shampoo, sodass die Maschine vor duftenden Seifenblasen förmlich explodierte. Ruta Valentukienė wusste nicht, wie sie den Gestank von verbranntem Haar anders loswerden konnte. Linas Vater und seine neue Freundin mit den schwarz verklumpten Haaren hatten die Flucht ergriffen, nachdem Ruta das Mädchen aus dem Ehebett direkt zum Ofen gezerrt hatte, wo das hübsche Blond wie Stroh aufflammte. Geblieben war der Gestank nach verbrannten Haaren. Billiges Färbemittel, hatte Magdalenas Mutter der aufgebrachten Ruta erklärt, als sie Lina wieder nach oben brachte, mit Magdalena im Schlepptau, die einen Besen dabeihatte, um die Scherben zusammenzufegen. Qualitativ hochwertige Haare würden nicht so stinken, sagte Magdalenas Mutter, während Ruta in den Kaffee weinte, den sie ihnen in einem alten Topf kochen musste – alles andere lag in Scherben. Ruta hatte die Fenster aufgerissen, während die illegale Waschmaschine leise in der Ecke seufzte, und trotz des übermächtigen Shampoo-Duftes roch Magdalena deutlich etwas Versengtes, etwas Bitteres.

»Möchtest du meine Muscheln sehen?«, fragte Lina. Sie war in der Schule eine Klasse weiter als Magdalena. Die beiden hatten noch nie miteinander gesprochen. Zwar grüßten sich die Mütter auf der Treppe, aber normalerweise war Lina draußen und spielte mit den größeren Kindern, und wenn nicht, war Magdalena so scheu, dass sie nur lächelnd hinter dem Einkauf ihrer Mutter stand und verlegen mit dem Schuh gegen die nächste Stufe stieß.

Lina hatte ihr eigenes Zimmer, im Gegensatz zu Magdalena, die auf der Klappcouch schlief. Ihr Vater war Lkw-Fahrer, und sie hatte Muscheln und Schnecken aus der ganzen Welt, pink und gelb und weiß, eine davon riesengroß, ihr ganzer Stolz, eine Schnecke, die sich wie ein knorpeliges Ohr einrollte. »Hier, lausch mal!«, sagte Lina. »Man hört das Meer.«

»Magdute?«, rief ihre Mutter aus der Küche. »Lauf nach unten und hol uns ein paar Kaffeetassen.«

»Okay«, sagte Magdalena. Aber die Treppe konnte sie sich sparen. Lina zeigte ihr, wie es ging: den linken Fuß über den rechten, großer Schritt seitwärts, dann abwärts, umgreifen, weiter abwärts, und schon landete Magdalena neben dem Knoblauch, den ihre Mutter auf dem Balkon gepflanzt hatte.

Nachdem Linas Vater nun nicht mehr da war, mussten Lina und Ruta aus der Wohnung oben ausziehen. Ruta wollte Magdalena und ihrer Mutter die illegale Waschmaschine schenken, doch Magdalenas Mutter bestand darauf, sie ihr zu bezahlen, was Magdalena überraschte, weil ihre Mutter doch in der Krankenhauswäscherei arbeitete und ihre Sachen umsonst waschen konnte.

Sie bugsierten die Waschmaschine in einer kleinen Prozession zu viert gemeinsam die Treppe hinunter, wobei Ruta und Magdalenas Mutter jeweils an einem Ende ächzten, während Lina vorausging, um sie zu dirigieren, und Magdalena ihnen folgte, um zu verhindern, dass die Kabel und Schläuche über den Boden schleiften.

»Wie eine Braut«, sagte Lina.

»Wie eine Braut ohne Beine«, schnaufte Magdalenas Mutter

vor Anstrengung. Sie setzten die Waschmaschine kurz ab. Linas Mutter fing an zu lachen, dann lachte auch Magdalenas Mutter, beide wie hysterische Schulmädchen, mit der wankenden Waschmaschine zwischen sich und ihren Töchtern, die sie verwundert anstarrten und dann mitlachen mussten, auch wenn sie gar nicht wussten, wieso. Für Magdalena war dieses Lachen neu und von nun an Gelegenheiten vorbehalten, die mit Menschen und Katastrophen zu tun hatten, gleichzeitig aber auch mit der Abwesenheit von Einsamkeit. Als sie die Maschine endlich den Rest der Treppe hinuntergeschafft hatten, schoben sie das schwere Ding zu viert durch die Tür der Wohnung von Magdalena und ihrer Mutter. Sie stellten sie mitten ins Wohnzimmer, denn sonst war nirgends Platz, und Ruta meinte, sie wüsste jemanden, der ihnen helfen könnte, die Schläuche anzuschließen. Bevor Ruta und Lina dann zu Linas Großmutter zogen, feierten sie noch eine kleine Party mit Kuchen und Löwenzahnwein und benutzten die Waschmaschine als Tisch. Mit frischen Blumen und der Spitzengardine als Decke sah sie tatsächlich aus wie eine Braut.

Magdalena war in die falsche Richtung gelaufen. Die Umrisse, die sie für die gelbe Kirche gehalten hatte, sahen jetzt eher aus wie die Grundschule, was bedeutete, dass der Park auf der anderen Seite lag. Jetzt kam sie bestimmt zu spät zu Ivan. Sie wollte umkehren, doch da war etwas vor ihr, was sie nicht erkannte, alle möglichen Formen, und mittendrin ragte etwas hoch auf. Eine Baustelle. War die vorher auch schon da gewesen? Sie kniff die Augen zusammen, doch je fester sie kniff, desto unsicherer wurde sie, ob sie überhaupt auf die Schule zulief. Ivan wartete sicher schon. Sie musste rausfinden, wo sie war. Magdalena tastete nach ihrer Brille ganz unten in der Tasche. Sie putzte die Gläser an ihrem Ärmel. Es war kaum jemand auf der Straße.

Sie setzte ihre Brille auf, und schon bekam die Welt Konturen. Sie sah wohl eine Kirche, aber gegenüber davon ein Einkaufszentrum. Magdalena konnte sich nicht erinnern, es schon mal gesehen zu haben. Sie drehte sich um, suchte nach einem Straßenschild. Da stand ein Mann im Eingang eines Ladens, aß ein Sandwich und wischte gerade die Krümel von seinem Hemd. Er lächelte, und Magdalena hielt sich eilig die Hände vors Gesicht, doch sah sie vorher noch das Wort – wie von einer Schreibmaschine in seine Stirn gestanzt: *Mörder.* Magdalena ergriff die Flucht.

Es war verrückt, dermaßen panisch wegzurennen, selbst vor einem Mann mit einem solchen Wort in Blockbuchstaben mitten auf der Stirn. Wenn es stimmte, würde es sowieso passieren, und wenn nicht, wenn Magdalena verrückt war – so verrückt wie heutzutage viele Leute verrückt waren –, dann würde man sie dafür früher oder später einsperren, wenn sie sich so benahm. Doch Magdalena rannte weiter. Lina und sie hatten geübt, auf hohen Absätzen zu rennen, immer auf den Zehenspitzen. Dabei fielen ihr die Männer im russischen Viertel ein, die ihnen *»Devochki! Devochki!«* zugerufen und versucht hatten, sie festzuhalten, wenn sie wegen Lina mal wieder viel zu spät noch draußen unterwegs waren und zu Fuß nach Hause laufen – und schließlich rennen – mussten, vorbei an den Männern, deren Hände zu schwer waren, um sie zu erwischen.

Das war die beste Zeit gewesen, als sie fünfzehn, sechzehn waren, wenn sie an einem Winterabend den letzten Bus verpasst hatten, ohne Mäntel – hundemüde, betrunken vom Alkohol, den man ihnen spendiert hatte, und hypnotisiert von den Schneeflocken im Licht der Straßenlaternen, wenn sie kreischend und lachend nach Hause rannten und der Schnee auf ihren Wimpern und den ausgestreckten, nackten Armen schmolz.

Ein Stück voraus sah Magdalena den Park, so klar und deutlich durch ihre Brille, dass es ihr vorkam, als konnte sie sogar zwischen den Bäumen hindurch bis dorthin sehen, wo Ivan beim Brunnen saß und zwischen seinen Fingern Laub zerkrümelte.

»Hey«, sagte Ivan, als er sie den Weg entlangkommen sah. »Ich kann nicht lange bleiben.«

Magdalena hustete, damit er nicht merkte, wie schwer sie atmete. Linas Trick bestand darin, einem Mann offen in die Augen zu blicken, während sie seinen Namen mit der Zunge an ihren Gaumen schrieb. Das hatte sie aus irgendeiner Zeitschrift. Magdalena versuchte es, malte die Buchstaben mit der Zungenspitze an den Gaumen. Angeblich wirkte das verführerisch. Magdalena konnte nicht sagen, wie es wirkte, aber es half ihr, sich von dem Text abzulenken, der eines von Ivans Augen umgab und Magdalena immer an einen Dalmatiner erinnerte. Sie fürchtete, sie könnte die russischen Buchstaben bald verstehen, wenn sie sie allzu oft sah.

»Ich dürfte eigentlich gar nicht hier sein«, meinte Ivan. »Ich habe Phil gesagt, ich bin im Lager.« Magdalena merkte, dass sie Linas statt Ivans Namen an ihren Gaumen schrieb. Außerdem fiel ihr auf, dass Ivans Lippen plötzlich wirkten, als wären sie zu groß für seine Zähne.

Ivan bot ihr eine Zigarette an, kaute erst an seiner Ober-, dann an der Unterlippe, dann steckte er eine Zigarette dazwischen.

»Scheiße, ich muss zurück. Hör mal, ich wollte es dir nicht vor den anderen sagen …« Magdalenas Gaumen kitzelte ganz schrecklich vom Schreiben mit der Zungenspitze. »Also, du stehst nicht auf dem Dienstplan für die nächste Woche«, sagte Ivan. »Ich kann nichts dafür. Sie wollen dieses neue Mädchen ausprobieren. Und du bist nicht die Einzige. Kaylee muss auch gehen.« Ivan blinzelte. Es war, als hätte er zwei Gesichter. Seine Augen waren woanders, während sein Mund von Wort zu Wort hüpfte, als könne er sich daran verbrennen.

Magdalena tupfte den Punkt von Linas Namen an ihren Gaumen.

»Okay«, sagte sie.

»Ja?«, sagte Ivan.

»Ja«, sagte sie.

»Okay«, sagte er. *»Nu?«*

»Nu, bljad«, sagte Magdalena, so wie die russischen Männer ihnen hinterhergerufen hatten, spuckte die Worte durch zusammengebissene Zähne.

»Na dann«, sagte Ivan. Seine Lippen passten jetzt wieder besser um seinen Mund. »Wie gesagt, ich kann nichts dafür.«

Nachdem Lina und ihre Mutter zu Linas Großmutter gezogen waren, nutzten Magdalena und ihre Mutter die Waschmaschine als Tisch, doch sie baten niemanden, ihnen die Schläuche anzuschließen, und nach einer Weile verkaufte Magdalenas Mutter das sperrige Ding an einen der Ärzte im Krankenhaus, in dem sie arbeitete.

Da die Waschmaschine weg war, wurde die Entwicklung des Flecks an der Decke auf ewig eingefroren, und Magdalenas Schicksal – und auch das ihrer Mutter – stand fest. Hin und wieder blickte ihre Mutter noch zur Küchendecke auf, wenn sie nach einem Abend mit ihrem Freund nach Hause kam, aber sie erklärte Magdalena nicht mehr, was sie dort sah. Offensichtlich war es nicht gut.

»Es ist ein Wolf«, sagte Magdalena.

»Du fantasierst«, sagte ihre Mutter, was aber nicht stimmte. Aus welchem Blickwinkel man den Fleck auch betrachten mochte, stellte er doch unübersehbar einen Wolf mit langer Schnauze dar, blutig rosa von Ruta Valentukienės roten Vorhängen.

Kurz nachdem Magdalenas Mutter die Waschmaschine losgeworden war, wurde Linas Mutter sehr krank, und weil die alte Großmutter sich nicht um sie kümmern konnte, zog Lina bei Magdalena und deren Mutter ein. Den ganzen Winter über wehte ein kalter Wind. Magdalenas Mutter buk Kekse, auch um die Wohnung aufzuheizen, und ließ den Ofen danach offen stehen, während die drei unter dem Wolf kauerten, um sich die Hände zu wärmen. Es schneite. Der Wind kam direkt von Schweden. »Freiheitswind« nannten ihn die Zeitungen. Es war das Jahr, in dem die Russen abzogen, das Jahr, in dem sie wieder Litauer wurden und die Menschen auf den Straßen sangen. Überall waren Blumen, und Magdalenas Mutter brachte eine Banane mit nach Hause. Diese schnitt sie in drei Teile, und sie aßen sie mit Messer und Gabel. Magdalenas Mutter sammelte die kleinen Samen heraus, und Lina probierte die Schale – so wenig wussten sie über Bananen. Magdalena und Lina teilten sich die Klappcouch, und auf dem Weg zur Schule machten sie Schneeengel.

Es war das Jahr, in dem Magdalena lesen lernte.

»Was sind *ap-ri-tsots?«*, fragte Magdalena eines Tages. Sie waren auf dem Weg zur Schule.

»Ich weiß nicht«, sagte Lina. »Hör auf, mich so anzustarren.«

»Warum weißt du nicht, was es bedeutet?«, fragte Magdalena.

»Was was bedeutet?«

»Ap-ri-tsots«, sagte Magdalena und sprach jeden Buchstaben überdeutlich aus.

»Woher soll ich wissen, was es bedeutet?«, fragte Lina.

»Ich weiß nicht«, sagte Magdalena. »Warum steht es auf deinem Gesicht, wenn du nicht weißt, was es bedeutet?«

»Es steht nicht auf meinem Gesicht.«

»Tut es wohl«, sagte Magdalena. »Genau da!« Sie buchstabierte es. Die Schrift verlief von Linas Haaransatz abwärts und endete über ihrem Auge.

»A-P-was?«, sagte Lina.

Das Wort sah seltsam aus, und als Magdalena die Laute zusammensetzte, ergaben sie keinen Sinn: *»Ap-ri-tsots.«*

»Ich glaube, das Wort gibt es gar nicht«, sagte Lina, und als sie an einem Schaufenster vorbeikamen, betrachtete Lina ihr Spiegelbild. »Da ist nichts«, sagte sie.

Auch auf der Haut von Magdalenas Mutter standen Worte, die Magdalena nicht verstand. Auf der Stirn las sie den Namen ihres Vaters und in der Armbeuge den Namen ihres kleinen Bruders, der gestorben war, doch da standen auch längere Worte, die sie noch nie gehört hatte. Als sie ihre Mutter fragte, was sie bedeuteten, meinte ihre Mutter nur, sie würde fantasieren. »Ich möchte auch meinen Namen dahin schreiben«, sagte Magdalena eines Tages, mit einem Stift aus ihrer Schultasche in der Hand.

»Du fantasierst«, sagte ihre Mutter wieder und sah sie böse an, als Magdalena beteuerte, sie würde auch ganz klein schreiben, gleich neben der Stelle am Arm ihrer Mutter, wo *Juozas,* der Name ihres Bruders, geschrieben stand. Und da begriff Magdalena. Man sprach nicht über diese Worte, so wie man auch nicht über den Wahrsagerfleck sprach, der auf ewig die Form eines Wolfes angenommen hatte. Danach achtete Magdalena darauf, ihre Mutter nicht merken zu lassen, wenn sie die Worte betrachtete, so wie sie bei den Mahlzeiten konzentriert das Tischtuch anstarrte, um ihrer Mutter dabei zu helfen, den Fleck an der Decke zu vergessen, und mit der Zeit lernte Magdalena, die Worte still in ihrem Kopf zu lesen.

Ivan ging. Magdalena stand am Brunnen und rauchte ihre Zigarette zu Ende. Sie warf die Kippe in den Brunnen und – warum nicht? – wünschte sich was. Sie überlegte, was sie am Abend machen sollte, wenn sie nicht zur Arbeit musste. Sie trat so fest gegen den Brunnen, dass ihr die Zehen wehtaten, dann marschierte sie los. Sie marschierte, bis sie vor der gelben Kirche stand, die Neil so hübsch gefunden hatte. Magdalena war lange nicht mehr in einer Kirche gewesen, doch ging sie jetzt hinein.

Sie hätten Freundinnen fürs Leben sein sollen. Sie wollten Brüder heiraten, die beide Millionäre waren, und dann ihre Häuser durch einen unterirdischen Tunnel miteinander verbinden. Sie wollten ihre Töchter auf den Namen der anderen taufen und nachmittags zusammen Kaffee trinken.

Es war Lina gewesen, die beschlossen hatte, dass sie nach London ziehen sollten. Magdalena war neunzehn, und Lina war zwanzig, und sie blickten von der alten Burg auf Vilnius hinab, tranken eine Flasche Wein und kauten auf den Korkstückchen, die in die Flasche gefallen waren, weil sie wie üblich – außer ihren Hausschlüsseln – nichts dabeihatten, um sie aufzukriegen. Sie teilten sich einen Hausschlüssel, weil Linas Mutter mal wieder im Krankenhaus war. Magdalena überlegte, ob sie Lina erzählen sollte, dass auf Rutas Haut nichts davon stand, dass sie dort sterben würde, aber sie wollte nicht davon anfangen, was dort stand, und wer wusste schließlich schon, ob das, was da stand, auch stimmte. Also sagte Magdalena am Ende gar nichts, und es war Lina, die auf die Stadt hinabblickte und Magdalena erklärte, sie würde nach London ziehen. *London,* in englischer Schreibweise, stand ganz oben auf Linas Stirn, und obwohl Magdalenas Haut darüber nichts zu sagen hatte, war es doch keine Frage, dass sie mitgehen würde.

Tatsächlich hatte Magdalenas Haut rein gar nichts zu sagen. Ihr gesamter Körper – von den Fußsohlen bis zur Nasenspitze – war frei von Worten. Meist war ihr diese Leere eine Erleichterung, doch manchmal, wenn sie zu viel darüber nachdachte, fragte sich Magdalena, warum sie allein unbeschriftet war, als brächte die Fähigkeit, lesen zu können, was auf anderen Leuten geschrieben stand, mit sich, keine eigene Geschichte zu haben.

Aziz war Linas erste echte Eroberung in London. Sie lernte ihn in der Bar kennen, in der sie arbeitete, und er nahm sie mit auf sein Boot, fuhr mit ihr die Themse entlang. Eines Abends nahm Lina zu viel von dem pinken Pulver, das Aziz aus Marokko mitgebracht hatte, und wachte allein in einer cremeweißen Limousine auf, mit einer Delle im Kotflügel und einer Beule am Kopf. Sie bereute, dass sie Magdalena nicht gesagt hatte, wohin sie wollte, meinte sie am nächsten Morgen, als sie auf dem Küchentresen saß und mit ihren Zehen die Besteckschublade auf und zu schob, während Magdalena sich für die Arbeit bereit machte. Sie sagte, nächstes Mal wolle sie vorsichtiger sein, aber Magdalena wusste, dass sie es nicht ernst meinte: Lina hatte in einer langen, cremeweißen Limousine Champagner getrunken, hatte die kleinen Bläschen aufsteigen und am Kristallglas zerplatzen sehen, hatte die Luft geatmet, die darin gefangen war. Sie hatte gesehen, wie die Lichter der Stadt sie wie ein Strom umflossen, und würde jetzt bestimmt nicht damit anfangen, vorsichtiger zu werden.

Magdalena wollte nicht dasselbe wie Lina, sodass es auch nicht überraschen konnte, dass die gemeinsamen Abende genauso endeten wie in Vilnius: Lina war weg, Magdalena küsste einen wildfremden Mann oder saß in einer Bar und ließ sich von ihm und seinen Freunden Drinks spendieren. Ihre Aufmerksamkeit galt eher den Wänden hinter ihnen, wenn sie dort wie in Trance eine Spinne anstarrte, die zielstrebig ein Bein vors andere setzte, während der Mann zwischen ihr und der Spinne irgendetwas zu ihr sagte und sie lachte.

In London waren diese Männer Versicherungsanalysten oder Banker, keine planlosen Studenten oder Gitarristen, mit denen Lina und sie sich in Vilnius getroffen hatten, und manchmal forderten sie Magdalena auf, Litauisch mit ihnen zu sprechen.

»Okay«, sagte sie dann, ohne die Spinne aus den Augen zu lassen. »Dann hört zu. Ich erzähle euch, was die beiden Schwestern an dem Tag gemacht haben, an dem Gott des Weges kam.«

Die Männer lachten, als käme jetzt eine schmutzige Geschichte, und Magdalena erzählte ihnen auf Litauisch von der ersten Schwester, die allzu sehr mit dem Spinnen von Wolle beschäftigt war, sodass sie lieber im Haus blieb, während die andere Schwester in der Küche alles stehen und liegen ließ, um den Fremden zu begrüßen, ohne sich vorher auch nur den Kuchenteig von den Händen zu wischen. Die erste Schwester verwandelte Gott in eine Spinne und ließ sie auf ewig an dunklen Orten Fäden spinnen, während die zweite Schwester zur Honigbiene wurde, deren Arme auf ewig voll von süßem Teig waren, die sich im Winter in einem warmen Bienenstock ausruhte und von allen geliebt wurde.

Üblicherweise fielen ihr die Versicherungstypen ins Wort, bevor sie zum Ende der Geschichte kam. »Bring uns nur die schmutzigen Worte bei«, sagten sie dann. In der Heimat fluchten die Leute meist auf Englisch oder manchmal auch auf Russisch, also brachte sie den Männern die litauischen Worte für

»Butterbrot« oder »Fahr mich ins Krankenhaus, ich kriege ein Kind« bei, schrieb die Worte auf eine Serviette und forderte die Männer auf, ihr nachzusprechen: *Fahr mich ins Krankenhaus, ich kriege ein Kind.* Die Versicherungstypen dachten, sie würden etwas besonders Obszönes sagen, während die Spinne an der Wand innehielt, um dann an einem unsichtbaren Faden hinabzugleiten und über einem der Drinks zu baumeln.

Als Lina mit Tobias Kronen zusammenkam, trug Magdalena längst keine Kontaktlinsen mehr, und so fiel er ihr erst richtig auf, als Lina sich regelmäßig mit ihm traf. Er meinte, er sei professioneller Fotograf – was Lina zum Lachen brachte. Alle Männer behaupteten, Fotografen zu sein. Diesmal jedoch stimmte es: Er zeigte Lina seine Visitenkarte vom *National Geographic,* und Lina überredete Magdalena, mit ihr die Zeitschriften in der Bibliothek nach seinen Fotos zu durchsuchen. Sie fanden welche: schillernde Baumschlangen und Grashütten und Straßenkinder in Bangkok. Er war für einen längeren Auftrag in London und hatte Frau und Zwillinge in Stockholm, meinte aber, Lina sei ihm ans Herz gewachsen, und wenn sie wolle, könne sie mitkommen, um irgendwelche Steinzeitgräber zu fotografieren.

Also fuhr Lina mit Tobias Kronen an einen Ort, wo man zur richtigen Mondphase spüren konnte, wie ein großer, flacher Fels vibrierte, und auf der Rückfahrt zeigte Tobias ihr, wie man seine Kamera benutzte, die nicht digital war, sondern so ein altmodisches Ding mit Knöpfen und Rädchen, das echte Fotografen benutzten, wie Lina Magdalena erklärte, als hätte sie plötzlich Ahnung davon. Dabei war sie es, die mit ihrem Handy pixelige Schnappschüsse von den beiden knipste, wobei sie das Handy am ausgestreckten Arm hielt, sodass Magdalena normalerweise nur halb mit aufs Bild passte.

Tobias fand, Lina hätte ein gutes Auge, und nahm sie mit in einen Laden für gebrauchte Kameras. Der rissige Lederriemen sprach eine andere Sprache, aber Tobias behauptete, er hätte ihr die beste der altmodischen Kameras gekauft, und eine Weile lief Lina damit herum und fotografierte Straßenmusiker und Risse im Gehweg, wobei sie Verschlusszeit und Blende in einem kleinen Buch notierte.

Tobias meinte, als die Fotografie erfunden wurde, hätten die Menschen geglaubt, mit jedem Bild würde eine Schicht der Wirklichkeit abgeschält. Als würde jedes Mal etwas Haut entfernt – fotografierte man jemanden zu oft, verschwand er aus dem Leben und existierte irgendwann nur noch auf Fotos. Also machte Lina unzählige Porträts von Tobias Kronen – Tobias Kronen, wie er Toast aß, Tobias Kronen, wie er die Straße überqueren wollte, Tobias Kronen, wie er seine Koffer packte, und schließlich Tobias Kronen, wie er am Flughafen zum Abschied winkte, weil sie ihn offensichtlich nicht oft genug fotografiert hatte, um ihn halten zu können. Lina ließ die Bilder vergrößern und hängte sie überall in der Wohnung auf, bis Magdalena nach ein paar Tagen meinte, sie sollte sie wieder abnehmen. Vorher allerdings kaufte Magdalena eine Lupe, und als Lina einmal weg war, suchte sie damit die Bilder ab, suchte nach den schwedischen Worten, die sich über Tobias Kronens Stirn und Arme erstreckten. Auf den Fotos jedoch waren die Worte nicht mehr zu sehen. Seine Haut war so leer wie die Gesichter auf Plakatwänden oder die Fotos von Leuten auf Zeitschriften.

Eines Morgens kam Lina nach Hause und erzählte, sie sei aufgewacht und habe einen blauäugigen Jungen vorgefunden, in Schnüre gewickelt. Am Abend vorher hatte er eine Perle in ihr Weinglas geworfen und sie in die Herrentoilette gedrängt, um Kokain vom Urinal zu schnupfen, während sich die Perle auflöste. Zum ersten Mal in ihrem Leben hatte sie geglaubt, ihr Ende sei gekommen, dort in diesem Hotelzimmer, denn die Schnüre waren eher so etwas wie ein flaches, schwarzes Band, mit dem man erdrosselt werden konnte. Besonders wenn man seine Klamotten nicht rechtzeitig fand, um zur Tür hinaus zu sein, bevor der in Schnüre gewickelte Mensch aufhörte, sich vor und zurück zu wiegen und mit geschlossenen Augen vor sich hinzumurmeln.

Die Geschichte unterschied sich nicht sonderlich von anderen Geschichten, die Lina morgens in der gemeinsamen Küche erzählte, Magdalena im Pyjama, Lina in dem, was sie am Abend vorher getragen hatte, während Magdalena den Abwasch erledigte und Lina die Ecken von Magdalenas Toast abbiss oder ein rohes Ei in ihren Kaffee schlug.

Damals hatte Lina ihren Job in der Bar bereits aufgegeben, brachte aber doch irgendwie ihren Mietanteil zusammen und hatte genug für beide zu erzählen, da Magdalena nun Doppelschichten arbeitete und kaum noch ausging. Manchmal hörte Magdalena zu, manchmal auch nicht, während sie in der Pfanne herumschrubbte, um ein angebranntes Stück Kartoffel abzukratzen, obwohl sie wusste, dass es sich nur durch Einweichen ablösen würde.

Im Grunde noch ein *Junge,* hatte Lina an jenem Morgen gesagt. Er war genauso alt wie sie, hatte in mehreren Clubs seinen eigenen Tisch, war mit ihr von einem Laden zum nächsten gezogen, und so weiter und so fort – Lina träufelte Gin über das Eigelb, das in ihrem Kaffee schwamm, dann suchte sie im Kühlschrank nach der Sahne. Er war dermaßen attraktiv, dass Frauen ihm im Vorübergehen ihre Telefonnummer zusteckten. Er hatte für diese oder jene Firma was Wichtiges gemacht, und die hatten ihn daraufhin zu irgendwas ernannt – Lina langte mit den Fingern in ein Glas mit eingelegten Peperoni, das seit Manny, dem argentinischen Fußballer, im Kühlschrank stand, während Magdalena das Kartoffelstückchen mit dem Daumennagel aus der Pfanne kratzte.

Genau in dem Moment, als Lina beschlossen hatte, ihre Sachen liegen zu lassen und dann eben nackt aus dem Hotelzimmer zu fliehen, hatte der Junge die Augen aufgeschlagen. Er starrte sie durch das Netz aus schwarzen Schnüren an, mit denen er sein Gesicht umwickelt hatte, und bat sie, zum Frühstück zu bleiben. Da klopfte es an der Tür, und jemand brachte Kaffee und einen Teller mit Sternenfrüchten.

Der Junge hieß Dov Kitrosser und war das neunte von zehn Kindern einer Familie orthodoxer Juden, deren Vorfahren während der Inquisition von Spanien nach Russland und dann während der Pogrome von Russland nach England geflohen waren. Sein Großvater hatte Feigen verkauft, neben einem Zeitungsstand auf dem Piccadilly Circus, und von dort aus Großbritanniens größte Frischobst-Dynastie gegründet, die Londons feinste Restaurants mit Champagnertrauben, goldenen Wassermelonen und Himbeeren versorgte, die auf immergrünem Geißblatt ausgeliefert wurden.

Nach Linas Erzählung konnte Dov Kitrosser kaum laufen,

da hatte er schon angefangen, Kirschzweige an die Rosenbüsche seiner Mutter zu pfropfen, und mit zwanzig hatte er sich einen Namen als Bioingenieur gemacht, einer der klügsten Köpfe auf dem Feld der genetischen Modifikation, die – wie er Lina erklärt hatte, während er Blutorangensaft über die Sternfrucht spritzte – eines Tages die Welt mit Trockenreis und virenresistenten Kartoffeln ernähren würde. Guck mal, hatte er gesagt und eine kleine Schachtel aufgeklappt, die an dem schwarzen Band befestigt war, das er über den Stuhl gehängt hatte. Darin befand sich eine Glaskugel von der Größe einer Walnuss, und darin der kleinste Apfelbaum der Welt, voll mit stecknadelkopfgroßen Früchten.

Dauernd erzählte Lina solche Sachen, manches möglich, das meiste nicht, ihre Augen unnatürlich leuchtend, ihre Finger am Saum ihres Kleides zupfend. Doch der Name erinnerte Magdalena an etwas, und als Lina das nächste Mal unter der Dusche stand, tat Magdalena so, als wollte sie sich vor dem Spiegel schminken. Sie setzte ihre Brille auf und drehte sich um, als Lina eben nach ihrem Handtuch griff. *Dov Kitrosser.* Wie alles andere, was auf Lina geschrieben stand, hatte sie diese Worte schon tausendmal gelesen, doch gab es dafür keinerlei Erklärung. Sie war nicht mal sicher gewesen, ob das ein Name war. Kein anderer, nicht mal Tobias Kronen mit seinen Kameras, hatte sich auf Linas Haut wiedergefunden, nur Dov stand da. Die letzten Buchstaben seines Namens verschwanden im Schatten unter ihrer Brust.

Dennoch dachte sich Magdalena nicht viel dabei und hatte Dov Kitrosser schon vergessen, als ein paar Tage später eine Kiste mit Granatäpfeln angeliefert wurde. Selbst als er zur festen Größe in Linas morgendlichen Erzählungen wurde und der lange Rock, den Magdalena zur Arbeit trug, immer häufiger nicht aufzufinden war – weil Dov Kitrossers Schwestern alle lange Röcke trugen –, glaubte Magdalena immer noch, der Junge würde wieder verschwinden. Eines Tages dann erklärte Lina, sie würde ausziehen. Sie hatte ein Mädchen namens Roxie gefunden, das ihr Zimmer übernehmen wollte, damit die Miete gesichert war, und suchte ihre Strümpfe aus der gemeinsamen Schublade. Dov Kitrosser fuhr mit dem Wagen vor, um ihre Sachen abzuholen, und Magdalena schrubbte die Emaille vom Herd, um nicht mitanhören zu müssen, wie ihre Schritte auf der Treppe leiser wurden.

Allerdings hatte Lina den Fotoapparat mit dem rissigen Lederriemen vergessen, der ihr von Tobias Kronen geblieben war. Beim nächsten Regen fand Magdalena ihn unter dem Schirm. Ihre Brille war zerbrochen, weil Roxie sich auf ihre Handtasche gesetzt hatte, und so war Magdalena dazu übergegangen, die Kamera mitzunehmen, wenn sie vor die Tür ging, drehte – wenn nötig – das Rädchen am Sucher, bis sie die Straßenschilder erkennen konnte. Die Konturen waren so scharf, dass sie die ersten Male, wenn jemand durchs Bild lief, die Kamera versehentlich auslöste, so sehr erschrak sie darüber, wie klar und deutlich die Worte auf der Stirn zu lesen waren, die urplötzlich auftauchte und ihr den Blick verstellte. Als der erste Film jedoch voll war und sie ihn entwickeln ließ, waren keine Worte mehr da, und Magdalena blätterte durch eine Reihe anonymer Gesichter und fragte sich, wer beurteilen wollte, was schön war und was nicht – für sie wurde jeder allein durch den Mangel an Worten perfekt.

Kaum eine Woche war Lina weg, als Magdalena eines Morgens auf dem Weg zur Arbeit vor die Haustür trat. Mit Hilfe der Kamera hielt sie Ausschau nach dem Bus, als im Sucher plötzlich Lina auftauchte, die gerade aus einem Taxi stieg. Schon wollte Magdalena sie rufen und ihr sagen, sie solle sich beeilen, wenn sie den Wohnungsschlüssel haben wollte, da sah sie noch jemanden auf dem Rücksitz. Er reichte Lina einen vollen Wäschekorb, und sie hielt seine Hand, bis sie draußen auf dem Gehweg stand. Dann ließ sie los, und das Taxi fuhr an. Der Mann winkte, doch Lina winkte nicht zurück, sondern stand nur mitten auf der Straße, bis das Taxi um die Ecke bog, während schwarze Rinnsale über ihre Wangen liefen.

Seit Jahren hatte Magdalena nicht mehr gesehen, dass Lina weinte, und einen Moment rührte sie sich nicht von der Stelle, mit der Kamera vor dem Gesicht. Lina wirkte immer so kontrolliert, wie eine Puppenspielerin, die Männer zwar für bestimmte Dinge lieben oder brauchen mochte, aber doch nie vergaß, dass sie Marionetten waren, und wenn sie tanzten, dann nur, weil Lina sie dazu brachte.

Magdalena steckte die Kamera weg und holte ihr Handy hervor, um ihrem Chef zu sagen, dass sie später kommen würde. Dann steuerte sie auf die Lina-förmigen Umrisse zu, die nun vor ihrem Haus warteten. Trennungen erwähnte Lina normalerweise erst Tage oder Wochen später, doch diesmal hatte sie schon alles erzählt, noch bevor sie oben waren.

Sie hatte Dov geheiratet, total verrückt, überstürzt und mitten in der Nacht, nachdem sie beide zu viel von irgendwas eingeworfen hatten – Lina war nicht mal sicher, was. Am Morgen bereute Dov bitterlich. Er verlor sich in krampfhaften

Gebeten, und als er sich etwas beruhigt hatte, war Lina so erleichtert gewesen, dass er sich nicht selbst in Stücke gerissen hatte, dass sie einwilligte, als er vorschlug, sie sollten lieber eine Weile getrennter Wege gehen, um einen klaren Kopf zu bekommen. Und so kam Lina wieder zurück, eine verheiratete Frau, stand ans Klingelbrett gelehnt, mit ihrem Hab und Gut in einem Wäschekorb vor ihren Füßen.

Als sie endlich im fünften Stock angekommen waren, weinte Lina nicht mehr. Sie hatte einen Plan, hielt ihren Kopf über die Spüle und ließ sich von Magdalena die Haare abschneiden. Um es richtig zu machen, wie sie sagte. Es war Teil einer Zeremonie, die zu ihrer Hochzeitsnacht gehört hätte. In langen, blonden Strähnen fielen ihre Haare auf die Frühstücksteller. Magdalena schnitt mit der Schere direkt an der Kopfhaut entlang, und dabei sah sie, dass manche Worte an Linas Haaransatz den Anfang ganzer Sätze bildeten, die sich über ihren Schädel zogen. Lina hatte mehr Schrift unter den Haaren als sonst wo an ihrem Körper. Manches davon war Vergangenheit, war passiert, bevor Lina überhaupt das Licht der Welt erblickt hatte. Einige Worte waren englisch, andere in einem Alphabet geschrieben, das Magdalena nicht verstand. Sie konnte nicht umhin, sie sich anzusehen. In diesem Zustand durfte sie Lina keine Schere in die Hand geben. Lina bat sie, nach einer Klinge zu suchen und ihr den Kopf zu rasieren, damit kein verirrtes Haar in dem rituellen Bad schwamm, das ihrer Konvertierung vorauszugehen hatte. »Wovon redest du?«, fragte Magdalena.

»Dovs Cousin ist Rabbi. Zu dem geh ich«, sagte Lina.

»Warum?«, fragte Magdalena.

»Ich will konvertieren«, sagte Lina. »Dov wird seine Meinung ändern, wenn ich jüdisch bin.« Und weil Magdalena merkte, dass sie damit Recht haben mochte, erzählte sie Lina nicht, dass sie keinen Rabbi brauchte. Vor Jahren hatte sie ein Gespräch belauscht, als Ruta eines späten Abends betrunken zu Magdalenas Mutter gekommen war. Es ging um Namen, die während des Krieges geändert worden waren. Aber Ruta erzählte viel, wenn der Tag lang war.

Magdalena schlug das Spülmittel zu Schaum und fuhr mit der Klinge direkt über Linas Kopfhaut. Da sah sie, dass dort Linas Vorfahren verewigt waren, wie ein Kopftuch aus Namen, straff gespannt und unter den Haaren verborgen. Ihre Mutter hieß Ruta, geborene Kazlauskaitė, deren Mutter hieß Ona, geborene Chana Gitelson, und deren Mutter wiederum hieß Rivka, geborene Fein. Als Lina Magdalena bat, ihr ein Bad einzulassen und darauf zu achten, dass sie im entscheidenden Moment komplett untergetaucht war, da verriet ihr Magdalena weder etwas von den Ururgroßeltern, die auf ihrer Kopfhaut Erwähnung fanden, noch davon, dass an einer frischrasierten Schläfe Anweisungen für Gebete standen, die Lina nach allem, was Magdalena wusste, nie gelernt hatte. Stattdessen sagte Magdalena: »Das wird nichts werden. Dein Hintern schwimmt oben.«

»Bitte!«, flehte Lina. »Der Rabbi macht es nur, wenn ich das Bad genommen habe.«

Und so hielt Lina die Luft an, während Magdalena sie unter Wasser drückte und versuchte, dafür zu sorgen, dass Linas Fersen, ihre Unterschenkel, ihr Hintern, ihre Schulterblätter und der kahle Hinterkopf alle gleichzeitig untergetaucht waren. Die Badewanne war zu klein, und sie kriegte es nicht richtig hin. Wird schon gehen, sagte Magdalena. Das Ganze war doch verrückt, und außerdem würde kein Rabbi jemals ein solches Tauchbad akzeptieren. Doch davon wollte Lina nichts hören. Sie kramte ihre Sachen zusammen, wickelte einen Schal um ihren seltsam rosigen Kopf und rief ihr von der Treppe einen Abschiedsgruß zu. Einen Moment lang überlegte Magdalena, ihr etwas hinterherzurufen, doch da war Lina schon weg. Magdalena sammelte die Haare büschelweise aus der Spüle und warf sie in den Müll.

Totenstill war es in der gelben Kirche. In Litauen saßen die alten Frauen sonntagnachmittags auf den hinteren Bänken, doch in Swindon gingen nicht so viele Leute in die Kirche, und diese hier war leer. Es roch nach Blumen, die schon zu lange in der Vase standen. Magdalena setzte ihre Brille auf und betrachtete das bunte Licht, das durch die Fenster hereinfiel.

Als sie acht oder neun Jahre alt war und Lina mal wieder bei ihrer Mutter in Kaunas wohnte, ging Magdalenas Mutter in einer Kirche putzen. Nachmittags, nach der Schule, saß Magdalena dann im Keller und sah den Schwestern dabei zu, wie sie Hostien vorbereiteten. Manchmal ließen sie Magdalena die Mischung anrühren, unter der Voraussetzung, dass sie den Teig nicht berührte. Wäre sie schon konfirmiert gewesen, hätte sie ihnen helfen können, ihn auszurollen und zu kleinen Quadraten zu schneiden, aber so sah sie den Nonnen dabei nur zu, wie diese mit zwei Schnitten ein Kreuz in die Quadrate schnitten, dabei *Der Leib Christi* murmelten, sie mit Weihwasser besprenkelten, *Der Leib Christi,* und sie dann mit einem weißen Tuch zudeckten, damit sie am Sonntagmorgen gebacken werden konnten.

Die Nonnen waren alt, aber glücklich. Magdalenas Mutter sagte, es läge daran, dass die Russen weg seien und sie nun nicht mehr heimlich Nonnen sein mussten. Doch Magdalena glaubte, den wahren Grund zu kennen. Jetzt konnten die Nonnen wieder ihre alte Kleidung mit der Haube tragen, um die Worte auf ihrer Stirn, aber auch an Hals und Ohren zu verbergen. Damals glaubte Magdalena noch, alle könnten die Schrift sehen, und war sicher, dass die Nonnen froh waren, nicht mehr die Geheimnisse der anderen lesen zu müssen.

Einige Monate nachdem Lina sich von Magdalena die Haare hatte schneiden lassen, kam sie eines Abends in die Bar, in der Magdalena am Wochenende arbeitete. Sie war triefnass – offenbar war sie den ganzen Weg von Dovs Wohnung in Stamford Hill gelaufen, um so nass zu werden, denn es regnete kaum. Ihre Haare schienen nachgewachsen zu sein, dunkler jetzt und ungewöhnlich weich. Sie war ganz rot im Gesicht, und was sie sagte, ergab kaum einen Sinn. Hätte Magdalena kurz darüber nachgedacht, hätte sie gewusst, dass irgendwas nicht stimmte. Doch in diesem Moment war sie in Sorge um ihre Kasse, in der Geld fehlte. Also gab sie Lina etwas zu trinken und sagte ihr, sie solle sich an den Tresen setzen, bis das mit dem Geld geklärt sei. In der Kasse fehlten zwölf Pfund fünfzig. Sie zählte ihre Kasse noch einmal durch, während einer der Stammgäste Lina einen zweiten Drink ausgab. Zwölf Pfund fünfzig fehlten. Seltsam, dass sie sich daran erinnerte. Hätte sie doch nur die Differenz bezahlt und wäre mit Lina nach Hause gegangen. Hätte doch nur James, der Barkeeper, nicht den Kassenbon in den Eiskübel geworfen, wo Magdalena ihn schlussendlich fand, mit einer Serviette trocknete, den Betrag umkringelte (er hatte genau zwölf Pfund fünfzig genommen, um Zitronen für die Bar zu kaufen) und die Quittung in die Kasse legte. Dann erst hatte sie die letzten Stammgäste hinausgescheucht und Lina mit nach Hause genommen. Hätte sie Lina nicht warten lassen, hätte Lina weniger getrunken – nun, wahrscheinlich hätte es nichts geändert, und das war die Wahrheit. Die Wahrheit war aber auch, dass Magdalena sie gern hatte warten lassen. Es war lange her, seit sie zuletzt von Lina gehört hatte, wochenlang nicht mal eine kurze Nachricht, also durfte sie ruhig ein bisschen warten, auch wenn sie sich kaum aufrecht halten konnte.

Im Bus nach Hause schien mit Lina alles in Ordnung zu sein, nur dass sie etwas zu laut redete. Es gab Probleme mit der Familie, weil sie mit Dov zusammenwohnte. Der kam immer seltener nach Hause, ließ Lina allein in der großen, leeren Wohnung, die sie bezogen hatten, weil Dovs Mutter Lina nicht bei sich haben wollte. Ohne seine Familie aber verlor Dov den Halt, ständig ging er aus, kümmerte sich nicht um Lina, also hatte sie angefangen, das zu tun, was Dovs Mutter tat, hielt Fastentage ein und brannte Kerzen ab, obwohl Dov kaum etwas davon mitbekam. Dieser Tag nun war besonders. Die Frauen durften bis zum Sonnenuntergang weder essen noch trinken, dann verrührten die Männer Wein mit Honig und benetzten damit die Lippen der Frauen. Lina hatte den ganzen Tag, bis in den späten Abend, zu Hause auf Dov gewartet. Als er schließlich kam, waren seine Augen klein wie Stecknadelköpfe, und als Lina ihn fragte, ob er wüsste, welcher Tag sei, meinte er, vermutlich schon Sonntag, und er müsse nochmal los. Als sie sagte, sie hätte Hunger, meinte er, im Kühlschrank sei noch Obst, sie solle sich bedienen, und ging dann wieder. Er meinte, er hätte noch was zu erledigen.

Also hatte Lina händeweise kleine, orangefarbene Früchte in den Mixer geschaufelt, bis dessen Messer verklemmten – »Kein Wunder, wenn du die Kerne drinlässt«, meinte Magdalena. Nachdem sie den Saft getrunken hatte, war sie zu Magdalena gelaufen, etwas wacklig auf den Beinen und mit bitterem Geschmack im Mund. Magdalena half ihr aus dem Bus, die Straße entlang und die Treppe zu ihrer Wohnung hinauf. Sie kochte etwas Minutenreis und fütterte Lina mit dem Löffel. Lina schlief auf der Couch ein, und Magdalena holte die Kamera, weil sie wissen wollte, wie Lina ohne die Schrift auf ihrem Gesicht aussah, und ob auf dem Foto auch die Rötung um ihren Mund verschwinden würde. Sie spannte die Kamera. Lina hatte sich Magdalenas Jacke als Kissen unter den Kopf geschoben und wachte nicht mal auf, als es blitzte.

Ein Vogel war in die gelbe Kirche geflogen. Magdalena sah, wie er den blauen und roten Lichtstrahlen auswich, die durch die Buntglasscheiben fielen, und plötzlich, als er das klare Glas im hinteren Teil der Kirche entdeckte, kehrte der Vogel abrupt um. Wie ein weißer Blitz traf das Sonnenlicht seine Flügel, dann prallte er gegen die Scheibe und fiel wie ein Tropfen heller Tinte auf den Boden der Kirche, fast lautlos. Es wäre eine Lüge zu behaupten, das Leben würde sich still und leise verabschieden, wie eine Atempause, ein kurzes Seufzen, ein leises Klopfen an Glas.

Als die Rettungssanitäter kamen, schickten sie Magdalena nach nebenan. Sie legten Lina auf den Küchenfußboden und fingen an, sie zu bearbeiten, stachen sie mit Nadeln und pumpten ihr den Magen aus. Magdalena blieb wie angewurzelt stehen und registrierte seltsamerweise, dass Linas Körper sieben Fliesen lang und drei Fliesen breit war. Ihre neuen Haare waren verrutscht, und Magdalena merkte, dass es eine Perücke war, wie Dovs Schwestern sie trugen. Aufgefächert lag sie am Küchenboden, und Magdalena musste dauernd daran denken, dass sie schmutzig werden würde. Die Sanitäter schnitten Linas Bluse auf und drückten die Paddles an ihre Brust. Magdalena musste an die Geschichte vom Mädchen mit den schönen Haaren denken. Sie ließ es in Büscheln den Fluss hinuntertreiben, zu ihrem Liebsten, der daraus ein Seil flocht, um sie damit einzufangen.

In Litauen sagte man, der Tod sticht wie eine Biene, doch in dieser Nacht lernte Magdalena, dass das nicht stimmte. Der Tod schlug nicht so plötzlich zu. Er ließ sich Zeit. Also sprach Magdalena alle Gebete, die ihr einfielen. Irgendwann erklärte einer der Sanitäter, sie könnten nichts mehr für Lina tun. Vielleicht hatte sie sich verhört, denn selbst nachdem er das gesagt hatte, versuchten sie es weiter, doch bald schon wünschte Magdalena, sie würden endlich aufhören, Lina wieder auf die Couch legen und gehen.

Ein Sanitäter setzte Magdalena aufs Bett und erklärte ihr, dass sie nun endgültig aufhören würden. Sie bat ihn, noch etwas weiterzumachen. Tut mir leid, sagte er. Gibt es jemanden, den Sie anrufen können?

Linas Gesichtsausdruck blieb Magdalena eine Weile erhalten, wollte ihr gar nicht aus dem Kopf gehen, wie eine Melodie. Die Melodie verklang, so wie Lina stets die Augen leicht zusammengekniffen hatte, wenn sie an etwas Verblasstes dachte. Aber ihre Augenlider, ihre Füße nach außen gestellt wie eine Ballerina, wie sie ausgesehen hatte, ganz genauso und doch völlig anders, nachdem die Sanitäter sie auf Magdalenas Bett gelegt hatten und gegangen waren – dieser Anblick blieb ihr erhalten. Und Magdalena konnte sonst wo sein auf dieser Welt, in ihrem Nebel leben, die Pillen nehmen, die Barry ihr in einem kleinen Becher verabreichte, damit sie schlafen konnte, damit sie alle schlafen konnten in diesem Haus, in dem die Teppiche jeden Laut erstickten. Sie konnte die Hände heben, die Augen schließen, und doch blieb dieses Etwas, das Lina war, nun aber nicht mehr war, in Magdalenas Gedanken, und seine Augenlider wurden grau. Keine Worte, die Magdalena je gelesen hatte, waren in der Lage gewesen, sie darauf vorzubereiten.

»Ach, du meine Güte«, sagte eine Frau, die in der Kirche unvermittelt neben Magdalena stand. Sie trug so ein kleines Etwas auf dem Kopf. Vermutlich war sie eine Nonne, aber eine moderne, englische Nonne. Magdalena nahm ihre Brille ab und trat einen Schritt zurück, damit das Gesicht der Frau unscharf blieb.

»Der Ärmste«, sagte die Frau und hob den Vogel mit einem Blatt Papier auf. »Ich sage schon lange, wir müssen etwas an diese Scheibe kleben.« Sie faltete den Vogel in das Papier, dann wandte sie sich Magdalena zu. »Kommen Sie wegen Santiago?«

»Ja?«, sagte Magdalena.

»Dann steigen Sie schnell in Ihre Wanderschuhe – die anderen sind schon vor einer Stunde losgelaufen. Es dürfte wohl die letzte Gruppe sein, die es noch zum Festtag schaffen könnte, und auch nur, wenn sie sich beeilt. Bis nach Frankreich ist es ein gutes Stück des Weges, es sei denn, Sie nehmen gleich das Schiff. Die anderen sind auf dem Weg nach Marlborough, um sich mit der Gruppe zu treffen, die von St Andrew's in Chippenham kommt. Wenn Sie den Bus nehmen, können Sie die anderen wahrscheinlich noch einholen«, sagte die Frau. »Es ist ein bisschen geschummelt, aber schließlich ist die Reise ja auch ziemlich lang. Ich schätze, es dürfte wohl egal sein, ob Sie hier oder in Marlborough loswandern, was?«

»Ich weiß nicht«, sagte Magdalena.

»Ich werde Ihnen trotzdem einen Stempel geben. Kommen Sie mal mit«, sagte sie, und Magdalena folgte ihr in ein kleines Büro. »Haben Sie schon ein Büchlein?«, fragte sie.

»Nein«, sagte Magdalena.

»In Marlborough können Sie sich eins besorgen. Ich mache Ihnen den Stempel hier drauf, ja? Dann können Sie ihn später in Ihr Buch kleben.« Sie holte ein Tintenkissen hervor und drückte den Stempel fest auf ein Blatt Papier. Magdalena hielt es nah vor ihre Augen, um etwas erkennen zu können.

»Was ist das?«, fragte sie.

»Eine Jakobsmuschel«, sagte die Nonne. »Nachdem die sterblichen Überreste des heiligen Jakob auf hoher See verloren gegangen waren, wurde sein Leichnam angespült, von Muscheln bedeckt und gänzlich unversehrt. Ein wahres Wunder, nicht? Alle Pilger kaufen so kleine Anstecker mit der

Jakobsmuschel. Sie sollten sich auch einen besorgen, wenn Sie nach Frankreich kommen. Sprechen Sie ruhig jemanden an, der so ein Abzeichen trägt. Man hilft Ihnen bestimmt.«

»Okay«, sagte Magdalena.

»Dann mal los«, sagte die Frau. »Aber ich will Ihnen noch etwas für den Weg mitgeben.« Die Frau führte sie in ein anderes kleines Büro.

Unversehrt, dachte Magdalena. So ein seltsames Wort. Dasselbe Wort, das auch Dov Kitrossers Bruder verwendet hatte. »Der Leichnam muss unversehrt bleiben«, hatte er gesagt. Damals wusste Magdalena nicht, was er meinte. »Unbeschwert?«, fragte sie. »Unversehrt«, antwortete Dovs Bruder. »Ganz.«

Magdalena wünschte, sie hätte der Nonne aufmerksamer zugehört. Wer war dieser Mann, der gestorben war und dann unversehrt ans Ufer gespült wurde? Es hatte Zeiten gegeben, in denen Magdalena fest an Wunder glaubte. Als ihre Mutter damals in der Kirche putzen ging, hatte sie ihr manchmal geholfen, indem sie die abgekratzten Wachsstückchen vom Boden unter den Opferkerzen sammelte. Dabei hatte sie in den Tropfen nach dem Gesicht der Gottesmutter gesucht. Nur zu gern hätte Magdalena noch länger an die wächsernen Bäumchen unter den Kerzenreihen gedacht, jedes davon erstarrtes Zeugnis eines bestimmten Gebetes, und sie wollte mehr über diesen Ort erfahren, wo tote Menschen unversehrt angespült wurden. Sie hätte danach fragen können, doch die Nonne wollte nicht aufhören zu reden, und schon hatte Magdalena die Wunder wieder vergessen.

»Ich hatte stapelweise Proviantpäckchen vorbereitet. Leider waren die anderen schon so beladen, dass sie nichts mehr extra tragen konnten. Aber Sie haben ja nicht viel dabei.« Die

Frau reichte Magdalena eine volle Papiertüte. »Die Schwestern hatten richtig Spaß dabei, Brot nach alten Pilgerrezepten zu backen. Man beißt sich die Zähne daran aus, aber es hält ewig. Ich gebe Ihnen noch etwas Marmelade dazu.« Die Frau langte an Magdalenas Kopf vorbei und öffnete einen kleinen Schrank hinter ihr. *Hund weggelaufen, Bishop's Gate, Knochenkrebs, Joey Dolans Obstgarten zur Apfelblüte* stand da auf ihrem Arm geschrieben. »Sie werden Hunger bekommen – ich habe den Weg selbst zweimal gemacht, aber meine alten Knie wollen nicht mehr.« Sie reichte Magdalena ein orangefarbenes Glas. »Unser Baum war so reich an Früchten. Ich weiß gar nicht, wohin mit all der Marmelade.« Auf dem Glas klebte ein beschriftetes Etikett. *Apricot.*

Magdalena hatte das Wort so oft an Linas Haaransatz gesehen, dass sie es irgendwann gar nicht mehr wahrnahm, aber ihr war nie klar gewesen, dass es Englisch sein sollte. Irgendwie sah es gar nicht wie ein englisches Wort aus, und doch stand es da, in sauberer Schrift, mit blauer Tinte auf dem Etikett.

»Es ist Aprikose«, sagte die Frau. »Ich kann mich nicht erinnern, dass sie jemals so süß waren. Kommen Sie, sehen Sie sich den Garten an! Pflücken Sie so viele, wie Sie wollen. Essen Sie sie auf der Wanderung. Es fördert die Verdauung. Sie glauben ja gar nicht, wie viele Pilger sich über so etwas gar keine Gedanken machen.«

Magdalena wusste, dass sie der Frau das Glas zurückgeben und gehen sollte, dass sie den Anblick dieses Wortes in jenen abgelegenen Teil ihrer Erinnerung verbannen sollte, den sie für gewöhnlich mied. Stattdessen ließ sie die Nonne nach einem leeren Einkaufsbeutel suchen und folgte ihr nach draußen und über den Parkplatz zu einem ummauerten Garten hinter dem Pfarrhaus. »Von der Sonne verwöhnt«, sagte die Frau. »Sie hätten unsere Kirschen sehen sollen.«

Magdalena wusste, dass sie es lieber nicht tun sollte, und doch nahm sie ihre Brille aus der Handtasche und setzte sie auf, und – ja – dort im Garten stand ein Baum, dessen Zweige sich unter der Last kleiner, orangefarbener Früchte bogen. Manche hatten Flecken von der Sonne, und am Boden lagen viele, die schon braun geworden waren.

»Es bricht mir das Herz, sie verderben zu sehen«, sagte die Frau.

Nachdem die Sanitäter Lina vom Küchenboden aufgehoben und in Magdalenas Zimmer getragen hatten, sammelten sie nun ihre Gerätschaften zusammen. Einer von ihnen wandte sich mit leiser Stimme an Magdalena. Bei einem so jungen Menschen ohne erkennbare Erkrankung würde es eine Untersuchung geben, sagte er. Die Tote dürfe nicht unbeaufsichtigt bleiben. Die Rettungssanitäter gingen, und ein Polizeibeamter kam, um aufzupassen, bis am Morgen die Gerichtsmedizin eintreffen würde. Der Polizist war schwarz und seine Haut sehr dunkel – kein einziges Wort war zu erkennen. Immer wieder bot er ihr an, draußen auf dem Flur zu warten, doch das wollte Magdalena nicht. Die Tür zum Schlafzimmer stand einen Spalt weit offen, und sie mochte nicht allein sein mit diesem Ding, das wie Lina aussah und doch nicht Lina war. Also brachte sie dem Polizisten eine Tasse Tee nach der anderen, obwohl sie wusste, dass er keinen wollte, und so warteten sie bis zum Morgen.

Nachdem die Leute von der Gerichtsmedizin Lina abgeholt hatten und der Polizist gegangen war und sich für den Tee bedankt hatte, weil er nicht wusste, was er sonst sagen sollte, konnte Magdalena unmöglich allein in der Wohnung bleiben, nicht jetzt, wo so vieles noch ganz genauso war – Linas Schuhe, so wie sie sie abgestreift hatte, übereinander, die Spitzen einwärts gerichtet, als schämten sie sich, dass sie mitten im Zimmer lagen –, während anderes, wie die kleinen Plastikhüllen von den Spritzen, die man Lina gegeben hatte, nicht dorthin gehörte.

Magdalena wollte das Foto in der Kamera so bald wie möglich entwickeln lassen, aber es waren noch ein paar Bilder auf dem Film. Sie ging in den Park unten an der Straße. Kinder spielten dort. Das Gesicht eines kleinen Mädchens war ganz dunkel vor lauter Schrift. Da standen kleine Worte um ihre Augen und größere auf ihren Wangen. Magdalena machte ein Foto. Sie machte auch ein Foto von einem kleinen Jungen, dessen Grübchen von dem verunstaltet waren, was dort geschrieben stand, und von einem älteren Mann, der auf einer Parkbank Zeitung las und eine Nase hatte, die Magdalena an Bilder von ihrem Vater erinnerte. Überall sonst war der Mann von großen Blockbuchstaben übersät.

Sie bekam die Fotos in umgekehrter Reihenfolge zurück, und als Magdalena zu dem kleinen Mädchen im Park blätterte, war auf dessen Haut nichts zu sehen, sodass sie das nächste Foto, das von der schlafenden Lina auf der Couch, übersprang. Sie wusste auch schon gar nicht mehr, was sie sich eigentlich davon erwartet hatte.

Ein paar Tage später, während der laufenden Untersuchung, rief die Polizei bei Magdalena an. Man hatte eine Polizistin aufgetrieben, die Litauisch sprach und ihr erklären konnte, was bei der Autopsie festgestellt worden war. Lina hatte die Kerne einer ganzen Kiste wilder, türkischer *abrikosai* gegessen, offenbar indem sie die ungeschälten Früchte samt Kernen in einen extrastarken Mixer gegeben hatte – den die Polizei unverändert auf Dovs Küchentresen vorfand, mit geknackten Kernen am Boden und Spuren von Zyanid an den Klingen. Die Polizistin stellte Fragen. Hatte Lina es absichtlich getan? Konnte es ein Unfall gewesen sein? Wusste sie denn nicht, dass die Kerne giftig waren? »Giftig?«, fragte Magdalena. Das hörte sie zum ersten Mal. »Aber sicher«, sagte die Polizistin, »Pfirsiche auch.« Warum sollte Lina eine ganze Kiste davon in einen Mixer geben? War sie aufgebracht? Hatte sie Probleme? Magdalena versuchte zu erklären, dass Lina eben manchmal so war, dass sie sich mit Büroklammern Namen von Leuten in die Beine ritzte, wenn sie glücklich war, und in der Spüle Feuer machte, wenn sie wütend wurde. Und bei all den Fragen, den Vorbereitungen, die getroffen werden mussten, den Anrufen bei ihrer Mutter in Amerika und den Schwierigkeiten herauszufinden, wo Ruta lebte, war es Magdalena kein einziges Mal in den Sinn gekommen zu fragen, was *abrikosai* auf Englisch hieß.

Die Nonne drückte Magdalena den Beutel in die Hand und meinte, sie möge sich nach Herzenslust bedienen, aber nicht vergessen, das Gartentor hinter sich zu schließen, wenn sie fertig sei. Dann ging die Nonne wieder zur Kirche zurück, wobei sie ein paar vertrocknete Blüten abzupfte, als sie an einem

Blumenbeet vorüberkam. Magdalena trat in den Garten und pflückte eine Frucht vom Baum. Die Haut war weich, etwas heller als die orangefarbene Marmelade, die sie von der Nonne bekommen hatte. Sie konnte fühlen, dass der Kern lose im Fruchtfleisch saß. Sie biss hinein.

Irgendwie war ihr nicht klar gewesen, dass all das, was auf Linas Haut geschrieben stand, nach und nach passieren würde, bis für die Zukunft nichts mehr übrig war. Es gab keinerlei Hinweise auf Ehen oder Kinder oder Krankheit, und als sie Lina die Haare abgeschnitten hatte, war nicht zu übersehen gewesen, dass dort *akutes, zyanid-bedingtes Atemversagen nach dem Verzehr von 30–40 wilden, türkischen* direkt vor diesem alten Wort stand, das kurz unter ihrem Haaransatz zu erkennen war. Für Magdalena hatte es immer *ap-ri-tsots* geheißen, aber das *c* sollte wie ein *k* ausgesprochen werden, nicht wie *ts* im Litauischen, weil das Wort englisch war: *apricots.* Und als Lina so dagestanden hatte, mit dem Gesicht über der Spüle und hundert weiteren Worten auf der Kopfhaut, war Magdalena darauf bedacht gewesen, nichts davon zu verstehen.

Verfluchte Lina, Aprikosen in den Mixer zu tun, ohne vorher die Kerne rauszuschneiden, und dann zu Magdalena zu kommen, als hätte sie geahnt, dass Magdalena es nie im Leben glauben würde, wenn sie nicht von Anfang an dabei wäre. Es war das Einzige, wofür Magdalena dankbar sein konnte. Lieber wollte sie mit den Erinnerungen an diese Nacht leben, die wie Postkarten hinter ihren Augenlidern klebten, als wie Ruta Valentukienė zu sein, die nie wirklich würde glauben können, dass Lina nicht mehr lebte. Es war besser, dabei gewesen zu sein, vom rötlichen Schatten um Linas Lippen über das Schmatzen, das Magdalena mitten in der Nacht geweckt hatte, bis zu allem anderen, dem rasselnden Atem, der dicken Paste, die aus ihrem Mund quoll, dem Geräusch, das ihre Lungen machten, als es fast vorüber war, den Männern von der Ambulanz, der Zeit, die sie brauchten, um die Treppe heraufzukommen, den Nadeln, den Gummihandschuhen und den kleinen Plastikdeckeln, die sie überall auf dem Boden zurückließen.

Die Leute, die die Untersuchung durchführten, verhörten Dov Kitrosser immer und immer wieder. Magdalena fragten sie, ob sie wusste, dass Dov eine Stelle bei einer Biotechnikfirma in Zürich angenommen, jedoch nur ein Flugticket für sich allein gebucht hatte. Wusste sie von den Streits, den Drohungen der Mutter oder dem australischen Geschäftsmann, mit dem Lina am Abend vorher gesehen worden war?

Man führte Tests mit dem Mixer durch und wies nach, dass der Zyanidgehalt dieser Aprikosen besonders hoch war. Aber wie die Polizistin bereits gesagt hatte, war allgemein bekannt, dass man die Kerne nicht essen durfte. Magdalena bekam einen Umschlag mit dem Untersuchungsergebnis, für den Fall, dass sie einen Nachweis brauchte, wenn sie Lina in die Heimat überführte.

Dovs Bruder rief an, um zu sagen, dass er die Kosten für den Transport von Linas Leichnam nach Litauen übernehmen würde. Das wird nicht nötig sein, sagte Magdalena. Gleich nach der Autopsie hatte sie die Leiche einäschern lassen und verwahrte die Asche nun in einem Plastikbeutel in einem

Schuhkarton, den sie im Flieger auf den Schoß nehmen konnte. Irgendwas gefiel ihm nicht, aber Magdalena verstand sein Schweigen am anderen Ende der Leitung erst, als Dovs Bruder ihr erklärte, wenn Linas Leichnam nicht unversehrt begraben würde, gäbe es nach jüdischem Gesetz für sie und Dov keine Möglichkeit, am Ende der Zeit gemeinsam aufzuerstehen und für alle Ewigkeit wiedervereint zu sein.

Magdalena stand unter dem Baum im Kirchgarten, mit dem Bissen Aprikose noch im Mund, unzerkaut, geschmacklos, wie eine unerwünschte zweite Zunge. Sie schluckte herunter.

Oft genug hatte sie sich diesen Moment vorgestellt und sich gefragt, was mit ihr passieren würde, wenn sie mit Gewissheit herausfand, ob die Worte stimmten oder nicht. Stimmten sie nicht, war sie verrückt, und wenn doch, dann war die ganze Welt verrückt und grausam, solche kleinen Hinweise zu hinterlassen, als fürchtete das Leben, es könnte vergessen, was es vorhatte. Sicher war Magdalena immer nur gewesen, dass etwas nicht zu wissen besser war, als es zu wissen, und so hatte sie sich sehr lange bemüht, nicht allzu genau hinzuschauen. Der Arzt, mit dem ihre Mutter ausgegangen war, kehrte tatsächlich wieder zu seiner Frau zurück, so wie es unter seinem Kinn geschrieben stand, und ihre Freundin Marija heiratete tatsächlich einen gewissen Juras, dessen Name um ihren Ringfinger herum geschrieben stand. Dagegen war Linas Mutter diejenige, die zu trinken angefangen hatte, obwohl auf ihrer Haut kein Wort davon geschrieben stand, während Magdalenas Mutter so gut wie gar nichts mehr trank, obwohl an ihrem Hals immer noch *alkoholika* wie ein Brandmal geschrieben stand. Und Marijas kleiner Junge, der mit einem Loch im Herzen zur Welt kam, hatte ganze Texte auf seinen Wangen.

Und nun?, fragte Magdalena sich selbst. Die Frage hallte in ihrem Kopf nach. Dann kam eine Antwort, kein Wort, sondern ein Gefühl. Eine Gewissheit, wie ein frischer Wind, der seinen Weg in ihren Geist gefunden hatte. Sie dachte an die Stelle an der Innenseite vom Handgelenk ihrer Mutter, wo *Glück* geschrieben stand. In den Geschichten war die Glücksfee wunderschön, doch musste sie bisweilen getäuscht und in einen Korb gesperrt werden. Aber jedes Mal konnte sie sich befreien, bekam, was sie wollte, und ritt auf dem Pferd davon, das sie sich mit der Todesfee teilte, die ihre liebenswürdigere Schwester war. An der Faringdon Road gab es eine Drogerie. Dort wollte sie hin, um sich zu besorgen, was sie brauchte. Heute wollte sie es tun. Magdalena aß den Rest der Aprikose und spuckte den Kern aus.

RICHARD

Paris, Juni

Wie sich herausstellte, lag mein Hotel nur ein, zwei Blocks vom Boulevard de Sébastopol entfernt, nicht weit vom Kirchturm unter dem Baugerüst, den ich am Morgen gesehen hatte. Die Statue eines Mannes mit einem Stab in der Hand stand ganz oben auf einer Ecke des Turmes, was ihn seltsam asymmetrisch wirken ließ. Ich prägte mir ein, dass mein Hotel rechts von der Statue lag, für den Fall, dass ich mich wieder verlaufen sollte.

Es war immer noch zu früh, um einzuchecken, also ließ ich mein Gepäck bei der Dame an der Rezeption. Sie bestand darauf, Tante Cats Koffer mit einer weiteren Schnur zu sichern, bevor sie ihn in die Kammer stellte, dann schlug sie mir vor, doch etwas frühstücken zu gehen. In der Nähe gab es eine Bäckerei. Ich kaufte ein paar Croissants und sah mich nach einer Bank um, auf der ich mich niederlassen konnte. An einem Souvenirstand erwarb ich einen neuen Stadtplan, und als ich meinen Turm auf einem kleinen Gemälde abgebildet sah, das auf einer kleinen Staffelei stand, nahm ich auch das noch mit. Es war nur der Druck eines Gemäldes, das bei näherer Betrachtung von vornherein schon schlampig gemalt war, und auf der Rückseite befand sich ein kleiner Aufkleber, der besagte, dass das Ding aus Vietnam kam. Bei einem Preis von zehn Euro war ich mir sicher, dass ich übers Ohr gehauen wurde, kaufte es aber trotzdem.

Schon bald war es mir etwas peinlich. Ich besaß mehr als genug Tinnef, der zu Hause herumstand und Staub sammelte, auch wenn dieser aus Paris stammte. Also dachte ich mir, ich schicke das Ding meiner Freundin Diana. Nach Walts Tod hatte ich sie gebeten, mir beim Aussortieren von Tante Cats alten Kisten voller Krimkrams zu helfen, und dabei gemerkt, dass sie einen Sinn dafür hatte. Oft genug begeisterte sie sich rotwangig für ein verstaubtes, kleines Krippenspiel in einer Walnussschale oder für eine gestickte Mahnung – *Den Knoten verbirg wie ein Geheimnis* – auf einem Nadelkissen, das Cat offenbar als kleines Mädchen angefertigt hatte. Wenn ich mir Diana jetzt so vorstelle, zu Hause in ihrer Küche, dann bin ich mir sicher, dass das Fensterbrett über ihrer Spüle voller Andenken steht. Das kleine Gemälde auf der Staffelei passte sicher gut dazu – etwas, das sie sich ansehen konnte, während sie darauf wartete, dass das Wasser kochte.

Aber dann dachte ich, vielleicht lieber doch nicht. Ich hatte von Diana nichts mehr gehört, seit sie im November wieder in ihre Heimat zurückgegangen war, und ich wusste nicht genau, ob sie sich wirklich über ein Souvenir von jemandem freuen würde, an den sie vermutlich seit damals nicht mehr gedacht hatte. Ich steckte das Bild in die Tasche, wobei ein Bein der Staffel herausragte. Vielleicht sollte ich es doch als Souvenir behalten. Es könnte nett sein, hin und wieder einen Blick darauf zu werfen und mich vom Anblick dieses Turmes, dessen eine Ecke höher war als die anderen, nach Paris entführen zu lassen.

Die Croissants aus der Bäckerei waren noch warm, und ich fand einen Park mit einer leeren Bank, auf der ich sie in Ruhe genießen konnte. Ich musste das kleine Bild aus meiner Tasche nehmen, um mich setzen zu können. Ich sah es mir nochmal an, dachte an all das Zeug, das sich im Leben so ansammelte. Selbst meine Tante Cat, die nie so gewirkt hatte, als könnte sie der Typ für Souvenirs sein: Nachdem sie gestorben war, fanden wir ganz hinten in ihrem Schrank unzählige Kartons voller Andenken und Babyschühchen und Porzellanscherben, die sie im Laufe der Jahre gesammelt hatte, so viel Zeug, dass Diana einmal pro Woche kommen musste, um mit mir die Kartons durchzugehen.

Meine Tante Cat war keine sentimentale Frau, aber diese Kartons hatten ihr offenbar viel bedeutet, denn sie erwähnte sie sogar in ihrem Testament – sonst hätten wir sie gar nicht gefunden. Es war das Einzige, was sie speziell mir vermacht hatte, was einige Spannungen zwischen Pearl und mir nach sich zog, nicht weil etwas von finanziellem Wert darunter gewesen wäre, aber immerhin handelte es sich um Familienerinnerungen, und ich glaube, Pearl fand, diese hätten in ihren Besitz übergehen sollen.

Unser Streit um diese Kartons trug sicher dazu bei, dass Pearl dagegen war, als ich nach Tante Cats Tod wieder auf die Ranch zog. Aber irgendwer musste ein Auge auf Walt haben. Pearls Kinder gingen in Denver zur Schule, und Eddie musste sich um sein Geschäft kümmern, aber ich unterrichtete nicht mehr. Mein Sohn kam gerade auf die Highschool, und es gab nichts, was mich zu Hause hielt.

Entschieden wurde es durch Onkel Walt. Er brach sich die Hüfte, als er auf dem Eis ausrutschte, weil er unbedingt mitten im Winter die Kühe tränken musste, und der Arzt meinte, ihn woanders unterzubringen würde nichts bringen. Er meinte, für alte Leute wie Walt sei eine gebrochene Hüfte normalerweise der Anfang vom Ende, und als Pearl leise anklingen ließ, dass die Ranch verkauft und Walt in einem Pflegeheim untergebracht werden sollte, machte er einen Aufstand wie noch nie. Also trafen Pearl und Eddie die Entscheidung, ihn zu Hause sterben zu lassen, und sie meinten, es wäre ihnen nur recht, wenn ich draußen auf der Ranch bleiben und ihm Gesellschaft leisten würde, bis seine Zeit gekommen war.

Sowohl die Farm als auch das Haus bezeichneten wir als »Ranch«, denn obwohl Pearl und Eddie und ich noch kleine Kinder gewesen waren, als Onkel Walt sie gekauft hatte, war dieses Haus doch niemals so etwas wie ein *Zuhause* geworden. Die Anlage war Anfang der Dreißiger als Ferienranch errichtet worden und besaß Unterkünfte für Personal und etwa vierzig Gäste, wenn man die kleinen Hütten hinterm Haus mitrechnete. Fast sechzig Jahre hatte ich meinen Onkel Walt gekannt und wusste immer noch nicht, warum er diese Ranch eigentlich gekauft hatte. Ich fragte mich, ob möglicherweise mehr an ihm dran gewesen war, als wir Kinder ahnten. Onkel Walt, der an jedem Nicht-Sonntag seines Lebens denselben Hut trug und außer im Krieg niemals über Walsenburg hinausgekommen war, wenn es nicht unbedingt sein musste … Ich werde nie verstehen, wieso sein Herz an einem Anwesen mit zwei großen Esszimmern, einer Kapelle hinterm Haus und einem eigenen Tanzsaal hing.

Mir war klar, dass Pearl glaubte, ich wollte die Ranch erben, und deshalb gab ich mir alle Mühe, ihr zu versichern, dass ich auf nichts aus war, was Onkel Walt nicht ohnehin für mich vorgesehen hatte. Ich habe meine Lehrerpension und bekomme von Zeit zu Zeit Tantiemen aus dem Nachlass meiner Mutter, und das läppert sich. Aber Pearl war mir immer noch böse wegen der Kartons von Tante Cat, also habe ich versprochen, ihr das Porzellan und allen Schmuck beiseitezulegen, und wenn die Zeit gekommen war, würde ich Onkel Walts Verwundetenabzeichen an ihre Jungen weiterreichen. Als Pearl klar wurde, dass sie die ambulante Pflege für Walt sparte, wenn ich zu ihm zog, entspannte sie sich ein wenig.

Wir hatten einen offenen Schlagabtausch, wir drei, draußen vor dem Postamt, an jenem Tag, an dem Eddie Walt aus dem Krankenhaus abgeholt hatte, und Pearl und ich uns mit ihm in der Stadt trafen, um den Papierkram zu erledigen. Möglichweise war das ein zu öffentlicher Ort, um all das herauszulassen, aber an diesem Tag kamen gut vierzig Jahre angestauter Kränkungen ans Licht, indem jeder von uns unverblümt sagte, was er dachte. Dass das Geld aus dem Nachlass meiner Mutter mit sich brachte, dass ich als Einziger ein College besuchen konnte, obwohl Pearl genauso gute Noten hatte; dass Eddie seine Spielzeugpistole mit mir teilen musste; dass die Familie fast bankrott gegangen wäre, als ich mit fünf Jahren an Scharlach erkrankt war; dass die beiden mich immer hatten spüren lassen, dass ich ein Mittelding zwischen einem Neffen und einer Last für Tante Cat und Onkel Walt war – aber nie ein Sohn. Und so weiter und so fort, eine Woge alter Verletzungen und heimlichen Grolls riss uns an diesem Nachmittag dort draußen vor dem Postamt mit, während Onkel Walt in Eddies Wagen darauf wartete, dass wir uns überlegten, was wir mit ihm anfangen wollten.

Und schließlich gab es einen Entschluss: Ich würde so lange draußen auf der Ranch bleiben, wie es nötig war, und wenn mit Walt dann das Unvermeidliche geschah, würde ich zurück in die Stadt ziehen, vielleicht im Herbst wieder unterrichten. Doch in den folgenden fünf Jahren starb Walt nicht, mein Problem mit der örtlichen Schulbehörde wollte sich nicht lösen lassen, und da die Heupreise hoch blieben, sprachen Pearl und Eddie auch nicht mehr davon, das Land zu verkaufen.

Oft genug spiele ich diese unschöne Szene im Stillen durch, und obwohl ich mein Frühstück längst beendet hatte, blieb ich noch eine Weile im Park sitzen und dachte an all das, was ich Pearl und Eddie an diesem Tag hätte sagen können. Meine Gedanken reichten über den Ozean hinweg, führten mich wieder nach Hause, und schon berechnete ich Bewässerungsflächen und überlegte, ob ich eigentlich den Herd auf der Ranch ausgemacht hatte.

Das konnte nicht den ganzen Tag so weitergehen. Ich hatte nur etwas mehr als eine Woche in Paris, und solche Gedanken an Zuhause halfen mir sicher nicht dabei, einen Hinweis auf Inga Bearts rote Schuhe zu finden. Es war ein warmer Tag, und ich bekam Durst, also stand ich von meiner Bank auf und ging über die Straße zu einem kleinen Supermarkt.

In der Konservenabteilung fand ich eine Tüte Milch. Sie war zwar nicht gekühlt, aber ich kaufte sie trotzdem und kehrte damit zu meiner Bank zurück. Die Tüte bestand aus dicker Pappe, und es war gar nicht so einfach, eine Ecke zu einer Art Tülle aufzufalten. Ich nahm einen Schluck. Die Milch war warm und schmeckte ganz anders als die Milch bei uns zu Hause. Und dieser Geschmack verschaffte mir ein Erlebnis, das ich so noch nie zuvor gehabt hatte. Mir kam eine gänzlich neue Erinnerung: meine Tante Cat, wie sie eine Milchtüte aufreißt. Die Pappe ist so seltsam gefaltet, dass sie sich nicht hinstellen lässt, ohne umzukippen, und Tante Cat versucht, das Ding aufrecht zu halten, während sie mit spitzen Fingern eine Ecke bearbeitet. Als sie es endlich geschafft hat, ist die Pappe weich und ausgefranst.

Die Erinnerung war an sich nichts Besonderes. Nur ihr Neusein erstaunte mich. Es fühlte sich seltsam an, so viele tausend Meilen von zu Hause zu sein, in einer fremden Stadt, in der alles anders aussah und auch war, und dann plötzlich ein unsichtbares Band zu spüren, zu merken, wie das *Jetzt* das *Damals* an sich zog, das *Hier* das *Dort.*

Ich inspizierte meine neue Erinnerung, drehte und wendete sie, so wie man einen Meteoriten untersuchen würde, als mir bewusst wurde, dass die Erinnerung nicht stimmen konnte. Wir bekamen unsere Milch immer in Glasflaschen von der Molkerei oben an der Straße, und als die nicht mehr auslieferte, klebte uns Tante Cat jeden Tag einen Vierteldollar in die Jackentaschen, damit Pearl und Eddie und ich auf dem Heimweg vom Schulbus jeder eine Flasche mitbringen konnten.

Es war beunruhigend. Ich machte mir nicht einmal mehr die Mühe, mich zu erinnern, wo ich meine Brille gelassen hatte, ich suchte einfach die üblichen Orte ab, und wenn mein Sohn mich an meinem Geburtstag anrief, versuchte ich, nicht allzu überrascht zu klingen. Aber ich hätte nicht gedacht, dass es schon so weit ging, dass ich mir meine Erinnerungen jetzt selber ausdachte. Trotzdem hatte ein schöner, großer Schluck Milch etwas Beruhigendes, selbst wenn sie komisch schmeckte. Ich ließ von der Erinnerung ab, trank das ganze Ding leer und staunte über den seltsamen Streich, den mein Unterbewusstsein der armen Tante Cat spielte, indem es ihr eine Tüte H-Milch aus dem Laden in die Hand gab.

Die Beart-Mädchen wuchsen auf einer Milchfarm außerhalb von Rye in Colorado auf, auf Land, das besser für Schlachtvieh geeignet war. Mein Großvater hatte seine Gesundheit beim Bau der Eisenbahnlinie nach Santa Fe ruiniert, und sie waren rauf zur Front Range von Colorado gezogen, weil sie glaubten, die Rocky Mountains würden das gute Leben einfangen und zu ihnen herablenken. Leider verstand mein Großvater genauso wenig vom Milchgeschäft wie meine Großmutter, deren Familie drüben im Osten einen Lebensmittelladen gehabt hatte, und als Anfang der Dreißiger die allgemeine Lage schwierig wurde, waren die Bearts schon heillos verschuldet. Ständig wurden die Kühe krank, oder sie mussten verkauft werden, und wenn die letzten paar Kunden versorgt waren, blieb für die Familie kaum noch etwas übrig – so zumindest erzählte es Tante Cat bei jeder Mahlzeit, wenn sie Eddie, Pearl und mir die Gläser randvoll schenkte und dann wartete, bis wir ausgetrunken hatten.

Die Beart-Schwestern hatten beide dunkle Haare und feine Züge, doch nur Inga kam nach Großtante Effie, die, wie es hieß, das Haus nie verlassen hatte, weil ihre Augen so hell waren, dass sie die Sonne nicht ertragen konnte. Tante Cats

Augen waren kristallblau, und ihrer eigenen Aussage nach galt sie in jungen Jahren als die Hübschere der beiden. Und doch war es Inga gewesen, die zuerst heiratete, mit siebzehn, einen Ungarn namens Laszlo Karpati, einen Fremden, der auf der Durchreise war. »Gott weiß, was sie an ihm fand«, hatte Tante Cat immer gesagt. »Der Mann brachte keine zwei sinnvollen englischen Wörter zusammen.« Inga Bearts Biografen erzählen die Geschichte etwas anders – die klassische Flucht vor einem grauen Zuhause und einer nervenschwachen Mutter, die um keinen Preis zugeben wollte, dass die Höhenluft in Colorado dem rasselnden Husten ihres Mannes nicht eben zuträglich war.

Im Jahr 1936 brachen die Karpatis nach Kalifornien auf, aber ich kann nicht sagen, ob sie überhaupt zusammen dort angekommen sind. Später im selben Jahr wurde die Ehe in Nevada geschieden. Über diese Zeit ist nicht viel bekannt, aber offenbar hat Inga Beart danach ihren alten Namen wieder angenommen und es irgendwie nach Hollywood geschafft, wo sie kleine Rollen in den Filmmusicals spielte, die damals populär waren.

Ich habe diese Filme gesehen. In einem sind Inga Beart und ein Haufen anderer junger Dinger so hergerichtet, dass sie wie Ägypterinnen aussehen. In einem anderen tanzen sie Cancan. Das Ganze ist Schund, aber meiner Meinung nach dürfte es kein Zufall sein, dass sie den Weg ins Filmgeschäft gefunden hat. Was diese Hollywood-Typen auch dazu bewegt haben mochte, einem unbekannten Mädchen aus der Provinz einen Platz in der Revue zu geben – es war dasselbe, was die Literaturszene Jahre später entdecken würde: diesen Funken

Glamour, etwas Exotisches, und selbst wenn sie nur ein Mädchen von vielen sein mochte, das die Beine schwang, sah man Inga Beart doch an, dass sie schon viel weiter war.

Meine Tante Cat dagegen blieb zu Hause. Sie kümmerte sich um alles, während mein Großvater an Tuberkulose starb, was niemand, nicht einmal der Arzt, laut aussprechen durfte. Sie war diejenige, die für meine Großmutter sorgte während des langsamen Verfalls, der auf den Tod ihres Mannes folgte. An dem Tag, an dem Großmutter Beart starb, verließ auch Tante Cat das graue Haus für immer. Sie heiratete den Hurley-Jungen von unten an der Straße, der früher immer Kirschen in die Milchflaschen getan hatte, damit die Beart-Mädchen sie fanden.

Der Krieg begann. Meinem Onkel Walt wurde beim Angriff auf Okinawa ein Ringfinger abgeschossen, woraufhin er, wenn man solche Geschichten denn glauben kann, im Matsch herumgekrochen war, um seinen Ehering wiederzufinden. »Und alles nur für ein Stück Altmetall«, sagte Tante Cat gern. Sie verbrachte den Krieg als Schweißerin in einer Flugzeugfabrik in Colorado Springs, versiegelte den Bauch der Bomber, ohne zu wissen oder auch nur wissen zu wollen, dass ihre Schwester es nach New York geschafft und sich ein Paar rote Pumps gekauft hatte, von den fünfzehn Dollar Preisgeld für eine Kurzgeschichte, die, wie alle Biografen hervorheben, von einem jungen Mädchen handelt, das vom Erblinden träumt.

Mittlerweile war Nachmittag – vier Uhr morgens in der Heimat –, und ich brauchte dringend Schlaf. Ich warf die leere Milchtüte in den Müll und suchte meinen schiefen Turm.

Als ich ihn über den Dächern aufragen sah, brach ich in diese Richtung auf und fand mein Hotel diesmal auf Anhieb. Mein Zimmer sei nun bereit, sagte die Dame, und nach einiger Verwirrung um den Schlüssel schleppte ich Tante Cats Koffer vier Treppen hinauf, dann einen Flur entlang und noch eine Treppe. Ich schloss meine Tür auf, stellte den Koffer ab und legte mich aufs Bett, ohne auch nur die Jalousien zuzuziehen.

Ich schloss meine Augen, und als ich sie wieder öffnete, sah ich die Sonne aufgehen. Ich hatte den Abend und die ganze Nacht durchgeschlafen. Das Fenster in meinem Zimmer bot einen Blick über einen dichten Wald von Schornsteinen. Sie erinnerten mich an die Dosen, die Eddie und ich als Kinder auf Stöcke gesteckt hatten, um darauf zu schießen. Die Sonne spiegelte sich in ihren nassen Metallschloten. Offenbar hatte ich so fest geschlafen wie seit Jahren nicht, denn vom Regen hatte ich rein gar nichts mitbekommen.

Ich rasierte mich bei geschlossener Tür, damit der Dampf die Falten aus meiner zerknitterten Hose bügelte. Als ich mich am Kinn schnitt, klebte ich ein Stückchen Toilettenpapier darauf und versuchte daran zu denken, dass ich es wieder abnahm. Es wäre nicht das erste Mal, dass ich vor die Tür ging, nur um im Schaufenster das Spiegelbild eines Mannes mit weichem Kinn und einem viereckigen Stück Papier im Gesicht zu entdecken.

Nachdem ich fertig angezogen war, machte ich das Bett, dann machte ich es nochmal, diesmal mit den Kissen auf der Decke. Ich spülte das Waschbecken aus, um dem Zimmermädchen die Mühe zu ersparen, dann sah ich mir an, wie die Sonne die Blechdosenschornsteine zum Glitzern brachte.

Offen gesagt, war ich nervös und hatte ein bisschen Angst vor diesem Tag. Mein Termin bei der Frau im Französischen Nationalarchiv war im Grunde mein einziger Ansatzpunkt. Die Archivarin hatte mir geschrieben, der *»Fonds Labat-Poussin«*, auf den sich Carter Bristol in seinem Buch bezog, zähle zu den Privatsammlungen, die historisch relevante Personen dem Nationalarchiv gespendet hatten – in diesem Fall die Comtesse Lucette Labat-Poussin, deren Namen Bristol so eng mit dem meiner Mutter verknüpfte. Leider sah sich die Archivarin nicht in der Lage, mir zu sagen, ob das, was Bristol in den Unterlagen der Comtesse gefunden zu haben behauptete, tatsächlich dort zu finden war – einschließlich der Fotografien meiner Mutter und einiger persönlicher Korrespondenzen von ausgesprochen privater Natur. Das würde ich selbst herausfinden müssen.

Selbstverständlich hatte ich den weiten Weg nach Paris nicht nur auf mich genommen, um eine Akte einzusehen, die Carter Bristol bereits gesichtet hatte. Als ich der Archivarin schrieb, dass ich mir außerdem gern alte Krankenakten ansehen wollte, erklärte sie mir, dass dazu nur Familienmitglieder Zugang hätten. Ich wollte sie fragen, ob sie die Unterlagen für Inga Bearts Einweisung ins älteste Pariser Krankenhaus – das »Hôtel-Dieu« – am 10. August 1954 gefunden hatte, und deshalb sammelte ich, bevor ich ging, alle Dokumente zusammen, die ich vielleicht brauchen würde. Ich vergewisserte mich, dass die wichtigen Seiten in Bristols Buch markiert waren, und legte meine Geburtsurkunde hinein, damit sie nicht verknickte. Dann packte ich meine Notizen in den Aktenkoffer und gab meinen Zimmerschlüssel an der Rezeption ab.

Leider jedoch stellte sich heraus, dass ich meine Recherchen gar nicht aufnehmen konnte. Ich folgte meinem Stadtplan zur Rue des Archives, doch als ich dort ankam und der Frau am Empfang erklärte, zu wem ich wollte, schüttelte sie nur den Kopf.

»Ich verstehe nicht«, sagte ich.

Die Frau rief einen jungen Mann herüber, der mir erklärte, die zuständige Archivarin sei erst im Laufe der Woche wieder zu sprechen.

»Aber ich bin doch heute mit ihr verabredet«, erwiderte ich. »Der Termin steht schon seit Monaten fest. Sie will mir etwas zeigen. Ich muss sie dringend sprechen – ich bin nur bis nächsten Sonntag hier.«

»Tut mir leid«, sagte er. »Zurzeit findet eine *formation* zur Konservierung alter Schriften statt, und ihre Teilnahme daran war unerlässlich. Manche Texte in unserer Sammlung sind über tausend Jahre alt und sehr empfindlich, was Feuchtigkeit angeht. Wenn Sie vielleicht so freundlich wären, am Freitagvormittag wiederzukommen. Dann hat sie um halb zehn Zeit für Sie.«

Ich wusste nicht, was ich mit dem Rest des Tages anfangen sollte, also lief ich erstmal zu meinem Hotel zurück. Ich hatte gehört, Inga Bearts Bücher würden in Europa ein gewisses Comeback erleben, und während ich so lief, sah ich sie in den Schaufenstern mehrerer Buchhandlungen. Anscheinend war gerade eine Neuübersetzung ihres ersten Romans erschienen. Überrascht stellte ich fest, dass auch Carter Bristols Biografie bereits ins Französische übersetzt war. Ich kam an einem Laden vorbei, der ihr Buch neben seinem ausstellte. Die französische Ausgabe von Bristols Buch hatte ein anderes Cover: das körnige Zeitungsfoto einer bandagierten Frau, die an der Reling eines Schiffes lehnt. Es ist ein berühmtes Bild, aufgenommen am Anleger in Le Havre, von einem Fotografen des *Herald Tribune*: amerikanische Autorin kehrt aus Frankreich zurück, mit weißen Bandagen um den Kopf. Das Bild wurde beschnitten, damit es auf den Umschlag von Bristols Buch passte, aber wenn man das Original um zwei-, dreihundert Prozent vergrößerte und über die dunklen Flecken auf dem Verband um ihr Gesicht hinwegsah, würde man feststellen, dass ihre Füße, halb vom Schatten eines Überseekoffers verdeckt, nackt waren.

In der Buchhandlung hatte man mehrere Exemplare von Bristols Biografie auf einem Tisch drapiert. Inga Bearts Werk selbst war offenbar von eher sekundärem Interesse. Als ich nach ihrem Buch fragte, das ich im Schaufenster gesehen hatte, schickte mich die Verkäuferin zur *Littérature-étrangère*-Abteilung, wo nur ihr erster Roman und eine Kurzgeschichtensammlung vorrätig waren. Ich blätterte darin herum, um nachzusehen, wie sie sich in der Übersetzung machte.

Ich ging schon zur Highschool, als ich die Bücher meiner Mutter zum ersten Mal las. Damals lebte Inga Beart seit fast zehn Jahren nicht mehr. Ihre Romane wurden wieder gelesen, und eine neue Generation von Experten und Kritikern war eifrig damit beschäftigt, sie zu rehabilitieren. Damals war ich mir all dessen nicht bewusst. Ich wusste wohl, dass meine Mutter berühmt war und dass meine Tante mit den Zähnen knirschte, sobald ich sie erwähnte. Wenn ich etwas über sie in der Zeitung las – da sie ein Mädchen aus der Gegend gewesen war, wurden Neuigkeiten wie die Aussicht, dass sie auf einer Briefmarke verewigt werden sollte, ausgiebig behandelt –, erwähnte ich beim Abendessen davon lieber nichts. Aber ich hatte noch nie ein Buch meiner Mutter tatsächlich in der Hand gehalten, und ich weiß noch, wie es mir kalt über den Rücken lief, als ich in der Schulbibliothek an den Regalen mit den Romanen entlangschritt: *Ba* wurde zu *Be, Baldwin, Barnes,* dann *Beart, Beart, Beart,* ein halber Meter Bücher, die steifen Einbände leicht verschmiert, die Ecken angestoßen, was mir zeigte, dass ich nicht der erste Schüler an der Walsenburg Senior High war, der die Bücher entdeckt hatte. Ich war zu schüchtern, um sie auszuleihen. Ich fürchtete, die Bibliothekarin würde mir ein wissendes Lächeln schenken oder sich sonst irgendwie in meine erste Begegnung mit meiner Mutter einmischen. Ich weiß nicht mehr, mit welchem ich angefangen habe. Möglicherweise bin ich von links nach rechts vorgegangen, einmal das Regal entlang, oder ich habe mir eins ausgesucht, weil mir der Umschlag gefiel. Vor allem erinnere ich mich an die darauf folgenden Nachmittage. Dann saß ich zwischen den Regalen, mit meinen fünfzehn Jahren zu hoch aufgeschossen, um die langen Beine bequem unterzubringen, biss heimlich von meinem Sandwich ab und las die Bücher meiner Mutter. In der Bibliothek durfte man nichts essen, und die Bücher brachen ein ungeschriebenes Gesetz meines Lebens in Tante Cats Haus, aber dennoch las und kaute ich vor mich hin, genoss den Reiz des Verbotenen in jeder meiner Mittagspausen.

Ich glaube, anfangs habe ich gar nicht viel von den Geschichten mitbekommen. Ich interessierte mich mehr dafür, wie sich die Seiten anfühlten, wie schwer die Bücher waren, für das Papier, den Rücken, den dicken Pappdeckel – zum ersten Mal konnte ich etwas von meiner Mutter berühren. Doch während ich mich durch dieses halbe Regal und wieder zurück arbeitete, merkte ich, wie ich in die begrenzten, bittersüßen Welten der Figuren meiner Mutter hineingezogen wurde. Man sagt, sie hätte einen neuen amerikanischen Realismus erschaffen. In jeder Hinsicht gewöhnliche Figuren leuchten auf und glänzen kurz – keines ihrer Bücher ist lang. Die Kritiker waren damals empört, als herauskam, dass jede Figur fast vollständig auf einem realen Menschen beruhte, und man geht allgemein davon aus, dass Inga Bearts Krise begann, als sie ihren Verlag verlor, weil man ihr vorwarf, *wahre Lebensgeschichten* zu schreiben – ein Genre, das sich damals längst nicht so gut verkaufte wie heutzutage. Inzwischen gilt sie natürlich als Pionierin, eine der Ersten, die das ungeschönte Leben in Literatur verwandelten. Doch auch schon bevor ich irgendetwas davon wusste, las ich die Bücher meiner Mutter, als würde ich jemanden belauschen, als müsste ich leise umblättern, damit mich die Leute im Buch nicht bemerkten.

Bis ich aufs College kam, stammte fast alles, was ich über meine Mutter wusste, aus einem Artikel der Zeitschrift *Look* von 1951, den ich in der Zeitschriftenabteilung der Highschool-Bibliothek gefunden hatte. Inzwischen kannte ich alle ihre Bücher und suchte ihre Kurzgeschichten. Wie berühmt meine Mutter war, wurde mir erst bewusst, als ich die Zeitschrift aufschlug und das ganzseitige Foto einer dunkelhaarigen Frau fand, die Tante Cat ähnlich sah, mit einer Zigarettenspitze in der einen Hand, die farblosen Augen auf einen fernen Ort gerichtet. Inga Beart sprach nie über ihre Kindheit, aber zwischen den Fotos – *Inga Beart in langer Hose und femininer Bluse, Inga Beart auf New Yorks Seventh Avenue* – las ich über ihre kurze Karriere in Hollywood und ihre Ankunft in New York 1943. Ich erfuhr, dass die Veröffentlichung ihres ersten Romans 1947 meine Mutter zu so etwas wie einer Sensation gemacht hatte, und mit großem Interesse las ich über die darauf folgenden Jahre. 1948 kehrte sie nach Kalifornien zurück, um an der Verfilmung mitzuarbeiten, und verbrachte später einige Zeit in einer Künstlerkolonie in New Mexico. Im Frühling 1950 war sie wieder in New York und ließ sich mit der Schickeria ablichten. Schon damals habe ich mich gefragt, warum es keinen einzigen Hinweis auf meine Geburt gibt, die doch ganz offensichtlich irgendwann zwischendurch passiert sein musste.

Meine Geburtsurkunde besagt, dass ich 1949 in Santa Fe zur Welt kam. Inga Bearts Biografen haben dazu nicht viel zu sagen. Sie erwähnen es – mich – kurz und spekulieren darüber, ob mein Vater ein herumreisender Trompeter oder der österreichische Filmregisseur war, der später ihr dritter Ehemann wurde – und natürlich erwähnen alle früher oder später gewisse Beweise, die darauf hindeuten, dass Inga Beart unter Umständen vergewaltigt worden war und sie mich deshalb nicht bei sich haben wollte. Aus naheliegenden Gründen bevorzuge ich eine der ersten beiden Möglichkeiten, aber Inga Beart hat sich dazu nie geäußert.

Ich nickte der Verkäuferin zu und verließ die Buchhandlung. Langsam bekam ich Hunger. Seit meinem Frühstück im Park am Tag zuvor hatte ich nichts mehr gegessen. In der Ferne läuteten Kirchenglocken, riefen mir in Erinnerung, dass die Zeit verging. Ich kaufte mir ein Sandwich, und als ich an einer öffentlichen Gartenanlage vorbeikam, setzte ich mich auf eine Bank, um es zu essen.

Meine Hosenbeine rutschten hoch, als ich mich setzte, und ich bürstete mir Krümel vom Schoß, als mir auffiel, dass ich Onkel Walts Strümpfe trug. Es waren seine Stadtstrümpfe, schwarz mit blauem Faden. Sie waren so gut wie ungetragen, und obwohl er sie vermutlich vor über dreißig Jahren gekauft hatte, waren sie immer noch tadellos. Was mich vermutlich auch dazu veranlasst hatte, sie aus seiner Schublade zu nehmen. Ich lächelte, als ich sie dort an meinen Füßen entdeckte, aber es war das Lächeln eines Mannes, der plötzlich merkt, wie alt er geworden ist. Vermutlich war ich wohl nicht der erste Mann, der sich auf einer Parkbank wiederfand, die Socken eines Toten lose um die eigenen Knöchel, und sich ansah, wie die Welt an ihm vorüberzog.

Im Stillen begann ich ein Gespräch mit ihm. »Gefällt es dir in Paris?«, fragte er mich. »Aber sicher«, sagte ich. Es gab da etwas, das ich ihn gern gefragt hätte, aber ich brauchte eine Antwort, und damit konnte mir der Onkel Walt in meinem Kopf leider auch nicht dienen.

In all der Zeit, die Walt und ich zusammen gelebt hatten, während ich aufwuchs und in seinen letzten Jahren, als ich wieder auf der Ranch wohnte, hatte keiner von uns beiden viel gesprochen. Früher ging er abends nochmal vor die Tür, um die Sprinkler umzusetzen – damals ließen wir die Leitungen leer laufen und starteten den Motor per Hand –, und dann sah ich ihn oft drüben am Teich stehen, der nie seinen Pegel halten konnte, sah ihn einfach nur dastehen. *Er denkt sich eins,* sagte Tante Cat dann. Bei Sonnenuntergang stand er immer noch da, als wartete er darauf, das Leck auf frischer Tat zu ertappen. Aber solange man daneben stand, blieb das wenige, was im Teich noch an Wasser übrig war, immer gleich. Nachdem ich wieder auf die Farm gezogen war und sein Bein wieder besser wurde, habe ich ihn manchmal mit dem alten Pickup hingefahren, und dann saßen wir da, zwei alte Männer, die sich eins dachten, ohne viele Worte. Es war ein wohlwollendes Schweigen, und als Walt dann nicht mehr lebte, habe ich dieses Schweigen sehr vermisst.

Nicht zuletzt deshalb habe ich die Reise nach Paris schließlich in Angriff genommen. Auf der Ranch wurde es einsam, als Onkel Walt nicht mehr da war. Und außerdem hatte ich von der Dame im Französischen Nationalarchiv die Nachricht bekommen, ihr läge nun die Labat-Poussin-Akte vor, die Carter Bristol eingesehen hatte. Das alles war natürlich nicht Grund genug. Wie oft hatte ich mir die aufwändige Reise nach Paris schon ausgeredet? Und ich hätte es auch wieder getan, hätte Walt kurz vor seinem Tod nicht das gesagt, was er gesagt hatte.

In diesen letzten Wochen ließ ich eine Krankenschwester kommen, damit sie mir half, mit den schmutzigen Tricks fertigzuwerden, die der Tod bei den Menschen anwendet, wenn er seine Entscheidung erst getroffen hat. Die Schwester war ein nettes Mädchen namens Marla, und obwohl Walts Erinnerungsvermögen mehr oder weniger bis zum Ende intakt blieb, wusste er doch manchmal nicht mehr, wer sie war. Wenn die Schmerzen zu schlimm wurden, sagte er: »Verdammt, Cat, jetzt mach schon«, und wenn Marla zweimal am Morphium-Tropf klickte, sagte er: »Braves Mädchen, Cat.« Doch in seinen vermutlich letzten bewussten Augenblicken, als zwei Klicks nicht mehr genügten, als Marla zu mir herübersah und ich nickte und sie ihm noch zwei Klicks mehr gab, schien Onkel Walt etwas gänzlich anderes in Marlas Gesicht gesehen zu haben, denn er blickte von mir zu ihr, als freute er sich, uns dort zusammen zu sehen, und sagte: »Nimm es ihr nicht übel, Ricky.«

»Übel nehmen?«, fragte ich. »Wen meinst du, Walt? Das hier ist Marla.«

Er sah Marla nochmal an, brachte die Worte nur mit Mühe hervor. »Sag ihm, wer es war.«

»Schscht«, machte Marla.

»Komm, sag es ihm«, wiederholte er.

»Ist schon okay«, sagte ich. »Leg dich wieder hin.«

Doch Walt versuchte, sich aufzusetzen, klammerte sich an Marlas Hand. »Komm schon«, sagte er zu ihr.

»Schscht«, machte Marla. »Ich sage ihm alles, was Sie möchten. Ganz bestimmt.«

»Sag ihm, was du mir gesagt hast. Du hast gesagt, du wolltest ihn nicht nach Paris bringen.«

»Das werde ich tun«, sagte Marla.

»Paris?«, fragte ich. »Was ist mit Paris?« Doch Marla schüttelte den Kopf, und sie half ihm, sich auf die Seite zu legen, weil er husten musste. Dann stellte sie den piependen Monitor leiser und meinte, wenn ich wollte, sollte ich seine andere Hand nehmen, und so saßen wir da, bis zu seinem letzten

Atemzug, röchelnd und furchterregend, und dann, wie man so sagt, war er eingeschlafen.

In den Wochen danach dachte ich oft daran und fragte mich, warum er von einer Stadt gesprochen hatte, mit der ihn nicht das Geringste verband, abgesehen davon, dass die Schwester seiner Frau dort den Verstand verloren hatte, und mir wurde klar, dass er in seinen letzten Momenten davon überzeugt gewesen war, er würde mit meiner Mutter sprechen. Marla meinte, die Menschen sagten am Ende viel Ungereimtes, aber ich fragte mich, ob Walt mir damit einen Gefallen tun wollte, dass er seine letzten Worte an meine Mutter gerichtet hatte. Vielleicht fand er, sie sei ihrem Sohn nach all den Jahren eine Erklärung schuldig. Vielleicht fand er, ich hätte ein Recht darauf, es zu erfahren. So oder so bin ich Onkel Walt dankbar, dass er mir mit seinen letzten Worten auf dieser Welt mehr oder weniger bestätigt hatte, dass meine Mutter damals tatsächlich bei uns gewesen war. *Du hast gesagt, du wolltest ihn nicht nach Paris mitnehmen,* hatte Walt zu ihr gesagt. Also musste der Besuch vor ihrer Reise stattgefunden haben, und sie war gekommen, um Tante Cat und Onkel Walt mitzuteilen, dass sie nach Frankreich ging und mich zurückließ.

Ich glaube, Walt hat der Tatsache, dass die Schwester seiner Frau Schriftstellerin war, keine große Aufmerksamkeit gewidmet. Mein Onkel Walt war ein Sternenmensch, so wie manche Leute Pferdemenschen oder Harley-Davidson-Menschen sind. Ich bezweifle, dass er in seinem Leben auch nur zwei Romane gelesen hat. Zu jedem Weihnachtsfest schenkte ihm meine Tante Cat ein Abonnement von *Sky and Telescope,* zusammen mit der aktuellen Ausgabe, in Geschenkpapier gewickelt. Er kaufte sich ein kleines Teleskop, und manchmal, wenn man dachte, er würde abends nochmal nach den Kühen sehen, stand er in Wahrheit oben auf dem Wasserturm. Der Turm war nur drei, vier Meter hoch, doch mein Onkel Walt nahm, was er kriegen konnte, und als Tante Cat meinte, er solle lieber von da oben runterkommen, bevor er sich noch das Genick bräche, meinte er, man könne nie wissen, vielleicht gäbe es drei, vier Meter weiter da draußen in der Unendlichkeit noch einen Stern, und den wolle er sich nicht entgehen lassen, nur weil er nicht auf den Wasserturm klettern dürfe.

Onkel Walt erzählte nicht viel von dem, was er da oben sah. Aber manchmal, wenn ich mit ihm zum Bewässern rausging, erteilte er mir eine kleine Lektion in Astronomie. Ich sehe uns noch vor mir, wie wir in schlammigen Stiefeln durch den Morast wanken, Onkel Walt mit seinem Spaten auf der Schulter, ich schleife meinen hinterher, was eine schmale Spur durchs Gras zieht, während die Hunde den Erdhörnchen hinterherjagen, die aus ihren gefluteten Bauten flüchten.

In der Abenddämmerung, da draußen auf dem Feld, wenn vielleicht Jupiter über den Hügeln blinkte oder Mars hinter einem Mückenschwarm aufleuchtete, fing Onkel Walt an, von schwarzen Löchern und erloschenen Sternen zu erzählen, von Lichtflecken, die Milliarden Jahre gebraucht hatten, um unser Auge zu erreichen, und die inzwischen gar nicht mehr existierten.

Dann setzte Onkel Walt seinen Stiefel auf den Spaten und schaufelte den grasigen Morast, um einen Bewässerungsgraben zu blockieren und das Wasser auf ein anderes Feld zu lenken, während er mir erklärte, dass jeder Quadratzentimeter des Himmels randvoll mit Galaxien war, die auseinanderstrebten, einem Nichts entgegen, dessen Leere man nur erfassen konnte, indem man sich das Hirn verbog. Und ich lauschte ihm mit einer Aufmerksamkeit, wie sie wohl nur Neffen zustande bringen, die aus Nächstenliebe aufgenommen worden waren, gab mir alle Mühe, mein Hirn zu verbiegen, obwohl ich bei dem Gedanken an die Weite des Universums vor meinem inneren Auge in Wahrheit nur ein Brett voller Glühbirnen sah, das dort am Himmel hing.

In letzter Zeit habe ich oft überlegt, warum eigentlich immer nur er und ich das Land bewässerten. Pearl half Tante Cat meist mit dem Abendessen, aber wo war Eddie gewesen? Es mag wohl sein, dass er auch da war, dass er etwas abseits stand, um den Erdhörnchen mit seinem Spaten den einen Ausgang zu versperren, während die Hunde am anderen jaulten und buddelten und ich Onkel Walts Auslassungen über eine Supernova dort draußen jenseits von Polaris lauschte, die größer und heißer als Millionen Sonnen war und eines Tages kollabieren und sich in ein stecknadelgroßes, schwarzes Loch verwandeln würde, das alles fraß, was ihm zu nah kam. Wahrscheinlich habe ich ihm zugehört, ohne viel zu verstehen, wie ein Welpe, der so eifrig »Sitz!« machen will, dass er vor lauter Aufregung vorwärtsrutscht, während mein Onkel Walt – der sein Vieh in Pfunden maß, sein Heu in Tonnen, der sein Benzin in Gallonen kaufte und die Sonntagspredigten minutenweise ertrug, für den Volumen, Masse und Zeit schier unabänderliche Tatsachen waren, änderbar nur durch mehr Regen, mehr Dünger, oder im Fall der Kirche, durch die

Kalbzeit –, dieser Onkel Walt staunte angesichts der Dehnbarkeit des Universums.

Allerdings wäre es auch möglich, dass Eddie gar nicht dabei war, dass Onkel Walt mich allein zum Bewässern mitgenommen hatte. Eddie sollte die Farm bekommen – wenn er sie denn hätte haben wollen –, Pearl würde das Haus erben, und sie wechselten sich damit ab, wer beim Frühstück das Ei mit dem doppelten Dotter bekam. Ich habe mir immer vorgestellt, dass Onkel Walt mir auch etwas geben wollte, einen Kopf voller Fakten oder das Gefühl, für ein kleines Gespräch auserwählt worden zu sein.

Nun, man kann sich meine Überraschung vorstellen, als ich kurz nach meinem kleinen Mittagsmahl aufblickte und mein Universum sah – oder genauer gesagt, ich sah dieses Schild voller Glühbirnen. Ich hatte mich schon wieder verlaufen, hatte mich von meinem Hotel entfernt und war auf einer großen Straße voller Touristengruppen gelandet. Ich lief langsamer als alle anderen, suchte nach einer geeigneten Stelle, wo ich stehen bleiben und meinen Stadtplan zücken konnte. Die Leute rempelten mich an, schnaubten ungeduldig in einer Sprache, die keiner Übersetzung bedurfte, und stachen mich mit den Ecken ihrer teuren Einkaufstaschen. Es mangelte mir schlicht an der Kraft, mich zu wehren, und die Menge riss mich mit sich, direkt auf den Eingang eines großen Kaufhauses zu.

Über dem Eingang war ein großes Schild voller Glühbirnen angebracht. Manche blinkten, die eine oder andere war durchgebrannt. Ich blieb stehen und starrte hinauf, scherte mich nicht um die Leute, die mich umströmten und mir auf die Füße traten. Es war nicht nur ähnlich, sondern ganz genau das

Bild, das ich immer vor Augen gehabt hatte, wenn Onkel Walt von Astronomie erzählte. Ich versuchte, zum Rand der Menge zu gelangen, um es mir genauer anzusehen, doch all diese Leiber schoben mich voran. Ein Strom von Menschen fädelte sich durch die Türen des Kaufhauses, während der Rest den Bürgersteig entlanghastete, und als ich mich orientiert hatte und wieder aufblickte, schien man mich inzwischen um eine Ecke geschoben zu haben, denn das Schild mit den vielen Glühbirnen war nicht mehr da.

An diesem Abend war mir nicht danach zumute, allein in meinem Hotelzimmer zu sitzen. Meine Gedanken würden sich nur um Glühbirnen drehen, die am Himmel leuchteten, und ich war mir nicht ganz sicher, wohin das führen sollte. Also duschte ich und zog mir was Frisches an.

Vor meiner Abreise nach Paris hatte ich mir eine ziemlich teure, weiße Hose gekauft, weil ich dachte, die Menschen in der Stadt würden sich anders kleiden als wir bei uns zu Hause. So etwas würde ich normalerweise nicht anziehen. Die Farbe war ein echter Fehlgriff. Ich war damit zur Kasse gegangen, weil ich fragen wollte, ob es diesen Schnitt auch in Braun oder Grau gäbe, als die junge Verkäuferin sagte: »Oh, hi, Mr Beart«, und ich merkte, dass sie eine ehemalige Schülerin von mir war. Ihren Namen wusste ich sofort, als wäre ich eben erst die Anwesenheitsliste durchgegangen. »Hi, Ashleigh«, sagte ich. Wir tauschten ein paar Höflichkeiten aus, die sie vielleicht sogar ehrlich meinte, aber die Begegnung hatte mich doch ziemlich überrascht – das Mädchen war in dem Jahr in meiner Klasse gewesen, als meine Probleme mit der Schulleitung begannen, und ich meinte, mich zu erinnern, dass sie mit der Schülerin, um die es dabei ging, näher befreundet war. Als sie »Wäre das alles?« sagte, vergaß ich, sie zu fragen, ob es die Hose auch in Braun oder Grau gab, und reichte ihr meine Kreditkarte.

Und da ich diese Hose nun auch tragen wollte, zog ich sie an, dazu ein passendes Hemd. Ich gab meinen Schlüssel an der Rezeption ab, wo man mir das Restaurant nebenan empfahl.

Da mir jedoch nicht nach essen zumute war, nahm ich meinen Stadtplan und spazierte in eine Richtung, die ich noch nicht kannte. Ich lief, bis ich Durst bekam, dann setzte ich mich draußen vor ein Café. Es war nicht viel los, und trotzdem ließ sich der Kellner Zeit. Ich warf einen Blick auf die französischen Redewendungen in meinem Wörterbuch, fand es aber eher unhöflich, seine Sprache zu verunstalten, wenn es nicht sein musste. »Sprechen Sie Englisch?«, fragte ich ihn.

»Oui«, sagte der Kellner und blickte an mir vorbei zu den Leuten auf der Straße.

»Ich hätte gern ein Bier. Irgendwas Französisches, wenn möglich«, sagte ich, weil ich mal was Neues ausprobieren wollte. Der Kellner sagte irgendwas, und weil ich ihn nicht verstand, tippte er auf eine laminierte Karte im Plastikständer, Werbung für Kronenbourg 1664. Dieses Bier gab es auch bei uns im Supermarkt, und der Name klang nicht gerade französisch. Trotzdem sagte ich: »Klingt gut.« Möglicherweise hatte der Kellner mich nicht verstanden, denn erst ging er, um eine andere Bestellung aufzunehmen, dann plauderte er mit einem Mädchen auf einem Fahrrad länger, als er gebraucht hätte, um mein Bier einzuschenken. Aber es war ein warmer Abend, das Café lag an einer belebten Straße, und es gab viel zu sehen.

In der Zeit zwischen der Arbeit an ihrem ersten Buch 1945 und ihrem sogenannten Exil in Paris 1952 veröffentlichte Inga Beart sechs Romane, zwei Gedichtbände und achtzehn Kurzgeschichten – eine erstaunliche Arbeitsleistung, besonders wenn man bedenkt, dass sie währenddessen die Zeit fand, zweimal zu heiraten und geschieden zu werden, eine Abhängigkeit von Barbituraten zu entwickeln und zu einem waschechten Star aufzusteigen, alles im Laufe von sieben Jahren.

Dass sie so schnell so viel schrieb, hat die Wissenschaft stets in Erstaunen versetzt, besonders da wir inzwischen wissen, dass die meisten ihrer Figuren das Leben von Zufallsbekanntschaften nacherzählen. Selbst die wenigen Kritiker, die Inga Bearts literarische Verdienste nach wie vor leugnen und sie irgendwo zwischen Lohnschreiberei und unrechtmäßiger Aneignung fremder Ideen einordnen, müssen zugeben, dass Hunderte Stunden von Interviews nötig gewesen wären, um das Seelenleben der Menschen zu erfassen, denen sie begegnet war. Doch hatte Inga Beart keinerlei Notizen hinterlassen. Es gibt keine Abschriften von Interviews, und viele der Leute, die in ihren Romanen vorkommen, konnten sich nur an kurze Gespräche erinnern, wobei manche sich hinterher fragten, ob sie überhaupt zugehört hatte.

Menschen, die nichts über sie wissen, halten sie für genial, als wären die Worte nur so aus ihr herausgeflossen, sobald sie vor einem weißen Blatt Papier saß. Doch die wenigen Freunde, die sie bei der Arbeit gesehen hatten, meinten, so sei es nie gewesen. Nichts fiel ihr leicht. Sie warf mit zerknüllten Seiten um sich, knallte die Schreibmaschine auf den Boden. Dann stieg sie in ihre roten Pumps und ging aus, umgab sich mit russischen Intellektuellen im Exil, Europäern mit geheimnisvollen Adelstiteln, chinesischen Dissidenten und Unmengen von Pillen und Alkohol, um das traurige Leben ihrer Figuren zu vergessen.

Alles änderte sich 1952, als in der *New York Post* ein Artikel erschien, in dem die unübersehbaren Parallelen zwischen dem Leben eines jungen Fahrstuhlführers und der Hauptfigur ihres letzten Romans aufgezeigt wurden. Der junge Mann forderte Entschädigung für die Verwendung seiner Geschichte, und obwohl daraus nichts wurde, ließ Inga Bearts Verleger sie fallen, und offenbar konnte sie keinen anderen finden. Keines der großen Verlagshäuser wollte einen Prozess riskieren. Fast wöchentlich gab es neue Enthüllungen, und ehemalige Vermieterinnen, ein Chiropraktiker aus Brooklyn, selbst der Presseagent meiner Mutter erhoben Anspruch auf diesen oder jenen Handlungsstrang, und Inga Beart fiel in Ungnade, sah sich dem Vorwurf ausgesetzt, ihr Umfeld auszuschlachten und ihre Leser zu hintergehen.

In Europa hatte man diesbezüglich keinerlei Bedenken. Von Anfang an hatten sich Inga Bearts Bücher hier gut verkauft, und da bot sich Paris wohl als Zufluchtsort an. Ich fragte mich, ob der Kellner etwas schneller mit meinem Bier gekommen wäre, wenn er gewusst hätte, dass Marguerite Duras höchstpersönlich meine Mutter zu sich eingeladen hatte. Inga Bearts Eleganz, ihre unergründliche Schönheit und schillernde Lebensweise standen im krassen Gegensatz zu den öden Prärien und schwieligen Händen, die ihre Romane auf eine Art und Weise bevölkern, die vor allem die Franzosen zu schätzen wussten. Wie Sartre oder Duras schrieb sie über die

Schattenseiten des modernen Lebens, doch sie selbst lebte im Licht der Scheinwerfer.

Wie viele andere amerikanische Autoren und Maler wurde auch Inga Beart mit offenen Armen empfangen, als sie im Frühling 1952 in Paris eintraf. Im Leitartikel von *Les Temps Modernes* aus jenem Monat hieß es, der intellektuelle Nährboden der Stadt gäbe Inga Beart gewiss die Möglichkeit, ihr Heimatland mit anderen Augen zu sehen. Manche Kommentatoren erachteten sie als neueste Ergänzung einer Liste, zu der auch Gertrude Stein, Hemingway, Fitzgerald und andere zählten, und prophezeiten ein schöpferisches Werk von weitem, amerikanischem Horizont, inspiriert durch die engen Gassen und düsteren Cafés von Paris.

Für Inga Beart stellte Paris jedoch eher das Ende als einen Neuanfang dar, und schon zu Beginn meiner Recherche hatte ich feststellen müssen, dass nur wenige Fotos aus jenen Jahren den Weg nach Amerika gefunden hatten. Amerikanische Zeitschriften berichteten gelegentlich, sie sei mit der einen oder anderen literarischen Persönlichkeit gesehen worden, aber mittlerweile waren die Artikel von den Titelseiten in den hinteren Teil der Zeitungen verbannt worden, wo sie zwischen Anzeigen für Nylonstrümpfe und den »Haus & Garten«-Kolumnen zu finden waren, oft mit Überschriften wie »Verwirrte Beart in Paris gesichtet« oder »Introvertierte amerikanische Autorin lehnt französischen Literaturpreis ab«, doch existierten dazu keine Bilder.

Es gibt nur ein Foto von Inga Beart in Paris, das jeder kennt. Sie sitzt an einem kleinen Tisch, hinter ihr ein TABAC-Schild und vor ihr ein kleiner Wald aus leeren Gläsern. Das Bild ist auf den 1. August 1954 datiert – vermutlich das letzte Foto, das vor den Ereignissen des 10. August gemacht wurde. Die Asche ihrer Zigarette ist fast so lang wie die Zigarette selbst, und Inga Beart trägt etwas Seidenes. Auf den ersten Blick sieht sie jung aus, doch bei näherer Betrachtung wirkt ihre Haut, als hätte sie tief Luft geholt und nur kurz den Atem angehalten. Die hellen Augen sind auf etwas außerhalb des Bildes gerichtet, sodass sie den Betrachter – wie man es auch dreht und wendet – niemals ansieht.

Ich hatte schon eine ganze Weile versucht, den Blick des Kellners aufzufangen, als ich schlussendlich meinen Hut aufsetzte, kurz reinging, mich bei dem Mann hinterm Tresen für die freundliche Bedienung bedankte und weiter die Straße entlangschlenderte. Ein Stück voraus sah ich einen prächtigen Torbogen. Einen Moment fragte ich mich, ob das wohl der Arc de Triomphe war, obwohl ich wusste, dass der am Ende der Champs-Élysées stand, was kaum die Straße sein konnte, auf der ich mich befand – ich war in einem Viertel voller Sexshops und junger Männer gelandet, die auf dem Bürgersteig hockten und DVDs verkauften. Eine Frau mit hochhackigen Schuhen und tief ausgeschnittenem Dekolletee stand in einem Hauseingang, und ich brauchte einen Moment, bis mir klar wurde, dass sie aus professionellen Gründen hier war. Ein paar Türen weiter stand noch eine Frau und dann noch eine. Ich blieb kurz stehen, als ich sah, wie ein Mann im langen Mantel eine von ihnen ansprach. Die Frau trat ins Dunkel, um sich mit ihm zu besprechen, dann ging der Mann weg. Die Frau lachte und rief ihn zurück. Ihre gemalten Augenbrauen wirkten übertrieben, fast komisch, als wäre sie, obwohl sie ihre Reize ganz offensichtlich schon einige Jahre verkaufte, immer noch überrascht. Der Mann kam zurück, und im Schatten des Hauseingangs sah ich, wie Geld den Besitzer wechselte – wie viel, konnte ich nicht erkennen. Die Frau deutete die Straße hinauf, und der Mann ging in diese Richtung. Die Frau zückte ihre Puderdose und warf einen Blick in den Spiegel, dann ging sie in die Richtung, die der Mann genommen hatte.

Die Frau im nächsten Hauseingang schien mitbekommen zu haben, dass ich zugesehen hatte, denn als ich an ihr vorbeikam, sagte sie etwas auf Französisch zu mir. »Verzeihung?«, antwortete ich und wünschte gleich, ich hätte es nicht getan. Die Frau ging augenscheinlich davon aus, dass ich aus demselben Grund hier war wie der Mann im langen Mantel. »Nein, nein«, sagte ich. »Nein, vielen Dank.« Ihre Hand berührte meinen Ärmel. Ich war ihr nah genug, um den Zustand ihrer Zähne erkennen zu können, die weiche, runzlige Haut zwischen ihren Brüsten, einen roten Striemen am Arm. Sie hatte versucht, ihn mit Puder abzudecken, doch die Haut um ihr Handgelenk war geschwollen und glänzte verschwitzt. Sie sagte noch etwas zu mir, und ich hörte die Frau lachen, an der ich eben vorbeigekommen war. Mein Kopf war ganz heiß, und in dieser weißen Hose fühlte ich mich wie ein Albino bei Vollmond, also lief ich eilig weiter.

Nur konnte ich den Anblick der feuerroten Verletzung am Arm dieser Frau nicht vergessen. Was sie zu mir gesagt hatte, klang freundlich, ein kleiner Scherz auf Kosten eines Fremden. Dennoch war es nicht schwer, sich vorzustellen, dass einer Frau wie ihr in diesen dunklen Hauseingängen etwas zustoßen konnte. Ich rief mir in Erinnerung, dass es mich nichts anging. Vielleicht hatte sie sich beim Teekochen verbrüht.

Es lag an der Art und Weise, wie sie versucht hatte, die Verletzung an ihrem Arm zu kaschieren, das Bemühen, das darin steckte – ich hatte so etwas schon gesehen. Ich ging so schnell ich konnte, und doch holte mich die Erinnerung ein: eine Prellung an der Innenseite des Oberschenkels eines jungen Mädchens, die mit mehreren Schichten des Make-ups ihrer Mutter abgedeckt werden sollte. Ich hatte ihr helfen wollen, die Prellung zu verbergen, nur einer von vielen Fehlern.

Ich bog von der Straße ab, wollte lieber einen ruhigeren Weg zu meinem Hotel nehmen, selbst auf die Gefahr hin, mich noch einmal zu verlaufen. Ich versuchte, mich wieder auf mein Projekt zu konzentrieren. Immerhin war meine kurze Begegnung mit der Halbwelt doch ganz nützlich gewesen. Sie hatte mich an etwas erinnert, was ich recherchieren wollte, und ich nahm mir vor, zur Nationalbibliothek zu gehen, um die Mikrofilme zu durchforsten.

Finstere Kriminalromane waren in Frankreich sehr beliebt, als Inga Beart Anfang 1950 nach Paris kam. Dieser Trend erstaunte die Literaturkritik, für die das Genre selbst nichts weiter als der Kreidestrich um den Leichnam der intellektuellen Vorherrschaft Frankreichs war. Schreckliche Verbrechen wurden in den dunklen Gassen von Paris begangen und dann von gewieften Detektiven mit einer Schwäche für unerreichbare Frauen aufgeklärt. Versionen derselben Formel erschienen in farblich gekennzeichneten Reihen, die es für wenig Geld an jedem Bahnhofskiosk zu kaufen gab.

Ich hatte gehofft, diese Vorliebe für makabere Wendungen könnte vielleicht einen ehrgeizigen, französischen Redakteur veranlasst haben, mehr Leute auf Inga Bearts Story anzusetzen als sein Kollege vom Pariser Büro des *Herald Tribune.* Sicher hatte jede große Zeitung am 10. August 1954 jemanden am Hôtel-Dieu, um einen Blick auf sie zu werfen, aber es war möglich, dass *Le Monde* oder *Le Figaro* einen zweiten Reporter zu Inga Bearts Wohnung geschickt hatten, um etwas Farbe in die Geschichte zu bringen, wie man so sagt. Vielleicht war ein Fotograf mit dabei. Da er um die Vorliebe seiner Leserschaft für die Banalität eines Tatorts wusste, hatte er vielleicht die Aufnahmen nachgestellt, die auch der Polizeifotograf gemacht hatte: eine halb volle Kaffeetasse, ein Damenslip über einer Stuhllehne, dunkle Tropfen wie Knöpfe auf dem Boden verstreut.

Und dann hätte der Fotograf vielleicht seine zweite Kamera mit einem Farbfilm gezückt. Der Film war so teuer, dass der Fotograf jeder Einstellung besondere Aufmerksamkeit widmete und mit künstlerischem Blick zu würdigen wusste, wie gut die roten Pumps dort auf dem Teppich zu den rot glänzenden Tropfen auf dem Boden passten.

Natürlich war das alles höchst unwahrscheinlich, und ich meinte mich zu erinnern, dass die Verwendung von Farbfotos in Zeitungen damals noch in weiter Ferne lag. Und trotzdem wachte ich am nächsten Morgen mit der Idee auf. Die Nationalbibliothek war auf meinem Stadtplan deutlich verzeichnet, lag aber ein gutes Stück entfernt, sodass ich erst nach der Mittagszeit dort ankam.

Ich fand mich in einer kleinen Kabine vor einem Mikrofilmlesegerät wieder. Zweimal musste mir die Bibliothekarin zeigen, wie man das Ding bediente. Da erst wurde mir bewusst, dass die Zeitungen natürlich alle auf Französisch sein würden. Und so war es vor allem ein Ausdruck meiner Verlegenheit, dass ich sämtliche Artikel aus der entsprechenden Woche durchsuchte, bis ich auf ihren Namen stieß. Zu meiner Enttäuschung fand sich nur ein einziges Bild, dasselbe Pressefoto, das ich schon tausendmal gesehen hatte. Die Bibliothekarin behielt mich im Auge, also beugte ich mich vor, um den Artikel zu lesen, oder besser: Ich starrte die Worte an. Ich verstand sie nicht, aber ich wusste ja schon, worum es ging.

Am 10. August 1954 wurde im Krankenhaus Hôtel-Dieu im Zentrum von Paris eine Frau mit tiefen Stichwunden an den Augen eingeliefert. Wie sich herausstellte, handelte es sich bei dieser Frau um eine amerikanische Schriftstellerin, die zwar jahrelang in einem der beliebtesten Intellektuellen-Viertel von Paris gelebt hatte, aber dennoch weder in der Lage noch gewillt war, auch nur ein einziges Wort Französisch mit den Behörden zu sprechen, um zu erklären, was passiert war. Im Gegenteil beteuerte sie auf Englisch, alles sei in Ordnung. Schon bald stand fest, dass sie sich die Verletzungen selbst zugefügt hatte, und alle Befürchtungen unbegründet waren, in Montmartre liefe ein irrer Augenstecher frei herum, woraufhin man zu wohligem Entsetzen umschwenkte, als publik wurde, dass die Frau Inga Beart war, angesehene Autorin und Schönheitsikone – wobei die Zeitungen, nachdem nun ihre Augen ausgestochen waren, diese Fakten gern in umgekehrter Reihenfolge aufzählten. Warum hatte sie es getan? Manche sagten, sie sei nicht bei Sinnen gewesen, und das mag wohl stimmen, denn während ihrer Zeit in Frankreich war ihr Verhalten immer undurchschaubarer geworden, und zum Ende hin hatte sie ganz aufgehört zu schreiben. Zyniker behaupteten, sie hätte es getan, um mehr Bücher zu verkaufen, und falls das der Fall sein sollte, hat es gewirkt. Inga Bearts Romane wurden wieder hervorgekramt, und nach dem zweiten Lesen war man sich einig, dass sie doch ziemlich düster waren – und versuchte nicht jede ihrer Figuren verzweifelt, irgendetwas nicht zu sehen?

Ich dagegen hatte keine Ahnung von den Augen meiner Mutter. Ich war fünf, als es passierte, und selbst wenn ich alt genug gewesen wäre, in der Zeitung darüber zu lesen, wären mir diese Schlagzeilen entgangen, denn im Spätsommer 1954 lag ich mit Scharlach darnieder. Inga Beart kehrte im Oktober 1954 in die Staaten zurück und starb bald darauf in einem New Yorker Krankenhaus. Todesursache waren Komplikationen infolge einer Nebenhöhlenentzündung, was offenbar vorkommen kann, wenn die Augenhöhle durchstochen ist. Mir wurde einfach nur mitgeteilt – eher angestrengt, soweit ich mich erinnere, von Tante Cat –, dass meine Mutter gestorben sei, und falls irgendwelche Reporter kämen, sollte ich sie rufen und den Mund halten, was ich als Anweisung schon damals reichlich widersprüchlich fand.

Ich glaube nicht, dass ich mich gewundert habe, wieso diese Nebenhöhlenentzündung in meinem Beisein nie erwähnt wurde, oder wieso kaum jemals über die letzten Tage meiner Mutter gesprochen wurde, und wenn doch, dann hinter vorgehaltener Hand oder so leise, dass ich nicht alles verstehen konnte. Erst als ich das College besuchte und auf einer Party ein Mädchen damit beeindrucken wollte, dass ich Inga Bearts Sohn war, erfuhr ich von den Umständen, die zum Tod meiner Mutter geführt hatten.

Es war bei einem geselligen Beisammensein im Englischen Seminar, und anfangs hat mir das Mädchen auch geglaubt, denn schließlich trage ich denselben Namen wie Inga Beart. Dann fragte sie mich, warum sie es getan hatte, und ich wusste natürlich nicht, was sie mit *es* meinte. Daraufhin glaubte mir das Mädchen nicht nur nicht, dass Inga Beart meine Mutter war, sie glaubte mir nicht mal mehr, dass ich überhaupt eine Einladung zu dieser Party hatte, denn wie konnte ein Englischstudent nicht wissen, dass Inga Beart sich die Augen mit einem Küchenmesser ausgestochen hatte?

Ich war nicht mehr auf der Ranch gewesen, seit das College angefangen hatte, nicht mal zu Weihnachten, aber am nächsten Morgen schwänzte ich den Unterricht und fuhr mit der alten Klapperkiste eines Freundes hin. Der Wagen schaffte es bis zur letzten Abfahrt vom Highway, dann brach er endgültig zusammen, und ich lief den Rest des Weges auf der Landstraße, dann die Allee aus russischen Olivenbäumen entlang, die der Träumer hatte anlegen lassen, nach dessen Vorstellungen die Ferienranch vor vielen Jahren gebaut worden war. Ich weiß noch, dass Tante Cat unten am Graben stand und dort mit einer Rolle Maschendraht herumhantierte. Vielleicht bilde ich es mir nur ein, aber mir schien, dass sie nicht sonderlich verwundert war, mich dort zu sehen, als ahnte sie schon, was ich von ihr wollte. Ich glaube nicht, dass ich ein verständliches Wort hervorbrachte, bis sie endlich den störrischen Maschendraht beiseitelegte und sagte: »Glaub nicht, dass du schuld daran bist, Ricky, so darfst du nicht denken«, als wäre mir der Gedanke auch nur im Entferntesten gekommen. Ich weiß noch, dass ich getobt und geweint habe wie ein kleiner Junge, und ich habe ein paar schlimme Sachen gesagt. Tante Cat kam zu mir und legte ihre Hände auf meine Schultern, wie Männer es tun, wenn sie etwas zu beichten haben, und ich erinnere mich, dass ich dachte, wie grau ihre Haare geworden waren, dass sich der grimmige Zug um ihren Mund in dem Jahr, seit ich weg war, etwas entspannt hatte.

Die Bibliothekarin schob den Kopf herein, um nach mir zu sehen, und ich drehte am Rad des Lesegeräts, ließ die Nachrichten vom zehnten, elften und zwölften *août 1954* vorüberziehen, dachte an diesen Tag unten am Graben mit Tante Cat und dem Maschendraht, ich achtzehn oder neunzehn Jahre alt, rechtschaffen empört und wild entschlossen zu erfahren, warum Tante Cat mir nie erzählt hatte, unter welchen Umständen meine Mutter gestorben war. Und Tante Cat sagte, nun, damals habe sie eben für sich entschieden, dass es so das Beste sei. Selbst damals dachte ich schon, dass sie damit vermutlich Recht hatte.

Während der letzten vierzig Jahre habe ich mir immer gesagt, dass ich nicht allzu streng mit Tante Cat sein sollte, weil sie die Verletzungen meiner Mutter vor mir geheim gehalten hatte. Ich habe nicht oft an die Details dieses Nachmittags auf der Ranch gedacht und auch nicht daran, warum Tante Cat, während sie mich bei den Schultern hielt, tief einatmete, als würde das, was sie mir sagen wollte, lang und schwierig werden.

Doch dann zögerte sie einen Moment. Sie sah mich an und atmete langsam aus.

»So etwas erzählt man einem Kind einfach nicht«, hatte sie gesagt und sich wieder ihrem Maschendraht zugewandt. Und erst nach so vielen Jahren fiel es mir nun ein, mich zu fragen, was Tante Cat mir möglicherweise eigentlich hatte sagen wollen.

MAGDALENA

Swindon, Mai

Magdalena ließ den Aprikosenbaum hinter sich und lief nach vorn zur Kirche, wo die Nonne, die ihr die Marmelade gegeben hatte, in einem Beet ein Loch für den toten Vogel grub.

»Auf Wiedersehen«, sagte Magdalena zu ihr.

»Viel Glück«, sagte die Nonne.

Als sie auf dem Heimweg eine Drogerie aufsuchte, behielt sie ihre Brille auf und las, was auf dem Gesicht und den Händen der Kassiererin geschrieben stand. Sie erfuhr, dass die Frau ihre kleine Schwester in der Badewanne hatte ertrinken lassen, dass sie an Gott glaubte, den Garten ihrer Mutter pflegte und an etwas sterben würde, das sich Lymphom nannte. Magdalena musste genau hinsehen, um lesen zu können, auf welchem Weg sich das Lymphom durch die Organe der Frau ausbreiten würde, was auf ihrem Unterkiefer geschrieben stand, und es machte die Frau nervös. Immer wieder fuhr sie sich mit der Zunge über die Zähne, als fürchtete sie, dort könnten noch Essensreste kleben.

Magdalena schloss Barrys Haustür auf und zog die Schuhe aus. Sie trat in die Abdrücke, die sie am Nachmittag mit Neil auf dem Teppich hinterlassen hatte, damit Barry nicht merkte, dass sie zu Hause war, wenn er durch den Flur lief. Vorsichtig nahm sie die Rasierklingen aus der Tüte, um nicht zu rascheln, doch bevor sie das Päckchen aufriss, ging sie in ihr Zimmer und holte die Untersuchungsergebnisse hervor, um sicherzugehen. Die Papiere steckten noch in dem Umschlag, den ihr die Polizistin gegeben hatte. Magdalena blätterte darin herum, bis sie den Bericht der Gerichtsmedizin fand. *Todesursache: akutes, zyanid-bedingtes Atemversagen nach dem Verzehr von 30–40 wilden, türkischen Aprikosen.* Genau diese Worte hatte sie auf Linas Kopfhaut gelesen. Magdalena faltete die Papiere und schob sie wieder in den Umschlag. Sie ging ins Bad und schloss lautlos die Tür. Ihr Vater hatte es genauso gemacht. Magdalena stieg in die Wanne. Es war einfach. Ihr fiel die Nonne ein, die den Vogel begraben hatte. Sie dachte nicht, dass sie eine Sünde beging. Schließlich gab sie Gott nur seine Geheimnisse zurück. Sie bereute nur, dass sie nicht nach Stonehenge gefahren war, um sich anzusehen, wie die Menschen Steine anbeteten. Sie öffnete das Päckchen und nahm eine Klinge heraus. Irgendetwas ließ sie zögern, irgendetwas, worüber sie hatte nachdenken wollen, doch als sie sich zu erinnern versuchte, sah sie nur Lina vor sich, gezeichnet vom Text ihrer eigenen Autopsie. An der weißen Innenseite von Magdalenas Handgelenk liefen zwei blaue Adern zusammen. Daneben sah sie ihren schwachen Puls schlagen. Dorthin hielt sie die Klinge und drückte leicht. Es tat weh, aber nicht zu sehr. Sie legte ihre Hand flach auf den Beckenrand, um die Klinge besser festhalten zu können. Schnitt man quer über die Adern oder längs an einer entlang? Sie wusste es nicht. Vielleicht hätte sie nur eine einzige

Chance, also musste sie raten. An genau derselben Stelle stand am Handgelenk ihrer Mutter *Glück.* Bei Magdalena war diese Stelle am Handgelenk leer. Sie beschloss, an der Ader entlang zu schneiden, richtete die Klinge aus und holte tief Luft. Die Frau in der Kirche fiel ihr ein, die etwas erwähnt hatte … aber was? Eine Leiche am Strand. Der Vogel an der Scheibe. Der amerikanische Junge mit ihrem Namen unter seinem Auge. Was hatte es zu bedeuten, dass auf seiner Haut der Name eines Menschen stand, dem er nur einmal begegnen würde? Es muss ein Irrtum sein, dachte sie. Sie wollte noch etwas länger nachdenken, aber sie hatte keine Zeit. Da war noch etwas anderes, etwas Wichtiges. Sie überlegte, die Klinge wegzulegen und zu warten – einen Tag oder eine Woche, was machte es schon? Sich Zeit zu lassen, bis es ihr wieder einfiel. Aber wozu? Besser, es gleich tun. Sie stellte sich vor, sie würde Zitronen für ihre Schicht in der Bar zerteilen: ein kurzer Schnitt, je fester, desto leichter. Die Klinge schnitt ihr in die Haut, bis ein Tropfen Blut kam. Ihr wurde schwindlig, und sie holte tief Luft. Dann drückte sie fester. Ein angespülter Leichnam, von Muscheln bedeckt. Das Bild fraß sich in ihrem Kopf fest. *Gänzlich unversehrt,* hatte die Frau in der Kirche gesagt. Das war wichtig, aber sie wusste nicht mehr, warum. Sie brauchte Zeit, um sich zu erinnern, konnte es aber nicht ertragen. Wieder setzte sie die Klinge an und drückte fester zu.

Da flog die Badezimmertür auf. Sie prallte so fest gegen die Handtuchhaken, dass der Letzte in der Reihe ein Loch in die Tür schlug. Im nächsten Moment hob Barry Magdalena an, ließ sie fallen, hob sie wieder an, wobei ihre Schienbeine gegen den Wasserhahn schlugen und er fortwährend »OH NEIN OH

NEIN OH NEIN!« rief, Magdalenas Arm nach Blut absuchte und sich dabei aus Versehen an der Klinge schnitt, sodass es am Ende Magdalena war, die das Bandagieren übernehmen musste. Und während das alles passierte, dachte Magdalena an Dovs Bruder am Telefon, wie er gesagt hatte, nur wenn Lina unversehrt geblieben wäre, hätten sie und Dov am Ende wiedervereint sein können.

In den ersten Wochen nach Linas Tod wollte Magdalena sich so wenig wie möglich in der Wohnung aufhalten. Sie lief morgens mit der Kamera los und kam erst nach Hause, wenn es dunkel wurde. Daher hatte sie auch keine Ahnung, wie lange Dov schon auf sie gewartet haben mochte, als sie ihn auf der Treppe draußen vor dem Haus sitzen sah. Bei seinem Anblick im Licht der Straßenlaterne stockte Magdalena der Atem. Es war, als hätte sich ein Teil von Lina – der Schwung ihrer Augenbrauen oder die Art, wie sie den Kopf neigte – geweigert, so unvermittelt aus der Welt gerissen zu werden, und sich vorübergehend auf Dov niedergelassen. Im gelblichen Licht sah es fast so aus, als hätten die beiden Geschwister sein können. Doch als Magdalena näher kam und Dov aufblickte, verschwand diese Ähnlichkeit mit Lina. Zurück blieb das Gesicht eines braungebrannten, gutaussehenden Jungen mit geröteten Augen. Lina hatte gesagt, er sei genauso alt wie sie, aber er wirkte sogar noch jünger. Trotz seines Erfolgs in der Welt des Bioingenieurswesens konnte Dov kaum älter als zwanzig oder einundzwanzig sein. Zwischen seinen Füßen stand eine Papiertüte.

»Es tut mir leid«, sagte er. »Ich habe versucht anzurufen.«

Magdalena staunte, wie dunkel seine Haut war. Abgesehen von einer Gestalt auf dem Flur, als Lina ihre Sachen gepackt hatte, und einem Schatten, der Linas Hand im Taxi hielt, als die beiden plötzlich im Sucher der Kamera aufgetaucht waren, hatte sie von Dov bisher nur ein Foto auf Linas Handy gesehen – ein blasses Gesicht, von dunklen Haaren eingerahmt. Lina hatte es selbst gesagt: Seine Haut war wie Porzellan. In ihrer ersten gemeinsamen Nacht schlug sein Herz so fest an ihrer Brust, dass es sich anfühlte, als hätte sie ein zartes, wildes Tier eingefangen. Als käme er aus einem Märchen, hatte Lina gesagt. Wie der verzauberte Prinz, der einst ein weißer Hase gewesen war. Die Haut des Menschen, der dort auf Magdalenas Treppe kauerte, war jedoch so dunkel, dass sie kein Wort von dem erkennen konnte, was dort geschrieben stand.

Magdalena schloss die Tür auf, und Dov folgte ihr schweigend die Treppe hinauf. Er sprach erst, als sie oben in der Wohnung waren und er weinend an Magdalenas Küchentisch saß. Er wischte nicht mal seine Tränen weg. Plötzlich wurde Magdalena richtig wütend auf dieses Kind, diesen Jungen mit den weichen Lippen, der so dumm gewesen war, Unsummen für einen schwedischen Mixer mit Klingen auszugeben, die in der Lage waren, selbst den harten Kern der Frucht zu zermahlen, die seine Familie derart reich gemacht hatte, dass Lina nicht anders konnte, als sich in ihn zu verlieben. Er trug Jeans, die aussahen wie maßgeschneidert. Mit seinem Engelsgesicht, das gerade erst zu etwas Markanterem heranwuchs, hätte er ohne Weiteres Werbung für Parfüm oder Alkopops machen können, wären da nicht die weichen, dunklen Locken an seinen Schläfen gewesen und die verräterischen Bänder, wie die kleinen Kinder sie in Litauen trugen, wenn sie sich als Juden verkleideten, am letzten Karnevalsabend vor der Fastenzeit, wenn sie von Haus zu Haus pilgerten, um Münzen oder Blini einzufordern.

»Ich bring dir ihre Sachen«, sagte Dov. In der Papiertüte waren zerknüllte Kleider, Strümpfe und ein Nachthemd.

»Ich will sie nicht«, sagte Magdalena.

»Begrab sie mit ihr«, sagte er.

»Kann ich nicht«, sagte Magdalena. Das Bestattungsinstitut hatte Linas Asche bereits im Plastikbeutel angeliefert. Dieser lag in einem Schuhkarton auf dem Küchentresen. »Ich habe es deinem Bruder schon gesagt«, fügte sie hinzu. »Tut mir leid. Ich wusste es nicht.«

Sie hätte Dov erklären können, dass Ruta nicht verstanden hatte, was die Leute von der Gerichtsmedizin von ihr wollten, als man sie endlich ans Telefon bekam, und es deshalb an Magdalena hängen geblieben war, dem Bestattungsinstitut den Auftrag zu geben, dass alles, was nach der Autopsie von Lina übrig war, eingeäschert werden sollte. Doch sie merkte, dass Dovs Bruder ihm nichts von der Asche erzählt hatte, oder Dov hatte nicht richtig zugehört, denn bevor Magdalena noch etwas erwidern konnte, drückte er ihr die Tüte mit den Kleidern in die Hand und sagte: »Bitte. Alles riecht nach ihr.« Er griff in seine Tasche und holte eine Zahnbürste im Plastikbeutel hervor. »Und das hier auch.«

»Wozu?«, fragte Magdalena. Was sollte sie mit Linas Zahnbürste?

»Die Mundhöhle. Bei jedem Zähneputzen lösen sich Millionen Zellen ab.«

»Was redest du?«

»Ich muss sie wiederhaben«, sagte Dov. »Ich muss alles von ihr wiederhaben.« Er fing an zu schluchzen. Am liebsten hätte Magdalena ihm das weiche Gesicht zerkratzt, ihm mit den Fingernägeln die Farbe von der Haut gerissen. Dov redete immer weiter, vom Tag des Jüngsten Gerichts und dem Garten, den er für Lina anlegen wollte, wenn sie beide am Ende der Zeit wiederauferstehen würden.

Magdalena gab sich alle Mühe, nicht hinzuhören. Was mochte Lina veranlasst haben, sich ausgerechnet diesen Jungen auszusuchen, von dessen Nasenspitze jetzt ein dünner Rotzfaden hing? Was hatte es zu bedeuten, dass sein Name – wie ein Fluch – unter ihrem Herzen gestanden hatte?

»Ich glaube, du solltest jetzt besser gehen«, fiel Magdalena ihm ins Wort. Sie ging zur Tür und hielt sie ihm auf, doch er wollte sich nicht von der Stelle rühren.

Dov war schon immer da gewesen. Als Lina und sie kleine Mädchen waren und eine ganze Flasche Schaumbad in die Badewanne gekippt hatten, um sich mit den Seifenblasen Bikinis aufzumalen, wand sich sein Name wie eine Schlange unter dem Schaum, der über Linas Brust rann, bis sie genug zusammenschöpfen konnte, um sich einen richtigen Busen zu formen. Dovs Name war da gewesen, als sie sich auszogen und in den Fluss sprangen, an dem Abend, als Magdalena mit der Schule fertig war, als der Schock der eiskalten Fluten wogender Wärme wich, weil alles Blut, das sie durchströmte, in Wallung kam.

»Warum hast du nur ein Ticket nach Zürich gekauft?«, fragte sie ihn, als ihr einfiel, was die Polizistin gesagt hatte.

Seine Familie wollte, dass er den Job annahm. Er hatte sich mit Lina gestritten und das Ticket gekauft, wäre aber nicht hingeflogen, sagte er. Sie konnten keinen Tag ohne einander sein. Was war mit den Streits, die die Nachbarn gehört haben wollten? Kleinigkeiten, sagte Dov. Kleinigkeiten, die jetzt keine Bedeutung mehr hatten. Und an diesem Abend?, fragte Magdalena. Warum war er ausgegangen und hatte Lina allein gelassen? Was war er für ein Ehemann, der sie zu Hause sitzen ließ, wo es außer Früchten mit giftigen Kernen nichts zu essen gab?

»Ich konnte es nicht wissen«, sagte Dov. »Woher hätte ich das wissen sollen?«

Und plötzlich kniete Dov auf dem Boden vor ihren Füßen, mit seinem Kopf auf ihrem Schoß, wie ein Kind. »Ich liebe sie«, sagte er, und Magdalena spürte, dass es stimmte. Aus der Nähe betrachtet rührte die dunkle Färbung von Dovs Haut gar nicht von der Haut her. Sie entstand durch Hunderte – Tausende – von winzig kleinen Buchstaben, als wäre sein ganzer Körper in einem feinen, schwarzen Netz gefangen. Magdalena beugte sich vor und sah, dass diese Buchstaben keine Sätze ergaben wie bei anderen Leuten. Weder erzählten sie Geschichten, noch stellten sie entscheidende Daten dar. Überall auf Dovs Körper, im Nacken, an Wangen und Händen, selbst auf den Lippen und der Haut unter seinen Fingernägeln wiederholten sich die immer gleichen vier Buchstaben. *Lina Lina Lina Lina.*

Als Barry Magdalena nach dem Grund für ihre Verzweiflung fragte, dort auf dem Badezimmerboden, und sie den Schnitt in seiner Hand mit Alkohol abtupfte und fest umwickelte, um die Blutung zu stoppen, sah sie Barrys Blut – nicht ihres – hellrot im Abfluss des Waschbeckens verschwinden, und sie konnte lesen, was entlang des Schnitts in Barrys Handfläche geschrieben stand. *Sag es ihm,* stand da. Der i-Punkt war von der Klinge zerteilt. Und Magdalena tat es. Sie erzählte Barry davon, wie Lina gestorben war, von den Worten, die sie schon gesehen hatte, als sie noch gar nicht lesen konnte, und von Dov, der sie gefragt hatte: *Wie kann ich damit leben?,* und dass sie ihm ehrlich antworten musste, sie wüsste es auch nicht. Noch nie hatte sie eine solche Zielstrebigkeit auf der Haut eines Menschen gesehen. Und sie erzählte, dass ihre Haut leer war, als sei ihre Existenz ein Versehen und es gäbe nichts darüber zu berichten. Sie erzählte Barry vom Aprikosenbaum hinter der Kirche und dem Untersuchungsbericht der Gerichtsmedizin, und dass sie wusste, dass das, was sie dort las, die Wahrheit war, und dass sie Lina und Dov jede Chance auf Ewigkeit genommen hatte.

Allerdings merkte sie bald, dass Barry sie nicht ernst nahm, denn von diesem Tag an forderte er sie immer wieder auf, ihm laut vorzulesen, was auf seiner Haut geschrieben stand.

Magdalena hatte Barry in London kennengelernt, an einem dieser Tage, an denen sie mit Linas Kamera unterwegs gewesen war. Damals hatte sie keinen Job mehr. Roxie mochte nicht wohnen, wo gerade jemand gestorben war, und zog aus, sodass Magdalena ganz allein für die Miete aufkommen musste. Dov hatte versprochen, ihr zu helfen, aber unter der Nummer, die er ihr gegeben hatte, ging niemand ran, und als sie bei ihm im Büro anrief, hieß es, er sei bis auf Weiteres nicht zu erreichen.

Sie machte Fotos im Regent's Park. Mittlerweile hatte sie drei weitere Filme voll und einen vierten zur Hälfte. Sie wusste nicht, wovon sie die Entwicklung bezahlen sollte, doch das war ihr egal. Entscheidend war das Klicken des Auslösers, das steife Weiterdrehen der Filmrolle. Zu Hause lagen Rechnungen vom Beerdigungsinstitut, und der Inspektor, der für die polizeilichen Ermittlungen zuständig war, hatte zunehmend schroffe Nachrichten hinterlassen und sie unmissverständlich aufgefordert, aufs Revier zu kommen, um die letzten Formulare zu unterschreiben. Es schien ihr jedoch wichtiger, Hautschichten von den Gesichtern Fremder zu schälen, wie Zwiebelhäute, zu durchscheinend, um festzuhalten, was dort geschrieben stand, so dünn, dass niemand sie vermissen würde. Wenn Tobias Kronen Recht hatte und jedes Foto den Menschen einer feinen Schicht seiner selbst beraubte, dann würden Magdalenas Fotos die Worte vielleicht etwas trüben, würden hier den Punkt auf einem *i* wegfressen, dort ein *e* in ein *c* verwandeln. Und wenn jemand lange genug stehen blieb, dass sie hundert oder tausend oder eine Million Fotos machen konnte, hielt Magdalena es für möglich, dass sie die Worte gänzlich ausradieren würde. Aber die Leute wollten nicht stillhalten, und auf so einem Film waren nicht sonderlich viele Bilder, sodass Magdalena nur die Hoffnung blieb, dass andere Fotografen die letzten Schichten ablösten.

Außerdem war ihr Englisch zum Problem geworden. Mittlerweile beherrschte sie die Sprache einigermaßen, sodass sie nicht anders konnte, als zu lesen, was sie sah, wenn sie die Kamera scharf stellte.

West London Chess Club Champion 1978
Rechnungsprüfer Mackay & Singh (Betrüger)
Mit Glückshaube geboren

Wenn wir wiederkommen und die Blumen blühen
ziehe mich aus ich glaube es ist zum Besten
Homosexuell
£ 43 880 im Jahr
Hat Hamida Grigoryan das Schlüsselbein gebrochen, zweimal
Sie fragt nach den Kindern, man sagt, es gab nie welche
Autounfall, 17. November 2019, 6:59
Simons Hände
Die Babyfüße

Das alles wäre nicht mehr da – so wie auch die Krankheiten, die Abhängigkeiten, der Liebeskummer und die Schulden –, sobald die Fotos von der Drogerie zurückkamen.

Sie dachte, sie würde die unterschiedlichsten Leute fotografieren, bis sie eine Stimme hinter sich sagen hörte: »Ja genau, die ist besonders interessant.« Magdalena wandte sich um und sah einen Mann auf einer Bank sitzen, selbst auch mit einer Kamera in der Hand. »Schnell, bevor sie sich bewegt!«, sagte der Mann und deutete auf die junge Frau, die einige Meter entfernt telefonierte und dabei mit der Schuhspitze Kreise in den Sand malte.

»Du hast ein Auge auf die Mädchen geworfen, was?«, sagte der Mann.

»Was soll heißen?«, fragte Magdalena.

»So, so, nicht von hier«, sagte er, als er ihren Akzent hörte.

Magdalena wandte sich zum Gehen.

»Bleib doch noch!«, sagte er auf Litauisch. Magdalena wandte sich um.

»Wie bitte?«, fragte sie auf Litauisch.

»Hab nur geraten«, antwortete er nun wieder auf Englisch. Magdalena sagte nichts, ging aber auch nicht weg.

»Ich hab dich beobachtet«, sagte er. »Du fotografierst gern hübsche Mädchen, was?«

»Ich fotografiere. Nicht nur Mädchen.« Doch schon als sie das sagte, wusste sie, dass es stimmte. Sie hatte nur Mädchen fotografiert, und zwar ausschließlich Mädchen, die Lina ähnlich sahen.

»Hey, *labas*«, sagte der Mann. »Darf ich deine Bilder sehen, wenn du fertig bist?«

»Wohl kaum«, sagte Magdalena.

»Ich fotografiere auch gern.«

Magdalena sagte nichts.

»Das ist eine gute Kamera. Woher hast du die?«

»Sie hat meiner Freundin gehört«, sagte sie.

Er musterte sie einen Moment. »Hey, ist alles okay?«

»Ja«, sagte Magdalena. Aber sie hatte angefangen zu weinen. Die Kamera hing um ihren Hals, mit der Kappe baumelnd am Bändchen. Das Mädchen mit dem Telefon blickte auf und rückte etwas ab.

»Hey«, sagte Barry. »Nicht doch.«

Am Ende war es Barry, der die ausstehende Miete für ihre Wohnung bezahlte und meinte, sie könnte bei ihm in Swindon wohnen, wenn sie versprach, ihm Litauisch beizubringen. Es schien ihr eine dieser Situationen zu sein, von denen sie Lina abzuhalten versucht hätte. Aber in ihrer Wohnung in London konnte sie nicht bleiben, und sie konnte auch den Gedanken nicht ertragen, nach Vilnius zurückzugehen, wo ihre Wohnung leer stand, weil ihre Mutter in Amerika war, und wo alle Menschen helle Haut voller Wörter hatten, die Magdalena verstand, ob sie wollte oder nicht.

Wenigstens waren ihr die meisten Worte auf Barrys Haut unbekannt. Was sie verstand, gefiel ihr nicht, aber es war alles an so fernen Orten passiert, dass man sich leicht vorstellen konnte, es hätte nichts mit Barry zu tun. Selbst als er ihr sagte, er sei auch Ausländer, geboren in einer Stadt, die heute Harare hieß und – wie Magdalena bei einem Blick in die Karte feststellte – nicht weit von den Orten entfernt lag, die auf seinem Gesicht und seinen Armen erwähnt wurden, flüchtete sie sich in die Annahme, dass er sich in anderer Leute Verbrechen hatte hineinziehen lassen. Also packte sie Linas alten Koffer, den besseren der beiden, und nahm den Bus nach Swindon, mit Linas Asche im Schuhkarton.

Ein Monat war vergangen, seit Magdalena mit Barry auf dem Badezimmerboden gesessen und ihm von den Wörtern erzählt hatte. Inzwischen war Juni, und sie verließ Swindon genau so, wie sie gekommen war, im Bus, mit dem Schuhkarton auf ihrem Schoß. Die Busfenster standen offen, und Magdalena hörte die Spieluhrmelodie eines Eiswagens draußen auf der Straße. Sie wünschte, sie hätte Barry genug Geld für die Heimreise nach Vilnius abgeknöpft, bevor sie ihm irgendetwas vorgelesen hatte. Sie wünschte, sie hätte wenigstens noch Zeit gehabt, sich etwas Essbares zu kaufen. So aber gab es einen Riesenärger, und Barry hatte alle ihre Sachen raus auf die Straße geworfen. Veronika hatte die Polizei gerufen, das neue Mädchen hatte geschrien, und Magdalena war den ganzen Weg zur Bushaltestelle in der

Mitte des Ortes gerannt, wobei ihr Linas alter Koffer hinterherhumpelte wie ein kranker Hund.

Der Bus rollte durch die Außenbezirke von Swindon. Magdalena wusste, dass sie ihre Mutter anrufen sollte, um ihr zu sagen, dass sie auf dem Weg nach Vilnius war, aber sie hatte kaum Guthaben auf ihrem Handy. Erneut durchwühlte sie ihre Handtasche, für den Fall, dass sie doch noch irgendwo eine Telefonkarte fand, die nicht ganz aufgebraucht war. Sobald sie ihre Mutter anrief, würde diese sich bei Ruta Valentukienė melden und Bescheid sagen, dass Magdalena Lina nun endlich nach Hause brachte. Doch Ruta war in allen möglichen Krankenhäusern und Sanatorien gewesen und konnte sonst wo sein. Magdalena hätte alte Schulfreunde anrufen können, aber inzwischen war so viel Zeit vergangen, dass sie nicht mal sicher war, wer von Lina wusste und wer nicht. Es fiel leichter, im Zustand der Fassungslosigkeit davon zu erzählen, kurz nachdem es passiert war, so wie sie ihre Mutter in der langen Nacht angerufen hatte, als sie dem Polizisten Tee kochte und die Stimme ihrer Mutter am anderen Ende der Leitung kaum hören konnte, wobei sie beide immer wieder und wieder *Lina ist tot* sagten, als schaufelten sie mit den Worten eine Stelle frei, wo die Leere leben konnte. Der Klang der Worte grub in dieser Nacht in ihren Köpfen ein kleines Grab für Lina, da die Welt selbst noch keinen Platz für ihren Verlust geschaffen hatte.

Jetzt fuhr der Bus schneller. Die verschwommene Landschaft wechselte von Braun und Grau zu Grün. Magdalena setzte ihre Brille auf und sah hinaus.

Sie hatte nicht vorgehabt, Neil anzurufen, doch je näher der Bus London kam, desto klarer wurde Magdalena, dass ihr nicht viel anderes übrig blieb. Sie konnte Lina nur nach Hause bringen, wenn sie das Geld für die Fahrkarte zusammenbekam. Sie hatte daran gedacht, eines der Mädchen zu fragen, die sie von der Arbeit in London kannte, wusste aber, dass solche Freundschaften nur selten über das Teilen eines Taxis oder eine gemeinsame Zigarette hinausreichten. Dafür sind doch Männer da, hätte Lina gesagt und in ihrem Handy ein Dutzend Nummern möglicher Geldgeber für ein Ticket nach Vilnius gefunden. Wäre mehr Zeit gewesen, hätte Magdalena ihren ehemaligen Chef aus der Bar in Swindon fragen können, oder sogar Ivan, aber dafür war es jetzt zu spät. Auf ihrem Handy waren gerade noch achtunddreißig Pence übrig – gerade genug, um jemanden anzurufen, der sie zurückrufen würde, wenn ihr Guthaben verbraucht war. Jemanden, der zu höflich wäre, um zu fragen, wieso sie Swindon mit einem halb leeren Koffer verlassen hatte. Sie wählte Neils Nummer, aber er ging nicht ran.

In London angekommen stand Magdalena im Bahnhof Victoria Station vor der Anzeigetafel mit den Abfahrten und dachte an die Fleischpasteten hinter den beschlagenen Scheiben des Backwarenstandes gleich neben dem Fahrkartenschalter. Sie zählte das Geld, das ihr von den paar Aushilfsjobs geblieben war, die sie gemacht hatte, seit sie in der Bar nicht mehr gebraucht wurde, rechnete nach, wie viele Fleischpasteten sie sich davon leisten konnte, denn das bisschen Geld reichte nicht mal für ein Viertel des Weges nach Vilnius.

Auf den Pasteten perlte das Fett, die Kruste war unter den heißen Lampen des Verkaufstresens aufgeweicht. Magdalena entschied sich für Rindfleisch mit Zwiebeln. Eben holte sie ihre Brieftasche hervor, als ihr Handy klingelte. Es war Neil. Er meinte, er hätte ihre Nachricht bekommen, dass sie auf dem Weg nach Vilnius einen Zwischenstopp in London einlegen wollte, aber er könne sich nicht mit ihr treffen. Seine Stimme hatte etwas Künstliches.

»Na, macht ja nichts«, sagte Magdalena. »Kein Problem, du hast zu tun.« Sie würde im Bahnhof übernachten, sich eine neue Telefonkarte kaufen, ihre Mutter anrufen und sie bitten, ihr Geld zu überweisen.

»Nein, so meinte ich das nicht. Ich bin gerade in Paris«, sagte Neil und klang schon normaler.

»Ach, du bist in Paris?«, fragte sie.

»Bis August«, sagte Neil. Und irgendwas von einem Professor.

Sie fragte sich, ob es möglich wäre, dass ihr Name als eine Art Beleg unter seinem Auge geschrieben stand. Wenn er sich seit ihrer letzten Begegnung die Haare geschnitten hatte, würde sie vielleicht sehen, dass ihr Name zu einem Satz gehörte: *leiht Magdalena Bikauskaitė Busgeld nach Vilnius.* Oft genug war sie Leuten mit so kleinen Anmerkungen auf der Haut begegnet. Sie warf einen Blick auf den Busfahrplan in ihrer Hand. London nach Paris. Der billigste Bus fuhr am späten Abend. Dafür reichte ihr Geld gerade.

»Tut mir echt leid«, sagte Neil. »Es wäre nett gewesen, mal einen Kaffee zusammen zu trinken oder so.«

Magdalena schüttelte den Kopf, als die Verkäuferin hinterm Tresen sie fragte, was sie haben wollte.

»Das ist ja perfekt!«, sagte sie. »In Paris muss ich umsteigen.«

Sie warf einen Blick auf den Fahrplan und sagte Neil, wann

der Bus ankommen würde. Dann kaufte sie ihr Ticket. Der Mann hinter der Scheibe murmelte irgendwas in sich hinein, als sie die letzten Münzen aus ihrer Tasche kramte. Sie wollte nichts davon wissen, aber als er ihr die Fahrkarte gab, war nicht zu übersehen, dass seine Hände von Schulden übersät waren.

»Nach Paris, Gare du Nord, Abfahrt heute Abend, dreiundzwanzig Uhr.«

Magdalena lief im Bahnhof herum, bis sie eine einigermaßen saubere Bank fand. Sie musste ein paar Stunden warten und war zu hungrig, um wach zu bleiben. Also steckte sie das Ticket, ihren Reisepass und den Umschlag mit den Untersuchungsergebnissen in ihre Bluse, legte ihren Kopf auf den Schuhkarton und lauschte ihrem knurrenden Magen, bis sie eingeschlafen war.

NEIL

Paris, Juni

Am selben Tag, als die Examensprüfungen in London abgeschlossen waren, nahm Neil mit Professor Piot und den anderen Forschungsassistenten den Eurostar nach Paris. Professor Piot versammelte sie alle um einen kleinen Tisch im Großraumwagen, schickte jemanden zum Bistro, um Champagner zu besorgen, und schon bald wussten sie alles über den *Chunnel* als Beispiel für den Konflikt zwischen freiem Markt und staatlich gelenkter Wirtschaft. (»Man stelle sich vor, wie peinlich es der Queen gewesen sein muss, die mit an Bord war, als dieser Zug bei seiner Jungfernfahrt die Geschwindigkeit verdoppeln konnte, sobald er auf französischen Boden kam, was bedeutete, dass auf die für den Bau der Strecke verantwortlichen, britischen Privatinvestoren kein Verlass war …«). Sie hörten grausige Geschichten über die Schlachtfelder des Ersten Weltkriegs, an denen sie vorüberkamen. (»Da lagen so viele menschliche Körperteile im Morast, dass während der heftigen Regengüsse von 1915 manchmal ganze Arme und Beine aus den Wänden der Schützengräben fielen …«) Professor Piot versprach jedem ein Abendessen im Maxim's, der ihm den Namen des Genies nennen konnte, dessen Idee hinter den schnell vorrückenden Panzerdivisionen stand, die im Mai

1940 von Belgien aus über die Grenze nach Frankreich eingerückt waren. (»Himmler?«, riet jemand. »Göring?« »Aha!«, sagte Professor Piot. »Während die französischen Generäle an ihrer Maginot-Linie bauten, las Hitler das Pamphlet eines gewissen jungen Colonels namens *Charles de Gaulle* und nutzte diese Ideen für seinen Blitzkrieg!«)

Schon bald darauf entkorkte Professor Piot die zweite Flasche Champagner und weihte seine Studenten in das bevorstehende Projekt ein, das bisher etwas vage formuliert geblieben war, weil er noch Details mit dem Musée du Patrimoine zu klären hatte. Sie würden eine Ausstellung über die alte Kirche von Saint-Jacques-de-la-Boucherie vorbereiten. Diese war von Schlachtern errichtet und von Revolutionären zerstört worden. Nur ihr Glockenturm aus dem 16. Jahrhundert stand noch. »Ein schönes Beispiel für den spätgotischen Flamboyantstil«, sagte Professor Piot. Der Turm wurde restauriert, was die Stadt Paris eine Menge Geld kostete. Professor Piot hatte man engagiert, um den Beweis zu führen, dass es den Aufwand wert war. »Wir müssen uns eine hübsche Geschichte für die Schulkinder überlegen«, sagte er.

»Vielleicht beginnen wir mit dem Paris in alten Zeiten …« Professor Piot redete viel mit den Händen, und sie drängten sich zu fünft auf vier Plätzen, was bedeutete, dass er jedes Mal, wenn er auf etwas besonders hinweisen wollte, entweder Neil oder Loren traf, den anderen Amerikaner. »Es ist die Morgenröte des christlichen Glaubens in Frankreich, und die Stadt besteht nur aus der Île de la Cité. Dahin gehen heutzutage die Touristen, um ihr Eis zu essen. Aber wir befinden uns in römischen Zeiten. Barbaren drängen ins Land, die Stadt ist von Mauern umgeben. Doch das wirtschaftliche Leben wächst längst darüber hinaus. Die *schmutzigen Berufe,* wie man sie nennt – die Gerber, die Kürschner, die Schlachter –, bleiben außen vor. Und so wachsen an den Ufern gegenüber der Stadt große Märkte heran. Haben Sie schon mal von Les Halles gehört? Jetzt steht dort ein leeres Einkaufszentrum, eine stadtplanerische Katastrophe, aber jahrhundertelang ist es die Speisekammer, der stinkende *ventre,* der Wanst der Stadt, könnte man sagen – immerhin gut tausendsiebenhundert Jahre vor Erfindung der elektrischen Kühlung. Die Schlachter in diesem Viertel, diese Männer mit den blutverschmierten Schürzen, müssen jeden Tag sehr früh aufstehen, manchmal sogar nachts arbeiten, aber die Stadttore werden bei Sonnenuntergang geschlossen. Deshalb können die Männer nicht an der Messe teilnehmen, verstehen Sie? Obwohl sie tagein, tagaus den vielleicht biblischsten aller Berufe ausüben – das Schlachten von Vieh –, können sie nicht mal beten. Und so beschließen diese Männer, sich außerhalb der Stadtmauern ihre eigene Kirche zu bauen …« Professor Piot schenkte rundum nach. »Von Anfang an ist es ein *Pariser* Gotteshaus. Stündlich muss das Weihwasser in den Becken erneuert werden, weil die Finger von so vielen Leuten voller Blut vom Schlachthaus sind, voller Lauge von der Gerberei, voller Ruß und Dreck des Lebens in der Stadt …« Der Zug schoss durch einen Tunnel, dass es in den Ohren knackte.

Es waren mittelalterliche Zeiten, und die Schlachter benannten ihre Kirche nach Saint Jacques, dem Schutzheiligen der Arbeiter und Pilger, der den christlichen Glauben nach Spanien gebracht hatte, von Herodes enthauptet worden war und angeblich posthum seine schützende Hand über die Kreuzzüge gehalten hatte. Die Wanderung zu seinem Geburtsort in Spanien war eine der wichtigsten Pilgerfahrten des Mittelalters, sagte Professor Piot. Alte Pilgerkarten sahen aus wie Netze, die die bekannte Welt umspannten, wobei die Kirche der Schlachter den Pariser Ausgangspunkt für die Pilger darstellte. »Auf diesem Kirchhof tauschen Büßer aus der ganzen Welt die Stiefel, husten einander an und verbreiten Krankheiten. Mönche aus Lille sprechen auf Lateinisch mit Brüdern aus Cork. Gerüchte von Wundern werden verbreitet, Philosophien ausgetauscht, ebenso Rezepte für Breiumschläge bei Blasen an den Füßen …« Neil versuchte, eine etwas bequemere Sitzposition auf der Armlehne zu finden. Beth machte Notizen und merkte nicht, dass Jean-Claude aus ihrem Glas trank.

Während der Ausbrüche des Antiklerikalismus in Folge der Französischen Revolution war die Kirche zerstört worden: »Stein für Stein im Namen der neuen Republik abgebaut und verwendet für … wer weiß? Um die Straßen zu pflastern? Um die Steine zu ersetzen, die man selbst von den Barrikaden geschleudert hatte?« So etwas gefiel Professor Piot, und seine Hände flogen nur so durch die Gegend. Neil presste seinen Kopf gegen die Sitzlehne, wurde aber trotzdem an der Nase getroffen. Mittlerweile war von der Kirche nur noch der Glockenturm übrig, in dem Pascal angeblich die Unmöglichkeit des Vakuums erforscht und das Gewicht von Luft quantifiziert hatte, und wo heute meteorologische Geräte die Luftverschmutzungswerte an der Kreuzung Rue Saint-Martin und Rue de Rivoli maßen.

Professor Piot bestellte noch eine dritte Flasche und verteilte dann mit großer Geste – Neil und Loren duckten sich – die jeweiligen Forschungsaufgaben. Jean-Claude, der verständlicherweise das beste Französisch sprach, sollte die Verbindung zum Bautrupp herstellen und dafür sorgen, dass die Details von archäologischer und architektonischer Bedeutung erhalten blieben. (»Selbst der Schmutz an den Wänden ist für uns von Interesse«, sagte Professor Piot. »Wenn die Wände sauber sind, müssen wir uns fragen, warum sie nicht schmutzig sind, denn auch das ist von Interesse.«) Professor Piot selbst wollte sich auf die mittelalterliche Phase konzentrieren, Loren sollte die Revolution behandeln, und Beth, die ihren Doktor in Architekturgeschichte schrieb, war für die Historie der Restaurierungen verantwortlich, die gemacht worden waren, seit Baron Haussmann den Glockenturm der Kirche – den Tour Saint-Jacques – verschont hatte, als er sich daranmachte, das alte Paris abzureißen und in eine moderne Stadt zu verwandeln. Neils Aufgabe sollte darin bestehen, alles zu suchen, was eine Verbindung dieser Kirche zur Pilgerfahrt nach Spanien herstellte. »Okay, also *bonne chasse*«, sagte Professor Piot und erhob sein Glas. »Und vergessen Sie nicht – eine Kirche für die Schlachter. Bringen Sie mir eine Geschichte, die ein bisschen *au jus* ist, okay?«

Als sie in Paris ankamen, waren Neil und die anderen so benebelt vom Champagner, dass sie es kaum aus dem Zug schafften, aber Professor Piot legte ein kleines Freudentänzchen zu den Klängen der Marseillaise hin, als er den marmornen Boden des Bahnhofs betrat. »Wir treffen uns morgen vor dem Nationalarchiv, neun Uhr«, sagte er.

In London hatte der Winter kein Ende nehmen wollen, aber in Paris war plötzlich Frühling. An seinem ersten freien Tag, an dem er nicht ins Archiv musste, saß Neil in einem Café und sah die Spiegelungen von Fensterscheiben über die alten Steine einer Kirche gleiten. Vom Nachbartisch wehte Zigarettenasche herüber, und er musste sich direkt zusammenreißen, damit er nicht die Zunge herausstreckte, um die Flocken einzufangen und wie Schnee schmelzen zu lassen. Er sah kleine Ascheflocken in seinem Bier schwimmen und fand sie hübsch. Irgendwo spielte Musik. Neil las ein Buch von einem französischen Historiker, auf Französisch, schlug die Worte nach, die er nicht kannte, während eine Taube um seine Füße stolzierte, mit einem Stück Faden am Zeh, als sollte der sie an etwas erinnern.

In diesem Sommer war Neil bisher kaum angerufen worden. In Paris kannte er niemanden, nur Loren, Jean-Claude und Beth, die alle im Oberseminar waren und kaum mit ihm sprachen, und wenn seine Mutter sich einmal die Woche meldete, um ihn auf dem Laufenden zu halten, was seine Post anging und wer von seiner alten Highschool heiratete, tat sie es über Skype. Nicht, dass Neils Telefon in London oft geklingelt hätte, höchstens mal, wenn Veejay anrief, um ihm zu sagen, dass er schnell nach Hause kommen sollte, weil sie im Fernsehen gerade Zebras beim Sex zeigten. Als es also während Professor Piots Seminar klingelte, merkte er erst gar nicht, dass es sein Handy war.

Es war Neils dritte Woche in Paris, und er nahm an diesem Seminar teil, um zwischen den Abstechern zum Archiv sein Französisch zu kultivieren, auch wenn es bisher nur sein Englisch durcheinandergebracht hatte. Seine Gedanken nahmen einen unglaublich gestelzten Ton an – *kultivieren,* zum Beispiel. An diesem Tag jedoch war Professor Piots Vortrag für ihn nicht mehr als eine Folge unzusammenhängender Worte. Mehr oder weniger ging es darum, dass das Vichy-Regime den Mythos der Jeanne d'Arc für sich vereinnahmt hatte, was eines der Lieblingsthemen von Professor Piot war, wobei ohne Weiteres auch die Möglichkeit bestand, dass Neil sich verhört hatte und *Jeanne d'Arc* in Wahrheit *gendarmes* hieß und die Rede von Pétains Geheimpolizei war. Vielleicht beides.

Während Professor Piot also wartete, weil Neils Handy nicht aufhören wollte zu klingeln, schrieb Neil immer weiter in seinem Notizbuch – unzusammenhängende Phrasen, die meist im Nichts endeten, bevor sie zum Verb kamen –, während der Rest der Klasse sich fragte, welcher Schwachkopf »Frère Jacques« als Klingelton hatte. Als er schließlich merkte, dass es sein Telefon war, und er es auszustellen versuchte – in einem Anfall von Optimismus hatte er bei den Spracheinstellungen Französisch gewählt –, verfluchte er insgeheim Veejay, weil der ihm als Abschiedsgeschenk heimlich einen *»sonnez les matines«* trällernden Knabenchor aufs Handy geladen hatte.

Während die Klasse in der Pause rauchte und Kaffee aus kleinen Plastikbechern trank, versuchte Neil, seine Mailbox abzuhören, konnte sich aber nicht an die neue Geheimzahl erinnern. Er versuchte, cool zu wirken, als würde er gerade jemandem eine sehr lange Nachricht schreiben, da fand er endlich den richtigen Code. *»Un … nouveau … message …«*, flötete eine weibliche Stimme. Neil hatte das Telefon versehentlich auf laut gestellt und drückte nun einen Haufen Tasten. Er hatte den Namen des Anrufers nicht mitbekommen, wusste aber sofort, dass es dieses Mädchen war, das er in Swindon besucht hatte.

»Ich fahre nach London, um zu nehmen Bus nach Vilnius, und wollte fragen, ob wir uns treffen auf ein Kaffee, weil ich habe ein paar Stunden Aufenthalt. Also, okay, das war's schon. Vielleicht du rufst mich zurück, wenn du hast eine Moment Zeit. Okay, bis dann.«

Neil bekam nicht oft Gelegenheit, ein Mädchen zurückzurufen, aber wenn, dann feilte er vorher gern an seinem beiläufigen Ton und überlegte sich den einen oder anderen Scherz. Plötzlich jedoch überkam ihn der Drang, seine eigene Sprache vor diesen Studenten von der Sorbonne zu sprechen, die draußen vor ihrem Seminarraum herumstanden, sich die Haare über die Augen strichen und den Existentialismus in der faschistischen Literatur diskutierten, wobei sie die zweite Hälfte ihrer Worte verschluckten, mit diesem französischen Universitätsdialekt, der dazu gedacht war, amerikanische Forschungsassistenten auszugrenzen.

Neil drückte auf den Tasten seines Telefons herum, bis er herausgefunden hatte, wie man einen Anruf beantwortete.

»Hallo?«, sagte sie.

»Hey, hier ist Neil«, sagte Neil.

»Oh, ja.«

»Ich hab deine Nachricht bekommen und würde mich echt gern mit dir treffen, aber ich kann leider gerade nicht.« Der Klang seiner Stimme gefiel ihm, wie er lässig eine Sprache sprach, die diese Schnösel von der Sorbonne aus Büchern lernen mussten.

»Na, macht ja nichts«, sagte sie. »Kein Problem, du hast zu tun.«

»Nein, so meinte ich das nicht. Ich bin gerade in Paris.«

»Ach, du bist in Paris?«, fragte sie.

»Bis August«, sagte Neil. »Ich arbeite für meinen Professor.« Es folgte eine kurze Pause. »Tut mir echt leid«, sagte Neil. »Es wäre nett gewesen, mal einen Kaffee zusammen zu trinken oder so.«

»Das ist ja perfekt!«, sagte sie. »In Paris muss ich umsteigen.«

»Ach, wirklich?«, sagte Neil.

»Ja, es war das billigste Ticket.« Noch eine Pause. »Morgen früh um sechs bin ich am Bahnhof Gare du Nord. Ist das Paris?«

»Ja«, sagte Neil. Die anderen gingen wieder in den Seminarraum, und Professor Piot schrieb schon etwas an die Tafel. »Wow, das ist ja super.«

»Ja, dann können wir uns treffen morgen«, sagte sie.

»Cool«, sagte Neil. Sechs Uhr schien ihm doch sehr früh. »Wir könnten Croissants zusammen essen.«

Es war eine echte Überraschung, wieder von ihr zu hören. Neil hatte sie an dem Tag, nachdem er in Swindon gewesen war, angerufen, um ihr von der Kamera im Arzneischränkchen zu erzählen, doch statt ihm dankbar zu sein, dass er es ihr sagte, und Barry zu verfluchen, weil er so hinterlistig war, klang sie beinahe amüsiert, sodass Neil sich wie üblich fragte, was er falsch gemacht hatte.

Er musste seinen ganz Mut zusammennehmen nach dem Gespräch mit Veejay, der ihm keine große Hilfe gewesen war und vorgeschlagen hatte, Barry zu erpressen, damit er Neil die Videos zeigte und ihm vielleicht einen Anteil am Gewinn überließ, falls er sie übers Internet verkaufen wollte oder so.

»Red keinen Scheiß«, hatte Neil zu Veejay gesagt, und schließlich hatte Veejay noch seinen Cousin angerufen, der Anwalt in Sheffield war, und herausgefunden, dass es tatsächlich illegal war, Leute unter der Dusche zu filmen, ohne dass die etwas davon wussten, und selbst wenn Barry sich darauf berufen sollte, in seinem eigenen Haus tun und lassen zu können, was er wolle, kam man mit diesem Argument normalerweise nicht durch.

Also rief Neil bei Magdute an, um ihr zu sagen, es täte ihm schrecklich leid, nicht gleich etwas gesagt zu haben, aber er hätte im unteren Bad hinter einem falschen Spiegel eine versteckte Kamera gefunden. Er konnte Veejays Cousin sogar überreden, sie telefonisch zu beraten, aber sie meinte, sie wollte nicht. Neil hatte einen ellenlangen Sermon darüber vorbereitet, dass er sich wie ein Idiot vorkam, weil er volle vierundzwanzig Stunden gewartet hatte, ihr davon zu erzählen, aber am Ende brauchte er den Sermon gar nicht, weil Magdute nur »Mmmh« machte, als er wieder von vorn anfing und ihr von dem kleinen Schloss am Arzneischränkchen und der Bonbondose mit dem Loch in der Seite und diesem seltsamen Zettel erzählte. »Die Kamera war auf die Dusche gerichtet?«, fragte sie, und als Neil das bejahte, meinte Magdute: »Ah, okay«, mehr nicht. Als er nach einer Weile fragte, ob sie noch da sei, sagte sie: »Oh ja«, klang dabei aber irgendwie, als müsse sie sich ein Lachen verkneifen. Er überlegte, ob er sich wohl über eine Bagatelle aufregte oder ob man ihm hier möglicherweise einen Streich spielte. Doch gleich nachdem sie aufgelegt hatten, sagte er sich, dass er das Richtige getan hatte. Er konnte doch nicht für sich behalten, dass in einem Badezimmer eine geheime Kamera eingebaut war. Und es war bestimmt kein harmloser Streich. Das Loch in der Bonbondose war rostig, und die Dose sah aus, als klebte sie schon lange am Regal. Sollte das Ganze ein Streich sein, wäre auch jemand weniger Gutgläubiges darauf hereingefallen, und wenn nicht, nun … Magdute war erwachsen. Jetzt wusste sie Bescheid und sollte damit anfangen, was sie wollte.

Neil war also keineswegs unglücklich, dass Magdute nach Paris kam, nur würde sich das Treffen mit ihr möglicherweise etwas steif gestalten. Und es war etwas unbequem. Vom Gare du Nord kam man mit der Metro nicht gut zum Archiv, und er würde alle seine Bücher und Papiere mitschleppen müssen, wenn er von dort aus direkt zur Arbeit wollte. Und es war ja nicht so, als wäre er mit Magdute befreundet. Andererseits jedoch war es auch nicht so, als riefe jeden Tag bei Neil ein Mädchen an, das mit ihm Kaffee trinken wollte.

Ihr Anruf erinnerte ihn daran, dass er seinem Vater gar nicht das Weihnachtsgeschenk von ihrer Mutter geschickt hatte. In der Einkaufstüte, die Magdute ihm an der Bushaltestelle gegeben hatte, war ein Paket litauischer Kaffee gewesen, außerdem Wollsocken und mehrere nicht sonderlich vorteilhafte Fotos von einer Frau vor einem Weihnachtsbaum. Keine besonders tollen Geschenke, und sie zeigten, dass Neils Vater und Magdutes Mutter sich nicht sonderlich gut kannten, denn Neils Vater trank gar keinen Kaffee.

Das Problem war nur, dass Neil jedes Mal, wenn er daran dachte, das Paket zu verschicken – und er hatte wirklich daran gedacht, mehrmals sogar –, an Barrys Haus und das Mädchen im Partykleid erinnert wurde, das er hinter der Tür gesehen hatte. Ihr Gesichtsausdruck machte alles noch komplizierter. Offensichtlich wollte sie nicht gesehen werden, und das Knarren der Badezimmertür hatte sie erschreckt. Aber ihr Gesichtsausdruck, die Art und Weise, wie ihre Augen groß geworden waren und sie zwei Finger an den Mund hielt – Neil war immer noch nicht sicher, ob sie ihn bat, leise zu sein, oder irgendwie seine Hilfe brauchte. Jedes Mal, wenn Neil anfing, nach einem Karton zu suchen, in dem er die Geschenke nach Hause schicken konnte, musste er an das letzte Mal denken, als ihn jemand so angesehen hatte, und schon kam er wieder zu dem Schluss, dass sein Vater nicht erfahren durfte, dass er in Swindon gewesen war. Lieber sollte sein Vater glauben, er hätte sich gedrückt und wäre nie hingefahren, als dass Neil ihm von dem Haus mit den Bildern nackter Frauen und der Kamera im Arzneischränkchen erzählen musste.

Ältere Männer, die verdächtige, vermutlich illegale Dinge mit jungen Frauen anstellten, waren ein Thema, das Neil seinem Vater gegenüber nie im Leben freiwillig anschneiden würde, da dieser als Englischlehrer mehr oder weniger entlassen worden war, weil es da Probleme mit einer Schülerin gegeben hatte. Es war in ihrem kleinen Ort ein Riesenskandal gewesen, wochenlang in den Schlagzeilen der örtlichen Zeitung, als Neil die achte Klasse besuchte. Das Mädchen war auch in der Achten, was alles nur noch schlimmer machte, und nach einer einzigen, schrecklichen Konfrontation, während der Neil seinem Vater hässliche Dinge an den Kopf geworfen und dieser daraufhin geweint hatte, erwähnte keiner von beiden diese Angelegenheit jemals wieder.

Das Mädchen hieß Becca Gallegos. Neil kannte sie schon ewig. Als Neils Eltern sich scheiden ließen, zog er mit seiner Mom in einen Trailerpark, in dem auch Beccas Familie wohnte, und die beiden machten mit ihren Fahrrädern gemeinsam die Gegend unsicher oder buddelten in Neils Hinterhof nach Schätzen. Becca kam ein Jahr früher zur Schule als Neil, sodass sie erst in derselben Klasse landeten, als Becca ein Jahr wiederholen musste. Nicht, dass sie etwas schwer von Begriff gewesen wäre. Es lag eher daran, dass in ihrer Familie nicht alles zum Besten stand und sie deshalb oft nicht am Unterricht teilnahm. Was, wie Neils Vater sagte, der Grund war, weshalb sie ein wenig Aufmerksamkeit brauchen konnte.

Als sie in die achte Klasse kam, hatte Becca echte Probleme. Sie schminkte sich die Augen dunkel, lief herum wie ein Gespenst und kritzelte ständig in ihrem Notizbuch herum. Eben dieses Notizbuch wurde Neils Vater zum Verhängnis, als er ihr anbot, etwas von dem zu lesen, was sie geschrieben hatte, und sie nach dem Unterricht noch dabehielt, um mit ihr darüber zu diskutieren. Irgendwann erzählte Becca überall herum, Neils Dad hätte sie unsittlich berührt, woraufhin ihr Vater damit drohte, die Schule zu verklagen.

Eine Weile wurde es richtig unangenehm. Neils Vater tat sich keinen Gefallen damit, dass er die Schulleitung mit der Inquisition verglich und wetterte, die Schule, ja, das ganze Schulsystem vernachlässige die Förderung literarischer Talente. Er meinte, er hätte sie nie angerührt, doch sie hielt an ihrer Behauptung fest. Es kam zu einer Anhörung, aber offenbar gab es keinen Beweis für irgendwas, und Becca erstattete auch keine Anzeige, also gab man Neils Dad die Möglichkeit zu kündigen, damit er seine Pension behielt.

Neil wäre mit der ganzen Sache sehr viel besser klargekommen, wenn er nicht mit Sicherheit gewusst hätte, dass sein Dad log. Wenn die Kinder im Bus riefen: »Hey, Beart, was treibt der alte Kinderschänder?«, und lachten, als wäre das zum Schreien komisch, wurde er ganz blass, aber er konnte schwerlich was dagegen sagen. Er hatte sich nur tiefer in seinen Sitz gedrückt und Muster auf die beschlagene Schulbusscheibe gemalt.

Neil hatte in London Professor Piots Seminar »Methodik der Historischen Analyse« belegt, und sie hatten über die Theorie der *Pfadabhängigkeit* gesprochen, bei der Ereignisse in einer Art Kettenreaktion geschahen, wie beim Dominoeffekt. Ein Ereignis löste ein zweites aus, welches ein drittes nach sich zog, wodurch sich ein viertes nicht vermeiden ließ, was notwendigerweise zu einem fünften führte und so weiter. Geschichte steuerte unausweichlich auf eine von vornherein feststehende Schlussfolgerung zu. Es war eine Betrachtungsweise, die Professor Piot und – wie zu erwarten – alle ernst zu nehmenden Historiker missbilligten, denn eine pfadabhängige Erklärung vernachlässigte beispielsweise hinsichtlich der Frage, wieso der vierte Kreuzzug mit der Plünderung von Konstantinopel statt mit der Wiedereroberung des Heiligen Landes geendet hatte, die tausend unberechenbaren Nuancen des Wie, Warum und Wann, ganz zu schweigen von der Rolle, die Entscheidungen einzelner Individuen dabei spielten. Die Kluft zwischen der orthodoxen und der römisch-katholischen Kirche mochte der Konfrontation zwischen Ost und West den Weg geebnet haben, aber wer konnte schon sagen, ob die Kreuzritter ihre christlichen Brüder und Schwestern geplündert hätten, wenn ihr Anführer nicht bei einem Festgelage von einem Anwärter auf den byzantinischen Thron umgarnt worden wäre? »Zweifeln Sie am Anspruch auf Unausweichlichkeit«, sagte Professor Piot gern.

Da war Neil natürlich seiner Meinung. Und doch ließ sich nur mit Hilfe der Pfadabhängigkeit erklären, wie die Sache mit Becca Gallegos passiert war. Hätte seine Mutter nicht darauf bestanden, morgens im Auto Nachrichten zu hören, wenn sie ihn zu Schule fuhr, dann hätte er nie erfahren, dass es in Großbritannien Bemühungen um unterhausähnliche Wahlen für das Oberhaus gab. Und hätte er davon nie erfahren, hätte er auch die Frage: »Aus welchen zwei gesetzgeberischen Instanzen besteht das britische Parlament?« nicht richtig beantworten können, was Neils Team zum Gewinn der Bezirksausscheidung des *Knowledge-Bowl*-Wettbewerbs und zur Teilnahme an dessen landesweitem Finale verhalf. Hätten sie sich nicht für das Finale qualifiziert, hätte Neil keine elterliche Erlaubnis für den zweitägigen Ausflug nach Colorado Springs gebraucht. Und hätte er keine Unterschrift für diese Erlaubnis gebraucht, wäre er nicht eines Nachmittags nach der Schule zum Klassenraum seines Vaters gegangen. Er hätte die Tür nicht verschlossen vorgefunden, und als er sie einen Spalt weit öffnete, um nachzusehen, ob sein Vater da war, hätte er nicht seinen Vater und Becca Gallegos gesehen, Becca an einem der Schülertische sitzend und sein Vater mit dem Rücken zur Tür gewandt, während er sich über sie beugte, als korrigierte er ihren Aufsatz. Eben hatte Neil fragen wollen, ob er kurz stören dürfe, um eine Unterschrift auf seinem Formular zu bekommen, als er seinen Vater sagen hörte: »Du musst keine Angst haben«, während er mit der Hand über Beccas Haare strich, dann neben ihr niederkniete und den Saum ihrer Shorts herunterkrempelte, um mehr von ihrem Oberschenkel zu bedecken, als kümmerte er sich persönlich um die Kleiderordnung der Schule. In diesem Moment knarrte der Türgriff, an dem Neil sich festhielt. Becca blickte auf, und für einen kurzen Moment, der nur den Bruchteil einer Sekunde gedauert haben konnte, sich aber viel länger anfühlte, starrte sie Neil in der Tür an. Bis er dieses Mädchen hinter der Tür in Swindon gesehen hatte, war Neil ein solcher Blick erst einmal begegnet, als er noch ganz klein gewesen war und ein Reh fand, das sich mit einem Bein im Zaun verfangen hatte. Die Augen, weit aufgerissen, suchten eine Möglichkeit zu fliehen, fanden nichts, blinzelten hektisch. Neil schloss die Tür so leise wie möglich und verpasste um ein Haar das *Knowledge-Bowl-Finale*, weil er warten musste, bis seine Mutter von einer Konferenz wiederkam, damit sie ihm das Formular unterschrieb. Denn sein Vater durfte nie, nie, nie erfahren, was er gesehen hatte.

Nichts von alledem war an sich etwas Schlimmes, aber es war erheblich mehr als das, was Neils Vater zugegeben hatte. Es habe keinerlei körperlichen Kontakt zwischen ihnen gegeben, absolut gar keinen, hatte Neils Vater gesagt. Und Beccas Aussage, er habe gemeint, sie sei ein hübsches, junges Ding, und er wolle ihr dabei helfen, sich frei zu entfalten, sei ein großes Missverständnis. Er hatte ihr Mut machen, ihr zu etwas Selbstbewusstsein verhelfen wollen, und sie hatte seine Worte offensichtlich falsch interpretiert.

Neil hatte seinem Vater nie gesagt, dass er ihm nicht glaubte. Er wollte nicht zugeben müssen, dass er mehr wusste als das, was man sich auf den Schulfluren erzählte, doch Beccas Blick hatte ihm unmissverständlich verraten, dass hier etwas passiert war, das nicht hätte passieren dürfen, und es gab keinen ersichtlichen Grund, warum sein Dad sich an ihren Shorts hätte zu schaffen machen sollen.

Das Ganze endete für Becca noch schlimmer als für seinen Vater, weil dieselben Leute, die Neils Dad in Leserbriefen als Lustmolch beschimpft hatten, nun verkündeten, sie habe die Situation ausgenutzt und ihr Dad wolle nur der Schule Geld aus dem Kreuz leiern. Das war gut möglich, denn schon kurz nach der Anhörung schaltete sich das Jugendamt ein und gab Becca und ihre Schwestern zu Pflegeeltern. »Das wurde auch Zeit«, hatte Neils Mutter gesagt. Sie war nur selten geneigt, sich auf die Seite seines Vaters zu schlagen, aber als Sozialarbeiterin hatte sie oft genug mit häuslicher Gewalt zu tun, und obwohl sie in ihrem Beruf absolute Vertraulichkeit wahrte, musste man kein Genie sein, um herauszuhören, dass die Gallegos-Kinder es schwer hatten.

Allein Neil wusste, dass Becca nicht log, zumindest nicht völlig, und er fürchtete, sie könnte der Schulleitung erzählen, dass Neil sie und seinen Vater an diesem Nachmittag zusammen im Klassenzimmer gesehen hatte. Tagelang bekam Neil kein Wort von dem mit, was im Unterricht behandelt wurde, weil er nur darauf wartete, dass man ihn zum Direktor bestellte. Doch obwohl Becca einen Zeugen brauchen konnte, hatte sie nie ein Wort gesagt. Es machte alles nur noch schlimmer, wenn er davon ausgehen musste, dass Becca ihn *beschützte,* als wären sie wieder kleine Kinder und Becca würde Neils Mutter Rede und Antwort stehen, wo all die Schachteln mit dem Wackelpeterpulver geblieben waren, damit Neil nicht seinen kirschroten Mund aufmachen musste. Eines Nachmittags stand Neil vor dem Büro des Direktors, als die Sache inzwischen ein Riesenskandal geworden war, und kämpfte mit sich, ob er reingehen und beichten sollte, was er gesehen hatte. Am Ende aber brachte er es doch nicht über sich – nicht so sehr aus Loyalität gegenüber seinem Vater als aus der Verlegenheit eines Achtklässlers bei der Vorstellung, Ms Schisler erzählen zu müssen, dass er die Hand seines Vaters auf Beccas Bein gesehen hatte.

Es schlug ihm richtig auf den Magen. Neil hatte wochenlang Bauchschmerzen, und als seine Mom merkte, dass er nichts aß, wollte sie ihn schon überreden, mit einem ihrer Therapeutenfreunde zu sprechen. Sie bot ihm sogar an, mitten im Jahr die Schule zu wechseln was bedeutet hätte, dass er jeden Tag nach Pueblo hätte fahren müssen. Aber Neil sträubte sich. Er wollte nicht mit irgendeinem Hippie-Therapeuten sprechen, und die Schule zu wechseln, würde nichts daran ändern, dass sein Dad ein Lügner war und Neil ein Feigling. Außerdem war Becca Gallegos inzwischen nach Pueblo gewechselt, nachdem jemand groß SCHLAMPE an ihren Spind geschmiert hatte. Ganz sicher wollte er nicht jedes Mal den Blickkontakt meiden, wenn er auf dem Schulflur an ihr vorbeikam, und auch nicht daran erinnert werden, dass er wahrlich kein Held war.

Rückblickend hätte es ihn nicht überraschen sollen, dass sein Vater etwas bestritt, das zweifelsfrei passiert war. So machte er es eigentlich immer. Aus einem Sortiment plausibler Realitäten wählte sein Vater die Version der Ereignisse, die ihm genehm war. So machte er es mit Neils Mutter, als sie ihn verließ, nachdem sie sich in Carl, ihren Jazzercise-Lehrer verliebt hatte, als hätte er vergessen, wie schlimm sie sich schon gestritten hatten, als es im Ort noch gar kein Fitnessstudio gab. Er machte es, als er Streit mit den Leuten vom Landverwaltungsamt darüber bekam, zu wessen Grundstück die Bäume auf Pops hinterer Weide gehörten, und er machte es ganz besonders hinsichtlich gewisser Fakten über Neils Großmutter. Neils Vater war schon so sehr daran gewöhnt, sich aussuchen zu können, was er glauben wollte, dass er auch für die Sache mit Becca Gallegos die passende Version gefunden hatte.

Daher wusste Neil genau, wovon Professor Piot sprach, als er Neil und die anderen Forschungsassistenten davor warnte, aus persönlichen Gründen eine bestimmte Version historischer Ereignisse zu bevorzugen. Durch zu große emotionale Nähe konnte sich selbst ein gewissenhafter Historiker der Voreingenommenheit schuldig machen. Diesem Problem begegneten sie oft bei den Dokumenten im Zusammenhang mit Saint-Jacques-de-la-Boucherie. Die offiziellen Berichte waren meist von Leuten verfasst, die allzu sehr auf Seiten der Kirche standen, und es fanden sich alle möglichen Ungenauigkeiten: Beispielsweise hieß es, sie sei ursprünglich die erste Kirche gewesen, die der heiligen Anna gewidmet worden war, lange bevor der Kult überhaupt seinen Weg nach Frankreich gefunden hatte. Es war absolut verständlich, dass ein Priester oder ein Mönch, der sein ganzes Leben dem Dienst in einer bestimmten Kirche gewidmet hatte, dazu neigte, deren

Bedeutung zu betonen, doch unter historischen Gesichtspunkten war das nicht gut. »Wer sich in sein Thema verliebt, wird nur die Antworten finden, die er schon kennt«, sagte Professor Piot.

Auf Französisch klang das zwar besser, aber zu Neils Vater passte es perfekt. Bei ihrem letzten Telefonat im Januar hatte Neil ihn darauf hinweisen wollen, aber es nahm kein gutes Ende. Dabei war es nicht um Becca Gallegos oder irgendetwas in der Art gegangen – zumindest nicht direkt. Es ging um Neils Großmutter, und obwohl speziell dieses Thema Neil eigentlich immer unangenehm war, hätte es auch um irgendwas anderes gehen können.

Es war Neils Geburtstag gewesen, und er hatte sich schon gewundert, dass sein Vater anrief. Seine Mutter hatte ihm ein Päckchen mit Brownies und eine E-Card geschickt, die ihn am Morgen weckte, aber sein Dad war kein Mensch, der sich an Geburtstage erinnerte, und normalerweise schickte er Neil mit ein, zwei Wochen Verspätung einen Scheck. Nicht, dass es seinem Vater egal gewesen wäre. Er konnte sich einfach keine Daten merken.

Wie sich herausstellte, hatte sein Vater gar nicht an Neils Geburtstag gedacht. Nach kurzem Hallo plauderte er sofort los, was Neil verriet, dass er auf die passende Gelegenheit wartete, ein völlig anderes Thema anzuschneiden. Er fragte Neil nach dem Wetter in London – das *kalt* war, Januar, es hatte gerade aufgehört zu regnen und Neil wich auf dem Weg zur Uni halb gefrorenen Pfützen aus. Zu Hause sei es auch kalt, sagte sein Vater. Die Rohre im alten Brunnenhaus seien gefroren, und dem Wetterbericht nach würden sie noch mehr Schnee bekommen. Neils Vater erkundigte sich nach seinem Studium. Neil meinte, es liefe gut. Sein Vater fragte, ob Neil schon Gelegenheit hatte, die Weihnachtsgeschenke von der Tochter seiner Freundin in Swindon abzuholen. Noch nicht, meinte Neil, aber ganz bestimmt am nächsten Wochenende.

Neil wartete darauf, dass sein Vater ihn fragte, ob er denn an seinem Geburtstag schon etwas vorhatte, was tatsächlich der Fall war – Veejay hatte eine Flasche mit grünem Zeug gekauft, das angeblich Absinth sein sollte, und die Mädchen von gegenüber wollten kommen, um sich das Spiel gegen Chelsea anzusehen. Stattdessen sagte sein Vater: »Es gibt da ein neues Buch über deine Oma«, und Neil merkte, dass das der eigentliche Grund für den Anruf seines Vaters war. Mit *Oma* war nicht Nan gemeint, sondern Neils biologische Großmutter Inga Beart. *Die* Inga Beart, deren Bücher im Englischunterricht ein unausweichliches Hindernis zum Bestehen der zehnten Klasse waren. Obwohl sein Vater sie nie kennengelernt hatte, bestand er doch darauf, sie *Oma* zu nennen, wenn er mit Neil sprach, als hätten er und Neil sie tatsächlich gekannt.

»Ach, ja?«, sagte Neil. Das Buch war im *Guardian* gut besprochen worden, doch das behielt Neil lieber für sich.

»Von einem Kerl namens Bristol«, sagte sein Vater. »Ein echter Schmierfink. Man glaubt ja nicht, was die Leute heutzutage alles so zusammenschreiben.«

»Mh-hm«, machte Neil. Er wusste, was seinem Vater an diesem Buch nicht gefiel. Darin stand, Inga Beart hätte ein Kind bekommen, es im Stich gelassen und keines weiteren Gedankens gewürdigt.

Neils Vater räusperte sich. »Na ja, ich dachte nur … Wenn ich einen Beweis finden könnte …«

Da sie telefonierten, konnte Neil ungestraft mit den Augen rollen. Eine berühmte Großmutter zu haben war peinlich, und Neil hatte sich längst angewöhnt, zu Beginn eines jeden neuen Semesters zu lügen, wenn der Professor seinen Namen aufrief und sagte: »Sie sind nicht zufällig verwandt mit …?« Aber er hatte keinen Streit anfangen wollen, als er seinen Vater darauf hinwies, dass er etwas verbissen klang, dass der Typ, der das Buch geschrieben hatte, ein angesehener Professor in Oxford war und dass es langsam Zeit wurde, dass sein Vater sich mit seinen persönlichen Problemen auf eine Art und Weise auseinandersetzte, die sich nicht darauf versteifte, nach Unstimmigkeiten in der Forschung echter Wissenschaftler zu suchen, die eigentlich einen ganz guten Überblick haben sollten, was im Leben einer Frau, die sein Vater gar nicht kannte, passiert war oder auch nicht.

Im Nachhinein war es unfair gewesen, so etwas zu sagen. Noch nie hatte Neil die Theorien seines Vaters zu Inga Beart bezweifelt. Aber es war sein Geburtstag, und sein Vater beschäftigte sich lieber mit der Bearbeitung fünfzig Jahre alter Details, als daran zu denken, dass Neil heute zwanzig Jahre alt wurde.

Vielleicht hatte Neil – als sein Vater wieder von der alten Geschichte anfing, er hätte als Kind Inga Bearts Schuhe gesehen – ihn deshalb darauf hingewiesen, dass unmöglich stimmen konnte, was er da erzählte. Neils Dad hatte einen Moment geschwiegen und dann gesagt: »Na gut, vielleicht hätte ich lieber nicht davon anfangen sollen«, wobei er verletzt klang.

»Sei doch vernünftig, Dad«, sagte Neil. Er hatte ein schlechtes Gewissen, aber sein Vater versuchte, die Fakten im Leben seiner berühmten Mutter so hinzudrehen, dass er sich damit besser fühlte, und genau davor hatte Professor Piot seine Studenten gewarnt.

»Ich bin vernünftig. Sie hat uns auf der Ranch besucht. Ich saß unter dem Tisch und konnte nur ihre Füße sehen. Wie könnte ich ihre Füße gesehen haben, wenn sie gar nicht da war?«

»Vielleicht hast du sie gar nicht wirklich gesehen«, sagte Neil. »Erinnerungen können täuschen. Man glaubt, was man glauben möchte. Das passiert immer wieder.« Neil war ziemlich sicher, dass sie beide das Thema »Wahrheit und Lüge« besser meiden sollten.

»Ich war doch dabei, oder nicht? Himmelherrgott nochmal, ich *erinnere* mich daran!« Neil merkte der Stimme seines Vaters an, dass er sich in Rage redete, und er wünschte, er hätte ihn einfach auf die Mailbox sprechen lassen. Er musste vor dem Unterricht noch einiges lesen.

Aber heute hatte er Geburtstag. Er war zwanzig Jahre alt, erwachsen, und wie Professor Piot sagte, musste man sich manchmal mit den Fakten abfinden.

»Die Daten stimmen nicht, Dad«, sagte Neil. »Du warst zwei Jahre alt, als Inga Beart die Staaten verlassen hat, oder? Selbst wenn du sie gesehen hättest, könntest du dich nicht daran erinnern.« So etwas hatte er zu seinem Vater noch nie gesagt, und er war direkt beeindruckt von sich.

»Das stimmt nicht – ab einem Alter von zwei, drei Jahren können sich Kinder erinnern. Es gibt da Studien …«

»Aber du bist der Einzige, der glaubt, dass es passiert sein könnte«, sagte Neil. »Alle anderen sagen, sie wäre nie zurückgekommen.«

»Manchmal liegen alle anderen eben falsch, mein Sohn«, sagte sein Vater, und Neil war ziemlich sicher, dass sie nicht mehr nur über Inga Beart und darüber sprachen, ob sie der Ranch einen heimlichen und nirgendwo belegten Besuch abgestattet hatte, an den sich weder Nan noch Pop oder sonst jemand erinnern wollte.

Es folgte längeres Schweigen in der Leitung. Neil trat in eine knöcheltiefe Pfütze, die unter totem Laub verborgen war, und vergaß fast, beim Überqueren der Oxford Street nach rechts statt nach links zu blicken, weil ihm einfiel, dass sein Vater *Du musst mir glauben* gesagt hatte, an jenem Tag, als Neil noch in die achte Klasse ging und ihn direkt auf Becca Gallegos angesprochen hatte. Auch damals hatte er ihn *mein Sohn* genannt. *Mein Sohn, du musst mir das glauben.*

»Okay, na gut, ist ja auch egal«, sagte Neil, was irgendwie nicht so freundlich herauskam, wie es gemeint war. Sein Handy piepte und zeigte ihm an, dass er noch einen anderen Anruf bekam. Er sagte: »Kleinen Moment mal eben«, und als er versuchte, seinen Vater kurz warten zu lassen, unterbrach er versehentlich die Verbindung. Es stellte sich heraus, dass es gar kein Anruf war, sondern nur eine SMS, weil sich sein Guthaben dem Ende zuneigte. Neil hätte seinen Vater zurückgerufen, aber es reichte nicht mehr für ein Auslandsgespräch. Er hätte sein Guthaben auf dem Weg zur Uni aufstocken können, hatte aber keine Lust. Einer seiner Schuhe war aufgeweicht, und der Fuß halb gefroren. Eine Weile glaubte Neil noch, sein Vater würde zurückrufen, um sich zu entschuldigen, dass er ihm nicht gratuliert hatte, doch das tat er nicht, und etwa eine Woche später fand Neil eine Geburtstagskarte und einen Scheck in der Post.

Das war im Januar gewesen. Inzwischen war Juni, und nach Magdutes Anruf plagte Neil für den Rest von Professor Piots Vortrag das schlechte Gewissen, weil er seinem Vater das Geschenk von ihrer Mutter immer noch nicht geschickt hatte. Das letzte Telefonat mit seinem Vater war mittlerweile so lange her, dass der es vermutlich längst vergessen hatte. Wenn ihn das Paket erst erreichte, würde er vielleicht gar nicht mehr wissen wollen, wie Neils Ausflug nach Swindon gewesen war, und falls doch, konnte Neil immer noch behaupten, Magdute würde bei Freunden wohnen. Er wusste gar nicht, wieso ihm diese Lüge nicht früher eingefallen war. Die Einkaufstüte, die Magdute ihm gegeben hatte, lag in seinem Koffer, zusammen mit dem Jackett und der Anzughose, die er nach Paris mitgenommen, aber bisher noch kein einziges Mal gebraucht hatte. Als er vom Unterricht nach Hause kam, stopfte er die Geschenke in seinen Rucksack und nahm sich vor, sie am Nachmittag auf dem Heimweg vom Archiv bei der Post aufzugeben. Wenn er etwas früher losging, konnte er es zum Postamt am Hôtel de Ville schaffen, solange es noch geöffnet hatte, und gleich daneben gab es einen Blumenstand. Wenn er welche finden konnte, die noch nicht ganz aufgeblüht waren, und nicht vergaß, sie in eine Vase zu stellen, wären sie noch frisch genug, um sie Magdute am nächsten Morgen mitzubringen.

An diesem Nachmittag kam Neil jedoch erst um Viertel vor sechs aus dem Archiv, was bedeutete, dass er für Postamt und Blumenstand zu spät dran war. Er hatte Dokumente aus der Abtei von Saint-Jean-d'Angély angefordert, wo mittelalterliche Pilger auf ihrem Weg nach Spanien Station gemacht hatten, um sich den Kopf von Johannes dem Täufer anzusehen. Es hieß, hundert singende Mönche hätten sich bei Tag und Nacht um die Reliquie versammelt. Es sagte etwas über die mittelalterliche Weltsicht aus, wenn so viele schlaflose Stimmen unablässig das Loblied auf einen Enthaupteten sangen, und er versuchte herauszufinden, ob es ein Kopf mit Haut und Haaren oder nur ein Schädel gewesen war. Die Reliquie ging während der Religionskriege im 16. Jahrhundert verloren. Neil war dabei auf ein dünnes Bündel von Schriften gestoßen, darunter der Reisebericht eines Mönchs aus Rouen, der im 13. Jahrhundert zum Geburtsort des heiligen Jakobus in Spanien gepilgert war.

Neil wollte wissen, ob der Mönch etwas davon erwähnte, dass er in Paris auch die Kirche von Saint-Jacques-de-la-Boucherie besucht hatte. Am Ende des Dokuments fand sich etwas, das Professor Piot als *colophon* bezeichnete, eine Beschreibung des Manuskripts, die Jahrhunderte später von einem Historiker der Abtei hinzugefügt worden war, und hier begann Neil mit seiner Übersetzung. Wenn stimmte, was im *colophon* geschrieben stand, und es sich tatsächlich um einen authentischen Bericht eines Pilgers handelte, wäre das eine echte Entdeckung. Im 12. Jahrhundert war ein berühmter Pilgerführer verfasst worden, und im 14. Jahrhundert hatten einige reiche oder bedeutende Pilger ihre Eindrücke niedergeschrieben, aber es gab keine näheren Informationen aus dem 13. Jahrhundert, als es auf den Straßen besonders gefährlich war und die Kirchenoberen in Sorge um die vielen Büßer und Abenteurer waren, die sich auf dem Kontinent herumtrieben. Ein wohliger Schauer durchfuhr Neil bei dem Gedanken daran, dass er in dieser staubigen Dokumentenkiste aus Saint-Jean-d'Angély möglicherweise auf etwas völlig Neues gestoßen war.

Bis er jedoch das krakelige Latein des Abteihistorikers entziffert hatte, um sich dem Bericht des Mönchs zu widmen, war es längst zu spät fürs Postamt, und die Leute vom Archiv fingen schon an, die Lichter zu löschen. Er war der Letzte in der Schlange, der seine Dokumente den ernsten Männern in ihren grauen Kitteln am Tresen zurückgab. Er versuchte zu erklären, dass sie den Saint-Jean-d'Angély-Karton einfach irgendwo beiseitestellen konnten, weil er gleich morgen früh wieder da wäre und sie ihn deshalb gar nicht erst wieder hinunter in die dunklen Katakomben des Nationalarchivs schicken bräuchten, die Neil natürlich noch nie gesehen hatte, die er sich aber als Eingeweide von Paris vorstellte, nicht nur randvoll mit morschen Kisten, sondern auch mit ausgemusterten Metro-Waggons und Reserve-Guillotinen, Statuen diverser Napoleons und wartenden Ersatz-Dauphins.

Einer der Männer im grauen Kittel hörte sich Neils Ausführungen an, dann erklärte er ihm, er müsse die Dokumente ohnehin nochmal neu anfordern. Der Karton verschwand unter dem Tresen, und Neil stellte sich vor, wie er in ein Rohrsystem gesteckt wurde und mit einem *Wup* schon weg war. Er würde das gelbe und das grüne Formular noch einmal ausfüllen und sich einen neuen Stempel vom Oberarchivar besorgen müssen, wenn er wissen wollte, ob der Mönch aus Rouen die alte Kirche von Saint-Jacques-de-la-Boucherie in Paris besucht hatte.

Am nächsten Morgen drückte Neil viermal die Schlummertaste an seinem Wecker, dann wachte er in Panik auf und musste so schnell duschen, dass das Wasser gar nicht warm wurde. Eigentlich hatte er etwas früher am Bahnhof sein wollen, um Magdute dort Blumen zu kaufen, aber als er am Gare du Nord aus der Metro stieg, war es schon nach sechs.

Eigentlich hatte sich Neil die Blumen längst aus dem Kopf geschlagen – wenn er es recht bedachte, war er gar nicht mehr so sicher, ob Blumen überhaupt angemessen waren –, nur hatte er vor lauter Eile vergessen, sich die Zähne zu putzen. Er brauchte dringend ein Kaugummi. Ein Zeitungsverkäufer kam mit seinem Karren vorbei, in der Hand einen Eimer mit Rosen, jede einzelne in Zellophan gewickelt. Neil winkte ihm stehen zu bleiben. Er kaufte eine Rose, nahm lieber eine weiße als eine rote, doch als er sich nach Kaugummi erkundigte, wühlte der Mann nur kopfschüttelnd zwischen den Schokoriegeln und Chipstüten herum. Am anderen Ende vom Bahnhof gab es einen richtigen Zeitungsstand, doch bevor Neil dort ankam, sah er Magdute schon an der Information stehen, mit einem alten Koffer und einem Karton unterm Arm, ein Fixpunkt im steten Strom der Reisenden. Sie hob die Hand und winkte ihm.

»Hi«, sagte er, als sie es durch die Menschenmenge geschafft hatte. Er beugte sich vor, für dieses Ritual mit den Wangenküsschen. Auch sie beugte sich vor, doch im letzten Augenblick wurde Neil unsicher, weil er nicht wusste, in welche Richtung sie sich wenden würde. Er wollte noch schnell die Seite wechseln, was zur Folge hatte, dass sie einander um ein Haar auf die Lippen geküsst hätten, und so ließen sie es lieber ganz sein.

»*Bienvenue*«, sagte er und reichte ihr die Blume. Schon jetzt war die Blüte zu schwer für ihren Stängel.

»Okay, so schön«, sagte sie.

»Deine Brille gefällt mir«, sagte Neil. Mädchen zu Beginn eines Gesprächs erstmal ein Kompliment zu machen war so eine Angewohnheit von ihm. Wie üblich stand er nur wie ein Idiot da, denn sofort nahm Magdute ihre Brille ab und ließ sie samt Etui in ihrer Handtasche verschwinden, mit den Worten: »Die trage ich nur manchmal.«

»Aber sie steht dir«, sagte Neil. »Ich meine, sie passt zu dir.«

»Nett, dass du sagst«, meinte Magdute.

»Wie lange hast du denn Zeit, bis dein Bus fährt?«, fragte Neil. »Wollen wir was frühstücken?«

»Ja, dafür reicht bestimmt«, sagte Magdute.

Ihr Koffer kippte um, als sie ihn rollen wollte, also hob Neil ihn auf und trug ihn rüber zu den Gleisen, wo es ein kleines Café direkt auf dem Bahnsteig gab. Magdute suchte sich mit ihrem Gepäck einen Platz, und Neil ging los, um ihnen Kaffee und was Süßes zu holen. Er wusste nicht, wie Magdute ihren Kaffee am liebsten trank, also nahm er eine Handvoll Zuckerpäckchen mit.

Als er zum Tisch zurückkam, hatte Magdute ihre Brille wieder aufgesetzt, nahm sie aber schnell ab, als sie ihn sah. Er konnte gar nicht glauben, dass sie deswegen so unsicher war.

»Ich wusste nicht, ob du großen Hunger hast«, sagte Neil und stellte die süßen Teilchen ab. »Es gab da auch Baguettes.«

»Nein, das reicht mir, wirklich«, sagte Magdute.

Sie nahmen einen Schluck Kaffee, der schmeckte, als hätte man ihn frisch von den Schienen gekratzt, und griffen beide gleichzeitig nach den Zuckerpäckchen. »Ich hoffe, ich habe genug mitgebracht«, sagte Neil.

Sonnenlicht fiel durch das gelbe Glas im Gewölbe der Bahnhofshalle und warf ein Schattenmuster auf den Boden. Vögel flatterten umher und pickten an einer alten Brioche herum. Eine deutsche Familie am Nachbartisch spielte Karten. Bremsen zischten, und ein Glockensignal erklang jedes Mal, wenn ein Zug einfuhr und sich am Bahnsteig entlangschlängelte. Als Neil aufblickte, war Magdutes *Pain au chocolat* schon weg, und sie leckte an einem Finger, um die Krümel aufzupicken. Neil wünschte, er hätte ihr auch noch eine Apfeltasche mitgebracht.

»Und bist du auf dem Weg nach Hause?«, fragte Neil.

»Ja«, sagte sie. »Ich hab verloren meine Job in Swindon, und zu finden eine neue, ist nicht so einfach, also ich fahre lieber nach Hause.«

»Das ist wirklich schade«, sagte Neil.

»Nein, ist schon okay, wirklich. Ich glaube, von England ich habe ein bisschen genug. Meine Wohnsituation ist nicht so gut, und in Vilnius will meine Mutter gerade ein Pizzeria eröffnen, also kann ich da vielleicht helfen.«

»Ach ja«, sagte Neil, da sie es schon selbst erwähnte. »Dieser Australier war definitiv seltsam.«

»Welcher Australier?«

»Dieser Typ, Barry«, sagte Neil.

»Nein, von da ist er nicht.«

»Aber er klang wie ein Australier«, sagte Neil.

»Er kommt aus Afrika.«

»Tatsächlich?«, fragte Neil.

»Ja. Du kennst Rhodesien?«

»Mehr oder weniger«, sagte Neil. »Aber schräg ist er schon, oder?«

»Stimmt«, sagte Magdute.

Neil hätte gern nachgehakt und erfahren, was passiert war, nachdem er ihr von der Kamera erzählt hatte, aber er wusste, dass es ihn nichts anging.

»Und wie lange brauchst du bis nach Hause?«, fragte Neil.

»Anderthalb Tage, schätze ich«, sagte sie.

»Das ist aber eine lange Busfahrt«, sagte Neil, und dann schwiegen beide eine Weile. Magdute pickte immer noch Krümel von ihrer Serviette, obwohl gar keine mehr da waren.

»Ich hab richtig Hunger«, sagte Neil. »Ich gehe uns ein Sandwich holen. Was möchtest du? Schinken?«

»Nein, wirklich, geht schon«, sagte Magdute.

Neil kaufte ein Schinken-Sandwich, eins mit Ei und Käse und eine Apfeltasche, dann brachte er alles an den Tisch.

»Hör mal«, sagte er. »Was ich dir da erzählt habe … Ich hoffe, die Lage zwischen dir und diesem Typen wurde nicht allzu schräg. Ich meine, natürlich war es schräg, aber ich hoffe, ich habe dir keine Angst eingejagt.«

»Ach, nein«, sagte Magdute. Sie machte nicht den Eindruck, als wollte sie noch etwas dazu sagen.

»Und hast du was anderes gefunden?«, fragte er.

»Was anderes?«

»Du weißt schon … zum Wohnen.«

»Nein, ich war ganze Zeit in Barrys Haus«, sagte Magdute.

Am Nachbartisch hatte die deutsche Mutter das Kartenspiel gewonnen. Drei Militärwachen mit Sturmgewehren marschierten im Gleichschritt über den Bahnsteig. Neil dachte an das Archiv mit seinen langen Tischen und den Lampen mit ihren kleinen, grünen Schirmen, an die zugeknoteten Kartons voll vergilbter Dokumente und die alten Männer, die leise in ihre Taschentücher schnäuzten, und wünschte sich dorthin.

»Die Kamera ging gar nicht, wie du gesagt hast«, meinte Magdute. Ihr Sandwich war fast aufgegessen. Neil hatte mit seinem noch gar nicht angefangen. Er schob es ihr zu. Eigentlich hatte er gar keinen Hunger.

»Wie meinst du das?«, sagte Neil. »Natürlich ging sie.«

»Sie ging, ja, aber nicht für Aufnahme. War total falsch verkabelt. Barry versteht nichts von Elektronik. Er fragt sogar, wie man anmacht Fernseher.«

»Ja, aber er kann einen trotzdem sehen, oder?«, meinte Neil.

»Nur in selbe Moment.«

»Trotzdem ist es illegal, was er da macht. Er dringt in fremde Privatsphären ein. Hast du ihm das gesagt?«

Magdute zuckte mit den Schultern.

»Magdute, es ist mein Ernst«, sagte Neil. »Dafür gehört er ins Gefängnis.«

»Also, nein, nicht dafür.«

»Doch«, sagte Neil. »Genau dafür.«

»Es ist kompliziert«, sagte Magdute.

»Nein, ist es nicht. Er könnte die anderen Mädchen erpressen. Er könnte Videos drehen und sie übers Internet verkaufen.« Magdute hatte das Sandwich und die Apfeltasche aufgegessen und faltete ihre Serviette zu einem Schiffchen.

»Das ist Einzige, was ich kann«, sagte sie, während sie den Bug faltete. »Früher konnte ich gut Rosen, hab aber vergessen den Anfang.«

»Hör mal«, sagte Neil. »Meine Mom ist eine Art Therapeutin und hat ständig mit so was zu tun. Du meinst, es sei deine Schuld. Aber es ist nicht deine Schuld. Bestimmt hat er überall im Haus Kameras angebracht. Du musst es der Polizei melden. Ich meine, da wohnen doch noch andere bei ihm, oder? Andere Mädchen?« Vermutlich kam es lauter heraus als nötig, aber er war aufgebracht. Er riss sich zusammen, dachte daran, wie seine Mom mit ihren Klienten sprach, wenn sie im Notfall zu Hause angerufen wurde. »Magdute«, sagte er. »Es ist nicht deine Schuld.«

»Komisch, dass du immer Magdute sagst. Eigentlich heiße ich Magdalena«, meinte sie. »Magdute – ist eher Name für kleine Mädchen.«

Normalerweise wäre Neil jetzt rot geworden, aber er wollte nicht nachgeben.

»Tut mir leid«, sagte er. »Magdalena. Du solltest die Polizei rufen. Wenn du es nicht tust, tue ich es, denn ich finde es echt krank, dass er andere im Badezimmer filmt.«

»Ich sage doch, es war nicht für Internet. Ich habe sie mir genau angesehen.«

»Darum geht es nicht«, sagte Neil und zückte sein Telefon, als hätte er die Nummer der Sittenpolizei von Swindon eingespeichert.

»Ruf nicht die Polizei«, sagte Magdute.

»Ich halte es für meine Pflicht«, sagte er.

»Okay, Neil, das ist kein gute Idee«, sagte sie. »Polizei hilft in diese Fall wirklich niemand und macht Barry viel Ärger. Eigentlich ist er ganz okay manchmal und hat mir sehr geholfen, also tu es bitte nicht, okay?«

Eine Minute lang sahen sie einander an.

»Das ergibt keinen Sinn«, sagte Neil.

»Stimmt«, sagte Magdalena. »Es gibt viel, was ergibt keinen Sinn.«

Danach verlief das Gespräch eher mühsam, besonders als sich herausstellte, dass Magdalena noch gar keine Fahrkarte nach Vilnius hatte und sich dafür von Neil Geld leihen musste. Das Ticket kostete sechzig Euro. Das war fast alles, was Professor Piot ihm pro Woche für seine Arbeit bezahlte, und Neil wusste, dass sie es ihm nie im Leben zurückgeben würde. Er war richtig genervt. Er fühlte sich ausgenutzt, wusste aber, dass er wie üblich nett und freundlich beteuern würde, das sei kein Problem. Trotzdem würde es ihm den ganzen Tag versauen. Und so schob er seinen Stuhl möglicherweise energischer als nötig vom Tisch zurück, als er meinte, er müsse erst einen Geldautomaten suchen. Dabei stieß er versehentlich den Stuhl um, auf dem Magdalena ihren Schuhkarton abgestellt hatte. Neil wollte ihn noch auffangen, doch dabei knallte der Karton gegen ein Tischbein. Der Deckel flog ab, und ein Plastikbeutel fiel heraus. Magdalena stöhnte auf, und als Neil den Beutel in die Hand nahm, war die Naht geplatzt, und weißlich graues Pulver rieselte heraus.

»Scheiße, tut mir echt leid«, sagte Neil und hielt die Hand unter das Loch.

»Oh mein Gott!«, sagte Magdalena. Sie beugte sich unter den Tisch und versuchte zusammenzuschaufeln, was auf dem Boden lag. Neil tat seine Handvoll in den Schuhkarton zurück und bückte sich, um ihr zu helfen. Als feiner, weißer Staub aufwehte, musste er niesen.

Da traf ihn die Erkenntnis dessen, was hier vor sich ging, mit der Macht einer zuschlagenden Zellentür: Magdalena hatte Großbritannien überstürzt verlassen, im Gepäck ein prallvoller Beutel mit weißem Pulver. Hatte Barry sie dazu angestiftet? Das Pulver war schmutzig weiß und besaß einen leicht gelblichen Stich. Verdammt, dachte Neil. Ihm kamen Begriffe wie *Stoff* und *Puder* und *Schnee* in den Sinn, deren nähere Bedeutung er nicht kannte. Kleine Risse bildeten sich in dem, was bis zu diesem Augenblick sein Leben gewesen war. Die Risse wuchsen, und Neils Zukunft, seine ganze harte Arbeit, sein *Potential,* die Stipendien, die er bekommen hatte, und seine Träume von dicken Büchern, auf denen sein Name stand, das alles brach um ihn herum zusammen, während er dort in diesem Café unter dem Tisch kauerte, zwischen Zigarettenkippen und Pappbechern, mit hellem Staub auf seiner Jeans.

Ohne das Loch zu bemerken, schaufelte Magdalena das Zeug panisch wieder in den großen Tiefkühlbeutel zurück. Das Ding war fast voll. Die deutsche Mutter zog eines ihrer Kinder schützend an sich. Am Nachbartisch stand ein Typ mit seinem Laptop auf, um besser sehen zu können. Magdalena weinte, und Neil wurde zum ersten Mal im Leben bewusst, wie schnell sich das Blatt wenden konnte, wie jemand, der Doktorandenseminare besuchte und so gewissenhaft war, dass er nicht mal einen Kugelschreiber mit ins Archiv brachte, *tout à coup* auf der Flucht vor dem Gesetz war. Er wich zurück und stieß dabei mit dem Kopf an die Unterseite vom Tisch. Als er aufstand, staubte sein Hemd. Die Wachmänner in ihrer Zangenformation hatten noch nichts mitbekommen, aber sie steuerten direkt auf Neil zu. Wie Pendel strichen ihre Blicke durch den Bahnhof. Gleich würde er ihnen auffallen. Instinktiv spannte sich jede Faser seines Körpers an, bereit zur Flucht.

Magdalena dagegen schien gar nicht zu merken, dass die ganze Welt ihr dabei zusah, wie sie einen Schuhkarton voll von diesem Zeug zusammenschaufelte. Sie gab ihr wildes Wischen auf und kniete unter dem Tisch, schlug schluchzend die Hände vors Gesicht. Sie hatte etwas von dem Pulver in den Haaren. Eine neugierige Menschenmenge versammelte sich, und die drei bewaffneten Wachmänner kamen auf sie zu, schneller jetzt. Neil hatte – wie üblich – die Arschkarte gezogen.

»Magdalena«, zischte er. »Magdalena, steh auf«, doch sie weinte, *klagte* förmlich, die Beine unter sich seltsam verdreht. Ein Speichelfaden hing aus ihrem Mund.

»Was ist hier los?«, fragte einer der Wachleute auf Französisch.

»Ich weiß nicht«, sagte Neil. »Ihr Karton ist runtergefallen.« Der Wachmann musterte ihn mit fragendem Blick, und Neil merkte, dass er »Helm« statt »Karton« gesagt hatte. Der Wachmann hockte sich hin und fragte Magdalena, was los sei. Sie wollte nicht aufhören zu weinen.

»Spricht sie Französisch?«, fragte er Neil.

»Keine Ahnung«, sagte Neil. Da kam ihm eine Idee. »Ich kenne sie gar nicht«, sagte er. »Ich habe sie vorher noch nie gesehen.«

»Lina, Lina, Lina, Lina«, weinte Magdalena immer wieder. Ein anderer Wachmann kam herüber. Er hatte den Finger am Abzug seiner Waffe.

»Was ist das?«, fragte der zweite Wachmann. Der Erste tippte mit dem Zeigefinger in das Pulver, so wie im Fernsehen.

»*Cendres*«, sagte der erste Wachmann.

»*Oh, là, là*«, sagte der Zweite. »Ein Familienmitglied?«, fragte er Neil.

Als Neil einfiel, was *cendres* bedeutete, reichte der erste Wachmann Magdalena schon ein paar Servietten und half ihr, die letzten Reste aufzusammeln, darunter auch ein paar größere Brocken, die wie Suppenknochen aussahen.

Als sie das meiste beisammen hatten, sagte der erste Wachmann etwas zum zweiten, der daraufhin einen Müllbeutel besorgte. Er tat den geplatzten Tiefkühlbeutel hinein, zog einen festen Knoten, dann legte er alles in den Schuhkarton und half ihr auf. »Verzeihung. Mein Beileid«, sagte er auf Englisch, mit einer kleinen Verbeugung, dann machten sich die beiden Wachmänner wieder auf den Weg.

Magdalena wischte sich das Gesicht. Neil wollte im Boden versinken.

»Es war meine Schuld«, sagte er.

»Nein, schon okay, wirklich.« Magdalena hatte graue Flecken um die Augen. Neil hoffte, dass es nur verlaufene Schminke war. »Ich höre sie sagen in mein Kopf: ›Magdalena, du bist so was von dämlich, weil du hast Karton nicht richtig zugemacht.‹«

»Hm«, machte Neil, der nicht ganz sicher war, wovon sie redete.

Vielleicht merkte Magdalena, dass er nicht verstand, denn

sie sah zum Schuhkarton hinüber, dessen Deckel wegen des großen Müllbeutels nicht mehr richtig schloss, und sagte: »Sie war mein Freundin. Ist gestorben letzte Jahr.« Irgendwas in Neil drängte ihn, sich dem Karton zuzuneigen, als wollte er hallo sagen.

»Tut mir leid«, sagte Neil. »Ich hatte ja keine Ahnung.«

»Ich wollte dir nicht gern erzählen. Ist ein bisschen nicht-so-glücklich, weißt du?«

»Ja, ich weiß«, sagte Neil. »Das war letztes Jahr?«

»Ist über ein Jahr her«, sagte Magdalena. »Wir haben zusammen gewohnt in London, und dann sie kriegte Problem mit ein Mann und, na ja, mit andere Sachen auch, und dann sie hat sich aus Versehen totgemacht mit Aprikosen.«

»Bitte?«, sagte Neil.

»Hier, du willst sehen?« Magdalena holte irgendwelche Papiere aus dem Schuhkarton und reichte sie Neil. Es war ein Obduktionsbericht. *Nachweis von Cyanmethämoglobin. Deutlich dunkle, zyanotische Hypostase, petechiale Blutungen, gerötete Schleimhaut.* »Da«, sagte sie und deutete auf die Stelle, wo *Todesursache* stand. »Sie nimmt große Saftmaschine und wie totales Dummkopf tut sie rein ganz viel Obst, mit Kerne.«

»Oh mein Gott«, sagte Neil.

»Kommt eigentlich nie vor, sagen mir alle«, sagte sie.

»Das ist ja schrecklich«, sagte Neil.

»Sie war mein beste Freundin«, sagte Magdalena. »Ich glaube, jetzt ist richtige Moment, sie zu bringen nach Hause.«

Danach gab er ihr natürlich das Geld für die Busfahrkarte. Sie fragte nach seiner Adresse und meinte, sie wolle es ihm schicken, sobald sie zu Hause wäre, und Neil meinte: »Okay, aber wirklich – egal wann«, denn sie wussten doch wohl beide, dass sie es nie tun würde. Trotzdem schrieb er seine Adresse auf eine Serviette und gab sie ihr.

Magdalena hielt sich die Serviette direkt vor die Augen. »Das ist dein Name?«, fragte sie.

»Ja«, sagte er. »Eigentlich sprich man es ›Neil‹ aus, so wie den Fluss *Nil,* aber mir gefällt auch, wie du es sagst.«

»Nein, ich meine das hier. Ist das auch Name von dein Vater?«, sagte sie und deutete auf Neils Nachnamen.

»Ja, wusstest du das nicht?«, sagte Neil, doch dann wurde ihm bewusst, dass sie als Litauerin vermutlich noch nie von Inga Beart gehört hatte. »Mein Dad tut meistens so, als wäre es von Bedeutung, also dachte ich, deine Mutter wüsste längst Bescheid über …«

»Und Vorname von dein Vater ist Richard?«

»Jep. Oder Rick«, sagte Neil. »Seltsam, dass er deiner Mutter ›Richard‹ gesagt hat. Fast alle nennen ihn Rick.« Aber er merkte, dass Magdalena ihm gar nicht zuhörte. Sie fuhr mit dem Finger durch die Zuckerkrümel auf dem Tisch, als überlegte sie, wie man den Namen buchstabierte.

»R-I-C-H-A-R-D«, sagte Neil.

»Ja, ich weiß«, sagte sie.

Sie tranken noch einen Kaffee, und Magdalena erkundigte sich nach Paris und dem Anlass für seinen Aufenthalt, was nett von ihr war. Neil merkte, dass sie eigentlich gar keine Lust zu reden hatte. Ihre Augen glänzten, und ständig holte sie ihre Brille aus der Handtasche, klappte sie auseinander und steckte sie dann wieder weg, ohne sie aufgesetzt zu haben. Jedoch sah sie ihn mit diesem eindringlichen Blick an, kniff die Lippen leicht zusammen, als ginge dahinter etwas Bedeutsames vor sich, sodass Neil mit der Zeit tatsächlich glaubte, sie interessierte sich für die römischen Ursprünge des Schlachterviertels Châtelet.

In seinem Notizbuch hatte Neil eine Postkarte vom Tour Saint-Jacques, die er Magdalena zeigte. Es war eine alte Karte, die er auf dem Flohmarkt von Les Halles gefunden hatte, vermutlich aus den Fünfzigern oder Sechzigern, als immer wieder Leute von herabfallenden Mörtelbrocken erschlagen wurden, weil der Turm in so desolatem Zustand war. Auf dem Foto wirkte er mit seinen zerfressenen Wasserspeiern wie halb verfallen. Nach der Restaurierung würde er viel besser aussehen, erklärte Neil. Seit fast acht Jahren sei der Turm nun unter einem Baugerüst verborgen, und Neil hätte ihn auf der alten Postkarte gar nicht erkannt, wäre da nicht die unverkennbare Asymmetrie durch die Figur des Saint Jacques gewesen, der mit seinem Wanderstock in der Hand auf der einen Ecke stand und Pilgern den Weg wies.

Magdalena drehte die Postkarte, um sich die Rückseite anzusehen.

»Da steht ›Abreise morgen‹«, sagte Neil. »Ich glaube, sie könnte von jemandem geschrieben worden sein, der sich auf Wallfahrt befand, eine Art religiöse Reise, denn die Kirche war der Ausgangspunkt des Jakobswegs. Und siehst du das Datum? Dieselbe Jahreszeit wie jetzt. Wer zu Jakobi am 25. Juli ankommen wollte, musste sich spätestens im Juni in Paris auf den Weg machen. Schließlich führte ihn die Wanderung bis nach Santiago de Compostela in Spanien, und weiter nach

Finisterre, ans ›Ende der Welt‹. Angeblich war der heilige Jakobus dort angespült worden. Er hätte verwest sein sollen, war aber völlig unversehrt, von Muscheln überzogen. Es war so etwas wie ein … ein Wunder.«

Irgendwas hatte Neil gesagt, das Magdalenas Aufmerksamkeit erregte. Sie blickte von der Postkarte auf, wartete, dass er weitersprach. »Aber das ist nur eine Version der Legende. Es gibt noch viele andere. Und natürlich ist es höchst unwahrscheinlich, dass er es tatsächlich war. Wie soll er den ganzen Weg von Jerusalem dorthin getrieben sein? Das ist absolut unmöglich. Aber im Mittelalter suchten die Menschen nach etwas Sichtbarem, was sie verehren konnten, so wie eine *Leiche.* Also fingen die Kirchen an zu erzählen, sie besäßen *Reliquien,* üblicherweise Körperteile von Heiligen, den Kopf oder einen Knochen oder sogar …« Die Kathedrale von Conques behauptete, sie sei im Besitz des *Präputiums* von Jesus Christus, was ein Wort war, das Neil hatte nachschlagen müssen. »Na ja, manches von dem Zeug war ziemlich eklig. Aber Jakobus gehörte zu den wenigen, deren Reliquien angeblich intakt blieben. Entschuldige, *intakt* ist so ähnlich wie *vollständig.* Es war Teil des Wunders. Die Leute haben weite Wege auf sich genommen, weil sie glaubten, der Heilige konnte verhindern, dass sein Körper verfiel.«

Magdalena beugte sich zu ihm vor, als wollte sie kein Wort verpassen.

»Und es ist interessant, aus welchen Gründen die Menschen so weit gereist sind, manchmal Hunderte von Meilen. So wie … warte mal, ich glaube, ich habe es dabei …« Neil ging die Papiere in seinem Rucksack durch, bis er die Fotokopie eines Dokuments aus der Mitte des 14. Jahrhunderts gefunden hatte. »Darauf bin ich im Archiv gestoßen … ist die Schrift nicht hübsch? Was darin steht, ist allerdings eher traurig. Es handelt sich um einen Dispens für eine Frau, die versprochen hatte, auf Pilgerfahrt zu gehen, wenn nur ihr Kind wieder gesund werden würde. Und es hat tatsächlich überlebt, starb dann aber an einer anderen Krankheit, und sie war so am Boden zerstört, dass sie die Reise nicht antreten konnte. Historisch ist das nicht von Bedeutung, aber allein durch solche Dokumente erfahren wir, wie die Menschen damals gelebt haben. Ich meine, man weiß ja, dass das Leben hart war. Und kurz. Die Menschen waren dem Tod näher als wir heutzutage. Und deshalb stellte die Religion einen so bedeutenden Aspekt im Leben der Menschen dar.« Magdalena nickte. »Statt jemanden zur Strafe ins Gefängnis zu stecken, konnte man ihn auch auf Pilgerreise schicken. Verurteilte Verbrecher oder Ketzer, die im Grunde nur nicht derselben Meinung waren wie die Kirche, wurden gezwungen, barfüßig auf Wallfahrt zu gehen, manchmal sogar in Ketten, damit jeder sehen konnte, was sie getan hatten. Ich habe eine Liste gefunden, auf der Männer standen, die mit verheirateten Frauen geschlafen hatten, und Priester, die beim Stehlen oder einer Affäre erwischt worden waren. Ich glaube, irgendwo habe ich eine Kopie davon … ja, da ist sie. Guck mal. Hier stehen die Gründe: Ehebruch, Ehebruch, Wollust und so weiter. Aber manche gingen auch einfach nur auf Pilgerfahrt, um rauszukommen. Um mal was anderes zu sehen, die Welt kennenzulernen – im Mittelalter war es für einen normalen Menschen so ziemlich die einzige Möglichkeit zu reisen. Und am Wallfahrtsort würden sie vielleicht

Zeugen eines Wunders werden. Damals haben die Menschen so was wirklich geglaubt. Blinde konnten wieder sehen, Krüppel konnten wieder laufen …«

Jetzt war Neil derjenige, der sich über den Tisch beugte. Urplötzlich kam ihm ein schrecklicher Gedanke. Hatte er Mundgeruch? Er konnte nichts riechen, aber das hatte nichts zu bedeuten.

»Möchtest du ein Kaugummi?«, fragte er.

»Okay«, sagte Magdalena. Während Neil seine Taschen durchsuchte, fiel ihm ein, dass er gar kein Kaugummi gekauft hatte. Und dann – da gerade von einem Wunder die Rede war – fand er ganz unten im Rucksack einen einzelnen Streifen Wrigley's Doublemint. Er brauchte dringend ein Stück davon, also riss er das Kaugummi in der Mitte durch. »Entschuldige«, sagte er. »Ich dachte, ich hätte noch ein ganzes Päckchen.«

»Und wo passiert das? Wo werden Tote angespült, unversehrt wie lebender Mensch?«, fragte Magdalena.

»Das ist unten in Spanien«, sagte Neil.

»Und ist es Wunder?«

»Na ja, ich meine, es ist eine Legende. Da werden bestimmt nicht ständig irgendwelche Leichen angespült«, sagte Neil.

»Aber manchmal?«, fragte sie.

»Na ja, angeblich jedenfalls.«

Und als hätte das eine Frage beantwortet, über die sie schon eine ganze Weile nachdachte, lächelte Magdalena. Dann wechselte sie das Thema und wandte sich dem zu, was sie in der letzten halben Stunde tunlichst nicht angesprochen hatten.

»Es war großer Fehler, sie gleich nach ihre Tod verbrennen

zu lassen«, sagte Magdalena und drückte auf den Deckel des Schuhkartons. Eine Ecke war angestoßen, und der Karton machte nicht den Eindruck, als würde er es heil bis nach Litauen schaffen.

»Wieso denn?«, fragte Neil.

»Na ja, manche meinen, ein Leichnam muss so sein, wie du sagst. *In-takt.* Wegen ihrer Religion.«

»Oh«, sagte Neil.

»Wenn sie nicht ganz ist, kommt sie am Ende nicht zu ihrem Gott oder so«, sagte Magdalena. »Ich hab echt Scheiße gebaut.«

»Tja, stimmt wohl«, sagte Neil, was überhaupt nicht das war, was er hatte sagen wollen. »Du wusstest es nicht?«

»Nein, nicht das mit Leichnam. Später hat mir jemand erzählt. Sie muss unversehrt sein. Nichts darf fehlen.«

»Ich glaube, ich möchte lieber eingeäschert werden«, sagte Neil. »Sonst verwest man doch.«

»Nicht diese heilige Jack am Strand«, sagte Magdalena.

»Stimmt«, sagte Neil. »Aber wie gesagt – es ist nur eine Legende.«

Eine Weile schwieg Magdalena, dann sagte sie: »Weißt du was, Ni-yell. Vielleicht ist ganz gut, dass verbrannte Stücke sind gefallen auf Boden, denn bis eben, eigentlich das ganze letzte Jahr, wusste ich nicht, was soll ich anfangen mit ihr, und ich will doch unbedingt richtig machen, weißt du?« Irgendwie schaffte es Magdalena, das kleine Kaugummi so aufzublasen, dass es knallte, und dann lächelte sie Neil wieder an, mit ihrem grauen Zahn wie ein Ausrufezeichen, der so gar nicht zu ihren Augen passte, die so hell und klar waren, dass Flugzeuge hindurchfliegen mochten. Alles in allem war sie der perfekteste Mensch, den Neil je gesehen hatte.

Und dann geschah etwas, das für sich genommen keine große Sache darstellte, aber derart offen für romantische Interpretationen war, dass Neil sich fühlte, als stünde das chemische Gleichgewicht seines Körpers auf dem Kopf. Mit diesem seltsamen Blick, den sie manchmal hatte, hob Magdalena eine Hand und strich mit schneller Bewegung an seiner Schläfe entlang. »Du hast da kleines Tier. Schon weg«, sagte sie und lächelte wieder. Doch Neil hatte keine krabbelnden Beine gespürt, nur die sanfte Berührung ihrer Hand, als sie seine Haare beiseitestrich.

Er war immer noch ganz benommen, als er ihr half, die Fahrkarte zu kaufen, und sie auf der Straße draußen vor dem Bahnhof zurückließ, wo die Leute mit Bergen von Gepäck auf Busse nach Warschau oder Kiew warteten. Dann lief Neil über die Rue du Faubourg-Saint-Denis zurück zum Archiv, obwohl es nicht der direkte Weg war, denn auf dieser Straße hatte der heilige Dionysius angeblich Paris verlassen, mit dem eigenen Kopf unterm Arm, nachdem die Römer ihn irgendwann im 3. Jahrhundert hatten enthaupten lassen. Es schien Neil nur angemessen, in den Fußstapfen des Schutzpatrons von Paris zu wandeln, der seinen Kopf höchstpersönlich zu Grabe getragen hatte, in einem Akt *kephalophorischer Ambulation* – buchstäblich mit dem Kopf unter dem Arm –, die Absurdeste aller Legenden.

Das Tor der alten Stadtmauer ragte vor ihm auf, ein herrenlos wirkender Bogen, da die Mauer selbst nicht mehr existierte. Die Läden hier boten fremdartiges Gemüse an, und die Leute kauften ungewöhnliche Melonen und so was wie grüne

Tomaten. Im Schaufenster eines pakistanischen Süßwarenladens stapelten sich klebrige, orangefarbene Kugeln und honigtriefende Stücke einer bunt gefärbten Masse.

An der Porte Saint-Denis wurde die Rue du Faubourg-Saint-Denis zur Rue Saint-Denis, und die Läden änderten sich. Professor Piot hatte Recht, dachte Neil. Eine Stadt konnte ihre Vergangenheit nicht abschütteln. Händler mussten damals eine Steuer entrichten, wenn sie die Stadt betreten wollten, und die Folgen dieses Umstands hatten die Jahrhunderte insofern überlebt, als dass es in den Läden vor dem Tor selbst heute noch ganz andere Sachen zu kaufen gab als dahinter.

Jenseits der Porte Saint-Denis gab es keine Gemüsestände mehr. Die Läden boten Strassgürtel und feine Stoffe zu Großhandelspreisen an, Pelze und Hochzeitskleider, *vente en gros.* Die Besitzer standen mit aufgekrempelten Ärmeln draußen davor und rauchten, ein bettelndes Zigeunermädchen knetete eine Orange mit beiden Händen, und in einem Hauseingang stand eine Prostituierte, die Brüste wie braune Ballons zusammengepresst. Lange Gassen zwischen den Häusern endeten vermutlich im Sonnenschein, und Neil wurde bewusst, dass für ihn nun der Lebensabschnitt begonnen hatte, in dem er zum ersten Mal etwas zutiefst bedauerte. Bisher hatte er keine Entscheidung als bindend aufgefasst. Nachdem er nun studierte und zielstrebig in das hineinstolperte, was sein Leben sein würde, war plötzlich alles mit Konsequenzen belastet. Und mit diesem Gedanken – als hätte er im Buch seines Lebens die Seite über verpasste Chancen gelesen – wurde Neil bewusst, wie dumm er gewesen war, Magdalena so einfach in den Bus nach Vilnius steigen zu lassen.

MAGDALENA

Paris, Juni

Die Menschen drängten sich um Magdalena, schoben sich gegenseitig in den Bus. Überall las sie litauische Worte auf Handrücken und Stirnen und Unterkiefern. Die Brille abzunehmen half nichts. Die Leute kamen ihr so nah, und die Worte waren Magdalena so vertraut, dass sie sie gar nicht im Einzelnen lesen musste.

Die Schlange der Wartenden bewegte sich vorwärts. Die Ersten stiegen in den Bus. Magdalena sah sich nach Neil um, der nur noch ein rotblonder Fleck war. Sie winkte. Ein Teil vom Fleck winkte zurück. Die alte Frau, die vor ihr stand, drängte ihren Mann mehrmals nachzusehen, ob sie ihre Reisepässe auch wirklich dabeihatten. *Stazinis širdies nepakankamumas,* was *Herzinsuffizienz* bedeutete, schlang sich wie ein Strick um ihren Hals.

Der Farbfleck, der Neil war, winkte wieder. Dann wandte er sich ab und wurde zwischen den vielen anderen Flecken kleiner. Die alte Frau vor ihr stieg in den Bus. PARIS-WARSCHAU-VILNIUS stand auf dem Schild hinter der Scheibe. Magdalena sah sich nochmal nach dem rotblonden Fleck um, doch der war nicht mehr da.

Sie trat aus der Reihe. Dann holte sie ihren Koffer aus dem

Gepäckfach unter dem Bus, ignorierte den Fahrer, der ihr erst auf Litauisch, dann auf Polnisch hinterherrief, das könne sie nicht so einfach machen, und zog den Kopf ein, als sie die Straße überquerte und auf den Bahnhof zusteuerte. Sie blickte erst wieder auf, als sie den Bus weit genug hinter sich gelassen hatte und die Worte auf der Haut der Menschen ihr nichts mehr bedeuteten. Sie setzte ihre Brille auf und sah sich nach dem Fahrkartenschalter um.

Obwohl sie nur den halben Preis erstattet bekam, gab sie das Ticket zurück, in der Hoffnung, dreißig Euro würden sie zu dem Ort bringen, wo Leichen angespült wurden. Sie versuchte, sich genau zu erinnern, was Neil gesagt hatte. Auf Englisch fragte sie mehrere Leute, wie man mit dem Bus nach Spanien kam. Man erklärte ihr, sie müsse zum Bahnhof Montparnasse. Fuhr von dort ein Bus zu einem Ort, der *Ende der Welt* hieß? Das konnte man ihr nicht sagen.

Die Menschen in Paris sahen so anders aus. Es schien, als kämen sie aus der ganzen Welt hier zusammen. Wenn sie doch nur Linas Kamera noch hätte, um die Form der Nasen und Wangen besser erkennen zu können. Sie fühlte sich wie damals, als sie mit Lina in London angekommen war und die Menschen unverhohlen angestarrt hatte, um deren Gesichtszüge unter den fremden Worten auszumachen, ohne Angst haben zu müssen, dass sie diese verstand.

Der Weg zum Bahnhof Montparnasse war weit, doch Magdalena wollte ihr Geld nicht für die Metro vergeuden, also ließ sie sich von dem Mann an der Information einen Stadtplan geben. Weil sie nicht daran gewöhnt war, ihre Brille zu tragen, war ihr etwas schwindlig, als sie den Bahnhof verließ, mit dem

Schuhkarton unterm Arm und Linas Koffer, den sie auf seinem wackligen Rad hinter sich herzog. Sie war so überglücklich, dass sie mit dem kleinen Kaugummi eine Blase knallen ließ, obwohl es dafür eigentlich gar nicht geeignet war.

Nachdem Barry ihre Sachen oben aus dem Fenster geworfen hatte, flog auch die Kamera in hohem Bogen auf die Straße. Sie tat einen Hüpfer, dann zerbrach die Linse am Kantstein, und in der ganzen Aufregung mit der Polizei, während das neue Mädchen und Veronika unablässig kreischten, hatte Magdalena keine Gelegenheit gehabt, den Film herauszunehmen. Es machte ihr nichts aus, bei Barry auszuziehen, aber um die Kamera tat es ihr leid.

Ein paar Wochen lang war Barry ausgesprochen nett zu Magdalena gewesen, nachdem sie ihm im Badezimmer von den Worten auf der Haut erzählt hatte, am Boden kauernd, während er mit seinem Rasierklingenschnitt ihre Jeans vollblutete. Sobald er jedoch zu wissen glaubte, dass Magdalena nicht noch einmal versuchen würde, sich umzubringen, tat er, als wäre das Ganze nur ein Witz.

»Komm schon, Magdute, erzähl mir was von meiner Zukunft!«, hatte er immer wieder gesagt. Doch das meiste von dem, was auf Barry geschrieben stand, lag in der Vergangenheit. Vieles davon konnte Magdalena nicht verstehen, aber es gab auch einige Daten, die meisten weit vor ihrer Geburt. Barry sah aus, als wäre er mit dem Kopf voran in ein Geschichtsbuch gefallen, als die Tinte noch feucht war. Sie hielt lieber den Mund.

Bis Magdalena erfahren hatte, was das Wort *apricots* bedeutete, war ihr der Umstand, dass sie den Blödsinn auf

Barrys Gesicht nicht lesen konnte, fast lieb gewesen. Hässliche Dinge standen dort, versetzt mit Worten, die ihr auch nach zwei Jahren in England noch ein Rätsel waren, sodass es ihr leichtfiel, sie zu ignorieren. Seit sie jedoch an jenem Tag in diesem Kirchgarten gewesen war, schenkte Magdalena Barrys Haut größere Aufmerksamkeit, da sie nun wusste, dass das, was dort stand, vermutlich stimmte. Ein paarmal erwischte er sie dabei, wie sie ihn musterte. »Nun sag schon!«, meinte er dann. Oder er versuchte, ihr einen Kuss zu geben, mit den Worten: »Was steht da über dich und mich?« Doch als Magdalena ihm dann schließlich vorlas, was dort geschrieben stand, tat sie es nicht, weil er sie drängte, sondern damit er mit den Zahlen aufhörte.

Barry besaß eine ganze Bibliothek über den Zweiten Weltkrieg, und sein Lieblingsbuch, das er mit Klebezetteln für jedes Mädchen in seinem Haus versehen hatte, trug den Titel *Die Vernichtung der Juden in Osteuropa.* Wenn er sauer war, knallte er den Mädchen irgendwelche Gräueltaten aus dem Krieg an den Kopf, als konnten sie was dafür und er wäre das Opfer, was echt ein Ding war, wenn man bedachte, was bei ihm auf Kinn und Nacken geschrieben stand. Wenn er so richtig wütend wurde, ersetzte er ihre Namen durch Opferzahlen.

Zu Zosia aus Polen sagte er dann: »Zwei Komma neun Millionen, wer ist dieser Typ, der da draußen auf der Straße rumlungert? Geh raus und sag ihm, er soll sich verziehen.« Oder zu Veronika, die aus Tschechien kam: »Zweihundertsiebenundsiebzigtausend, deine verdammten roten Haare verstopfen meinen Abfluss.«

Magdalena jedoch bekam es am schlimmsten zu spüren, da ihre Zahl die größte war, nicht weil Barrys Familie aus Litauen stammte, sondern weil er in diesem Buch gelesen hatte, dass die Litauer die Juden nicht nur ausgeliefert, sondern größtenteils selbst ermordet hatten.

Wenn er sich über etwas aufregte, selbst wenn es gar nichts mit ihr zu tun hatte, rief er sie zu sich herunter und fragte sie, wie viele Juden sie kannte. Nicht so viele, antwortete Magdalena dann und wusste schon, was nun kam. Wie viele Synagogen gab es heutzutage in Vilnius? Ein paar vielleicht, sagte Magdalena dann. »Nein, nicht ein paar vielleicht. Ganze *zwei.* Wie viele gab es 1939?« Dann schlug er das Buch mit den Klebezetteln auf und zeigte mit dem Finger auf eine Seite. »Fünfzig. Die Stadt war zu vierzig Prozent jüdisch. Was sagst du dazu? Und was schätzt du, wie viele Gruben im Wald sie dafür brauchten? Für die vielen Toten?«

»Ich weiß nicht«, sagte Magdalena dann.

»Und wenn du raten müsstest?«

»Ich weiß es wirklich nicht.«

Einmal, nachdem sie gerade eingezogen war, noch bevor sie gelernt hatte, den Mund zu halten, hatte Magdalena Barry geraten, mit seinen Worten vorsichtig zu sein, denn in Rhodesien seien auch viele Menschen umgekommen. Damals wusste sie noch nicht, was sie da sagte. Barry wurde ganz still und musterte Magdalena auf eine Art und Weise, die ihr ganz und gar nicht gefiel. Auf seinem Kinn und den Armen stand noch viel mehr geschrieben, und auch wenn Magdalena nicht genau verstand, was es bedeutete, wusste sie doch, dass sie besser nicht näher darauf eingehen sollte. Von da an ließ sie Barry reden, was er wollte.

»Wie viele Kugeln brauchten sie für die Babys?«, fragte er manchmal.

»Ich weiß nicht.«

»Klar weißt du es. Kugeln sind nicht billig. Denk nach.«

»Ich weiß es nicht.«

»Eine? Zwei? Für die Kleinen, die Winzlinge. Du gibst auf?«

»Ja, ich gebe auf.«

»Es ist eine Fangfrage.«

»Ich weiß es nicht.«

»Ein halbe Kugel. Rate mal, wie.«

»Ich weiß es nicht.«

»Du weißt nicht viel. Frag deinen Opa. Mach schon, ruf ihn an. Ruf deinen alten Opa an.« Und dann sagte Barry mit litauischem Singsang: »Mama soll ihr Baby an sich drücken. Eine halbe Kugel für die Mama, eine halbe Kugel für …«

»Okay, es reicht«, sagte Magdalena, doch Barry fing gerade erst an.

»Hast du schon mal im Wald nach Knochen gesucht? Wolltest du schon mal im Wald pissen und hast dich auf einen Judenknochen gesetzt, der da aus der Erde ragte?«

»Nein, noch nie.«

Und so ging es immer weiter, bis Barry genug hatte und sagte: »Aber Kopf hoch, Kleine. Niemand wusste von irgendwas, hab ich Recht?«

In Wahrheit jedoch wusste sie so manches über diese Gruben im Wald.

Hin und wieder waren Lina und Magdalena nach der Schule mit dem Bus zu Linas Großmutter gefahren. Magdalena selbst hatte keine Großmutter, und weil Linas Großmutter das wusste und sie Magdalenas Mutter dankbar war, dass Lina bei ihnen wohnen konnte, durften beide Mädchen sie Baba nennen, und sie nähte ihnen kleine Puppen, die sie auf links drehte, damit die Nähte nicht zu sehen waren.

Linas Großmutter wohnte etwas außerhalb der Stadt in einem alten, blauen Holzhaus. Sie ging kaum vor die Tür, weil sie polnisch war und nicht wollte, dass die Leute ihren Akzent hörten, also kauften Lina und Magdalena für sie ein, liefen ganz allein zum Schlachter, zum Gemüsemarkt und zur Apotheke, fast zu schüchtern, um herauszubringen, was sie haben wollten, und rannten dann mit ihren Einkaufstaschen voller Kohl und Brot und Medikamenten nach Hause, als hätten sie etwas gestohlen.

Lina passte immer aufs Geld auf, denn sie war die Ältere der beiden, und schließlich war es ihre Großmutter, aber Magdalena hielt die Liste fest, die Baba ihnen mit ihrer altmodischen Handschrift in fehlerhaftem Litauisch aufgeschrieben hatte, weil Magdalena besser lesen konnte. Zu Hause wartete dann schon warmer Mohnkuchen auf sie, und Baba war dabei, die Köpfe ihrer Puppen zu nähen, gelbes Garn für Lina, braunes für Magdalena.

Wie Seidenpapier hing Babas Haut an ihren Knochen, und hätte das weißgoldene Haar die Haut nicht am Schädel festgehalten, wäre sie vielleicht längst abgerutscht. Da waren Vertiefungen unter Babas Ohren und in ihren Schlüsselbeinen, und die Haare waren so dünn, dass eine Kinderspange genügte, um sie zusammenzuhalten. Von Zeit zu Zeit richtete Baba ihre Frisur und strich die feinen Strähnen auf eine Art und

Weise hinter die Ohren, die daran erinnerte, wie schön sie einmal gewesen sein musste, denn Linas Großvater war im Krieg ein großes Risiko eingegangen, als er sie geheiratet hatte, um zu verhindern, dass sie deportiert wurde.

Babas Hände jedoch sahen nicht aus wie ihre Hände. Je älter Baba wurde, je mehr sie schrumpfte, desto größer wurden ihre Hände. Für Magdalena sahen sie aus wie Treibholz, das vom Meer aufgeschwemmt und Jahrhunderte lang rundgeschmirgelt worden war.

Baba war Näherin gewesen, und obwohl sie Hände wie Holzklötze hatte, konnte sie damit doch alles tun. Wenn Lina oder Magdalena ihr hübschen Stoff oder ein Stück Spitze brachten, nähte Baba daraus ein Kleid oder einen langen Wintermantel für ihre Puppen, mit umgeschlagenen Manschetten an den Ärmeln und verknotetem Garn anstelle von Knöpfen.

Magdalena sah Linas Großmutter gern bei der Arbeit zu, denn wenn sie sich an die alte Nähmaschine setzte, krempelte sie ihre Ärmel hoch und Magdalena konnte die Bilder auf ihrer Haut erkennen. Wie alle anderen hatte auch Baba Buchstaben im Gesicht und auf den Händen und in der Lücke zwischen Strumpf und Rock, doch die Worte auf den Armen waren in einem anderen Alphabet geschrieben, mit Buchstaben, die wie kleine Gemälde aussahen, jedes ähnlich wie die anderen und doch ganz anders, und dann beugte sich Magdalena vor und tat, als beobachtete sie Baba dabei, wie sie einen winzigen Saum abschloss, während sie in Wahrheit zu verstehen versuchte, was die Buchstaben bedeuteten.

Babas Haut war so dünn und dermaßen vollgeschrieben, dass sie von weitem blau wirkte. Die meisten Worte auf ihrem

Gesicht und dem Hals waren vermutlich Polnisch, denn die Laute waren viel schwieriger aneinanderzureihen als bei den Worten, die sie in der Schule lernten, oder denen auf dem Gesicht von Magdalenas Lehrerin oder von Lina oder sonst wem. Manchmal merkte Baba, dass Magdalena ihren Hals musterte, während diese versuchte, der Folge von Buchstaben einen Sinn abzuringen, die an Babas Ohr begann und ganz bis hinunter zum Kragen ihres Kleides reichte.

»Hör auf, deine Lippen so zu bewegen«, sagte Baba, und dann gab sich Magdalena alle Mühe, die vielen Laute in ihrem Kopf zu behalten, ohne sie auszusprechen. Meistens jedoch hatte sie den Anfang schon vergessen, bevor sie zum Ende kam, und unwillkürlich fing sie wieder an, die Buchstaben mit den Lippen zu formen. »Lass das!«, sagte Baba dann schärfer. »Wenn dich jemand sieht!«

Einmal besuchten sie Linas Großmutter, als auch Ruta da war. Baba versperrte ihnen die Tür und sagte: »Bitte, heute könnt ihr nicht reinkommen.« Hinter ihr sahen sie Ruta, in eine Decke gewickelt. Ruta rief nach Lina, und Lina schlüpfte unter den Armen ihrer Großmutter hindurch. Ruta war krank, ihre Hände zitterten. Baba drängte Ruta, sich zu setzen, aber sie wehrte sich. Dabei zerriss sie Babas Kleid an der Schulter, sodass Magdalena sehen konnte, dass Babas Körper von Worten übersät war, manche in der Bildsprache, kreuz und quer durcheinander, als gehörten sie zu einem Menschen mit doppelt so viel Haut. Ruta sah ganz verändert aus, ihr Unterkiefer hing etwas herab, und sobald Lina das bemerkte, wich sie zurück. Ruta wollte, dass Lina zu ihr zurückkam, doch Lina wollte nicht. Ruta hatte ganz rote Wangen. Als Baba noch einmal versuchte, sie zum Hinsetzen zu bewegen, schlug Ruta um sich. Da fing Lina an zu weinen, schluchzte unvermittelt herzzerreißend los. Ruta schrie sie an, damit aufzuhören, doch das machte alles nur noch schlimmer. Linas Schluchzen steigerte sich zu einem hysterischen Kreischen, wie Magdalena es noch nie gehört hatte. Ruta hielt sich die Ohren zu und rannte zur Tür. Sie stolperte, stand wieder auf, nahm die Hände nur von den Ohren, um Babas Handtasche vom Haken zu reißen, und schon war sie zur Tür hinaus.

Sobald Ruta weg war, hörte Lina auf zu schreien. Einen Moment stand sie da, dann lief sie ihrer Mutter hinterher. Baba rief sie zurück, doch Lina war schon halb die Straße hinunter, versuchte, ihre Mutter einzuholen, die gerade um eine Ecke verschwand, Babas baumelnde Tasche am gerissenen Riemen in der Hand.

Baba wollte ihnen hinterher, doch kam sie auf den Stufen aus dem Gleichgewicht und fiel nur deshalb nicht hin, weil Magdalena zur Stelle war. Baba wollte dort draußen auf den Stufen stehen bleiben, doch Magdalena führte sie wieder ins Haus zurück, zum Sofa. Baba hielt die großen Hände vor ihr Gesicht, als würde sie darin lesen, dann saß sie da, schüttelte langsam den Kopf, sagte kein Wort.

Also tat Magdalena das, von dem sie glaubte, dass ihre Mutter es auch getan hätte. Sie schloss die Tür. Sie schob den zerrissenen Ärmel so gut wie möglich über Babas Schulter. Sie richtete Babas Frisur und holte einen nassen Lappen aus der Küche, um Babas Wange zu kühlen. Und weil sie nicht wusste, was sie sonst noch machen sollte, fing sie an, Baba etwas vorzusingen, wie einem kleinen Kind, bis ihr, als es draußen bereits dunkel wurde, zu den Liedern, die sie kannte, kein Text mehr einfiel. Nach wie vor saß Baba da und starrte in ihre Handflächen, sodass Magdalena im letzten Licht der Abendsonne erkennen konnte, was dort geschrieben stand. Sie nahm Babas Hand und fuhr mit dem Finger an den Buchstaben entlang, als sagte sie jemandem die Zukunft voraus, doch aneinandergereiht behandelten die Laute ausschließlich Vergangenes. Sie sang Baba vor, was sie dort las, zur Melodie von einem Wiegenlied.

Im Wald hinter dem Bahnhof Paneriai stoppen sie den Zug. Erst Lidya Kamiemiecki, Jakob und Jacha Gornowski, Solomon Marmorsztejn und seine Mutter Gita, Lejba Byk und Ester Kowarska. Malka, die nie warten konnte. Smuel, Boris und Ilja. Varvaza brachte ihre Kinder mit. Anna Litvinova und das Baby Misha. Irina Kac und der Mann im Zug. Joseph Lewins Verlobte Rivka. Mira und Luba Erlich. Jakub, Mama und Anucia zusammen. Professor Ginzbergas, der seine Hemden immer nur einen Tag trug. Chana Bir, dann Herr Izakov, der Mann, der Knöpfe verkaufte …

»Wo steht Anucia?«, fragte Baba, und Magdalena zeigte es ihr. »Und Misha?« Da, auf ihrem Daumen. »Jakub und meine Mutter?« Da und da.

Dann sagte Baba: »Du darfst dir nicht anmerken lassen, dass du so etwas sehen kannst. Wenn du das noch einmal laut aussprichst, bringen sie mich auch weg.«

Kurz vor ihrem Tod ließ Baba alle Vorsicht fahren und bat Ruta, sie auf dem alten jüdischen Friedhof bestatten zu lassen, dessen Grabsteine mit denselben Buchstaben übersät waren wie Baba. Ruta brachte es nicht übers Herz, ihr zu sagen, dass der Friedhof schon vor Jahren umgepflügt worden war, als die Russen dort ihren Sportpalast gebaut hatten. Damals wusste Magdalena nichts von alledem, weil Lina und Ruta zu der Zeit, als Baba starb, in Kaunas wohnten. Erst als sie wieder nach Vilnius zogen, hatte Magdalena davon erfahren, und auch nur weil Ruta eines Abends betrunken vor der Tür stand und Magdalenas Mutter alles erzählt hatte – dass Babas gesamte Familie in einer Grube im Wald ermordet worden war und man Baba auch erschossen hätte, wäre da nicht ein alter Mann aus der Gemeinde gewesen, vor dem sich alle Kinder fürchteten, weil er aus unsichtbaren Büchern las. Er sah Baba mit den anderen bei den Schienen stehen und raunte ihr zu, sie solle schnell weglaufen, was sie dann auch tat. Sie lief im Wald herum, bis Rutas Vater sie fand, der an den Morden höchstwahrscheinlich beteiligt gewesen war. Es war nicht weit zu seinem Bauernhof, und er rettete sie wegen ihrer hübschen, blonden Haare. Eine Weile versteckte er sie im Hühnerstall, und als der Krieg dann fast vorbei war, heiratete er sie.

Magdalenas Mutter hatte Ruta in der Nacht angerufen, in der Lina gestorben war. »Wenn ich das gewusst hätte …«, sagte Ruta immer wieder ins Telefon, beendete ihren Satz jedoch nie. Magdalenas Mutter verstand nicht, was sie meinte, Magdalena aber schon. Wie hätte Linas Mutter ihre Tochter täglich sehen, sie füttern und zur Schule bringen, ihr Kleidchen kaufen und sie an die Hand nehmen, sie ohrfeigen und manchmal tagelang sich selbst überlassen können, wenn sie gewusst hätte, dass Lina mit einundzwanzig nicht mehr da sein würde?

Dov Kitrosser war es nicht besser ergangen. Er hatte sein tränenüberströmtes Gesicht an Magdalenas Schulter gedrückt und geschluchzt: »Hätte ich das gewusst, hätte ich sie doch nie allein gelassen.« Und die Polizistin, die anrief, um ihr das Untersuchungsergebnis zu erklären, hatte gesagt: »Wir gehen davon aus, dass Miss Valentukaitė die Kerne zu sich genommen hat, ohne von deren giftigen Eigenschaften zu wissen.«

Magdalena jedoch hatte davon gewusst. Wenn sie Lina im Bad eingesperrt hätte, nachdem sie ihr die letzten Haare abrasiert und das Wort *Todesursache* auf Linas Kopfhaut gelesen hatte … Wenn sie Linas Handtasche und ihre Schuhe versteckt oder sich irgendeine Ausrede überlegt hätte, um sie so lange in der Wohnung zu halten, bis sie *Verzehr* und *akut* nachgeschlagen hatte, bis sie sicher sein konnte, dass *Atemversagen* das bedeutete, was sie glaubte, und wenn sie dann – während Lina vermutlich längst drohte, Magdalenas Cremes und Kosmetika wegzuschütten, falls Magdalena nicht endlich die Tür aufschloss –, wenn sie dann in ihrem englischen Schulwörterbuch zu A geblättert und gelesen hätte, dass *apricots* Früchte waren, Dovs Spezialgebiet … nun, dann wäre vielleicht alles ganz anders gekommen. Lina und Dov würden in diesem Moment vielleicht beieinander sitzen und eine Lieferung schalenloser Ananas begutachten. Oder die Affäre mit Dov wäre wie alle anderen irgendwann vorbei gewesen, Lina wäre wieder bei ihr in London eingezogen und würde heute vor dem offenen Kühlschrank sitzen, um ihre Füße im Gemüsefach zu kühlen.

Es war ein Fehler gewesen, nicht zu glauben, was auf Linas Haut geschrieben stand, und ein solcher Fehler durfte ihr nicht nochmal passieren. Nachdem Neil sie wegen der Kamera angerufen hatte und ihr klar geworden war, warum Barry so oft scheinbar zufällig die Badezimmertür aufstieß, hatte sie eine Weile tatsächlich daran gedacht, Neils Rat anzunehmen und Barry der Polizei zu melden. Nicht für das, was er in das Schränkchen eingebaut hatte – das wäre doch irgendwie unfair. Nachdem sie das Schloss am Arzneischränkchen mit Barrys Heckenschere aufgebrochen hatte, riss sie die Kamera aus der Wand und hielt sie Barry mit baumelnden Drähten unter die Nase. Doch Barry lachte nur, wackelte mit seinem verbundenen Zeigefinger und sagte: »Ich denke, du hast keinen Grund, dich zu beklagen.« Womit er Recht hatte. Sie wusste zwar nicht genau, wieso, war aber froh, dass Barry im richtigen Moment hereingekommen war.

Etwas ganz anderes bereitete ihr Sorgen. Barry stand die Schuld buchstäblich ins Gesicht geschrieben, und ihr war, als müsste irgendwer davon erfahren. Er war ein junger Mann gewesen, als er es getan hatte, und wie die litauischen Bauern – besoffen von selbstgebranntem Schnaps und der Macht, ganze Familien auslöschen zu können – mochte er geglaubt haben, was er tat, sei notwendig, und dann mochte er eine Rechtfertigung gefunden haben, um sein Herz vor dem Allerschlimmsten zu verschließen. Doch wenn es eine Erklärung gab, so stand diese nirgendwo geschrieben. Auf Barrys Gesicht sah Magdalena nur Fakten und Daten.

Nachdem Magdalena ihm das mit den Worten erzählt hatte, hielt sie sich mit dem Thema eine Weile zurück. Als Barry eines Nachmittags im Wohnzimmer nach ihr rief, weil jemand irgendwas auf seiner Tastatur verschüttet hatte, und sie, statt bei ihrem Namen, Zweihundertzwanzigtausend nannte, reagierte Magdalena. Doch als er sie anwies, das Buch mit den Klebezetteln zu nehmen und das Kapitel über Litauen vorzulesen, das mit *Magdalena* gekennzeichnet war, sagte sie: »Du bist echt krank, weißt du das, Barry?«

»Lies!«, sagte er.

»Ich will nicht«, sagte sie.

»Es ist zu deinem eigenen Nutzen. Du solltest darüber Bescheid wissen.«

»Nein«, sagte Magdalena.

»Dann hau ab. Pack deine Sachen«, sagte Barry.

Magdalena setzte ihre Brille auf, doch statt einen Blick ins Buch zu werfen, musterte sie Barry, stolperte absichtlich ein wenig über die Worte, damit er wusste, dass sie ihm vorlas.

»Mount Darwin, 2. September 1975. Fesselte die Füße von Erasmus Chiutsi, ließ es aussehen, als hätte er sich erhängt«, sagte sie.

»Was?«, sagte Barry.

»Schlug und verbrannte dessen Bruder Amos«, sagte sie. »Number 5 Rest Camp, Chilimanzi, 25. September 1975. Schlug Mariya Mandiuraya mit dem Stock, setzte ihr Hunde an die Brust. Wickelte weißes Tuch um den Kopf von Grace Mandirova und goss ihr sechsmal Wasser ins Gesicht. Gab ihr Tabletten und Watte.«

»Raus hier!«, schrie Barry. »Was soll der Scheiß? Verschwinde!«

Er schlug ihr die Brille aus dem Gesicht, doch Magdalena

hob sie auf und hielt sie sich vor die Augen – nicht, weil sie sie brauchte. Sie kannte das alles schon seit Monaten auswendig.

»Pokwe Rest Camp, 28. September 1975. Erklärte Mushandi Kurwara, dass dieser in Zukunft keine Kinder mehr bekommen würde. Drähte an den Hoden. Drei Schocks. Chiweshe Protected Village Nr. 12, 2. August 1975 …«

»Ich bring dich um«, brüllte Barry.

Danach gab es großes Geschrei. Barry jagte sie aus dem Haus und warf ihre Sachen auf die Straße. Das neue Mädchen fing an zu schreien. Polizeisirenen heulten, und Linas Kamera ging zu Bruch. Mit einer Eisenstange in der Hand trieb Barry Magdalena vor sich her, und um zu verhindern, dass er zuschlug, verriet Magdalena ihm, was er die ganze Zeit schon wissen wollte – wie seine Zukunft aussah. Kleine Worte, auf den Augenlidern: *Blutkrebs, metastatisch.* Er ließ die Eisenstange auf den Gehweg fallen, wo sie ein Stück weit rollte, bis Magdalena sie mit dem Fuß festhielt. Als sie ihn wieder ansah, saß Barry in sich zusammengesunken auf dem Kantstein, wie ein alter Mann. Sie warf die Eisenstange in die Büsche, damit die Polizei sie nicht fand, und riet dem neuen Mädchen, still zu sein. Dann machte sie sich daran, ihre Sachen zu packen, angefangen mit dem, was Barry auf die Straße geworfen hatte.

»Da steht aber auch ›Rettet Magdalena Bikauskaitė das Leben in der Badewanne‹«, erklärte sie Barry, bevor sie ging, auch wenn das gelogen war. Davon war nirgends die Rede. Barry saß nur da, ohne aufzublicken.

Sie war schon eine ganze Weile unterwegs. Die Bürgersteige in Paris waren uneben. Ihre Arme fühlten sich an, als würden sie aus den Schultern gerissen, weil es so anstrengend war, den wackligen Koffer auf seinem einsamen Rad hinter sich her zu ziehen, und die Straße, die sie zum Bahnhof Montparnasse führen sollte, hatte sie auch noch nicht gefunden. Zwei Frauen gingen an ihr vorbei, die Gesichter voll französischer Worte, die alles bedeuten konnten. Ein Mann mit aufgekrempelten Ärmeln rauchte Pfeife. Ganze Texte liefen an seinen Armen entlang.

Langsam kamen Magdalena ernste Zweifel an ihrem Tun. Sie war doch verrückt gewesen, nicht in den Bus nach Vilnius zu steigen. Die Straße, auf der sie sich befand, war in dem kleinen Stadtplan nicht verzeichnet, und während sie das Straßenschild an der nächsten Ecke zu entziffern versuchte und überlegte, ob sie vielleicht wieder zurück zum Bahnhof laufen sollte, um sich danach zu erkundigen, ob sie ihr storniertes Ticket vielleicht zurückkaufen könnte, stieß sie um ein Haar mit einem Mann zusammen, der reglos mitten auf dem Gehweg stand.

Leicht gebückt betrachtete er ein Schaufenster. Magdalena trat vom Kantstein, um ihm auszuweichen, doch dabei rutschte ihr Linas Koffer aus der Hand und kippte auf die Straße. Als der Mann ihr zur Hand gehen wollte, nahm Magdalena eilig ihre Brille ab, denn bei all den Millionen Menschen in Paris hätte sie ausgerechnet beinah einen Litauer umgerempelt. Die Worte in ihrer Muttersprache auf dem Gesicht des Mannes sprangen sie förmlich an.

Schon lange hatte sie sich abgewöhnt, laut auszusprechen, was sie las, doch dieser Spruch auf der Haut des Mannes war ihr derart vertraut, dass sie sich unwillkürlich murmeln hörte:

»*Akys nemato, širdies nesopa.*« Das sagte Magdalenas Mutter ständig. *Was die Augen nicht sehen, tut dem Herzen nicht weh.* Irgend so was in der Art. Es war der Lieblingsspruch ihrer Mutter. Sie brachte ihn, wenn sie im Laden lachend ein besonders gutes Shampoo aus dem Regal nahm, ohne auf den Preis zu achten. Sie brachte ihn eher leise, wenn sie mit Magdalena auf der Straße einer betrunken torkelnden Frau begegnete, doch wenn der verlogene Ex-Mann einer Freundin im nagelneuen Auto vorüberfuhr, zog Magdalenas Mutter die Augenbrauen zusammen und rief ihn so laut sie wollte. Der Spruch war altmodisch, so abgenutzt, dass er kaum noch etwas bedeutete, und der Mann auf dem Gehweg musterte Magdalena verwundert. Schon wollte sie sich an ihm vorbeidrücken, bevor er sie fragen konnte, wieso sie Litauisch mit ihm sprach, obwohl sie unmöglich wissen konnte, dass er sie verstehen würde, doch wie sich herausstellte, musste sie nichts erklären, weil er sie offenbar gar nicht verstanden hatte.

»Tut mir leid«, sagte der Mann auf Englisch. »Ich spreche kein …«

Magdalena setzte ihre Brille wieder auf, nur für einen kleinen Moment, und sie sah, dass der Mann kein Litauer sein konnte. Alle anderen Worte auf seiner Haut waren englisch. Eilig suchte sie sein Gesicht ab. Da standen Details zu seiner Pension und einer Lebensversicherung: Direkt unter seinem Ohr sah sie den exakten Wert. Im Augenwinkel des Mannes standen Dinge aus seiner Kindheit: eine Streichholzburg, ein Geheimnis, ein kurzer Moment, in dem die Tür zum Hühnerstall nicht fest verschlossen war. Auf seinem Kinn eine Ehe, nur kurz erwähnt. Magdalena wollte nicht dabei ertappt werden, dass sie allzu genau hinsah, also nahm sie die Brille wieder ab.

Der Mann beugte sich über ihren Koffer. »Ich fürchte, Sie haben ein Rad verloren«, sagte er. Er hob den Koffer auf den Bürgersteig, und sie musste ihm erklären, dass es nicht seine Schuld gewesen war, das Rad schon lange fehlte und der Koffer ständig umkippte.

Der Mann sah wieder ins Schaufenster. Magdalena fragte sich, ob ihre Sinne ihr vielleicht einen Streich spielten und sie sich nur einbildete, etwas Litauisches gelesen zu haben.

»Wissen Sie Weg zu Bahnhof Montparnasse?«, fragte sie. Er drehte sich wieder um und sagte, es täte ihm leid, aber das wüsste er nicht, er sei fremd in der Stadt. Sie setzte ihre Brille auf und las nochmal, oben an seiner Wange: *Akys nemato, širdies nesopa.* Magdalena konnte es ihre Mutter förmlich sagen hören, und es schien sogar die Handschrift ihrer Mutter zu sein, dort auf der Haut dieses Mannes. *Was die Augen nicht sehen, tut dem Herzen nicht weh.* Es war die Antwort auf alles, ihre Strategie, Dinge zu erklären, die sie nicht verstand und vielleicht auch gar nicht verstehen wollte.

Der Mann sagte etwas über den Laden, den er sich ansah. Im Fenster standen kleine Figuren, und der Mann fing an, ihr von seinem Sohn zu erzählen, dem so etwas gefiel. Als er sich vorbeugte, um in den Laden zu deuten, las sie, dass er wegen einer »Reunion« mit seiner Familie in Paris war. Es stand auf seiner Wange, gleich unter den Worten ihrer Mutter.

»Und sind Sie beide zusammen hier?«, fragte Magdalena.

»Mein Sohn? Nein, der ist nicht mitgekommen«, sagte der Mann.

Es war riskant, ihn noch mehr zu fragen. Aber sie konnte sehen, dass das *k* im Wort *akys* auf seinem Gesicht ein russischer Buchstabe war. Magdalenas Mutter schrieb das *k* immer noch so, wie sie es in der Schule gelernt hatte. Plötzlich vermisste Magdalena ihre Mutter – den Klang ihrer Stimme und die tröstende Mulde am Hals ihrer Mutter, in die Magdalenas Kopf noch heute passte, wenn es nötig wurde.

»Dann sind Sie hier für eine – *Reunion?*«, fragte sie. Sie war nicht ganz sicher, wie man das Wort aussprach, aber sie wollte den Mann am Reden halten.

Er sah sie etwas seltsam an, und Magdalena wusste, dass sie einen Fehler gemacht hatte.

»*Reunion?* Nein, habe ich das gesagt?«

Sie zuckte mit den Schultern, als hätte er es tatsächlich gesagt, und obwohl der Mann sich wunderte, schien er ihr doch zu glauben. Er redete weiter über seinen Sohn, und sie nickte, las die Worte noch einmal. Sie war erschöpft, ihre Arme und Beine waren müde, ihr taten die Füße weh, und so fand sie Trost darin, Buchstaben in vertrauter Abfolge zu betrachten. *Akys nemato, širdies nesopa.* Der alte Spruch, ohne Artikel und Präpositionen, sodass vier litauische Wörter genügten, um auszudrücken: *Was die Augen nicht sehen, tut dem Herzen nicht weh.*

»Na ja, manchmal …«, sagte der Mann. »Manchmal kommt es eben anders.«

Magdalena nickte wieder, obwohl sie gar nicht richtig zugehört hatte. »So ist das mal«, sagte sie.

Der Mann räusperte sich und hob seinen Koffer an, als wäre ihm plötzlich eingefallen, dass er in Eile war. Sie hätte ihn gern noch für ein paar Minuten dort behalten. Sie warf einen Blick in das Schaufenster, für das er sich so sehr interessierte. Bevor ihr jedoch etwas eingefallen war, wie sie ihn höflich dazu bewegen konnte, ihr seine Wange wieder zuzuwenden, damit sie sich die Worte ihrer Mutter nochmal ansehen konnte, nahm er seinen Koffer und wollte gehen. Sein Stadtplan war besser als ihrer, und er gab ihn ihr mit den Worten: »Hier, vielleicht sollten Sie lieber jemand anderen nach dem Bahnhof fragen.«

»Für mich?«, sagte sie. »Okay, danke.«

Der Mann neigte den Kopf, um sich zu verabschieden, während Magdalena dastand und ins Schaufenster starrte. Das Kaugummi, das Neil ihr gegeben hatte, war hart und schmeckte nach nichts. Sie blies ein winziges Bläschen auf.

Hinter der Scheibe hängte der Ladenbesitzer seine Schürze weg. Er setzte sich, um ein Paar Lederstiefel anzuziehen. Als er fertig war, trat er ans Schaufenster, nickte Magdalena zu, als er sie dort draußen stehen sah, und machte sich daran, zwischen den staubigen Figuren Platz zu schaffen. Dann holte er eine Schachtel hinter dem Tresen hervor. Er nahm etwas heraus und stellte es ins Schaufenster. Es war eine kleine Heiligenfigur, deren Gesichtszüge in so weiches Leder gestanzt waren, dass sie fast lebendig aussah. Magdalena wandte sich um, weil sie wissen wollte, ob der Mann auf dem Bürgersteig sie auch bewunderte, doch er war nicht mehr da. Als sie sich wieder dem Schaufenster zuwandte, fiel ihr auf, dass der Heilige am ganzen Körper von winzigen Muscheln bedeckt war. Der Ladenbesitzer nahm einen Zettel, auf dem etwas Französisches stand, und klebte ihn an die Scheibe.

Der Mann verschwand in einem Hinterzimmer, während Magdalena dastand und den kleinen Heiligen betrachtete. Sie blies noch eine Blase mit ihrem Kaugummi. Da ging das Licht im Laden aus. Das Schaufenster wurde dunkel, und sie musste näher heran und die Hände schützend an die Augen halten, um drinnen etwas zu erkennen. Die Figur war mit echten Muscheln besetzt, keine größer als ein Fingernagel. Unter dem kleinen Heiligen hatte der Ladenbesitzer ein wenig Sand verstreut. In diesem Moment kam Magdalena der Scheibe zu nah, sodass die Kaugummiblase platzte und am Glas festklebte. Plötzlich ging die Tür auf, und der Ladenbesitzer trat heraus.

Sie dachte, er sei böse wegen des Kaugummis, doch davon hatte er anscheinend gar nichts mitbekommen. Während er die Tür abschloss, sagte er etwas auf Französisch zu ihr. Er schnallte seinen alten Rucksack um, nickte Magdalena nochmal zu, dann machte er sich auf den Weg die Straße hinauf.

Magdalena wandte sich dem Schaufenster zu. Sie verstand nicht, was auf dem Zettel geschrieben stand, den der Ladenbesitzer an die Scheibe geklebt hatte, aber ganz unten hatte er eine Muschel gezeichnet, die wie ein chinesischer Fächer aussah. Der Mann war noch nicht weit gekommen. Er war alt, doch trug er feste Stiefel und hatte einen langen Stock dabei, auf den er sich beim Laufen stützte. Magdalena fiel ein, dass Neil erwähnt hatte, die Pilger würden sich zu dieser Jahreszeit auf den Weg machen.

»Entschuldigung!«, rief sie ihm hinterher. »Bitte sagen Sie … was ist mit heilige Mann in Ihre Schaufenster?« Der Ladenbesitzer blieb stehen und sah sie verwundert an.

»Tut mir leid. Nix Englisch«, sagte er.

Magdalena versuchte es nochmal. »Diese kleine Mann«, sagte sie und deutete aufs Schaufenster. »Mit Muscheln?« Sie deutete an ihren Armen entlang und versuchte, sich an den Namen zu erinnern, den Neil ihr genannt hatte. »Saint Jacques?«, fragte sie.

»Ah, *oui.* Nix verkaufen«, sagte der Mann.

»Okay«, sagte Magdalena. »Aber wo? Wo ist das?«

»Nix verkaufen«, sagte der Mann.

»Ich will dahin«, sagte Magdalena.

Der Mann zuckte mit den Schultern. »Tut mir leid«, sagte er.

In Magdalenas Brieftasche – hinter den dreißig Euro und ein paar leeren Telefonkarten – steckte der Zettel, den ihr die Frau aus der gelben Kirche in Swindon gegeben hatte, mit dem rosa Stempel in Form einer Kammmuschel. Sie nahm den Zettel hervor und zeigte ihn dem Mann.

»Ah, Compostelle«, sagte er.

»Ja?«, sagte Magdalena.

»Okay«, sagte der Mann und deutete die Straße entlang. »*Venez.*« Er winkte Magdalena, ihm zu folgen, doch als er sah, dass ihr schwerer Koffer nur auf einem Rad rollte, schüttelte er den Kopf.

»*C'est mieux comme ça*«, sagte er, deutete auf seinen alten Rucksack und klopfte mit dem Gehstock an seine Stiefel. Kopfschüttelnd musterte er Magdalenas Sandalen. Er ging zum Laden zurück, schloss die Tür auf und trat ein. Bald darauf kam er mit einer Packung Gummieinlagen und einer Rolle Klebeband zurück. Beides reichte er Magdalena und deutete auf ihre Füße. »Kommen Sie«, sagte er. Sie rückte den Schuhkarton unter ihrem Arm zurecht und folgte dem Mann die Straße entlang.

Schon bald kamen sie zu einer Baustelle. »Okay«, sagte er und sah sich um. Eine Gruppe von Leuten hatte sich um einen Bagger versammelt. Magdalena sah fünf oder sechs Nonnen mit Wanderstiefeln, die Wasserflaschen aus einem großen Kanister befüllten, und ältere Ehepaare im Partnerlook, mit Rucksäcken. »Nach Compostelle«, erklärte der alte Mann. »*Pèlerins.*« Er hob die Hand und ahmte mit zwei Fingern wandernde Beine nach.

»Wir gehen zu Fuß?«, fragte Magdalena. Der alte Mann antwortete nicht, ließ nur seine Finger immer weiter wandern. Achselzuckend hielt er sechs Finger hoch, dann sieben.

»Wochen«, sagte er.

»Okay«, sagte Magdalena.

Sie nahm das kleine Pfeil-und-Bogen-Set von Neils Vater aus Linas Koffer und steckte es in ihre Handtasche, dazu die Gummisohlen, die der Mann ihr gegeben hatte, und alles, was sonst noch reinpasste. Sie schnürte ihre Jacke um die Hüften, dann schob sie den Koffer unter den Bauzaun, gleich neben einem Geräteschuppen. Sie war so sehr daran gewöhnt, keine Brille zu tragen, dass es ihr jetzt erst einfiel aufzublicken. Es konnte sehr wohl Neils Turm sein, der da über ihr aufragte, oder vielleicht war es ein anderer Turm, der hier von einem weißen Baugerüst umstellt war. Sie nahm ein Stück vom Klebeband, das der Ladenbesitzer ihr gegeben hatte, klebte den Schuhkarton damit zu und knotete zwei Schnürsenkel zu einer Schlaufe, um sich den Karton um die Schulter hängen zu können. Als die Nonnen auf ihre Armbanduhren blickten, fingen die Kirchenglocken an zu läuten.

»Okay«, sagte der alte Mann. »Gehen wir.«

RICHARD

Paris, Juni

Nachdem ich die Mikrofilme durchgesehen und mich vergewissert hatte, dass Inga Bearts tragischer Verlust ihres Augenlichts in den französischen Zeitungen nicht detaillierter beschrieben worden war als in den Zeitungen bei uns zu Hause, verließ ich die Bibliothek und lief am Fluss entlang zurück. Es wurde Abend, und überall am Ufer der Seine saßen junge Leute beieinander, aßen Baguette und reichten Weinflaschen von einem zum anderen, weil keiner daran gedacht hatte, Pappbecher mitzubringen. Ich hätte enttäuscht sein sollen, weil ich nichts gefunden hatte, doch war mir noch nie ein so fröhliches Völkchen von Leuten begegnet, wie sie sich ans Ufer des Flusses klammerten, die nackten Füße über dem Wasser baumeln ließen und ihre Zehen der Nacht entgegenstreckten.

Ich stellte mir meinen Sohn unter all den jungen Leuten vor, wie er sich an die Schulter eines Mädchens mit Lippenpiercing schmiegte oder Brot an die Enten verfütterte. Er besaß den Mumm, an dem es mir seit jeher mangelte. Er zog in die weite Welt hinaus, um zu studieren. Als ich in seinem Alter war, gab es unausgesprochene Grenzen. Manches tat man einfach nicht. Doch die Regeln, an die sich meine Generation stillschweigend hielt, stießen bei seiner Generation auf taube

Ohren, und wie sich herausstellte, konnte ein Junge aus unserem Städtchen sehr wohl studieren, wo er wollte, und lernen, wie man sich unter die Großstadtkinder mischte, die in London oder New York oder Hongkong oder Paris dem Sonnenuntergang zuprosteten.

Auf der anderen Seite der Seine sah ich meinen Kirchturm unter seinem Baugerüst und steuerte darauf zu, denn ich wusste, dass rechts davon irgendwo mein Hotel lag. Dem Stadtplan nach zu urteilen ragte Notre-Dame vor mir auf, und ich überlegte, ob ich mal einen Blick hineinwerfen sollte, doch lockte mich Musik daran vorbei. Ich lauschte einem Akkordeonspieler, bis sein Lied zu Ende war, dann gab ich ihm etwas Geld und ging weiter. Am einen Ende der Brücke ließ ein Mann eine Marionette tanzen und spielte dazu freihändig Mundharmonika, während sich am anderen Ende Leute um einen jungen Burschen versammelt hatten, der »Bye Bye Miss American Pie« sang. Wenn er den Text nicht wusste, sang er einfach *»wa wa wa-wa wa wa wa-wa whiskey and rye.«* Sein Publikum war begeistert.

Als kleiner Junge war Neil mit seinen Cousins auf der Ranch gern vom Heuboden in der Scheune gesprungen. Pearls Kinder hatten sich einfach fallen lassen, verließen sich darauf, dass ich sie fing. Und ich machte mich bereit, rief: »Auf die Plätze! Fertig! Los!«, optimistischer als mir zumute war, sah ihre kleinen Körper auf mich zu fliegen und betete, dass ich sie fangen würde. Neil zögerte jedes Mal. Erst nahm er Anlauf, dass mir der Atem stockte, dann zauderte er plötzlich und fing nochmal von vorn an. Doch immer sprang er, kreischte auf seinem Weg in die Tiefe, dann hetzte er Carly und den Zwillingen hinterher, die Leiter hinauf, um gleich nochmal zu springen. Ich dachte daran, seine Mutter anzurufen, um herauszufinden, wo ich ihn in der vorlesungsfreien Zeit erreichen konnte. Ich wollte ihm nicht zur Last fallen, musste aber auch daran denken, wie Neil als Kind gewesen war, ein kleines Geschoss, das sich vom Heuboden in meine Arme stürzte, als alles noch so viel einfacher war. Ich stellte mir vor, wie überrascht er wäre, von mir zu hören. »Du bist in Paris?«, würde er ungläubig fragen. »Na klar«, würde ich sagen. »Hübsche Stadt.« Und ich hätte es auch getan – in den Touristenläden gab es Telefonkarten zu kaufen –, aber dann fiel mir unser letztes Gespräch ein. Ich wollte lieber warten, bis ich etwas vorzuweisen hatte, das meine Anwesenheit rechtfertigte.

Mein Orientierungspunkt verschwand, als ich in eine Straße bog, dann tauchte er in einer etwas anderen Richtung als erwartet wieder auf. Der Sonnenuntergang ließ die Fenster der Häuser um mich herum in einem derart grellen Orange erstrahlen, dass es schien, als brannte es dahinter.

Fast war ich schon bei meinem Hotel, als ich mich in derselben schmalen Gasse wiederfand, durch die ich an meinem ersten Morgen in Paris gekommen war. Ich folgte ihr, bis ich wieder zu dem kleinen Schuhladen kam, und rechnete beinahe damit, das Mädchen mit dem Koffer davor stehen zu sehen. Diesmal jedoch war die Straße leer.

Ich sah mir das Schaufenster nochmal an. Ganz offensichtlich war der Besitzer ein religiöser Mann: Da gab es Heiligenfiguren, Szenen aus der Bibel und die kleinen Kreuzritter, die mir beim letzten Mal schon aufgefallen waren, allesamt aus Schuhleder gefertigt. Für eine Kreuzigungsszene hatte er Reißnägel verwendet, und neben der Werkbank sah ich das letzte Abendmahl, aus Blöcken von Sattelseife geschnitzt. Der Mann war ein wahrer Künstler. Mit Hilfe seines Schusterpfriems hatte er die Gesichtszüge im weichen Wachs fein herausgearbeitet. *Gute Hände,* hätte meine Tante Cat gesagt. Auch sie besaß feinfühlige Finger, die ihre Kraft der Aufgabe anpassten. Sie konnte sowohl einem alten Huhn mit kurzer Drehung des Handgelenks den Hals umdrehen, als auch die winzigen Drähte einer Spielzeuglokomotive zusammenflechten, und wenn sie einen ins Ohr kniff, tat es genau so weh wie beabsichtigt.

Oft genug hatten ihre Hände mir den Hintern versohlt, doch es gab auch positive Erinnerungen daran, und als ich dort vor dem Schuhladen stand, kehrten diese mit ungewöhnlicher Klarheit zurück. Ich erinnerte mich daran, wie meine Tante Cat mit den Fingern etwas namens *Euterpflegebalsam* aus einem großen Glas schöpfte, das noch aus der alten Milchkammer der Bearts stammte und dessen Etikett vom Fett ganz durchscheinend war. Jeden Abend rieb sie vor dem Schlafengehen ihre Hände damit ein und wickelte sie in Geschirrtücher. So blieben die Hände meiner Tante Cat immer weich. Ich erinnerte mich daran, wie ich wegen meiner Scharlacherkrankung in diesem großen Krankenhaus wochenlang in Quarantäne lag. Wie die Augen wilder Tiere starrten mich die runden Fenster meines Zimmers an, und wenn die ganze Welt zu schwanken schien, waren Tante Cats kühle Hände an meinen Wangen der einzige Halt gewesen.

Doch auch andere hatten diese Hände bemerkt. Ich erkannte sie sofort, als ich in Inga Bearts letztem Roman auf die Figur der Verna stieß. Die Tochter eines Milchmanns mit langen

Zöpfen und geschickten Fingern. Sie entfernt einen Kaktusstachel aus einer Katzenpfote und gewinnt eine gelbe Schleife für ihre Handarbeit. Sie taucht erst spät im Roman auf, die Mutter eines Jungen und eines Mädchens, eine hart arbeitende Bäuerin, die ihre Hände pflegt, als sparte sie sich für etwas auf.

Die Biografen sagen, Inga Beart sei nie mehr zurückgekehrt, um ihre Schwester oder sonst wen zu besuchen, nachdem sie mit siebzehn von zu Hause weg war. Ihr Porträt der Verna, deren Finger auch noch flink und geschmeidig sind, als sie zu einer Frau in mittleren Jahren herangewachsen ist, ähnelt meiner Tante Cat so sehr, dass ich – selbst wenn ich keine Erinnerung an diesen Tag unter dem Tisch hätte – immer noch sicher wäre, dass Inga Beart ihre Schwester im späteren Leben besucht hat. Jedenfalls hängt bei uns zu Hause über dem Telefon eine gelbe Schleife – gelb für den 1. Preis, verblasst im Laufe der Jahre –, nach wie vor im selben Bilderrahmen, in dem Tante Cat ihn beim County Fair 1939 verliehen bekam, drei Jahre nachdem Inga Beart mit ihrem Ungarn durchgebrannt war.

Neben den Aposteln im Schaufenster hielt eine kleine Madonna das in Moleskin gewickelte Jesuskind in den Armen. Nachdem ich den ganzen Tag auf den Beinen gewesen war, merkte ich, dass ich eine Blase am Fuß bekommen würde. Ein Stückchen Moleskin wäre jetzt genau das Richtige. Inzwischen aber war es spät und im Laden alles dunkel. Ich beugte mich vor, um nachzusehen, ob noch jemand drinnen war, und als ich wegen der grellen Abendsonne meine Hände an die Scheibe hielt, klebte eine Hand am Glas fest. Jemand hatte hier sein Kaugummi entsorgt. In der Hitze des Nachmittags war es aufgeweicht, und als ich meine Hand zurückzog, spannte sich zwischen mir und dem Schaufenster ein klebriger Faden, dann riss er und heftete sich wieder an die Scheibe. Nachdem ich so viele Jahre in der Mittelstufe unterrichtet hatte, war es mir nicht fremd, an den unmöglichsten Stellen auf Kaugummi zu stoßen. Ich nahm mein Taschentuch und wischte die Scheibe so gut wie möglich ab.

Das war nicht ganz einfach, und möglicherweise habe ich alles nur noch schlimmer gemacht. Auf der anderen Straßenseite trat ein Mann aus seinem Laden, blieb davor stehen und beobachtete mich, während er seine Pfeife stopfte. Schon kam er auf mich zu.

»Der Schuster ist nicht da«, sagte er und deutete auf den Laden. Es hätte mich nicht überraschen sollen, dass er mich auf Englisch ansprach. Mit meinem alten Sonnenhut und den Sportschuhen sah ich bestimmt aus wie die Karikatur eines Yankees.

»Verstehe«, sagte ich.

Der Mann schien sich gar nicht für den Fleck an der Scheibe zu interessieren, denn er sagte: »Wenn Sie etwas zur Reparatur abgegeben haben, könnte ich reingehen und es Ihnen rausholen. Ich habe einen Schlüssel für den Laden.«

»Oh, ja, danke«, sagte ich. »Ich wollte sehen, ob er vielleicht etwas gegen Blasen hat.«

»Ah, da kann Ihnen bestimmt die Apotheke weiterhelfen. Der Schuster kommt erst in ein paar Wochen wieder.«

»Ist er ein Freund von Ihnen?«, fragte ich.

»Na ja, wir sind jeden Tag hier, in derselben Straße, und wie Sie sehen, kommen hier nicht so viele Leute her, also plaudern wir miteinander. Ich hüte seinen Laden, wenn er Mittag macht, und manchmal hütet er meinen.« Und dann, als hätte er eben erst bemerkt, dass ich mein Taschentuch in der Hand hielt und an der Scheibe noch ein Stückchen Kaugummi klebte, sagte er: »Ach, schon wieder! Das passiert bei mir auch oft. Die Kinder kommen auf ihrem Schulweg hier entlang.«

»Etwas Öl könnte helfen«, sagte ich. »Als Lehrer hatte ich immer eine Flasche Ölseife in der Schublade. Damit lässt sich Kaugummi gut ablösen.«

»Hm, könnte sein, dass ich da was habe«, sagte der Mann. »Moment mal.« Er ging über die Straße und in seine kleine Gemäldegalerie, die mir als solche noch gar nicht aufgefallen war. Im nächsten Moment kam er heraus, mit einer Kiste voller Farbtuben.

»Ach, Sie sind Künstler?«, fragte ich.

»Nein, nein«, sagte er. Er deutete auf die Galerie und lachte kurz auf. »Ich hoffe, Sie verraten meinen Kunden nichts, aber heutzutage gibt es nur noch wenige Maler, die auch die nötige Technik beherrschen. Deshalb halte ich immer ein paar Sachen bereit …« Er wühlte in der Kiste herum, bis er eine Dose Leinöl fand und sie mir reichte. »Das nehme ich, um die Farben aufzufrischen. Man kann nie wissen, wann es nötig wird, die Perspektive zu korrigieren oder einen fehlenden Farbklecks hinzuzufügen.«

Mein Taschentuch war sowieso hinüber, also tupfte ich damit Öl an die Scheibe. Ich ließ es etwas einwirken. Der Mann gab mir ein Palettenmesser, und vorsichtig kratzte ich am Glas herum. Das Öl tat seine Wirkung, das Kaugummi löste sich. Ich gab mir Mühe, die Scheibe sauber zu wischen.

»Bravo«, sagte der Mann. »Das probiere ich nächstes Mal auch. Sie sagen, Sie sind Lehrer?«

»Pensioniert«, erwiderte ich. Ich wollte nicht darüber sprechen, also sagte ich: »Ich habe eben diese kleinen Figuren im Fenster bewundert.«

»Oh, ja. Na, der Schuster ist ein seltsamer Kerl. Jedes Jahr geht er auf *pélerinage,* eine Reise aus Gründen religiöser Hingabe, um die Knochen von – ich glaube – dem hier zu besuchen …« Der Mann deutete auf eine der kleinen Figuren im Fenster. »Er wandert bis ans ›Ende der Welt‹, wie sie es nennen. Im Norden von Spanien.«

»Du meine Güte«, sagte ich.

»Ja, das macht er jedes Jahr im Juni, immer mehrere Wochen. Und wenn er zurückkommt, hat er wunde Füße und viele Kunden verpasst. Aber er macht es nun schon seit Jahren. Angeblich haben früher alle Männer seines Gewerbes diesen Heiligen verehrt, weil er ihnen gute Geschäfte einbrachte. Die Pilger nahmen weite Wege auf sich, um sein Grab zu besuchen, und dafür brauchten sie Stiefel. Jahrhundertelang sind sie von da drüben losgewandert …« Er deutete über die Dächer hinweg zu dem Gebäude, das mir als Orientierung diente. »Das ist der Turm von Saint Jacques. Ich glaube, auf Englisch heißt er *Saint James.*«

»Ich kann mir gut vorstellen, warum sie sich diesen Turm ausgesucht haben«, sagte ich. »Er ist mir gleich am ersten Morgen aufgefallen. Ohne ihn hätte ich mich längst verirrt. Mein Hotel liegt gleich dahinter.«

»Ja, aber er wird gerade restauriert und ist eingerüstet. Sie sollten wiederkommen, wenn er fertig ist. Bestimmt sieht er dann beeindruckend aus.«

»Das würde ich wirklich gern«, sagte ich.

»Es wurde auch Zeit, dass man etwas unternommen hat, denn er ist schon seit Jahren in katastrophalem Zustand. Immer wieder sind große Steine auf die Straße gefallen, und es gab sogar Tote. Meine Mutter wurde von so einem Stein getroffen. Es ist ein wahres Wunder, dass sie das überlebt hat.«

»Wann war das?«, fragte ich.

»Ist lange her. Seit Jahren ist der Turm schon mit Planen zugedeckt, um Passanten zu schützen.«

Ich gebe zu, dass ich lächeln musste. Das war eher unangemessen, angesichts der Geschichte, die ich gerade gehört hatte, aber ich konnte nicht anders. Vor meinem inneren Auge sah ich mich an die Tür von Carter Bristols Universitätsbüro klopfen und hörte mich sagen: »Tja, Carter, da hast du dich wohl getäuscht.« Ich stellte mir vor, wie ich persönlich überwachen würde, dass er jedem Exemplar der Biografie meiner Mutter einen entsprechenden Nachtrag hinzufügte. Aber vielleicht war ich doch etwas voreilig.

»Wissen Sie noch, in welchem Jahr das war?«, fragte ich.

»Ich glaube, es muss etwa 99 gewesen sein, als sie ein Netz darum gespannt haben. Es gibt da ein Schild mit Informationen zu den Bauarbeiten, falls es Sie interessiert.«

»Ich meinte den Unfall Ihrer Mutter«, sagte ich.

»Ach«, sagte er. »Na, das ist lange her. Da war ich noch ein kleiner Junge. Mein Vater hat sich immer beschwert, dass die *mairie* wegen des Turms nichts unternimmt.«

»Schon 1953 oder 54?«, fragte ich.

»Gut möglich«, sagte er. »Ich kann sie leider nicht mehr fragen. Meine Mutter ist vor kurzem gestorben.«

»Das tut mir leid«, sagte ich. »Tut mir sehr leid, das zu hören.«

»Na ja, es kam nicht unerwartet. Und trotzdem ist es nicht dasselbe. Wenn die Eltern tot sind – mein Vater starb ein paar Jahre vorher –, wenn beide tot sind, ist nichts mehr, wie es war. Wer erinnert sich noch an das erste Mal, dass man in die Hände geklatscht hat oder *tout seul* stehen konnte? So was fragt man sich plötzlich.«

»Ja«, sagte ich, dachte dabei jedoch an Steine, die vom Turm des heiligen Jakob fielen.

»Aber in diesem Alter sind wir jetzt«, sagte er.

»Ja«, sagte ich wieder und bedankte mich für seine Hilfe.

Abgesehen von einigen Kurzgeschichten und etwas Lyrik schrieb Inga Beart, nachdem sie in Paris angekommen war, nur noch Briefe, meist an enge Freunde in New York. Mehrere dieser Briefe sind in archivarischen Sammlungen verfügbar, und bei der Lektüre wird deutlich, dass Inga Beart in den Monaten vor dem August 1954 allmählich den Bezug zur Realität verlor. Seitenweise listete sie profane Ereignisse im Leben namenloser Menschen auf, als dienten ihr diese Briefe als Reservoir für einen Überfluss an Worten und als fehlte ihr die Kraft, diese zu Romanen zu ordnen.

Doch als Carter Bristol seine Biografie über meine Mutter schrieb, stieß er offenbar unter den Dokumenten dieser Pariser Comtesse auf verschiedene Briefe, die der Forschung bisher unbekannt waren. In einem skizziert Inga Beart eine Figur, die auf einem Apotheker aus der Nachbarschaft beruhte. Laut Bristols Buch stand in dem Brief: *»Habe mir den Assistenten* *des Apothekers näher angesehen, offenbar wird er von Steinen erschlagen, die vom Himmel fallen. Du siehst also, mein Französisch macht Fortschritte. Muss zugeben, dass ich ihn auf ein Glas Pernod zu mir nach Hause eingeladen habe …«*

Der Brief ist auf den 18. Juli 1954 datiert, sodass er zu dem Letzten gehört, was sie je geschrieben hat. Ihre Handschrift ist kaum lesbar, als hätte sie den Brief schnell zu Papier gebracht, ohne groß darüber nachzudenken, und nichts davon ergibt irgendeinen Sinn.

Carter Bristol behauptet nun, dieser und andere Briefe zeugten von derselben emotionalen Distanz, die auch Schriften geisteskranker Verbrecher offenbaren. Er behauptet, Inga Beart sei von der Annahme geleitet gewesen, sie könne Einfluss auf das Leben – und den Tod – der Menschen nehmen, die sie zu ihren Figuren auserkoren hatte. Es handele sich um eine Form des Größenwahns, typisch für gestörte Persönlichkeiten. Sie habe geglaubt, sie könne dafür sorgen, dass dem armen Apotheker der Himmel auf den Kopf fiel, allein kraft ihrer Gedanken.

Bristols Ansicht nach hat Inga Bearts gesamtes Werk etwas Zwingendes. Ein ganzes Kapitel widmet er einer gewissen Mary Hamlin, einer geschiedenen Frau, die Inga Beart aus New York kannte. Angeblich ist sie das Vorbild für die Figur der Anna-Lee. Einst hatte sie in der Raststätte ihres Vaters gearbeitet und – Jahre nach der Veröffentlichung des Buches – tatsächlich eine Überdosis Schlaftabletten genommen, genau wie Anna-Lee. Was die meisten Menschen als tragischen Zufall betrachten, nimmt Bristol als möglichen Beweis für die Macht, die meine Mutter über die Vorbilder für ihre Figuren besaß. Nachdem die arme Frau die Geschichte ihres Lebens zu Ende gelesen und im Kino gesehen hatte, wie Bette Davis sie verkörperte, blieb ihr nichts anderes übrig, als ihr Leben genau so zu leben, wie Inga Beart es aufgeschrieben hatte.

Natürlich kannte ich die meisten Leute nicht, die sich als Figuren in den Büchern meiner Mutter wiederfanden. Die Ähnlichkeit zwischen meiner Tante Cat und der Bäuerin Verna ist das einzige Beispiel, das mir persönlich bekannt ist. Diese relativ nebensächliche Figur genügt jedoch, um mich davon zu überzeugen, dass Bristol meine Mutter völlig falsch verstanden hat. Inga Beart hat Ereignisse nicht vorgegeben, sondern ihre Anstöße dem entnommen, was schon da war. Während ich mich unter dem Tisch versteckt hatte und den Anblick der Schuhe meiner Mutter in mich aufsog, hätte sie ausreichend Gelegenheit gehabt, eine ganze Reihe präziser Details über das Leben der älteren Frau zu sammeln, die ihre große Schwester inzwischen geworden war.

Wenn ich mich in ihre Lage versetze – damals, 1951 oder 52, in Tante Cats Küche –, kann ich mir gut vorstellen, wie sie darauf kam, sich ein Leben für Verna auszudenken, das dem meiner Tante Cat in mancher Hinsicht so ähnlich war. Sie musste nur einen Blick aus dem Fenster werfen und sich die hügeligen Weiden ansehen, die so schwer zu bewässern waren, und all das Unkraut, das an den Rändern der Felder auf seine Chance wartete. Es war nicht zu übersehen, dass die Ranch – auch angesichts der fallenden Fleischpreise aufgrund der immer größer werdenden Großbetriebe – nicht mehr lange in der Lage wäre, uns fünf zu ernähren. Die nahe liegende Schlussfolgerung daraus war, dass Tante Cat sich wie ihre Nachbarinnen –

wie Verna – einen Job in der Stadt suchen musste. Im Roman meiner Mutter findet Verna Arbeit in einer Zahnarztpraxis. Ich war gerade mit der Highschool fertig, als meine Tante Cat bei Dr. Braun in Walsenburg anfing, fremder Leute Zähne zu putzen. Daran ist nichts Ungewöhnliches. Zahnarzthelferin war damals einer der wenigen Berufe, der Frauen offenstand. Wenn man bedenkt, wie geschickt beide mit ihren Händen waren, scheint es nur folgerichtig, dass sowohl die fiktive Verna als auch meine Tante Cat mit ruhiger Hand – wenn auch nicht immer sanft – den Zahnschmelz der Landbevölkerung von so manchem Sonntagsbraten, von schwarzem Kaffee, Kautabak und anderen Feinden gesunder Zähne befreiten. Jedenfalls ist es völlig abwegig, dass meine Tante Cat – und sei es unterbewusst – das Leben einer Figur aus einem Roman von Inga Beart imitiert haben könnte. Soweit ich weiß, wollte sie nie auch nur ein Wort von dem lesen, was ihre Schwester veröffentlicht hat.

Bristol jedoch wischt solche Details beiseite und befasst sich für den Rest seines Buches damit, die Interviews meiner Mutter zu analysieren, ihre Beziehungen zu Männern, selbst das, was ihre Lehrer in der Grundschule über sie geschrieben haben, um am Ende zu dem Schluss zu kommen, dass sie mehr oder weniger unfähig war, so etwas wie Empathie aufzubringen, und zwar in ihrer ganzen Bandbreite von Mitleid bis Liebe. Sie war nicht in der Lage, sich das emotionale Leben ihrer Figuren vorzustellen, und deshalb entlieh – manche sagen *stahl* – sie die intimsten Erlebnisse der Menschen aus ihrer Umgebung. Es kümmerte sie nicht, dass sie diese Details im Vertrauen erfahren hatte. Sie war sich keiner Schuld bewusst. Und

Carter Bristol ist sich seiner Sache so sicher, weil er sowohl einen Doktor in Literatur als auch einen in Klinischer Psychologie hat. Auf allen Hochzeitsfotos blickt Inga Beart knapp an ihrem jeweiligen Bräutigam vorbei, und keiner ihrer Männer sprach sonderlich gut Englisch, was ihr – wie Bristol behauptet – dabei half, länger zu verbergen, dass sie nichts empfinden konnte, so wie manche Leute kein Ohr für Musik haben und wieder andere Rot und Grün nicht unterscheiden können.

Außerdem behandelt er auf wissenschaftliche Weise Inga Bearts angebliche Liebe zu Frauen und ihre gleichzeitige Schwäche für Männer aus fernen Ländern. Er äußert einige Vermutungen hinsichtlich meiner Vaterschaft und behandelt auch all die anderen schmutzigen Details, die solche Bücher zu Bestsellern machen. Er gab sogar mehrere Interviews in morgendlichen Talkshows, und jedes Mal schmunzelt er so betreten, als wünschte er, es wäre nicht seine Pflicht, die Öffentlichkeit über die schockierendsten Aspekte aus dem Privatleben meiner Mutter zu informieren, und lässt dann dieses Therapeutenkauderwelsch vom Stapel, das einem glatt das Frühstück verderben kann.

Unglücklicherweise gibt es Leute, die sich diese Sendungen ansehen, und Bristols Buch hatte einigen Einfluss darauf, mit welchen Augen die Welt Inga Beart heute sieht. Vermutlich sollte es mir nicht so viel ausmachen, weil sich ihre Bücher tatsächlich besser verkaufen, seit diese Biografie veröffentlicht wurde, und mir steht ein Achtel der Tantiemen zu. Da kommt eine hübsche Summe zusammen, wenn so viele Menschen ihre Bücher ein zweites Mal lesen wollen, auf der Suche nach Anzeichen für eine gestörte Persönlichkeit.

Aber es macht mir etwas aus. Sie mag so manches nicht gewesen sein, aber sie war meine Mutter. Ich könnte Carter Bristols Interpretation ihres Lebens als einen Spleen abtun, wie Professoren ihn entwickeln müssen, um tonangebend zu bleiben, wenn er mir gegenüber nicht so schroff und selbstgefällig gewesen wäre, als wir miteinander sprachen. Bristol selbst hat nie versucht, Kontakt zu mir aufzunehmen, was doch überrascht, wenn man bedenkt, dass ich in seinem Buch öfter erwähnt werde als in allen anderen Biografien. Im Gegensatz zu manchen Autoren, die sich an mich gewendet haben, und sei es nur, um sich kurz nach der korrekten Schreibweise von Tante Cats Nachnamen oder Ähnlichem zu erkundigen, habe ich von Bristols Buch erst erfahren, als es bei uns in der Leihbücherei im Regal mit den Neueingängen stand. Da war es natürlich schon zu spät.

Dabei waren es nicht einmal die skandalösen Passagen, gegen die ich etwas einzuwenden hatte. Bristol könnte sogar Recht haben, wenn er meint, es sei an der Zeit, den Kult aufzugeben, der um Inga Beart entstanden ist, nachdem sie so unglücklich zu Tode kam. Und während es den meisten von uns vermutlich lieber wäre, wenn die intimeren Details aus dem Privatleben ihrer Mütter nicht derart ausgebreitet würden, kann ich die Neugier der Öffentlichkeit doch verstehen und weiß sie sogar zu schätzen. Schließlich war Inga Beart in der Welt der Literatur nicht immer so angesehen. Zu Lebzeiten war sie nur eine öffentliche Person unter vielen, deren Heldentaten mit wenig schmeichelhaften Kommentaren bedacht wurden. Egal wie ich persönlich darüber denke, kann ich doch verstehen, dass es nun Zeit wird, sie wieder menschlich zu machen.

Nicht akzeptieren kann ich Ungenauigkeiten, besonders wenn sie mich betreffen. Ich habe in Inga Bearts Leben nur eine kleine Rolle gespielt, was niemand bestreiten wird, ich am allerwenigsten. Aber ich habe eine Rolle gespielt. Warum hätte sie sonst zurückkommen sollen, um mich zu besuchen, wenn auch nur kurz, bevor sie nach Frankreich ging? Was sie auch im Sinn gehabt haben mochte, als sie nach meiner Geburt aus dem Krankenhaus in Santa Fe kam – sie wollte mich nicht einfach zurücklassen, und das ist von entscheidender Bedeutung, wenn es darum geht, Bristols Theorie zu widerlegen, dass es meiner Mutter an einem normalen Gefühlsleben gemangelt hätte, dass sie die Farben der Liebe, der Reue und Einsamkeit nicht empfinden konnte, die ihren Figuren so vertraut sind.

Als ich Bristol jedoch anrief, um ihn auf die wichtigsten Fehler in seinem Buch hinzuweisen, wollte er erst gar nicht mit mir sprechen. Ich habe versucht, ruhig zu bleiben. Ich habe zu ihm gesagt: »Sie kennen sich besser mit den New Yorker Jahren aus, und auch was Paris angeht. Ich bin kein Psychologe«, sagte ich, »aber ich dachte, Sie würden vielleicht gern wissen, dass sie mich sehr wohl einmal besucht hat und es also ganz und gar nicht so ist, wie Sie behaupten.«

Ich wollte ihm von den Schuhen erzählen, wie ich sie in Erinnerung habe, doch er fiel mir ins Wort und sagte irgendwas von: »Nun, damit stehen Sie aber allein da.« Und dann, als wollte er meine Gefühle nicht verletzen, sagte er: »Sie war nie wieder in Colorado, okay? Sie hat nie wieder einen Fuß auf die Ranch gesetzt. Das ist Fakt.«

»Sie sind Seelenklempner«, sagte ich. »Was verstehen Sie von Fakten?«

»Ich weiß, dass es für Sie schwer sein muss«, sagte er.

»Was ist mit Verna und ihrer Handarbeitsschleife?«, fragte ich. »Wussten Sie, dass meine Tante, Catherine Hurley, genau so einen Preis gewonnen hat? *Huerfano County Fair Grand Champion 1939* – und meine Mutter ist 36 von zu Hause weg. Sie muss die Schleife gesehen haben, als sie uns besuchen kam – woher hätte sie sonst davon wissen sollen?« Ich wollte ihm von Tante Cats weichen Händen erzählen, wie zart und kühl sie gewesen waren, genau wie Vernas.

»Ich habe kein Interesse daran, mit Ihnen zu streiten«, sagte Bristol. »Ich denke, ich habe deutlich gemacht, dass es da einige unbeantwortete Fragen gibt. Das lässt sich nicht bestreiten. Aber Inga Beart ist nie wieder bei ihrer Familie gewesen – Ihre Tante hat es selbst gesagt, in einem Gespräch mit dem Autorenverband PEN. Den exakten Wortlaut finden Sie in meinem Buch.«

Ich versuchte es nochmal. »Ihre roten Schuhe«, sagte ich. »Ich schwöre, ich habe sie gesehen, als ich klein war. Sie kam zu Besuch, es muss 51 oder 52 gewesen sein. Ich saß unter dem Tisch und habe ihre Schuhe aus nächster Nähe gesehen. Sie hatten einen doppelten Riemen, der am Knöchel befestigt war, mit einer zweiten Kerbe am Riemen beim dritten Loch.« Der Anruf kostete mich ein Vermögen, schließlich war er in England, doch das war mir egal. »Wie könnte ich mich an diese Schuhe erinnern, wenn sie mich nicht besucht hätte?«

»Hören Sie, dafür habe ich keine Zeit«, sagte er. »Wenn Sie Einwände gegen mein Buch haben, wenden Sie sich an meinen Verlag. Ansonsten wäre ich Ihnen dankbar, wenn Sie mein Büro nicht wieder anrufen würden.«

Beim Verlag würde ich nichts ausrichten, das wusste er. Ein frühpensionierter Highschool-Lehrer gegen Dr. Carter Bristol, Professor für Literarische Psychologie an einer dieser Universitäten, in denen sie diese Hüte tragen. Aber das war, bevor ich wusste, dass Inga Bearts Brief über den Apotheker nicht notwendigerweise das Produkt eines verwirrten Geistes sein musste, wie Bristol es darstellte, und dass die Bewohner von Paris in den fünfziger Jahren hin und wieder von herabfallenden Steinen getroffen wurden. Allein diese kleine Lücke in Bristols Theorie gab mir das Gefühl, etwas in der Hand zu haben. Ich stellte mir meine Tante Cat vor, wie sie einen selbstgestrickten Fäustling hochhielt und nach der Stelle suchte, wo eines von uns Kindern am Stacheldraht hängen geblieben war. In meiner Vorstellung befeuchtete sie die ausgefransten Enden des Fadens mit ihren Lippen, knotete sie wieder zusammen und erinnerte mich oder Pearl oder Eddie daran, dass so ein Ding aus einem einzigen Faden bestand und ein einziger Riss alles auftrennte.

NEIL

Paris, Juni

Es war die letzte Stunde vor Schließung des Archivs. Alles beugte sich tiefer über die *fiches* und *dossiers* und die alten Bücher auf Rollen von grünem Samt, wie gebrechliche Könige, wild entschlossen, die letzten Minuten des Tages zu nutzen. Normalerweise war Neil einer davon, wartete bis zur dritten und letzten Aufforderung, bis er die Dokumente wieder in ihren Karton legte und dem schielenden Mann im grauen Kittel am Tresen zurückgab. An diesem Tag jedoch hatte er nicht viel geschafft, nachdem er mit Magdalena im Gare du Nord gewesen war. Er hatte seine Notizen um sich herum verteilt und die Dokumente des Mönchs aus der Abtei Saint-Jean-d'Angély angefordert, dann einen Karton mit Dokumenten zu Klostergemeinden in Rouen durchgeblättert.

Das Problem war, dass Neil immer noch Asche von Magdalenas Freundin unter den Fingernägeln hatte, daher fiel es ihm schwer, sich zu konzentrieren. Nichts von dem, was ihn an Archiven normalerweise begeisterte – wie alte Dokumente mit einer Klammer zusammengeheftet waren, die völlig anders aussah als die Klammern heutzutage, oder wie ein Dokument nach dem Revolutionskalender datiert war, etwa auf den fünften Tag des Monats Brumaire im Jahr III –, nichts von alledem konnte seine Aufmerksamkeit fesseln.

Neil ging ein Bündel von Papieren durch und stieß auf ein Dokument aus dem 12. oder 13. Jahrhundert, in dem der Abt von Vendôme Mönchen das Pilgern verbot und ein Dekret des Papstes zitiert wurde, in dem selbiges stand. Das war interessant, weil es bedeutete, dass sich der Mönch aus Rouen dem Edikt des Papstes widersetzt hatte, als er sich auf den Weg nach Spanien machte – es sei denn, er hätte einen speziellen Dispens erhalten. Das konnte Neil beim nächsten Projektmeeting mit Professor Piot ansprechen. Die persönliche Motivation mittelalterlicher Pilger war eines der Themen, die sie für die Ausstellung über den Tour Saint-Jacques in Erwägung zogen, und vielleicht gefiel Professor Piot die Vorstellung eines rebellischen Mönchs, der sich aus dem Klosterleben befreit hatte und zu einem verbotenen Abenteuer aufgebrochen war. Neil blätterte eine neue Seite seines Notizbuchs auf und schrieb *Mönch aus Rouen – warum?* Und darunter *Abenteuer?*

Neil hatte sich Magdalena gegenüber am Morgen nicht ganz richtig ausgedrückt. Der Jakobsweg, der am Tour Saint-Jacques in Paris begann, endete eigentlich in der Stadt Santiago de Compostela, was »Sternenfeld« bedeutete und nicht halb so interessant klang wie Finisterre, »Ende der Welt«, was er zu Magdalena gesagt hatte, obwohl es auch Wissenschaftler gab, die Finisterre, das etwas weiter westlich an der spanischen Küste lag, für den ursprünglichen Zielort hielten. Demnach rührte das Symbol der Jakobsmuschel von den Muscheln her, die Pilger gesammelt hatten, um zu beweisen, dass sie tatsächlich am Ende der Welt gewesen waren. Und bei der Legende des Heiligen, dessen Leichnam von Muscheln übersät und erstaunlich gut erhalten bei Finisterre angespült worden war, handelte es sich nur um eines von vielen Wundern, die Saint Jacques zugeschrieben wurden. Doch diese Vorstellung gefiel Neil besonders, weil es ein Wunder war, das er beinahe glauben konnte. Es gab Hunderte solcher Geschichten, die bis ins 10. Jahrhundert zurückreichten, und Saint Jacques wurde meist angedichtet, dass er Tote zum Leben erweckte und andere Dinge tat, die Neils Ansicht nach bei den Gläubigen nur sinnlose Hoffnungen weckten. Bei dieser Legende nutzte der Heilige seine göttliche Macht jedoch nur dazu, Haut und Augen bis zum Eintreffen an seinem Grab intakt zu halten. Nicht mehr und nicht weniger.

Tatsächlich war Neil der Ansicht, dass ungewöhnliche Legenden wie die von der Leiche mit den Muscheln erheblich dazu beigetragen hatten, das Grab von Saint Jacques zum beliebtesten mittelalterlichen Wallfahrtsort zu machen, gleich nach den heiligen Städten Rom und Jerusalem. Noch hatte Neil nicht genügend Beweise beisammen, um seine Idee zu präsentieren, aber es schien ihm, als hätte sie auch von Professor Piot stammen können. Neil hörte ihn schon, wie er seinen Studenten die Weltsicht eines Mönchs aus Rouen beschrieb, der nicht zum Himmel aufblicken durfte, weil die Kirche behauptete, die Welt um ihn herum sei voller Fäulnis und Verderben. Die Vorstellung eines Leichnams, der sich der Verwesung widersetzte, hatte Wanderer aus ganz Europa angelockt. So mochte auch ein Mönch von seinen Gebeten fortgelockt worden sein. Neil schlug sein Notizbuch auf und fügte *Suche nach Wundern?* hinzu. Unter *Mönch von Rouen.*

Seine Zeit im Archiv reichte gerade, um einen Blick auf das Edikt des Abtes von Vendôme zu werfen, mit dem dieser das Pilgern verboten hatte. Es fand sich in der *Patrologia Latina,* einer Sammlung mittelalterlicher Texte, die im Lesesaal des Archivs aufbewahrt wurde. Doch spürte er immer noch, wie Magdalenas Fingerspitzen an seiner Stirn entlanggestrichen hatten, dort am Tisch in diesem Café, und er fürchtete, wenn er zu lange an etwas anderes dachte, würde die Erinnerung daran verblassen. Und wenn das geschah, würde er für immer vergessen, wie sich ihre Berührung angefühlt hatte, wie Magdalena ihn angelächelt hatte, dass ihm heiß und kalt wurde. Neil legte die Papiere in den Karton zurück und sammelte seine Notizen ein.

An den meisten Tagen schlenderte Neil nach der Arbeit gern durch die Straßen in der Nähe vom Archiv, wo sich die Häuser einander zuneigten, als tauschten sie Geheimnisse. Dann gönnte er sich ein Bier und eine Schale Erdnüsse am Tresen, derselben schäbigen Bar mit notdürftig geklebten Barhockern, die auch Professor Piot in jungen Jahren als Forschungsassistent beim Nationalarchiv besucht hatte und in der Neil mit dem Barkeeper allen Ernstes das wechselhafte Glück der New York Yankees diskutierte. Der Barkeeper hieß Émile und sah sich alle Spiele an, wenn sie nachts um eins übertragen wurden, während er die Bar schloss, was bedeutete, dass Neil regelrecht recherchieren musste, um etwas zum Gespräch beitragen zu können. Neil war eigentlich für die Colorado Rockies, brachte es aber nicht übers Herz, das zuzugeben, denn für Émile kamen alle Amerikaner aus

New York. Normalerweise unterhielten sie sich auf Französisch, und Neil, der nach stundenlanger Übersetzung administrativer Dokumente mit archaischen Vergangenheitsformen längst einen Knoten im Hirn hatte, musste sich noch weiter verknoten, um die französischen Begriffe für *Grounded Out* und *Deep Fly Ball* zu finden. Trotzdem tat es gut, mit einem echten Menschen zu sprechen, nachdem er den ganzen Tag mit alten Pergamenten beschäftigt gewesen war, für die sich seit Jahrhunderten niemand interessiert hatte.

Heute jedoch war Neil nicht danach zumute, über Joba Chamberlains fehlerfreie siebte Innings zu plaudern, obwohl er die Geschichte extra zu diesem Zweck im Netz nachgelesen hatte. Er lief zum Fluss und überlegte, ob er gleich nach Hause gehen sollte, aber der Nachmittag war so schön und sein kleines Zimmer so dunkel – er wohnte in einem Studentenwohnheim im Schatten der Sorbonne –, und er fühlte sich dort eingesperrt und musste Licht anmachen, während der Rest der Welt draußen in der Sonne saß.

Hinter Notre-Dame überquerte er den Fluss und blieb bei einem Mann mit ramponierter Gitarre stehen, der »Summer of '69« für eine Gruppe von Touristen sang. Die Radiosender waren angehalten, einen bestimmten Prozentsatz französischer Lieder zu spielen, doch Neil hatte den Eindruck, dass sich die Straßenmusiker in Paris meist an amerikanischen Klassikern orientierten, denselben Songs, die in Fußgängerzonen auf der ganzen Welt mit fragmentarischem Text gesungen wurden. *Wa-wa wa wa-wa, I knew that wa-wa now or never, those were the best days of my life.* Professor Piot hätte das für eine Lektion über die Lücken in historischen Aufzeichnungen genutzt und darauf hingewiesen, dass Radio France jede einzelne Sendung aufzeichnete, jedoch Straßenmusiker, die für Almosen sangen, den Geschmack der Masse viel zutreffender widerspiegelten, was allerdings der Nachwelt verborgen bleiben würde.

Neil kehrte um und ging wieder auf die andere Seite des Flusses. Auf keinen Fall wollte er zu Hause sitzen und Kekse futtern, während er sich ausmalte, wie Magdalenas Bus Paris hinter sich ließ, und er sich fragen musste, ob jetzt womöglich die beste Zeit seines Lebens war, ohne dass er etwas davon mitbekam.

Er lief die Rue de Rivoli entlang und beschloss, dem Tour Saint-Jacques einen kleinen Besuch abzustatten, was selten genug vorkam, wenn man bedachte, dass er den ganzen Sommer darüber recherchierte. Die Restaurierungsarbeiten würden noch ein, zwei Monate in Anspruch nehmen, und der umliegende Park war eingezäunt. An der südöstlichen Seite des Turmes übernachteten ein paar Obdachlose auf den Belüftungsgittern der Metro. Nachmittags zogen sie in den Schatten eines Kastanienbaums um. Sie tranken Wein aus großen Flaschen und lasen alte Taschenbücher, umwickelten ihre geschwollenen Füße und stritten miteinander. Neil fand sie interessanter als den Turm selbst, der ihn mit seinem Baugerüst an einen alten Mann erinnerte, der sich die Decke bis unters Kinn gezogen hatte. Neil überlegte, ob er sich mit den Clochards von Saint Jacques anfreunden sollte, um vielleicht Dinge über diesen Ort zu erfahren, von denen sonst niemand etwas wusste, zum Beispiel was unterhalb der Gitter vor sich ging, die mindestens drei bis vier Stockwerke hinab ins Herz der Metro-Station Châtelet führten, oder ob sie es auch bemerkenswert fanden, dass Nicolas Flamel, ein Alchemist aus dem 14. Jahrhundert, der berühmt dafür gewesen war, das Geheimnis der Unsterblichkeit gelüftet zu haben, hier auf ihrem Friedhof begraben lag.

An diesem Tag waren die Clochards dabei, etwas auszupacken. Einige hatten sich um einen alten Koffer versammelt und nahmen Hemden und Unterwäsche heraus, die ihnen ganz offensichtlich nicht gehörten. Einer versuchte, seine Strümpfe gegen bessere zu tauschen, doch waren sie ihm zu klein. Ein anderer fand eine Rose in Zellophan und leerte eine Bierdose aus, um diese als Vase zu verwenden.

Neil ging um den abgesperrten Turm herum und sah hinauf. An den vier Ecken des Glockenstuhls ragten die Statuen des *Tétramorphe* auf, die vier Evangelisten als Tiere: ein Engel für Matthäus, ein Löwe für Markus, ein Adler für Johannes und etwas, das eine Kuh darstellen sollte, aber eher wie ein Hund aussah, für Lukas – und vor dem Adler stand der heilige Jakob selbst, der erst später hinzugefügt worden war. Er hielt einen Pilgerstab und eine Jakobsmuschel in Händen, doch wandte er Spanien den Rücken zu, als hätte er schon bekommen, was er dort wollte, und befände sich auf dem Heimweg.

Neil fiel auf, dass der Bericht des Mönchs aus Rouen auf 1259 datiert war, etwa zu der Zeit, als man in der Kathedrale von Santiago de Compostela damit begann, Ablass zu gewähren – einen heiligen Sündenerlass, der auf Zetteln ausgegeben wurde und die Pilger von einigem Leid freisprach, das sie im Fegefeuer erwartete.

Es bedeutete, dass der Mönch für seine Reise einen besonders interessanten Moment in der Geschichte des mittelalterlichen

Christentums gewählt hatte. Das Zeitalter der Wunder war fast vorüber. Religiöse Autoritäten erfassten weniger Akte göttlicher Intervention auf Erden und befassten sich stattdessen mit dem, was im Jenseits geschah. Bis zur Mitte des 13. Jahrhunderts hatte sich das System des Ablasshandels entwickelt, das eine erhebliche Zunahme der Pilgerreisen nach sich zog, da selbst die ärmsten Bauern ihre gesamte Habe zusammenrafften und zu weit entfernten Reliquien aufbrachen, weil sie glaubten, sie könnten sich dadurch einen angenehmeren Aufenthalt im Fegefeuer erkaufen. Neil zückte sein Notizbuch und notierte, dass er nachprüfen wollte, ab wann den Pilgern in Santiago de Compostela Ablass gewährt worden war. Unter *Mönch von Rouen* fügte er *Ablass?* hinzu, gleich neben *Suche nach Wundern?*

Auf dem Gitter der Metro lachten die Clochards. Einer von ihnen hatte in dem Koffer einen BH gefunden und versuchte, ihn anzuziehen, aber er hatte Probleme mit dem Verschluss. Eine Flasche Wein drohte umzukippen. Neil ging auf die Männer zu und überlegte, ob er sie mit *tu* oder *vous* ansprechen sollte. Er fand, das Vertraulichere klang freundlicher.

»Nicht deine Größe?«, fragte er.

»Verpiss dich«, sagte der Penner und stieß die Flasche um. Neil kam zu dem Schluss, dass es besser wäre, die Straßenseite zu wechseln.

RICHARD

Paris, Juni

»Ach ja, Sie haben mir vor ein paar Monaten geschrieben«, sagte die Archivarin, als wir zur verabredeten Zeit in ihrem Büro Platz nahmen. »Ihre Mutter war eine Freundin der Comtesse Lucette Labat-Poussin?«

»Nein, keine Freundin«, sagte ich und fragte mich, wie viel sie wohl über die Comtesse wusste. »Eine Bekannte. Möglicherweise kannten sie sich nur flüchtig.«

Die Archivarin betrachtete die Seite, die ich in Bristols Buch markiert hatte, und tippte etwas in ihren Computer. »Verstehe«, sagte sie, und sollte sie eine Augenbraue hochgezogen haben, dann nur ganz leicht.

Lucette Labat-Poussin, Erbin eines Kupfervermögens und Comtesse durch Heirat, war zu ihrer Zeit eine berühmte Persönlichkeit. Sie war großzügige Mäzenin und unberechenbare Geliebte, meist derselben Leute, wobei sie in aller Öffentlichkeit Personen ihres eigenen Geschlechts bevorzugte, lange bevor so etwas üblich war. Ihr Geld und ihre Aufmerksamkeit widmete sie meist Tänzerinnen und Schauspielerinnen, und obwohl sie auch Interesse an Schriftstellerinnen zeigte, hatte doch außer Carter Bristol bisher niemand angedeutet, Inga Beart habe auch dazu gehört.

Vermutlich zieht Bristol nur die logische Schlussfolgerung aus seiner Theorie, wenn er behauptet, Inga Bearts finaler Akt der Selbstzerstörung zielte in Wahrheit darauf ab, jemand anderen zu vernichten. Er hat sich alle Mühe gegeben, die Geschichte so zu verdrehen, dass die Comtesse darin eine entscheidende Rolle spielt, indem er behauptet, was Inga Beart sich angetan hat, sollte vor allem die Comtesse treffen. Meiner Ansicht nach gibt es keinerlei Beweise, mit denen sich die These untermauern ließe, dass Lucette Labat-Poussin und Inga Beart sich näher gekannt hätten, ganz zu schweigen von einer heimlichen Liebesaffäre, wie Bristol sie beschreibt. Bei allen meinen Recherchen wurden sie nur zwei-, dreimal gemeinsam genannt, meist als Gäste derselben Party, und allem Anschein nach genoss Inga Beart auch keine finanzielle Unterstützung, die für gewöhnlich mit der Zuneigung der Comtesse einherging.

Keine andere Biografie über Inga Beart enthält mehr als einen flüchtigen Hinweis auf Labat-Poussin, doch das stört Bristol nicht. Seiner Aussage nach wurde ihre Beziehung nur deshalb so gut geheim gehalten, weil sie zu dieser Zeit mit mindestens zwei weiteren jungen Frauen verbandelt war und einiges Interesse daran hatte, das Anstandsgefühl ihrer Freunde aus der feinen Gesellschaft nicht allzu sehr zu strapazieren.

Die Archivarin gab mir das Buch zurück und füllte eine Karte mit der Signatur der gewünschten Dokumente aus. Bevor ich sie nach den Krankenakten aus dem Hôtel-Dieu fragen konnte, winkte sie mir, ihr aus dem Büro zu folgen. Offensichtlich war unser Gespräch beendet.

Die Archivarin schickte mich in den Lesesaal, wo ich mein Formular dem Mann am Bestelltresen gab und dann wartete, bis er meine Nummer aufrief. Die Unterlagen der Comtesse kamen in einem verschnürten Pappkarton. Mit ziemlicher Sicherheit war Carter Bristol der Letzte gewesen, der ihn mit einer Schleife verknotet hatte. Darin lagen ein Stapel Schreibmaschinenseiten, ein paar handschriftliche Briefe unterschiedlicher Größe und diverse Fotos. Natürlich sah ich mir die Fotos zuerst an. Viele zeigten die Comtesse Labat-Poussin als junge Frau.

In seinem Buch erklärt Bristol die angebliche Beziehung zwischen den beiden mit einer nostalgischen Hinwendung der Comtesse zu Inga Beart, weil deren Anmut sie an ihre eigene Jugend erinnerte. Ich musste Bristol darin zustimmen, dass Lucette Labat-Poussin meiner Mutter auf einigen der Bilder etwas ähnlich sah, obwohl die Ähnlichkeit eher oberflächlicher Natur war, vor allem was den Haaransatz und die Gesichtsform anging. Sie hatte helle Augen wie Inga Beart, doch waren diese matt und direkt, ganz und gar nicht wie die meiner Mutter, deren Augen schon auf frühesten Schulfotos wie zwei Brunnen wirkten, in deren Tiefe sich der farblose Himmel spiegelte.

Die Comtesse hatte erwähnt, man habe sie für Schwestern gehalten, und Bristol behauptet, es sei diese physische Ähnlichkeit gewesen, die Lucettes Interesse an Inga Beart weckte. Als eine Art Prestigeprojekt hatte die Comtesse versucht, dem psychischen und physischen Schaden, den Inga Beart sich zufügen wollte, mit einer Kombination aus Morphium, Barbituraten und bacchantischen Soirées entgegenzuwirken. Laut Bristol hatte Inga Bearts Zustand im Sommer 1954 bereits ein paranoides Stadium erreicht. Sie fürchtete, die Comtesse könnte ihr zu nahkommen, und deshalb beendete sie die Affäre auf die denkbar wirksamste Art und Weise. Indem sie sich selbst die Augen ausstach, zerstörte sie die Ähnlichkeit, die die ältere Frau zu bewahren suchte.

Natürlich sind das nur Bristols Mutmaßungen. Nirgends in Inga Bearts Korrespondenz, nicht in den Klatschspalten und auch nicht in den Memoiren ihrer Zeitgenossen findet sich auch nur eine einzige Erwähnung, dass die beiden außerhalb von gesellschaftlichen Anlässen zusammen gesehen worden wären. Selbst am 10. August 1954 wollte niemand irgendwas beschwören. Im Grunde stützt Bristol seine Behauptungen allein auf die Aussage eines Passanten, der gesehen haben wollte, wie eine dunkelhaarige Frau, auf die die grobe Beschreibung der Comtesse passte, Inga Beart ins Hôtel-Dieu brachte, an dem Tag, an dem sie sich das Augenlicht genommen hatte.

Dennoch ging ich davon aus, dass Bristol die Wahrheit sagte, wenn er in seinem Buch schrieb, er hätte unter den Labat-Poussin-Dokumenten Fotos meiner Mutter gefunden. Entsprechend war ich ehrlich überrascht, als ich die Fotos der Comtesse durchgesehen hatte, ohne auch nur ein einziges Bild von Inga Beart gefunden zu haben. Den meisten Platz im Karton nahmen verschiedene Entwürfe desselben Dokumentes ein – alles auf Französisch –, bei dem es sich um die Memoiren der Comtesse zu handeln schien. Ich sah den ganzen Packen durch, überflog jede einzelne Seite auf der Suche nach dem Namen meiner Mutter, konnte aber nichts finden. Es gab weder Liebesbriefe, noch irgendeinen Hinweis auf den Apotheker, die herabstürzenden Steine oder das Glas Pernod.

Entmutigt, aber wütender als je zuvor auf Bristol, weil er die Beziehung zwischen den beiden offensichtlich erfunden hatte, packte ich alles wieder in den Karton und brachte ihn zum Tresen, wo ein Mann mit schwerer Schürze ihn entgegennahm und meine Karte scannte. Ich bedankte mich bei ihm und wollte schon gehen, aber er sagte etwas zu mir, und als er merkte, dass ich ihn nicht verstand, bedeutete er mir zu warten. Also wartete ich, und er kam mit einem anderen Karton zurück.

»Der ist nicht für mich«, sagte ich. »Ich hatte nur den einen.« Doch der Mann verstand nicht. Er schob mir den Karton hin und deutete auf die Karte, die ich von der Archivarin bekommen hatte.

»Vingt-trois«, sagte er.

Ich schüttelte den Kopf. »Nein, ich glaube, Sie haben mir schon die richtige Kiste gegeben«, sagte ich.

»Vingt-trois«, sagte er wieder. Er deutete auf den Karton, den ich gerade abgegeben hatte. *»Un«,* sagte er. Er deutete auf den neuen Karton auf dem Tresen. *»Deux.«* Er deutete auf das Regal hinter dem Tresen, auf dem noch weitere Kartons warteten. *»Trois, quatre, cinq, six, sept,* da, da, da, *vingt-deux, vingt-trois«,* sagte er.

Also nahm ich den nächsten Karton mit Dokumenten der Comtesse Labat-Poussin entgegen. Dieser half mir ebenso wenig wie der erste. Nirgends konnte ich meine Mutter finden. Mit dem dritten und vierten erging es mir nicht besser.

Es wurde deutlich, dass die Comtesse eine weit produktivere Kunstmäzenin gewesen war, als Bristols Buch und meine eigenen Recherchen vermuten ließen. Es gab Dutzende Ordner mit dem Namen von diesem oder jenem Projekt, und mit

Hilfe meines kleinen Wörterbuchs vermittelte sich mir der Eindruck, dass die Comtesse sich in allen möglichen Bereichen versucht hatte, von der Finanzierung kleiner Operetten bis zum Wiederaufbau historischer Stätten, die im Krieg zerstört worden waren. Anscheinend hatte sie alles aufbewahrt – Bahnfahrkarten, Programme von Amateurtheatern, Briefe in verschmierter Tinte auf Hotelpapier, alles zu kleinen Bündeln geschnürt und mit derselben windschiefen Schrift etikettiert. Natürlich verstand ich das meiste davon nicht. Ich sah mir alle Fotos und die Absender und Empfänger der Briefe genau an, doch fand sich keine Spur von Inga Beart.

Ich hatte mir vorgenommen, mich bis zum zehnten Karton vorzuarbeiten und dann für heute Feierabend zu machen, doch schon beim sechsten Karton verschwamm die Schrift vor meinen Augen. Nach wie vor wollte ich mir die Krankenakte ansehen, doch die Archivarin, mit der ich am Morgen gesprochen hatte, war offenbar schon nach Hause gegangen. Auch gut, dachte ich. Ich war müde, und obwohl ich seit dem Frühstück nichts gegessen hatte, war ich doch nicht hungrig, sondern kämpfte eher mit Schwindelgefühlen, einem leichten Taumel, der mich von Zeit zu Zeit heimsuchte, seit ich als kleiner Junge an Scharlach erkrankt war, was mich nach Aussage der Ärzte beinahe das Leben gekostet hatte.

Auf meinem Weg zurück zum Hotel bog ich wieder in die Straße mit dem Schuhgeschäft ein. Der Laden war noch immer geschlossen, doch der Mann, der mir geholfen hatte, das Kaugummi zu entfernen, stand draußen vor der kleinen Galerie und wischte seine Hände an einem Lappen ab. Ich war nicht wirklich in der Stimmung zu plaudern, aber ich konnte auch nicht einfach vorbeigehen, ohne Hallo zu sagen. Mir fiel ein, dass ich mir vorgenommen hatte, mehr über die Verletzungen seiner Mutter herauszufinden. Ich fragte mich, ob es wohl alte Zeitungsartikel über Leute gab, die von den herabfallenden Steinen erschlagen worden waren. Mit so einem Thema begann man kein Gespräch, aber er war in redseliger Stimmung, erkundigte sich nach meiner Reise und wollte wissen, was ich von Paris hielt. Somit war es mir ein Leichtes, das Thema auf Familienhistorie zu lenken, denn deshalb war ich schließlich in der Stadt.

Er gab sich höflich interessiert an meinem Projekt, doch bevor ich Näheres über mögliche Zeitungsausschnitte in Erfahrung bringen konnte, erzählte er mir, dass er selbst auch hobbymäßig historische Forschungen betrieb. Er hatte einige Memorabilien der SS *Hirondelle* gesammelt, bei der es sich – wie ich bald erfuhr – um einen luxuriösen Ozeandampfer handelte, der 1914 gebaut worden war und sowohl über ein Gemälde von Marc Chagall an der Decke des Speisesaals als auch über ein bordeigenes Ballett verfügte.

»Es war nicht das größte unter den großen Schiffen und auch nicht das schnellste, aber außerordentlich stilvoll«, sagte er. »Da kann ich Ihnen Geschichten erzählen! Im Ersten Weltkrieg wurde es zum Sanitätsschiff umgebaut. Auch der Speisesaal wurde genutzt, und man kann sich vorstellen, wie die Soldaten von ihren Krankenbetten zum Kronleuchter aufblickten – der Chagall kam natürlich erst später, aber der Kronleuchter bestand aus sechstausend Kristallen, die man aus Wien beschafft hatte. Und diese jungen Männer, die aus der

Provence, vom *Massif Central,* stammten und so etwas sicher noch nie gesehen hatten, schlugen die Augen auf und glaubten, sie wären bereits im Himmel.«

»Du meine Güte«, sagte ich.

»Allerdings. Die Schwestern hatten einige Probleme, sie vom Gegenteil zu überzeugen.«

Wir standen draußen vor der Galerie. »Kommen Sie doch rein!«, sagte er. »Möchten Sie vielleicht einen Tee?«

»Gern«, sagte ich.

Er führte mich in einen kleinen Raum im hinteren Teil des Ladens, wo er eilig eine Plastikplane über eine Leinwand in der Ecke warf, dann räumte er uns einen kleinen Tisch frei. »Setzen Sie sich«, sagte er. Er stellte seinen elektrischen Wasserkocher an und verteilte ein original Teeservice von der *Hirondelle.*

»Ja, ein fantastisches Schiff«, sagte er. »Sein verstärkter Rumpf war für die damalige Zeit sehr fortschrittlich. Sie hat mehrere U-Boot-Angriffe überstanden und fand im Zweiten Weltkrieg Verwendung bei der britischen Marine. Und dann ist sie 1959 eines Tages bei bestem Wetter und ruhiger See vor dem Hafen von Southampton gesunken. Die Gründe dafür sind bis heute nicht endgültig geklärt. Zucker?«, fragte er und bot mir einen Löffel an, der wie der gegabelte Schwanz eines Vogels geformt war. *»Hirondelle«,* sagte er. »Ich habe das englische Wort vergessen. Ein kleiner Vogel, der seine Nester unter Dächern mit Erde baut.«

»Könnte eine Schwalbe sein«, sagte ich. »Die habe ich zu Hause in der Scheune auch.«

»Ja, genau«, sagte er. »Sie wiegen nicht mehr als ein

Taschentuch, fliegen aber jeden Herbst Zehntausende von Kilometer und kehren im Frühling wieder zurück. Zitrone?«, fragte er. »Sahne habe ich leider keine.«

»Nicht nötig, danke«, sagte ich.

Er hatte Farbe unter den Fingernägeln, und es roch leicht nach Terpentin. »Ich hoffe, ich störe Sie nicht bei der Arbeit.«

Der Mann lachte zur Leinwand in der Ecke hinüber. »Nein, nein, das ist nichts. Ein paar kleine Korrekturen der laufenden Ausstellung.« Er berührte den Rand der Plastikplane. »Ich möchte nur diskret bleiben.«

»Selbstverständlich«, sagte ich.

»Es geht um die perfekte Balance. Der Künstler, den ich momentan zeige, hat ein Händchen für den Umgang mit Licht. Aber das Thema, es entgleitet dem Auge.« Er nickte zur Leinwand. »Das hier hängt schon seit Monaten. Es hat Potential, aber ich beobachte die Kunden – ihr Blick wandert zum Rahmen, dann zum Preis, dann zur Armbanduhr. Dann gehen sie.«

»Also übermalen sie es?«, fragte ich.

»Übermalen? Nein, das nicht. Ich sorge dafür, dass zu sehen ist, was schon vorher da war. Minimale Änderungen, nie mehr als eine kleine Korrektur einer Linie.« Als ich dazu schwieg, sagte er: »Sicher verstehen Sie das. In unseren Berufen … Sie sagten, Sie sind Lehrer? Was unterrichten Sie?«

»Englisch«, sagte ich. »Mittelstufe.«

»Ja, ja, natürlich. Also wissen Sie, was ich meine. Wenn sich eine Chance bietet, hat man doch die Pflicht, oder?«

»Ich weiß nicht, ob ich verstehe, was Sie meinen«, sagte ich.

»Die Entfaltung von Potential. Eines Bildes oder eines Schülers. Man muss doch geben, was man hat.«

Das entlockte mir ein Lächeln. »Ich bin mir nicht sicher, ob meine früheren Arbeitgeber dem zustimmen würden.«

»Ach?«

»Ich bin pensioniert«, sagte ich. »Die Umstände waren … nun, sie waren nicht wie erwartet. Damals ging es auch darum«, sagte ich und deutete auf die Plastikplane. »Die Entfaltung von Potential. Leider war die Schulleitung anderer Ansicht.«

»Ach?«, sagte er wieder.

Ich zuckte mit den Schultern und wünschte, ich hätte nichts gesagt. »So was kann leicht missverstanden werden.«

Er nickte. »Lehrer haben es da sicher schwer. Ein unterschätzter Beruf. Und wie man hört, sind die Kinder heutzutage manchmal schwer zu bändigen.«

»Ach, nein, nicht wirklich«, sagte ich. »Ich habe gern unterrichtet. Kinder in dem Alter … wie Sie gesagt haben: ein Riesenpotential. In einem Fall habe ich mich besonders engagiert. Wir standen uns sehr nah.«

Der Mann nahm einen Schluck Tee. »Ah«, sagte er und musterte mich. »Eine junge Dame?«

»Verzeihung?«

»Nun, so was kommt vor. Und zwischen einem Lehrer und einer Schülerin … das passiert sicher öfter.«

»Nein, nein«, sagte ich. »Da war nichts.«

»Nein, natürlich nicht«, sagte der Mann.

Er nippte an seinem Tee. Ich nahm selbst auch einen Schluck und verbrannte mir die Zunge. Am liebsten wollte ich aufstehen und diesen Laden verlassen, mich in meinem Hotelzimmer verkriechen, bei geschlossenen Vorhängen, mit meinen Akten und Dokumenten und einem Glas kalter Milch, dazu vielleicht ein Schinkensandwich. Doch der Galerist schenkte mir nach, schob höflich die Zuckerdose in meine Richtung. Diese Art von Interesse war mir nicht fremd. Ich kannte das von der Anhörung her: die Neugier von Leuten, die ihr Urteil längst gefällt haben. Klirrend stellte ich meine Tasse ab, da fiel mir ein, dass ich zu Gast war und der Galerist mich freundlicherweise zu sich eingeladen hatte. »Tut mir leid«, sagte ich. Ich strich mit dem Finger an der Unterseite der Tasse entlang, weil ich fürchtete, ich könnte sie angeschlagen haben.

Der Mann winkte ab. »Hochwertige Keramik, die Stürme auf hoher See überstehen musste.«

»Es ist nur … alle dachten dasselbe. Was das Mädchen angeht.«

Der Mann stellte seine Tasse ab. »Ich möchte mich entschuldigen. Wir müssen nicht darüber sprechen.«

»Nein, das macht nichts«, sagte ich. »Um ehrlich zu sein, interessiert sich heute keiner mehr dafür.«

Eine Weile saßen wir schweigend da. Er betrachtete seine Tasse, und ich musste an den unangenehmsten Teil meines Gesprächs mit Pearl und Eddie draußen vor dem Postamt denken. »Du bist eine Schande für uns«, hatte Pearl gesagt. »Eddie hat deinetwegen geschäftliche Einbußen, wusstest du das?«

»Du meine Güte, Pearl«, sagte Eddie.

»Hast du nicht erzählt, dass Jerry Deitch für seine Veranda jemand anderen genommen hat?«, meinte Pearl. Als Eddie darauf nichts entgegnete, wandte sie sich mir zu. »Seine Töchter waren in deiner Klasse. Er meinte, hätte er davon gewusst, hätte er sie von der Schule genommen.«

Es ist nicht so, wie du denkst, hätte ich sagen können. *Das*

Ganze ist ein Irrtum. Aber es war alles noch so frisch – zum Zeitpunkt des Gesprächs stand noch nicht einmal fest, dass ich im nächsten Herbst nicht mehr unterrichten würde, und ich hatte meine Gründe zu schweigen. Der Galerist setzte frisches Wasser auf, und ich dachte daran, wie oft ich in all den Jahren meine Geschichte einem mitfühlenden Publikum erzählt hatte, allerdings nur in meinem Kopf. Menschen aus Fleisch und Blut, die vielleicht Interesse gehabt haben mochten, fragten schon lange nicht mehr danach.

»Es ist fünf, sechs Jahre her«, erklärte ich dem Mann. »Am Ende des Schuljahres habe ich meine Klasse immer eine kleine Erzählung schreiben lassen. Und in diesem Jahr hatte ich eine besonders gute Schülerin. Sie zeigte Interesse am Werk meiner Mutter. Meine Mutter war – wie gesagt – Schriftstellerin. Deshalb hatte ich die Klasse eine ihrer Kurzgeschichten lesen lassen – normalerweise tat ich so etwas nicht. Was meine Mutter schrieb, beruhte immer auf echten Menschen und tatsächlichen Ereignissen, und deshalb habe ich meinen Schülern erklärt, sie sollten es genauso machen und über etwas schreiben, was sie kannten, mit dem sie wirklich vertraut waren, ihm aber die Form einer Fiktion geben. Jedenfalls, als diese bestimmte Schülerin ihre Hausaufgabe einreichte … nun, sie hatte zu Hause Probleme und eine Geschichte über ein Mädchen geschrieben, das missbraucht wurde. Von einem sehr nahen Verwandten.«

»Verstehe«, sagte der Mann.

»Es war klar, dass sie sich das nicht ausgedacht hatte. Man musste es ernst nehmen. Ich habe ihr gesagt, sie sollte nach dem Unterricht mal zu mir kommen. Es war der Vater, eine ganz schlimme Situation. Ich hätte es schon früher ahnen sollen. Vielleicht habe ich es auch geahnt, nur nicht das ganze Ausmaß.«

»Hm, ja«, sagte der Mann. »Was macht man in so einer Situation?«

»Meine Möglichkeiten waren beschränkt«, sagte ich. »Ich bin es falsch angegangen.«

Dabei hätte ich es gern belassen, doch der Mann schenkte den restlichen Tee in meine Tasse und bat mich fortzufahren. Also gab ich mir alle Mühe, das Ganze zu erklären. Ich sagte ihm, ich hätte wissen müssen, dass diese Schülerin zu dem Zeitpunkt nichts dringender gebraucht hätte als jemanden, dem sie ein Geheimnis anvertrauen konnte. Doch trotz all der Jahre, die ich mit jungen Leuten verbracht hatte, war ich wohl noch immer zu naiv. »Es gibt Gesetze«, erklärte ich ihr. »Ich kann das doch nicht auf sich beruhen lassen.«

Ich dachte, sie wäre nur aufgebracht, als sie mir drohte, mich mit hineinzuziehen. »Wie kommt es eigentlich, dass Sie mich so mögen?«, sagte sie. »Dafür könnten Sie richtig Ärger kriegen.« Ich hätte sie ernst nehmen sollen, als sie mich daran erinnerte, dass ich ihre Hand getätschelt, sie ein paarmal nach Hause gefahren und ihr eine alte Ausgabe von *Mrs Dalloway* geschenkt hatte, samt freundlicher Widmung. »So was sollten Sie eigentlich nicht tun«, sagte sie.

»Entschuldige«, sagte ich. »Ich wollte dir wirklich nicht zu nahe treten. Aber darum geht es hier doch gar nicht. Du musst mit jemandem darüber sprechen, was bei dir zu Hause los ist.«

Am Ende willigte sie ein, mit der Schulkrankenschwester zu sprechen. Sie hatte Prellungen an beiden Armen. »Und an anderen Stellen auch«, sagte sie und zeigte mir die Innenseite eines Oberschenkels. Ich wusste, dass die Schwester sofort begreifen würde, was los war. Im Gegenzug versprach ich, dass ihre Familie niemals lesen würde, was sie geschrieben hatte – ein Versprechen, das ich trotz allem gehalten habe.

Vorn in der Galerie läutete ein kleines Glöckchen. »Einen Moment«, sagte der Galerist. Er ging in den vorderen Raum und sagte etwas auf Französisch. »Touristen«, erklärte er, als er sich wieder setzte. »Die kaufen nichts. Erzählen Sie weiter. Die Krankenschwester.«

»Na ja, ich dachte, damit wäre die Sache geklärt«, fuhr ich fort. »Aber dann – es war seltsam. Die Leute hörten auf zu reden, wenn ich den Raum betrat. In der Schule, im Lehrerzimmer. Ich verstand die Welt nicht mehr. Aber was sie der Schwester erzählt hatte … irgendwie wurden die Fakten verdreht. Sie hat behauptet, ich sei es gewesen, *ich* hätte das getan. In diesem Moment hat sich natürlich die Schulleitung eingeschaltet. Ich habe denen erzählt, was das Mädchen mir anvertraut hatte, aber da war es schon zu spät. Die meinten: ›Warum haben Sie es nicht sofort gemeldet?‹, und ich habe versucht, es ihnen zu erklären, aber das Mädchen hat alles abgestritten. Kein Wunder – es gab eine Anhörung, und dem Gesetz nach mussten die Eltern dabei sein, als sie ihre Aussage machte.«

Der Mann lehnte sich auf seinem Stuhl zurück und schnaufte Anteil nehmend, also fuhr ich fort. Ich erzählte ihm, dass dem Untersuchungskomitee ziemlich bald Unstimmigkeiten in ihrer Geschichte aufgefallen waren, aber als die familiären Probleme schließlich ans Licht kamen, hatte sich die Schulleitung schon auf mich eingeschossen. Die Rede war von sexuellen Übergriffen, und es gab plumpe Andeutungen, die mich als Sprachlehrer besonders verletzten. Ihnen missfiel, dass ich mich außerhalb des Unterrichts mit ihr getroffen hatte und unsere Beziehung auf ehrlicher Zuneigung beruhte, zumindest dachte ich das. Ich erklärte ihnen, dass ich ihr ein Freund sein wollte, dass ich dachte, sie bräuchte jemanden in einem System, das nicht darauf eingestellt war, ein Kind wie sie zu fördern, aber das konnten diese Leute natürlich nicht verstehen. Sie interessierten sich nur dafür, wie nah ich bei ihr gesessen oder ob ich ihr übers Haar gestrichen hatte, und zwangen einer ganz normalen zwischenmenschlichen Beziehung die Verhaltensmaßregeln des Schulsystems auf. Ich hatte genug davon, dass alles, was ich für echt und gut hielt, in den Augen anderer etwas Schmutziges wurde, und genau das habe ich denen auch gesagt. Als ich fertig war, sahen sie mich nur kühl an und meinten: »Sie wirken aufgebracht.« Also verzichtete ich darauf, mich zu erklären. »Ich habe nie Hand an sie gelegt«, hatte ich erwidert, und im Grunde stimmte das auch. Ich brachte das Schuljahr zu Ende, dann bin ich gegangen, ohne einen Aufstand zu machen.

Und die ganze Zeit über habe ich dafür gesorgt, dass keines der alten Schlachtrösser von der Schulleitung erfuhr, dass sich mir das Mädchen an jenem Nachmittag unaufgefordert anvertraut hatte. Seitdem frage ich mich, ob es die richtige Entscheidung war, aber damals machte ich mir ernsthaft Sorgen um ihre Sicherheit, wenn die Wahrheit herauskäme. Als die Lokalzeitung Wind von der Geschichte bekam, wäre es in meinem Interesse gewesen, wenn ich einem Reporter gezeigt hätte, was das Mädchen in seiner Hausaufgabe geschrieben hatte. Und es wäre mir leichter gefallen, irgendwo anders eine Stelle als Lehrer zu finden, wenn unter dem Klatsch und Tratsch, den sie als Nachrichten druckten, nicht jedes Mal ›*Richard Beart stand für ein Interview nicht zur Verfügung*‹ gestanden hätte. Das Zusammenspiel von Untersuchungskomitee und Kleinstadtzeitung kann einem das Gefühl vermitteln, man würde gegen Windmühlen kämpfen. Trotz der Folgen, die es für mich hatte, fühlte ich mich doch an mein Versprechen gebunden und wollte alles tun, was in meiner Macht stand, um dieses Kind vor dem zu schützen, dem es ausgesetzt war. Und es war schon verrückt. Ich hatte mich überhaupt erst für sie interessiert, weil ich ehrlich davon überzeugt war, dass sie eine echte Gabe besaß. ›Du könntest eines Tages eine große Schriftstellerin werden‹, hatte ich ihr erklärt, ohne zu ahnen, was ihr erstes Werk mich kosten würde.

Der Galerist schwieg. Ich saß da und wusste, dass mein Kopf glühte und ich zu lange geredet hatte. Ich dachte an die Damen von der Schulleitung, die mir aufmerksam gelauscht hatten, weil sie dachten, wenn sie mich nur lange genug am Reden hielten, würden sie mich schon bei einer Lüge ertappen. Und es mag ihnen auch gelungen sein. Ich habe gelernt, dass die Wahrheit aus vielen Perspektiven und Brechungen besteht – und obwohl alles stimmte, was ich dem Mann erzählt hatte, so stimmte doch auch, dass ich nach der Anhörung vor der Schulleitung eine Scham empfand, die schwerer zu ertragen war als die öffentliche Erniedrigung, weil ich sie mir selbst zuzuschreiben hatte. Schließlich wusste ich von Anfang an, dass das Mädchen in Not war, und hatte dennoch nichts unternommen. Ich glaubte, die Probleme könnten ihr eines Tages zugutekommen. Ich erzählte ihr, was man über meine Mutter sagte, dass sie geschrieben hatte, um einen Schmerz zu stillen, den sie nie wirklich erklären konnte.

Der Mann trank seinen Tee aus und stand auf. Seiner Miene war nicht zu entnehmen, was er von alldem hielt, und halbwegs erwartete ich schon, er würde mich auffordern, seinen Laden zu verlassen. Deshalb war ich überrascht, als er eine Flasche vom Regal nahm und mich fragte, ob ich ein Gläschen mit ihm trinken wollte. Ich schüttelte den Kopf. »Ich muss wirklich los«, sagte ich.

»Ja, natürlich«, sagte der Mann. Er nahm meine Tasse und deutete auf mein Notizbuch, das ich auf den Tisch gelegt hatte. »Viel Glück bei Ihren Recherchen«, sagte er.

»Danke«, sagte ich. »Und vielen Dank für den Tee.«

»Keine Ursache. Ich hoffe, Sie schauen mal wieder rein, solange Sie in Paris sind.« Er nickte zur Leinwand in der Ecke. »Vielleicht wenn die Farbe getrocknet ist … Sie könnten mir sagen, was Sie davon halten.«

Ich dankte ihm noch einmal und versicherte ihm, das würde ich gewiss tun. Ich wusste, ich hätte ihn bitten sollen, mir mehr über den Unfall seiner Mutter zu erzählen, aber ich wollte mich nicht länger mit ihm unterhalten. Als ich den Laden verließ, nahm ich mir vor, ohne dieses Wissen auszukommen, denn ganz sicher würde ich nicht den Fehler machen, noch einmal durch diese Straße zu laufen. Ich hatte diesem Mann mehr anvertraut als irgendwem bei mir zu Hause. Ich fragte mich, ob wohl jeder in der Fremde so etwas erlebte – ob der Umstand, dass man irgendwo fremd war, dafür sorgte, dass Dinge, die man besser für sich behalten sollte, unaufgefordert ans Licht drängten.

NEIL

Paris, Juni

Neil balancierte seine Untertasse auf dem Knie, dann besann er sich und stellte sie auf den Tisch. Er ließ sich von Madame Piot ein großes Stück Gänsestopfleber abschneiden, direkt vom Bauernhof der Familie Piot in der Dordogne. Professor Piots Schwägerin hatte die Gans eigenhändig per Rohr gestopft, was Neil lieber nicht gewusst hätte. Madame Piot roch an der Leber, runzelte leicht die Stirn und legte das Stück dann neben das Brot auf Neils Teller.

»Essen Sie«, sagte sie. »Morgen ist sie schlecht.«

Es war streng verboten, während Professor Piots sonntäglichen Teestunden über die Arbeit zu sprechen. Irgendwie hatte er es sich in den Kopf gesetzt, es wäre eine gute Idee, seine Forschungsassistenten ins normale Leben zu integrieren, indem er sie zu sich nach Hause einlud, damit sie Französisch sprachen und unbekannte Speisen von feinen Porzellantellern aßen, die fast durchscheinend waren und jede Gesprächspause mit leisem Klirren überdeutlich machten. Neben Neil und Beth und Loren – Jean-Claude hatte sich damit rausgeredet, er müsse seine Großmutter in Lyon besuchen – saßen da noch zwei Typen mit glasigen Augen, die von der Sorbonne kamen und für das Konzept der Museumsausstellung verantwortlich waren, und schließlich ein deutscher Archäologiestudent, der auf der Baustelle arbeitete. Madame Piot umflatterte die Gäste mit ihrem Adlerblick für leere Teller oder halb leere Gläser, und alle suchten krampfhaft nach Gesprächsthemen, die nichts mit dem Turm der alten Kirche von Saint Jacques zu tun hatten. »Wenn es auf Kalbfell geschrieben steht oder Sie es unter einem Stein gefunden haben, sparen Sie es sich für Montag auf«, verkündete Professor Piot zu Beginn jedes Sonntagnachmittags und lachte dann, als sagte er das zum ersten Mal. Also biss sich jeder auf die Zunge und zermarterte sein Hirn, um sich etwas Normales, Alltägliches einfallen zu lassen, über das man plaudern konnte, während sich eigentlich alle nur dafür interessierten, was sie bei ihren Recherchen in der letzten Woche herausgefunden hatten.

Am Ende unterhielten sie sich darüber, ob es im vierten oder im fünften Arrondissement die besseren Falafel gab, oder über die relativen Vorteile des Châtelet-Kinos im Vergleich zu dem anderen oben bei der Schule, während Madame Piot sie nach kulturellen Aktivitäten befragte: Hatten sie die nächtliche Beleuchtung von Saint-Paul gesehen? Würden sie nicht gern in das absurde Stück gehen, das keine Handlung hatte, aber seit dreißig Jahren im selben kleinen Theater aufgeführt wurde? Oh, unbedingt, waren sich alle einig und konnten doch kaum den Montag erwarten, wenn sie sich wieder in Professor Piots Büro zwängen und ihre Notizen zu den Entdeckungen der letzten Woche sichten würden, wenn sie die Zeit glätteten und fixierten wie Schmetterlinge hinter Glas. Historiker sind Grabräuber. Sie öffnen Särge und suchen Schmuck, hatte ihnen Professor Piot mehr als einmal erklärt und dabei fröhlich in die Hände geklatscht. Das war lustig, bis einem klar wurde, dass er es nicht unbedingt im übertragenen Sinn meinte. Während ihrer ersten Woche in Paris hatte Professor Piot das Team in die Katakomben geführt, um ihnen die Knochen vorzuführen, die ursprünglich auf dem Friedhof der alten Kirche von Saint-Jacques-de-la-Boucherie begraben waren. Eindringlich hatte er ihnen die zahllosen mitternächtlichen Prozessionen schwarz verhängter Karren beschrieben, die unzählige Knochen aus ganz Paris zusammentrugen, und allen wurde richtig unheimlich zumute, wenn sie sich den Lärm vorstellten, den diese Karren voller Skelette auf dem Kopfsteinpflaster der menschenleeren Gassen gemacht hatten. Priester mussten vorangehen, sangen die Totenmesse und schwangen Weihrauch, um den Gestank zu übertünchen. Neil hatte sich Mühe gegeben, nicht in die kleinen Wasserpfützen zu treten, die sich zwischen den Stapeln von Schädeln und Oberschenkelknochen gesammelt hatten, als Professor Piot plötzlich innehielt, ein Schienbein aus dem Stapel fischte, sich zu ihnen umwandte und »*Voilà!*« sagte – um irgendein obskures Argument über die Ernährung während des Hundertjährigen Krieges zu stützen.

Obwohl Neil diese Sonntagnachmittage *chez* Piot ebenso fürchtete wie alle anderen, war doch nicht zu übersehen, wie uncool die ganze Gruppe sein musste, wenn ausgerechnet er das Gespräch bestritt, zum ersten Mal in seinem Leben. Es war sein dritter Sonntag bei den Piots, und noch immer war er der Einzige, der irgendwas zu sagen wusste, wenn Professor Piot sie fragte, was sie *abgesehen* von den Recherchen in der letzten Woche noch so getrieben hätten. Selbst wenn er gar nichts unternommen hatte, fiel Neil doch immer ein peinliches Erlebnis ein, das er zum Besten geben konnte, und sei es nur, um zu verhindern, dass Professor Piot zu einer seiner langatmigen Analysen der französischen Tagespolitik ausholte, üblicherweise mit dem Mund voller Sülze. Neil überlegte, ob er erzählen sollte, wie er die Asche von Magdalenas Freundin im Bahnhof verstreut hatte, aber ihm war nicht danach zumute. Ohnehin hatte er das Wort für Asche schon wieder vergessen, und außerdem war die Sache auch gar nicht so lustig. Also schwieg er, aß noch eine Scheibe Gänseleber und stellte sich so gut wie möglich vor, es sei Käse.

Seit Neil und Magdalena am Dienstag beim Bahnhof getrennter Wege gegangen waren, hatte er sich kaum noch konzentrieren können. Er hatte sogar die Arbeit im Archiv ausfallen lassen, angeblich, um seine Notizen zu ordnen, und dann fast den ganzen Freitag damit verbracht, in der Stadt herumzulaufen. Immer wieder spielte er im Kopf seine Begegnung mit Magdalena durch und erfand ein anderes Ende. Und wie so oft, wenn Neil seiner Fantasie freien Lauf ließ, war ihm die Szene, die er sich zuerst ausgemalt hatte, zur liebsten geworden, und seine Vorstellung davon war so real, dass er kaum glauben konnte, warum sie nicht Wirklichkeit geworden war. Ein paar Tage intensiver Träumerei hatten die Lücke zwischen Fakt und Fantasie geschlossen, nicht so weit, dass er glaubte, es sei *tatsächlich* passiert, sondern dass es ohne weiteres hätte passieren *können.*

In Neils Traum wurde die Asche nach wie vor verstreut, nur konnte er diesmal nichts dafür – vielleicht hatte der ungezogene Sprössling der deutschen Touristen es getan. In dieser Version half Neil Magdalena, die Asche zusammenzufegen, sammelte vorsichtig Knochenstücke aus den Bodenfugen und tröstete Magdalena mit einem taktvollen, kleinen Scherz darüber, dass ihre Freundin offenbar gern noch etwas länger in Paris bleiben wollte.

Und während sie so redeten und Magdalena ihn mit eindringlichem Blick musterte, würde das eigentlich Entscheidende passieren. Sie würde ihn ansehen, und wenn sie dann seine Schläfe berührte, würde sie ihre Hand dort kurz verweilen lassen, vielleicht mit den Fingern an seinem Kinn entlangstreichen, und sie würde sagen: »Ni-yell, ich würde dich wirklich gern küssen jetzt, okay?« Es schien ihm absolut möglich, dass es so hätte kommen können. Neil war kaum noch in der Lage, an irgendetwas anderes zu denken. Ihre Lippen wären feucht von Tränen, und ihr Mund würde nach Kaugummi schmecken – so wie zum Glück auch seiner –, und am Ende müssten sie wahrscheinlich über sich lachen, kein verlegenes Lachen, sondern eines, das alle offenkundigen Unterschiede zwischen ihnen überbrücken würde, wie etwa die Tatsache, dass sie perfekt war und Neil Babyspeck hatte, dass sie ihre Gedanken in verschiedenen Sprachen dachten und einander bis gerade eben noch völlig fremd gewesen waren.

Madame Piot unterbrach Neil in seiner Träumerei. Der Gare du Nord löste sich auf und wurde zum Wohnzimmer der Piots.

»Neil, warum so still?«, fragte Madame Piot. »Nehmen Sie doch etwas Camembert.«

»Okay«, sagte Neil.

Das Problem war, dass er sie nie wiedersehen würde. Sie war zurück nach Litauen gefahren, und wenn sie ihm diese sechzig

Euro nicht wirklich schickte – wobei er sich inzwischen richtig schämte, dass er sie ihr nicht gleich gegeben hatte –, würde er vermutlich nie wieder etwas von ihr hören. Er kannte nicht mal ihren Nachnamen. Er konnte seinen Vater fragen, doch dafür musste er ihn anrufen, was bedeutete, dass er die Sache mit dem Weihnachtsgeschenk erklären musste, und das kam nicht in Frage. Warum hatte er sie bloß nicht um ihre E-Mail-Adresse gebeten? Sie meinte, ihre Mutter würde eine Pizzeria eröffnen. Wie viele Pizzerien mochte es in Litauen geben? Neil ließ sich von Madame Piot nachschenken. Er sah die Szene schon vor sich. Der Laden wäre rappelvoll – vielleicht die große Eröffnung! Sie würde von Tisch zu Tisch gehen und Bestellungen aufnehmen, mit irgendwie so zerzausten Haaren. Er würde sich abseitshalten, vielleicht an der Bar etwas trinken, bis sie einen Moment Zeit hatte. Und wenn sie dann an ihm vorbeikam, würde er sagen: »Hi, Magdalena.« Er würde scheu und doch charmant lächeln, und sie würde sofort wissen, dass er den ganzen Weg gefahren war, um sicherzugehen, dass der Bus sie heil nach Hause gebracht hatte. Sie würde sich die Haare aus den Augen streichen und versuchen zu verbergen, wie verschwitzt sie war oder dass sie Tomatensoße auf der Bluse hatte, doch das wäre Neil natürlich alles total egal. Und dann würde sie ihn einen Moment lang mit diesem Blick betrachten. Was dann passierte, blieb im Dunkeln, doch das war auch nicht entscheidend, und Neil war schon dabei, die Szene im Bahnhof so umzubauen, dass sie in der Pizzeria stattfand, als er merkte, dass alle anderen sich die Krümel von den Knien wischten, Madame Piot ihnen dafür dankte, dass sie es der Gänseleber erspart hatten, weggeworfen zu werden, und es Zeit wurde zu gehen.

Am nächsten Tag präsentierte Neil seine Erkenntnisse zu Pilgermönchen im 13. Jahrhundert, musste aber mittendrin abbrechen, weil er total vergessen hatte, seine Recherchen zu beenden. Er hatte weder in der *Patrologia Latina* nachgeschlagen noch herausgefunden, warum der Papst den Mönchen das Pilgern eigentlich verboten hatte. Auch mit seiner Übersetzung der Handschrift des Mönchs aus Rouen war er nicht sonderlich weit gekommen, denn dessen Bericht war in einer seltsamen Schrift verfasst, die ihm während seiner Studien der Paläografie nie begegnet war. Danach nahm Professor Piot ihn beiseite und fragte, ob sie nicht am späteren Nachmittag mal ein Bier zusammen trinken wollten, wenn die Arbeit im Archiv getan war.

Neil war ziemlich sicher, dass Professor Piot ihm einen Vortrag darüber halten würde, dass ein Historiker sämtliche Quellen prüfen muss, bevor er etwas als Tatsache präsentiert. Das war ihm schon mal passiert, als er in seiner Abschlussarbeit für Professor Piots Methodik-Seminar in London etwas falsch zitiert hatte. Neil wusste, dass er sich allzu große Sorgen machte, aber er wusste auch, dass Professor Piot einen schlampigen Forschungsassistenten ohne Zögern ersetzen würde, und sei es mitten im laufenden Projekt.

»Also?«, sagte Professor Piot, während Neil unsicher auf seinem geklebten Barhocker in der Kneipe gegenüber vom Archiv herumrutschte.

»Das mit heute Morgen tut mir leid. Ich weiß gar nicht, was ich mir dabei gedacht habe«, sagte Neil.

»Nein, nein«, sagte Professor Piot. »Das ist doch egal. Aber Sie? Ist alles okay?«

Normalerweise sprach Professor Piot mit Neil Französisch und versuchte, möglichst viele ungewöhnliche Redewendungen einzuflechten. Der Umstand, dass er jetzt Englisch sprach, konnte alles Mögliche bedeuten, unter anderem auch, dass Neil seine Aufmerksamkeit nicht mehr verdient hatte.

»Mir geht's gut«, sagte Neil. »Ich bin einfach … ich weiß nicht. Da ist so ein Mädchen und … es hätte besser laufen können. Ist keine große Sache.«

»Hm«, machte Professor Piot. »Vielleicht verbringen Sie zu viel Zeit im Archiv?«

»Nein, wirklich, ganz und gar nicht«, sagte Neil. Bevor Professor Piot noch etwas einwenden konnte, holte Neil sein Notizbuch hervor. »Es gibt noch so viel, was ich über diesen Mönch herausfinden möchte – er ist in Rouen losgelaufen, aber er schreibt im Jahr 1259 aus Saint-Jean-d'Angély. Mitte des 13. Jahrhunderts gibt es nicht viele Pilgerberichte aus erster Hand.«

Professor Piot sagte nichts, also fuhr Neil fort. »Ich hatte sogar überlegt, ob wir ihm nicht einen Platz in der Ausstellung widmen sollten, um zu erzählen, was ihn zu dieser Reise motiviert hat. Das wäre vielleicht interessant, denn da gab es dieses Dekret, das Mönchen das Pilgern verbot – ich glaube, es war Papst Urban II. Ich versuche herauszufinden, ob der Mönch aus Rouen irgendwo erwähnt, dass man ihm eine spezielle Erlaubnis gewährt hat. Es gibt da nur diese eine Handschrift, aber für deren Übersetzung brauche ich ewig.«

»Mmh, ja«, sagte Professor Piot. »Behalten Sie das Thema im Auge. Das ist sehr interessant. Aber nehmen Sie sich auch Zeit für sich. Rufen Sie dieses Mädchen an. Gehen Sie mit ihr in den Bois de Vincennes.«

»Okay«, sagte Neil.

»Da kann man Ruderboote mieten.«

»Ja, das klingt nett«, sagte Neil. »Aber leider sitzt sie jetzt im Bus, auf dem Weg nach Litauen. Wir haben im Bahnhof Kaffee getrunken, und ich … ich weiß nicht. Irgendwie habe ich es vermasselt.«

»Ach?«, sagte Professor Piot.

Das mit der Asche wollte Neil nicht erzählen, also sagte er: »Wissen Sie … ich habe einfach nicht die richtigen Worte gefunden.«

»Oh«, sagte Professor Piot. »Tja, nun, das kann vorkommen.«

Sie sprachen noch ein bisschen über die Handschrift des Mönchs. Das Problem war nicht die Tinte – tatsächlich war der Text aus dem 13. Jahrhundert dunkler als das Datum von 1680 auf dem *colophon* am Ende, was darauf hindeutete, dass die Handschrift gerettet worden war, nachdem die Hugenotten im Jahr 1568 den Großteil des Archivs von Saint-Jean-d'Angély verbrannt hatten. Das Manuskript des Mönchs war auf Pergament geschrieben, acht eng beschriebene Blätter mit lateinischer Schrift. Neil konnte nichts davon lesen. Die Schrift war dermaßen gleichförmig, und die Buchstaben endeten alle mit einem sonderbaren Abwärtsstrich, sodass sie allesamt wie ein *q* aussahen. Professor Piot versprach, Neil einen Schriftenschlüssel zu besorgen, der möglicherweise helfen konnte. Aber er erklärte Neil auch, im Grunde bestünde der Trick darin, alles zu vergessen, was man je über den Akt des Schreibens gelernt hatte.

»Stellen Sie sich stattdessen vor, wie Ihre Buchstaben aussähen, wenn Sie mit einer Feder auf teurem Pergament schreiben müssten, und wenn Sie ein heiliger Mann wären, der das Schreiben von anderen heiligen Männern gelernt hätte, und so weiter und so fort. Verstehen Sie?«

»Mehr oder weniger«, sagte Neil.

»Sie sagen, die Schrift ist auf 1259 datiert? Dann schreibt dieser Mönch also in gotischer Schrift, ja?«

»So scheint es«, sagte Neil. »Aber die Schriftzeichen sind irgendwie seltsam. Die einzelnen Buchstaben haben alle diese kleinen – ich weiß nicht – *Schwänze* am Ende. Ich bin mir nicht sicher, ob sie reine Verzierung sind. Es sieht eher so aus, als hätte er seine Feder nie ganz abgesetzt.«

»Nun, wenn Sie Recht haben und er auf dem Weg nach Santiago war, hatte er vielleicht einen müden Arm. Diese alten Manuskripte verraten uns unbeabsichtigt so vieles, wenn wir wissen, wonach wir suchen müssen.«

»Nun, das Dokument ist eher förmlich gehalten«, sagte Neil. Professor Piot sollte ihn nicht für faul halten. »Im Grunde handelt es sich um eine Buchschrift, also vermute ich, dass er zum Schreiber ausgebildet wurde. Aber die Buchstaben der gotischen Schrift haben am Ende üblicherweise einen kleinen, aufgestellten Fuß, oder? In diesem Fall aber deuten sie abwärts. Ich finde es bestimmt noch raus. Es fällt mir nur so schwer, einen Anfang zu finden.«

»Manchmal muss man seinen Blickwinkel ändern«, sagte Professor Piot.

»Stimmt«, sagte Neil. Er nahm einen Schluck von seinem Bier und dachte an die acht Seiten voll winziger Schleifen und Häkchen, die ihn morgen im Archiv erwarteten. »Ehrlich gesagt … Tut mir leid, aber ich weiß nicht genau, was Sie meinen.«

»Wenn Sie selbst schreiben, achten Sie vielleicht darauf, dass sich die Buchstaben voneinander unterscheiden, so wie in der Zeitung. Dieser Mönch dagegen lebt etwa zweihundert Jahre vor Erfindung der Druckerpresse. Für ihn muss die Seite vor allem harmonisch aussehen, dann erst denkt er an die Klarheit für den Leser.«

Professor Piot tunkte kurz seinen Finger ins Bier und begann, das Alphabet auf der Tischplatte nachzuzeichnen. »Wir leben heute im Zeitalter des freien Willens. Wir gehen davon aus, dass jeder von uns tun und lassen kann, was er will, ungeachtet unserer Lebensumstände. Dieser Mönch dagegen glaubt an die große Erzählung. Für ihn ist jede Tat, jeder Federstrich Teil eines Kontinuums. Also ist es für ihn nur natürlich, dass ein Buchstabe den nächsten beeinflusst. Ein *t* zum Beispiel – oder sehr oft auch ein *r* – kann seine Form verändern, je nachdem, wo es im Wort auftaucht. Das trifft besonders auf gotische Schriftstücke zu, bei denen der Text dem Webmuster eines Wandteppichs gleichen sollte. Und ein Wandteppich besteht nicht aus einzelnen Stichen, sondern aus einem einzigen Faden, verstehen Sie? Betrachten Sie den Text nochmal aus dieser Perspektive, dann wird Ihnen die Bedeutung vielleicht klarer.«

Professor Piot bestellte für jeden noch ein Bier.

»Und dieses Mädchen, *wo* wohnt es? In Vilnius?«, fragte er, als hätten sie die ganze Zeit über nichts anderes gesprochen.

»Ja, ich glaube schon«, sagte Neil.

»Eine sehr hübsche Stadt, sehr reich an Historie. Napoleon kam durch Vilnius, auf dem Weg zu seiner großen Niederlage. Es gibt dort ein kleines Denkmal. Auf der Seite, die man sieht, wenn man gen Osten blickt, steht: ›In diese Richtung marschierte Napoleon Bonaparte 1812 mit 400 000 Mann.‹ Auf der anderen Seite steht: ›In diese Richtung marschierte Napoleon Bonaparte 1812 mit 9.000 Mann.‹ Tatsächlich sind viele seiner Soldaten draußen vor den Stadttoren erfroren. Ein furchtbarer Winter, 1812. Aber zu dieser Jahreszeit ist das Klima sehr angenehm.«

»Waren Sie schon mal da?«, fragte Neil.

»Oh ja. Ich habe dort einen sehr guten Freund, einen Professor an der Universität. Kazys Uzdavinys.« Professor Piot winkte dem Barkeeper, dass er zahlen wollte. »Er hat eine hübsche Abhandlung über die Gebisse napoleonischer Wehrpflichtiger veröffentlicht. Bei ihm können Sie bestimmt ein paar Tage unterkommen.«

»In Vilnius?«, fragte Neil.

»Na klar. Vielleicht möchten Sie hinfahren und dem Mädchen sagen, was Sie zu sagen hatten …«

»Hm«, machte Neil und wollte schon erklären, dass er sie gar nicht so gut kannte und auch überhaupt nicht wusste, wo sie in Vilnius wohnte, und selbst wenn er es wüsste, bestand doch ein großer Unterschied zwischen der bloßen Vorstellung, wie es wäre, unangekündigt vor ihrer Tür zu stehen, und der tatsächlichen Umsetzung dieser Idee. Professor Piot jedoch hatte sich auf sein Lieblingsthema eingeschossen, dass seine Studenten ein abenteuerliches, unberechenbares Leben führen sollten, und da kam man nicht mehr zu Wort.

»Man muss so was machen«, sagte Professor Piot. »Ich bin selbst mal auf eine völlig verrückte Reise gegangen, als ich etwa in Ihrem Alter war, in eine weit entfernte Wildnis namens *Chicago.* Schlussendlich war alles Mist, aber wenn ich es nicht getan hätte, nun, das wäre nicht mein Leben, denn so ist es nun mal. Für zukünftige Historiker müssen wir unser Leben *heute* leben.«

»Ich weiß, ich weiß«, sagte Neil.

»Und wir müssen es interessant gestalten.«

»Ich weiß«, meinte Neil. Professor Piot hatte gesagt, was er zu sagen hatte.

»Brauchen Sie Geld für das Ticket?«

»Nein, nein«, sagte Neil. »Ich meine, ich bin nicht sicher …«

»Nehmen Sie das hier«, sagte Professor Piot und schob ihm mehrere Zwanzig-Euro-Scheine über den Tisch. »Sie können es mir im August zurückgeben. Außerdem wäre es nett, wenn Sie in Vilnius für mich eine Kleinigkeit erledigen könnten.«

Und so kehrte Neil in Professor Piots Büro zurück, um die Abfahrtzeit für den Nachtbus nach Vilnius herauszusuchen, denn Professor Piot war überzeugt davon, dass Neil nicht bis zum Morgen warten durfte, weil er dann niemals fahren würde. Neil überlegte, wie er aus der ganzen Sache herauskommen konnte, ohne Professor Piot zu enttäuschen, als ihm die Pizzeria einfiel. Da konnte er sie finden. Professor Piot zückte sein Handy und fing an zu wählen, und bevor Neil ihm erklären konnte, das sei doch wirklich nicht nötig, sagte Professor Piot bereits: »Kazys, alter Freund!«, und traf die entsprechenden Vorbereitungen. Und während Professor Piot redete, erinnerte sich Neil daran, wie Magdalena ihn an der Schläfe berührt hatte und wie sie immer ihre Brille abnahm, wenn er sie ansah.

Professor Piot legte auf. »Okay, Sie werden erwartet«, sagte er. »Nette Menschen, Kazys und seine Frau, und soweit ich mich erinnere, sind sie im Besitz einer Klappcouch.« Er notierte Neil die Adresse und gab ihm drei Tage frei, wenn er dafür eine bestimmte Akte im Litauischen Archiv aufspürte.

»Irgendwas über den Tour Saint-Jacques?«, fragte Neil, während Professor Piot die Zettel auf seinem Schreibtisch durchwühlte, auf der Suche nach der Katalognummer.

»Nein, nein«, sagte Professor Piot. »Es geht um ein neues Projekt, das mir von einer jüdischen Gruppe hier in Paris übertragen wurde. Sie möchten gern mehr über einen bestimmten Friedhof in Vilnius erfahren. Da soll ein Apartmenthaus gebaut werden, und offenbar war das Grundstück früher mal eine wichtige Begräbnisstätte, als Vilnius noch ein einflussreiches Zentrum jüdischen Lebens war.«

»Wonach soll ich suchen?«, fragte Neil.

»Eine Kleinigkeit. Im Herbst fahre ich selbst hin, aber wenn Sie schon mal da sind, könnten Sie das hier besorgen …«, er gab Neil den Zettel mit der Katalognummer, »… im Litauischen Historischen Staatsarchiv. Ich glaube, es ist das Stiftungsdokument des Friedhofs, eine Urkunde des polnischen Königs, die den Juden das Recht auf Bestattungen außerhalb der Stadtmauern gewährte, aber es besteht da eine gewisse Unsicherheit, was die Datierung angeht. Kazys verspricht mir schon seit Monaten, das für mich zu prüfen, aber dann fliegt er wieder ins Ausland und dies und das. Ehrlich gesagt, glaube ich, dass etwas Politisches dahinterstecken könnte. Und Kazys … na ja, möglicherweise ist es ein heikles Thema. Vielleicht möchte er sich lieber raushalten. Denken Sie daran, Kopien anzufertigen.«

»Selbstverständlich«, sagte Neil.

»Okay, also, bestellen Sie Kazys Grüße von mir«, sagte Professor Piot. »Und viel Spaß.« Er zwinkerte ihm auffällig zu, doch Neil tat, als würde er es nicht bemerken. Zu spät erinnerte er sich daran, dass Professor Piot nicht der diskreteste Mensch auf der Welt war. Am nächsten Morgen dürften vermutlich alle Forschungsassistenten erfahren, dass Neil unterwegs war zu seiner *petite amie* in Litauen. Aber ... warum auch nicht? Bis dahin wäre es vielleicht wahr geworden.

MAGDALENA

zwischen Orléans und Meung-sur-Loire, Juni

Sechs Tage waren sie nun unterwegs. Längst besaß Magdalena keinen Cent mehr, der Schnürsenkel, an dem sie den Karton mit Linas Asche getragen hatte, war gerissen, und an den Füßen hatte sie statt Haut nur Pflaster. Manchmal liefen sie auf schmalen Pfaden durch Gemüsefelder oder Forste von seltsamer Geometrie – Birken und Pappeln in akkuraten Reihen, zwischen denen sich wie trunken wilde Weinreben spannten. Dann wieder wanderten sie im Gänsemarsch am Straßenrand entlang, wo den Schildern zu entnehmen war, dass die Orte noch eine ganze Weile französische Namen haben würden. Sie fragte den alten Mann mit dem Wanderstock, wie weit es noch bis Spanien war, aber er konnte sie nicht verstehen, ebenso wenig wie die Nonnen, die nun schon eine Weile ihr Brot mit Magdalena teilten, wenn sie eine Rast einlegten.

Bis dahin hatte sich Magdalena von den Englisch sprechenden Teilnehmern ihrer Gruppe eher ferngehalten, denn sie wollte den Worten auf deren Armen und Knien nicht zu nah kommen. Da ihr jedoch klar war, dass sie jemanden brauchen würde, mit dem sie sich die Kosten für ein Bett in der nächsten Herberge teilen konnte, sofern sie nicht unter freiem Himmel schlafen wollte, ließ Magdalena sich etwas zurückfallen, um mit Rachel zu gehen, die sich – wie Magdalena aufgefallen war – ebenfalls Brot eingesteckt hatte, als es in einer Herberge einmal kostenloses Frühstück gab.

Rachel war in Clapham geboren und würde auch dort sterben, und obwohl sie behauptete, Heidin zu sein, erklärte sie jedem, der es hören wollte, sie hoffe, der Heilige am Ende des Weges würde ihr vergeben, dass sie einen heroinabhängigen Sohn zur Welt gebracht hatte.

»Wozu hast du den Karton dabei?«, fragte Rachel im Gehen.

»Meine Freundin«, sagte Magdalena.

»So was wie ein Geschenk?«, fragte Rachel.

»Nein«, sagte Magdalena.

»Na dann«, sagte Rachel, und eine Weile sagten beide nichts.

Rachel schien doppelt so viel Haut zu haben wie alle anderen. Diese quoll zwischen ihren Shorts und dem Top hervor und spannte die ledernen Riemen der Amulette um ihren Hals. Auf der vielen Haut standen viele traurige Dinge, von denen Rachel ihr manches in leicht veränderter Form erzählte, während sie beim Gehen ein wenig keuchte und sich den Schweiß auf der Stirn mit den weichen Innenseiten ihrer Arme abwischte, wo Magdalena links *immer hungrig* las, und rechts *gebrochen von Colin,* mit einem Datum, das ein Jahr in der Zukunft lag.

»Gehst du, um Buße zu tun?«, fragte Rachel.

»Ich weiß nicht«, sagte Magdalena, weil sie das Wort nicht kannte.

»Für mich ist es eine spirituelle Reinigung«, sagte Rachel. Sie meinte, sie glaube nicht an negative Gedanken. Magdalena nickte. Sie wanderten ein Stück, dann sagte Rachel: »Und –

ja – auch um Buße zu tun. Du weißt schon …« Magdalena ging nicht darauf ein, doch schon bald wiederholte Rachel die Geschichte, die sie allen, selbst den französischen Nonnen, die sie gar nicht verstehen konnten, bereits erzählt hatte, nämlich, wie sie schwanger geworden war und man ihr den Sohn gleich nach der Geburt weggenommen hatte. »Es ging ihm schlecht, das große Zittern und Probleme beim Atmen, weißt du?« Ständig fragte sie Magdalena, ob sie etwas wisse. Magdalena nickte. Er war zu klein auf die Welt gekommen, zu früh, in seinen Adern eine lange Liste von Giften, die in alphabetischer Reihenfolge auf Rachels Arm standen. »Ich weiß nicht mal, ob er überlebt hat. Sie meinten, vielleicht würde er es nicht schaffen, weißt du?« Noch immer sagte Magdalena nichts, und das, obwohl sie es tatsächlich wusste, denn die Antwort stand deutlich unter Rachels Haaransatz, genau da, wo auf Linas Gesicht *apricots* gestanden hatte.

An diesem Abend teilte sie mit Rachel ein Bett in der Herberge. Während die Nonnen Zähne putzten, befreite Magdalena ihre Füße aus den Sandalen und ging mit Nadel und Faden durch jede einzelne Blase, so wie ihre Mutter es früher gemacht hatte, wenn sie von der Arbeit nach Hause kam. Nach jedem Stich durchtrennte sie den Faden, sodass beide Enden aus der Blase ragten. »Wozu machst du das?«, fragte Rachel.

»Um das Wasser rauszulassen«, sagte Magdalena. »Damit sie nicht werden groß. Ich kann das machen auch bei dir.«

»Scheiße, nein!«, rief Rachel. »Von Nadeln halte ich mich lieber fern, okay?«

Rachel musterte Magdalena eine Weile, dann sagte sie: »Soll

ich dir das Tarot legen?« Magdalena wusste nicht, was sie damit meinte, sagte aber okay, und Rachel holte aus ihrem Rucksack eine kleine, hölzerne Schachtel, in einen blauen Seidenschal gewickelt. »Blau ist meine Aura«, sagte sie und öffnete die Schachtel. Sie breitete das Tuch auf dem Bett aus und mischte einen Stapel Wahrsagerkarten.

Auf manchen Märkten in Vilnius fand man Zigeunerinnen oder alte russische Frauen, die einem die Zukunft weissagten, und einmal hatten Lina und Magdalena dafür bezahlt, sich aus einem abgewetzten Kartenspiel etwas herauslesen zu lassen. Magdalena konnte sich nicht erinnern, wessen Idee es gewesen war, vermutlich Linas. Sie hatten das Geld von Magdalenas Mutter genommen, für das sie eigentlich Gemüse holen sollten, und ihre Mutter schien zu ahnen, dass sie etwas angestellt hatten, als sie – abgesehen von ein paar fleckigen Gurken – mit leeren Händen nach Hause kamen, mit verschwörerisch roten Wangen und tief beeindruckt von den Bildern des Tarot, von der Frau mit den verbundenen Augen und den Schwertern, von den Liebenden, dem Narren, dem Gehängten.

Rachel mischte die Karten und bat Magdalena, den Stapel abzuheben, dann verteilte sie einige im Halbkreis auf dem blauen Schal. Eine nach der anderen drehte sie um. Magdalena hörte nur halb zu und fragte sich, warum Menschen, die die Wahl hatten, wissen wollten, was die Zukunft bringen würde. Sie dachte an die Karten der Zigeunerin, wie fettig und aufgequollen sie gewesen waren nach all den Jahren der Prophezeiungen.

Magdalena und Lina waren zu jung gewesen, um sich große Sorgen um die Zukunft zu machen. Sie wollten nur wissen, ob sie einen der Jungs aus ihrer Klasse heiraten würden, und Lina hatte die Zigeunerin gefragt, wann ihre Mutter wieder nach Hause käme. Die Frau streichelte die Karten mit den Fingerspitzen, als müsste sie ihnen gut zureden, dann meinte sie, eine solche Frage koste extra. Magdalena lehnte ab, doch Lina überredete sie, auch noch das restliche Gemüsegeld dieser Frau auszuhändigen, die ihre Augen schloss, eine letzte Karte umdrehte und mit den Fingern darüber fuhr. »Sie wird zu dieser Zeit im nächsten Monat kommen«, sagte die Frau. Lina war so überglücklich, dass sie den ganzen Weg bis nach Haus rannte und es Magdalena überließ, ein paar aussortierte Gurken aufzutreiben, damit sie irgendetwas hatten, was sie ihrer Mutter mitbringen konnten. Doch ein Monat verging, dann zwei, dann drei, aber Ruta kam nicht nach Hause.

Als Rachel Magdalena die Karten gelegt hatte, als sie ihr erklärt hatte, dass sie Liebe finden würde, sofern sie sich Jungfrau-Geborene vom Leib hielt, setzte Magdalena ihre Brille auf und fragte, ob sie auch mal probieren dürfe. Sie mischte die Karten, so wie Rachel es getan hatte, und breitete sie auf dem Schal aus.

Magdalena wusste, dass Rachel das Tarot sicher schon tausend Mal nach ihrem Sohn befragt hatte, und sie musste dafür sorgen, dass Rachel ihm diesmal glaubte. Während sie also die Karten umdrehte, suchte Magdalena auf Rachels Gesicht und an ihrem Hals nach Daten, suchte nach Vergangenem, das Rachel erkennen würde. »Ich glaube, du hast eine kleine Schwester«, sagte Magdalena.

»Das steht da?«, fragte Rachel.

»Steht hier«, sagte Magdalena. »Diese Karte mit Frau bei Tor bedeutet Schwester. Du hast gesorgt für sie, glaube ich, als du selbst klein warst.«

»Ja«, sagte Rachel. »Was steht da noch?«

»Du hattest es mal schwer in Leben. Du hattest Problem mit Gesundheit, als du warst jung. Etwas mit dein Herz.«

»Wo steht das?«, fragte Rachel.

»Na, da«, sagte Magdalena, und als Rachel sie drängte, ihr zu verraten, warum sie die Karten so gut lesen konnte, erzählte Magdalena ihr eine Geschichte von einer Großmutter, die angeblich Zigeunerin gewesen war und ihr die alten Sitten und Gebräuche beigebracht hatte.

Magdalena drehte noch mehr Karten um, bis sie welche fand, die zu dem passten, was sie zu sagen hatte.

»Und hier und hier mit Münzen und hier mit Kind auf Pferd, damit ist gemeint dein Sohn.«

»Was steht da?«, fragte Rachel.

»Es geht ihm gut«, sagte Magdalena.

»Ja?«, fragte Rachel.

»Er hat braune Augen und malt dir Bild.«

»Ja?«, fragte Rachel wieder. »Bist du sicher?«

»Ganz sicher«, sagte Magdalena. »Er lebt bei nette Leute. Du wirst ihn sehen eines Tages.« Mehr wollte sie zu dem Thema nicht sagen, also drehte sie noch eine Karte um.

»Aber was ist damit?«, fragte Rachel. Die nächste Karte war der Teufel.

»Die hier sagt nur, dass es gibt ein nicht so gute Mann in dein Leben«, sagte Magdalena.«

»Steht da, ob das Andy ist?«, fragte Rachel und blinzelte die Figur auf der Karte an.

»Colin«, platzte Magdalena heraus. Rachel sah sie seltsam an.

»Woher weißt du von Colin?«, fragte sie.

Magdalena erinnerte sich daran, wie die Zigeunerin ihre Finger auf den Karten gespreizt hatte, als wollte sie dem Papier etwas Bedeutungsvolles entlocken. Sie sprach in einem Singsang und hatte sich einen silbernen Schal umgelegt, um zu verbergen, dass sie nur eine arme Frau war, die Geschichten verkaufte. »Steht alles in den Bildern«, sagte Magdalena.

»Niemand weiß von Colin«, sagte Rachel ganz leise.

Magdalena lachte. »Ist nur ein Spiel, okay?« Doch Rachel lachte nicht, also fügte Magdalena hinzu: »Ich höre dich nachts sagen seinen Namen, wenn du träumst.«

»Der Scheißkerl«, fauchte Rachel. »Ich hoffe, ich habe nicht zu viel erzählt.«

»Nein, ist okay. Ich glaube, sonst hat keiner gehört«, sagte Magdalena und drehte eine Karte mit dem Bild einer Frau um, die unterm Sternenhimmel an einem Bach kniete und Wasserkrüge füllte. Sie wagte nicht, noch mehr auf Rachels Haut zu lesen, also dachte sie sich etwas aus. »Du wirst haben glückliche Hand in Geschäften«, sagte sie. »Geld wird fließen aus stetem Quell.«

Am nächsten Morgen kam die Frau, die im Bett über ihnen geschlafen hatte, zu Magdalena, während diese gerade dabei war, einen Ersatzriemen für ihre Sandalen zu basteln, aus einem Stück Klebeband, das sie von Brit und Olaf hatte, zwei pensionierten Norwegern. »Ich habe gehört, Sie lesen das Tarot«, sagte die Frau.

»Nur aus Spaß«, sagte Magdalena.

»Ihre Freundin sagt, Sie hätten es von Ihrer Großmutter gelernt.«

»Ist lange her«, sagte Magdalena.

»Hätten Sie Zeit?«, fragte die Frau. »Es gibt da etwas, das ich unbedingt wissen muss.« Dann sagte sie: »Ihre Freundin sagte was von zehn Euro, richtig?« Magdalena nickte. Rachel räumte ihnen einen Platz auf der Bank draußen vor dem Haus frei und breitete das blaue Tuch vor Magdalena aus, dann trat sie ein Stück zurück, um zuzusehen. Magdalena ordnete die Karten so, wie Rachel es am Abend vorher getan hatte, und drehte eine nach der anderen um. Wie sich herausstellte, pilgerte die Frau nicht zu den Gebeinen des Heiligen, sondern zum Schrein einer vorchristlichen Fruchtbarkeitsgöttin. Sie erzählte Magdalena, ihr Begleiter sei umgekehrt. Sollte sie ohne ihn weiterwandern? Magdalena hatte keine Ahnung. Auf dem Gesicht der Frau, auf Schultern und Armen fand sie weder Namen noch Geburtsdaten von Kindern, doch die Zukunft würde eine Hochzeit bringen, mit einem Mann, dessen Name nur spanisch sein konnte, und auf dem Unterschenkel der Frau stand etwas von Hypothekenzahlungen für eine Wohnung in Madrid.

Magdalena wendete die Karten und tat, als studierte sie diese. »Ich glaube, Sie werden finden in Spanien was Neues, was Sie macht glücklich«, sagte Magdalena. Die Frau nickte, machte aber nicht den Eindruck, als würde sie ihr glauben. »Sie werden finden Liebe«, sagte Magdalena.

»Hm«, machte die Frau. Auf ihren Wangen standen die Daten einer anderen Ehe und der Scheidung von einem Mann namens Jim. An ihrem Unterkiefer entlang war zu lesen: *Hochzeit auf dem Standesamt, kein weißes Kleid. Er meinte, der Strand sei zu teuer, aber eigentlich gefiel ihm nur der Sand nicht.*

»Sie waren schon verheiratet, aber hat nicht gehalten.«

»Das stimmt«, sagte die Frau und wirkte schon interessierter.

»Sie träumen von Hochzeit am Meer.«

»Oh ja«, sagte die Frau. »Schon lange.«

Magdalena neigte ihren Kopf, als würde sie nachdenken, und las *Lehrerin Level A2, Instituto Cervantes.* Eine Liste von Verbkonjugationen wand sich um den Ellenbogen der Frau. »Sie sind Lehrerin für Spanisch, oder?«

»Das stimmt«, sagte die Frau. Magdalena strich mit dem Finger über eine Karte, auf der eine Hand aus dem Himmel ragte, und beugte sich vor, um erkennen zu können, was auf der Schulter der Frau geschrieben stand.

»Und Sie wollten gern leben in Spanien und dort arbeiten, aber das ging nicht.« Es hatte etwas mit ihrem ersten Ehemann zu tun, aber was genau konnte Magdalena nicht lesen, weil es in der Achselhöhle verborgen war.

»Ja! Ja!«, rief die Frau.

»Sie werden bekommen Ihre Hochzeit am Meer, und ich glaube, Sie werden leben in Spanien, mit eine Mann, der besser ist als der erste«, sagte Magdalena, während sie eilig die Karten einsammelte, aus Angst, die Frau könnte Näheres wissen wollen. Doch die Frau zog bereits ein paar Scheine aus den Taschen ihrer Shorts. Sie legte noch fünf Euro drauf. »Für die guten Neuigkeiten«, sagte sie.

An diesem Nachmittag gesellte sich Rachel beim Wandern zu Magdalena und meinte, vielleicht sei der Zeitpunkt gekommen, die Prophezeiung mit dem Geldverdienen wahr werden zu lassen, die Magdalena in Rachels Karten gesehen hatte. Rachel würde die Kunden besorgen, und Magdalena könnte mit dem, was sie von ihrer Zigeunergroßmutter gelernt hatte, die Reise nach Spanien finanzieren. Zuerst musste Magdalena darüber lachen, doch als sie an diesem Abend eine Abtei erreichten, in der jeder umsonst übernachten durfte, der einen Muschel-Stempel von der letzten Unterkunft vorweisen konnte, fand Rachel drei weitere Kunden, allesamt schwedische Wanderer, denen sie erklärte, der Preis betrüge fünfzehn Euro pro Nase. Die Worte auf deren Haut waren allesamt schwedisch, doch Magdalena entzifferte ein paar Namen und Daten, und wie sich herausstellte, musste sie nicht mehr tun, als eine Person oder einen Ort zu nennen – schon sahen sich die Wanderer verwundert an und lachten nervös. Und alles, was Magdalena danach sagte – Phrasen über das Glück oder die Liebe oder einen Spruch, an den sie sich noch von der Zigeunerin auf dem Markt erinnerte –, wurde plötzlich wahr, den Bildern auf den Karten abgerungen, als stünden dort Hieroglyphen geschrieben, die nur Magdalena lesen konnte.

Nachdem sie nun also ihr Leben lang versucht hatte, dem auszuweichen, was auf den Menschen um sie herum geschrieben stand, wurde Magdalena mehr oder weniger zufällig zur professionellen Wahrsagerin. Auf dem Weg nach Spanien gewöhnte sie sich an, ihre Brille zu tragen, nicht nur weil sie damit schneller laufen konnte, sondern auch weil sie unter Umständen an jemandem vorbeikam, der mit aufgekrempelten Ärmeln am Wegesrand ausruhte, sodass gewisse Details aus seinem Leben sichtbar wurden. Wenn sie diesen Jemand dann später in der Pilgerunterkunft traf, wo es kühler war und alle Pullis trugen, würde er sie vielleicht bitten, ihm die Karten zu legen. Sie lernte, Wahrsagerplattitüden in ihre Prophezeiungen einzuflechten, denn wenn sie Sachen sagte wie »*Es gibt da Mann in Ihre Leben, aber Sie wissen nicht, wie sicher Sie sein können*« oder »*Sie sind etwas unzufrieden in Ihre Beruf*« – Dinge, die immer stimmten –, dann entspannten sich ihre Kunden, und meist hörten sie trotz allen Interesses an den Details ihrer Zukunft im Grunde am liebsten vage Warnungen und Versicherungen.

Hin und wieder unterliefen ihr Fehler, oder sie gab Informationen preis, von denen die Karten nichts wissen konnten. Ganz am Anfang wurde sie ein-, zweimal aufgefordert, die Karten wegzulegen, und die Leute suchten eilig das Weite, wobei sie Magdalena sonderbare Blicke zuwarfen und sich bekreuzigten. Mit der Zeit jedoch entwickelte sie sich zur Gauklerin und Trickbetrügerin, entschied sich zuerst, was sie ihren Kunden verraten wollte, und stellte ihnen dann Fragen, die sich den gewünschten Antworten gerade so weit annäherten, dass die Leute beeindruckt weggingen, ohne genau zu wissen, wieso, überzeugt davon, dass Magdalena so etwas wie Hypnose oder psychologische Tricks anwendete.

Und während sie so wanderte, fragte sich Magdalena hin und wieder, ob manche der Zigeunerinnen auf den Märkten auch mit dem Problem zu kämpfen hatten, mehr zu wissen, als gut für sie war. So lange hatte sie versucht, nicht allzu viel darüber nachzudenken, warum sie Worte auf der Haut der Menschen sah und ob sie die Einzige war. Da sie wusste, dass hinter allzu eindringlichen Fragen der Wahnsinn lauern konnte, war Magdalena stets auf Zehenspitzen durch ihren Kopf geschlichen und hatte sich von manchen Themen möglichst ferngehalten. Vielleicht lag es daran, wie der Weg nach Spanien bis zum Horizont reichte und sich dort im Blau verlor, oder daran, wie sich die Felder über die sanften Hügel erstreckten, so weit das Auge blickte. Unter dem großen Himmel und dem Eindruck endloser Weite gab Magdalena mit der Zeit ihre Gewohnheit auf, sich manche Gedanken zu verkneifen, bevor sie die Kontrolle darüber verlor, und zum ersten Mal seit langem ließ sie ihnen freien Lauf.

Sie dachte daran, dass manches einfach keinen Sinn ergab: die schottische Nonne, deren Haut komplett mit Namen von Wildvögeln beschriftet war. Eine Lehrerin von ihrer Highschool, auf deren Stirn ein Rezept für Buchweizengrütze geschrieben stand. Und dann war da noch jemand, dessen Haut mit einer lebenslangen Liste von Büchereibüchern übersät war, samt der jeweiligen Abgabedaten. Da fiel ihr der Mann ein, der ihr in Paris auf der Straße begegnet war und der wie ein Amerikaner geklungen hatte, obwohl auf seinem Gesicht in litauischer Sprache eine alte Redensart geschrieben stand, die sie von ihrer Mutter kannte.

Sie dachte an die Worte auf der Haut ihrer Mutter, die ihr ebenso vertraut waren wie deren Stimme. Auf dem Arm stand *Juozas,* der Name von Magdalenas kleinem Bruder, und auf der Stirn *Rimantas,* der Name von Magdalenas Vater. Ihre Mutter hatte erzählt, er hätte vor dem Altar kalte Füße bekommen und sie auf die Stirn geküsst statt auf den Mund. Die Details einer Gallenblasenoperation, der sie sich als Kind unterziehen musste, umkreisten eine Narbe an ihrem Bauch, und gleich daneben war die Rede von geringfügigen Komplikationen bei der Entfernung ihrer Gebärmutter. Am Handgelenk stand ihr Lieblingswitz von dem Priester und dem Schneider, über den sie immer so lachen musste, wenn sie ihn erzählte, dass sie den besten Teil meist ausließ, und die Oberschenkel ihrer Mutter waren übersät von abergläubischen Verhaltensregeln – *wenn ein Kamm herunterfällt, vergiss nicht, draufzutreten, schlafe nie im Mondlicht, ein Traum von braunem Brot bedeutet ein glückliches Zuhause, ein Hase bedeutet Leben, ein bellender Hund bedeutet Tod, der Teufel tanzt auf Hochzeiten, du sollst im Haus nicht pfeifen* – alles Dinge, die sie von Magdalenas Urgroßmutter hatte, die noch als alte Frau ihre abgeschnittenen Fingernägel in kleinen Beuteln aufbewahrte, weil sie glaubte, sie bräuchte sie, um den Eisberg zu erklimmen, der den litauischen Sagen nach der einzige Weg ins Paradies war.

Auf dem Weg nach Spanien gab es jedoch auch Tage, an denen allein der Gedanke an ihren Vater Magdalena von den schmerzenden Füßen ablenken konnte. Ihre Mutter erwähnte ihn fast nie und mied jeglichen Kontakt zu Magdalenas Onkeln und Cousins väterlicherseits, die Magdalenas Mutter alles anlasteten, was in der Ehe schiefgelaufen war. »Du hast seine Augen«, sagte ihre Mutter manchmal, und als kleines Mädchen hatte sie sich gelegentlich blindlings durchs Haus getastet, um ihre Mutter nicht an den Mann auf den Fotos zu erinnern, an die starken Hände, das müde Gesicht und die glasklaren Augen.

»Er hat zu viel gegrübelt«, sagte ihre Mutter einmal. »Seine Gedanken drehten sich immer im Kreis, und als Juozas geboren wurde, hielt er es einfach nicht mehr aus.« Magdalena erinnerte sich, dass ihre Mutter »als Juozas geboren wurde« gesagt hatte, nicht »als Juozas gestorben war«. Beides hatte sich am selben Tag ereignet, und möglicherweise betrachtete sie die beiden Ereignisse als ein und dasselbe, oder sie sagte es so, weil sie es auch nach all den Jahren nicht übers Herz brachte, es anders zu sagen. Während Magdalena so wanderte, ließ sie jedoch im Stillen erstmals die Frage zu, ob es möglich wäre, dass ihr Vater nicht mehr leben wollte, weil er gesehen hatte, dass auf der Haut seines neugeborenen Sohnes nur ein einziges Datum geschrieben stand.

Sie liefen über Blumenwiesen, deren Blütenstaub an ihren Knöcheln klebte. Rachel bekam schreckliche Niesattacken – *Heuschnupfen* stand auf ihrem Nasenrücken –, und Magdalena überlegte, ob ihr Vater wohl geahnt hatte, dass es vielleicht noch andere wie ihn gab. In London war es ihr zweimal passiert. Magdalena hatte sie gesehen oder hätte sie sehen können – beide Male gab sie sich solche Mühe, ihren Augen nicht zu trauen, dass sie jetzt nicht mehr sicher sein konnte. Einmal war da in der U-Bahn ein Mann ohne Schuhe gewesen, der sie so wissend angegrinst hatte, mit Augen wie Spiegel in einem leeren Raum. Das andere Mal war es ein kleiner Junge, den sie auf einem Markt in Islington gesehen hatte und dessen blasser Blick noch umso auffälliger war, weil er so dunkle Haut hatte. Er hielt sich an der Hand seiner Mutter fest und musterte die Passanten, formte die Worte lautlos mit den Lippen.

Sie kamen zu einem Bauernmarkt am Rande eines kleinen Ortes. Die Nonnen kauften einen Eimer voll Tomaten, und Rachel und Magdalena aßen sie im Gehen wie Äpfel. Magdalena erinnerte sich daran, wie ihr Vater gestorben war, als sie gerade das Alphabet lernte. Sie fragte sich, ob er sie wohl auch mit unter Leute genommen hatte, um herauszufinden, ob sie die Lippen bewegte.

Sie dachte an die Liste, die im Nacken ihrer Mutter begann, in kleiner Schrift den ganzen Rücken hinabreichte und dabei penibel alles aufzählte, was sie in den Tagen und Wochen nach dem Tod ihres Mannes getrunken hatte. Der letzte Eintrag reichte bis knapp über ihren Hosenbund – Magdalena sah ihn manchmal, wenn sie sich vorbeugte und ihr das Hemd hochrutschte. Da stand *3,2 Liter Stumbras Wodka unter Birken.* Nur Magdalena konnte wissen, dass es ein Hinweis auf den Tag war, an dem Magdalenas Mutter, nachdem sie ihr Neugeborenes, ihren Mann und – nach Aussage der Liste – 152 Nächte an den Wodka verloren hatte, die vierjährige Magdalena in ihren Schneeanzug steckte und sich die Flaschen unter den Arm klemmte, um in den Wald hinter ihrem alten Mietshaus zu stapfen, wo die beiden jede einzelne Flasche aufschraubten und auskippten, während sie sich die Nasen zuhielten und beobachteten, wie die Flüssigkeit kleine Löcher in den Schnee unter den Birken brannte, in denen laut Magdalenas Urgroßmutter die Geister der Todgeweihten wohnten.

Die Straßen wurden steiler. Die Pyrenäen, sagte Olaf. Brit schärfte ihnen ein, darauf zu achten, dass sie immer reichlich Wasser tranken. Während sie Hänge voller Olivenhaine erklommen, hörte Magdalena Rachel zu, die davon erzählte, wie sie an der Nadel gehangen, in Hauseingängen übernachtet und ihre Mum bestohlen hatte. Dabei fiel Magdalena plötzlich auf, dass alles, was sie auf ihrer Mutter lesen konnte – wenn sie nach einer Pfanne griff oder einen neuen Rock anzog oder ihre Zehen spreizte, damit der Nagellack besser trocknete –, dass all das sich in einer Hinsicht glich. Alles waren Geschichten, die Magdalena als kleines Mädchen gehört hatte oder die ihr die Mutter eines Tages vielleicht erzählen würde. Manche beinhalteten Imperative – *sammle nicht die Pilze mit den dünnen Stängeln, achte darauf, dass die Schlachterwaage anfangs auf null steht* –, als hätte die Mutter auf ihrer Haut Ratschläge für Magdalena notiert.

Allerdings stand auf dem Körper ihrer Mutter nirgends *Magdalena,* und während sie so wanderten und Rachel ihre Lebensgeschichte erzählte, gestattete sich Magdalena die Frage, wieso eigentlich nicht. Womöglich stand bei ihrer Mutter – wie bei Lina – noch allerlei unter den Haaren. Vielleicht fand sich Magdalenas Name in ihrem Ohr wieder oder auf dem Leberfleck in der Kniekehle. Auch auf Lina hatte nirgends *Magdalena* gestanden, ebenso wenig auf Ivan oder Andrius, mit dem Magdalena in der Schule zusammen gewesen war, und auch nicht auf Marija oder Ruta oder Rachel, aber es konnte doch nicht sein, dass Magdalena auf dieser Welt wandeln sollte, ohne wenigstens irgendwo ihren Namen zu hinterlassen. Nur auf Neil hatte sie sich gesehen: *Magdalena Bikauskaitė,* überdeutlich in seiner Augenhöhle. Als sie allerdings in diesem Bahnhof von Paris Neils Haarsträhne angehoben hatte, war dort keinerlei Erklärung zu finden gewesen. Ihr Name stand wie eine Tatsache auf seinem Gesicht, so wie die Blutgruppe, die Geburtsdaten seiner Kinder und der Ort, an dem er die höhere Schule besucht hatte. Daran musste sie denken, während die Sprachen der anderen Pilger vielfältiger wurden, bis sie nur noch die Namen – Maria, Paolo, Gottfried, Kristofer, José, Adrienne – auf den Wangen, den Händen und staubigen Beinen der Fremden verstand. Nachdem sie jemandem die Karten gelegt hatte, dessen Sprache ihr fremd war, ging sie dazu über, sich einen Namen auszusuchen und diesen vorsichtig zu nennen. Oft merkte sie dann am Gesichtsausdruck ihres Gegenübers, ob Paolo oder Kristofer dessen Vater oder Sohn war, eine verlorene Liebe, ein Ex-Mann oder Lieblingsheiliger. Sie fragte sich, was Neil wohl sagen würde, wenn irgendwo auf der Landstraße eine fremde Frau für ihn in eine Kristallkugel schaute oder ihm die Karten legte und *»Magdalena Bikauskaitė«* sagte. Wäre er verwundert? Oder würde er aus diesem Namen eine logische Schlussfolgerung ziehen, die nur er verstand?

Sie überquerten die Grenze nach Spanien. Die Straßen waren voller Pilger, die noch rechtzeitig zum Festtag des Heiligen ankommen wollten, und bei jeder Rast fand Rachel jemanden, der sich für einen Blick in seine Zukunft interessierte. Jetzt konnten sie sich Sandwiches leisten, und in den Pilgerherbergen hatte jeder sein eigenes Bett. Um die Fäden in Magdalenas Füßen bildete sich Hornhaut. Rachel fand das eklig, musste aber zugeben, dass Magdalena Recht hatte. Es half gegen die Blasen.

Inzwischen hatte Magdalena genug Geld für vernünftiges Schuhwerk beisammen. Brit bot an, sie beim Kauf atmungsaktiver Stiefel zu beraten, doch als sie in den nächsten größeren

Ort kamen, erklärte Magdalena, sie wolle das Geld doch lieber für etwas anderes verwenden. Unter all den Dingen, die auf der Haut ihrer Mutter geschrieben standen, gab es nur eine Geschichte, von der Magdalena den Anfang, nicht aber das Ende kannte – und außerdem hatte sie ihre ganze Kindheit über in der Armbeuge ihrer Mutter *begleiche deine Schulden* gelesen, sobald diese die Ärmel aufkrempelte. Als sie abends in eine Herberge einkehrten, bat Magdalena an der Rezeption um ein Blatt Papier und einen Umschlag, und sie nahm den Zettel hervor, auf dem Neil seine Adresse notiert hatte. Sein Nachname war ihr vertraut. Ihr Leben lang hatte sie diese Buchstaben auf der weichen Haut unter dem Schlüsselbein ihrer Mutter gesehen, wo der Name von Neils Vater eine litauische Endung bekommen hatte – *Richardui Beartui* – die Dativform, die in dieser fremden Sprache unbeholfen wirkte. Sie bedeutete *an Richard Beart* oder *für ihn,* was Neils Vater zu einem Substantiv machte, dessen Bedeutung unvollständig blieb, wenn es so für sich allein stand, als hätte ihre Mutter die Buchstaben des Alphabets an ihre Brust gedrückt und sich einen unfertigen Satz über einen Mann abgerungen, dem ihr Herz gehörte.

Magdalena betrachtete das leere Blatt Papier, das man ihr gegeben hatte. *Hallo mein lieber Neil* schrieb sie oben drüber und stockte. Sie wusste nicht so recht, wie sie es ihm erklären konnte, und schon gar nicht, wie sie anfangen sollte. Rachel hatte ein paar deutsche Wicca-Anhänger kennengelernt und war mit denen Bier trinken gegangen, also musste Magdalena eine der französischen Nonnen bitten, ihr mit dem Englischen zu helfen.

Als sie fertig war, steckte sie Neils sechzig Euro in den Umschlag. Sie klebte ihn zu und gab ihn am nächsten Morgen in der Post auf, obwohl sie oft genug gelesen hatte, was in der Kniekehle ihrer Mutter geschrieben stand: dass man niemals Bargeld mit der Post verschicken sollte.

NEIL

Vilnius, Juni

Die Busfahrt nach Vilnius dauerte dreiunddreißig Stunden, genau wie Magdalena gesagt hatte. Mitten in der Nacht hielten sie an einem Feld, die Männer traten vor den Bus, die Frauen dahinter. Am nächsten Morgen wachte Neil auf, als sie gerade über die deutsch-polnische Grenze kamen, und fragte sich, ob er den Anblick all dieser leuchtend weißen Hintern im Mondschein geträumt hatte. Der nächste Halt war in Warschau, wo alle vor einem Imbiss standen und kalte Rübensuppe mit Kartoffeln löffelten, dann ging es wieder zurück in den Bus. Draußen zogen Felder und Wälder und kleine, reetgedeckte Bauernhöfe vorbei. Neil dämmerte im Halbschlaf vor sich hin, und wenn er zwischendurch aufwachte, plante er zum hundertsten Mal, wie alles werden würde. Der Bus fuhr durch dichte Kiefernwälder und kam am Stadtrand von Vilnius schließlich an Hunderten von sowjetischen Mietskasernen vorbei – manche ohne Scheiben in den Fenstern, manche mit trocknender Wäsche auf den Zementbalkonen, die aussahen, als würden sie jeden Moment abbrechen. Risse zogen sich wie Efeu an den Nähten der Gebäude entlang, und Neil stellte sich nochmal die Szene in der Pizzeria vor, überlegte sich eine kleine Ansprache und wünschte, Magdalena hätte etwas liegen lassen, das er ihr mitbringen konnte, wie im Film. *Madame, ich glaube, dieses Taschentuch gehört Ihnen.* Er überlegte, ob er lügen sollte. *Magdalena? Bist du das? Ich bin auf Recherche hier und – also wirklich, das ist ja ein Ding!* Er entschied sich jedoch für Ehrlichkeit. *Ich dachte nur, es wäre schön, dich … na ja … wiederzusehen.*

Seine erste Fehleinschätzung war die Pizzeria. Das wurde ihm schon klar, bevor er aus dem Bus stieg. Es war doch idiotisch anzunehmen, dass Magdalenas Mutter die erste Pizzeria in Vilnius eröffnete, als stünden die Litauer nach wie vor hinter dem Eisernen Vorhang für Brot an. Allein bis zum Busbahnhof zählte er zwölf Pizzerien. Und auf seiner Suche nach dem Stadtbus, der ihn zu Professor Uzdavinys bringen sollte, fand er noch drei weitere. Tatsächlich hatte er in seinem ganzen Leben noch nie so viele Pizzaläden gesehen. Sie waren überall, warben mit großen Farbfotos für die Hot Chicken-Pizza, die Egg&Pickle-Pizza, die Chunky Chili-Pizza.

Wie sich herausstellte, wohnte Professor Uzdavinys so nah am Bahnhof, dass Neil lieber zu Fuß ging, als nach dem entsprechenden Bus zu suchen. Professor Uzdavinys' Frau Renate war zu Hause, wollte aber gerade gehen. Sie war selbst auch Professorin und erklärte Neil in makellosem Englisch, er solle sich wie zu Hause fühlen und ruhig erstmal die Füße hochlegen, was er nach der langen Busfahrt sicher gut brauchen könne.

Doch Neil war nicht nach Schlafen zumute, wo es doch so viele Pizzerien abzuklappern gab, auf der Suche nach einem Mädchen mit hellen Augen und einem grauen Zahn. Anfangs lief er von einer Pizzeria zur nächsten und spähte durch die Scheiben.

Das konnte er jedoch nicht endlos weitermachen. Nach etwa einer Stunde hatte er solchen Hunger, dass er irgendwo einkehrte. Aus Spaß bestellte er die American Pizza – sie ertrank in Barbecue-Sauce – und sah die Kellnerin absichtlich nicht an, bis diese direkt vor seinem Tisch stand, denn er hoffte immer noch, sie könnte es sein. War sie aber nicht.

Nach der Pizza konnte er wieder etwas klarer denken, und ihm wurde bewusst, wie lächerlich das alles war. Außerdem fiel ihm etwas ein. Er staunte, dass er nicht schon längst darauf gekommen war. Schließlich hatte er Magdalenas Nummer immer noch in seinem Telefon, auf der Liste versäumter Anrufe, nachdem sie die Nachricht hinterlassen hatte, dass sie sich mit ihm in London treffen wollte. Er konnte sie anrufen und lässig sagen: »Ich bin gerade hier in Vilnius. Wir können uns ja mal treffen.« Es war nicht ganz die Szene, die er sich ausgemalt hatte, musste aber genügen.

Doch als er die Nummer dann anrief, sprang gleich die Mailbox an, als wäre ihr Handy abgestellt. *»Hallo und bitte Nachricht hinterlassen«*, hörte er sie sagen. »Hey Magdalena, hier ist Neil. Ich wollte mich mal melden – entschuldige, hier ist Neil vom Bahnhof, für den Fall, dass du vielleicht … mehrere kennst. Ich wollte nur sichergehen, dass du heil nach Hause gekommen bist und so und eigentlich, also, äh, ruf mich doch mal an, wenn du das hier abhörst, damit ich weiß, dass du okay bist. Ich meine, nur wenn du möchtest. Ruf mich an. Also … okay, hm, bis dann.« Sein Leben lang hatte er am Telefon wie ein Verlierer geklungen, doch das war die schlimmste Nachricht, die er jemals irgendwo hinterlassen hatte.

Er versuchte es später nochmal und kaufte dann, weil er nicht wollte, dass sie eine lange Liste versäumter Anrufe derselben Nummer vorfand, im Postamt eine Telefonkarte und rief von einer Zelle aus an. Er überlegte, ob ihr Handy vielleicht in Litauen nicht funktionierte. Hätte er ihren Nachnamen gewusst, hätte er versuchen können, sie übers Telefonbuch zu finden. Er rief seine Mom an, damit sie *Große Eröffnung Pizzeria Vilnius* für ihn googelte, was die Auswahl zumindest etwas eingrenzen würde. Aber er hatte vergessen, dass sie auf einer Yoga-Freizeit in Utah war. Schließlich rief er seinen Vater doch an, was er gleich hätte tun sollen. Sein Dad würde den Nachnamen von Magdalenas Mutter wissen, vielleicht sogar den Namen ihres Restaurants. Da er fürchten musste, dass diese Reise nach Litauen komplett sinnlos sein könnte, schienen ihm alle Gründe, seinen Vater nicht anzurufen, doch eher nichtig. Aber sein Dad ging nicht ran.

Vielleicht lag es nur daran, dass er ihn nicht erreicht hatte, aber der Gedanke an das klingelnde Telefon in dem großen, leeren Haus stimmte Neil traurig. Zum ersten Mal seit Monaten fehlte ihm sein Dad, und er wünschte, er könnte ihm wenigstens Hallo sagen und ihn zehnmal raten lassen, von wo aus er anrief.

Die Ansage auf dem Anrufbeantworter hatte sein Vater nie geändert, und es war noch immer Nans Stimme, die jedes einzelne Wort langsam und deutlich aufsagte, als spräche sie mit jemandem auf dem Mond. *»Sie sind verbunden mit Walter und Catherine Hurley. Wahrscheinlich haben wir es nicht rechtzeitig* *zum Telefon geschafft, oder wir sind draußen im Garten.«* Und weil sie nicht wusste, wie man das Band anhielt, hörte man Pops Stimme sagen: *»Das müsste reichen«*, und darauf Nans Antwort: *»Wer uns ab jetzt was mitzuteilen hat, kann das einfach tun«*, und dann hört man das Wasser in der Spüle rauschen.

Die beiden zu hören gab Neil den Rest. Er legte auf, ohne eine Nachricht zu hinterlassen, stand noch eine Weile in der Telefonzelle, in die erst kürzlich jemand gepinkelt hatte, und dachte an Pop, der den Vögelchen-Trick mit kleinen Papierfetzen auf den Fingern so gut beherrschte, dass er Neil und seine Cousins jedes Mal reinlegte, und an Nan, die ihm einmal das Gehirn von einem Fisch gezeigt hatte, das wie gekautes Kaugummi aussah. Sein Dad tat ihm leid, so ganz allein in diesem großen Haus, und er tat sich selbst leid, so ganz allein in einer litauischen Telefonzelle. Und schon fragte er sich wieder, was ihn überhaupt dazu getrieben hatte, so weit zu reisen, nur um hier in Scherben und Urin zu stehen und den Telefonen der Menschen, die er liebte, beim Klingeln zuzuhören. Mit dem letzten Geld auf seiner Telefonkarte rief er das Handy an, das sein Vater für Notfälle im Wagen aufbewahrte, aber wahrscheinlich war es nicht aufgeladen, weshalb sofort die Nachricht kam, es sei keine Mailbox eingerichtet.

Und als es dann zu regnen begann und er sich in seinem ganzen Leben noch nie so einsam gefühlt hatte, rief er Veejay an. Dafür musste er sein Handy nehmen, blieb aber in der Telefonzelle stehen. Er war so deprimiert, dass er den Gestank kaum wahrnahm.

»Yo, was läuft?«, sagte Veejay.

»Hey«, sagte Neil.

»Hey.«

»Rate mal, wo ich bin.«

»Im Knast.«

»Nein«, sagte Neil.

»Bei Amanda im Bett.«

»Was? Nein«, sagte Neil. »Was redest du?«

»Alter, du liebst sie«, sagte Veejay.

»Nein, tu ich nicht«, sagte Neil.

»Moment mal«, sagte Veejay. »›*Ihre Finger werfen Schatten, die Schultern nackt und bar. Die Hände tun, als strichen sie den Wind aus ihren Haaren …*‹«

»Sag mal, ist das etwa mein *Notizbuch?*« Neil hatte es schon vermisst, bevor er nach Paris geflogen war. »Wo hast du es gefunden? Ich habe es überall gesucht.«

»Warte, es wird noch besser. ›*Die Fingerspitzen sanft an ihren Rippen …*‹«

»*Lippen.* Komm schon, Veejay, was soll das?«

»*Rippen* passt doch viel besser. Mann, hast du ne Klaue.«

»Du bist so ein Arschloch.«

»Also, ihr hat's gefallen. Sie fand es richtig süß.«

»Was?«, sagte Neil. »Du hast es ihr gezeigt?«

»Sie meint, du hast Talent.«

»Ich bring dich um«, sagte Neil.

»Okay, Mann, es war ein Scherz«, sagte Veejay. »Du weißt doch, dass sie über den Sommer nach Hause gefahren ist. Komm wieder runter.«

»Ich kann nicht fassen, dass du mir mein Notizbuch geklaut hast!«, sagte Neil.

»Ich hab es nicht geklaut. Ich habe es im Sofa gefunden.«

»Wie auch immer«, sagte Neil. Da kam ihm eine Idee. »Hey, warte mal, Veejay«, sagte er. »Könntest du ein paar Seiten zurückblättern? Ich glaube, irgendwo habe ich den Namen von diesem Mädchen aufgeschrieben.«

»Welches Mädchen?«

»Das Mädchen aus Swindon.«

»Die mit den Pornos?«

»Das waren keine Pornos. Sie sagt, er hat gar nichts gefilmt.«

»Aha«, sagte Veejay. »Okay, ist das Magdalena … Bike-o-skatie oder so ähnlich?«

»Ja, genau. Wie buchstabiert man das?«

»M-A …«

»Den Nachnamen«, sagte Neil. »Buchstabier mir nur den Nachnamen.«

»B-I-K-A-U-S-K-A-I-T-Ė«, sagte Veejay. »Und da ist ein Punkt über dem *E.* Könnte aber auch Suppe sein. Ich bin gerade beim Essen. Nein, das ist definitiv ein Punkt.«

Neil schrieb es auf, *Bikauskaitė.* Er wusste nicht, wie man es aussprach, und Veejay meinte, es klänge nach einem Hautausschlag, wie man ihn nach der fünfzehnten Tour de France bekam, doch Neil fand in seinem Kopf eine freie Stelle aus weißem Marmor und meißelte den Namen hinein. *Magdalena Bikauskaitė.*

Ihm war nicht danach zumute, Veejay von der Telefonzelle zu erzählen oder dass es regnete und er keine Ahnung hatte, wo er war, oder von den Egg&Pickle-Pizzen. Als Veejay ihn fragte, wie ihm Paris gefiel, meinte er, ziemlich gut. Und als Veejay ihn dann fragte, wie viele heiße Französinnen er in diesem Augenblick sah, suchte er die leere Straße ab und fand zwei alte Frauen mit Kopftüchern, die den Regen unter der Markise vor einer – wie sollte es anders sein? – Pizzeria abwarteten, und antwortete: »Vier bis fünf«, aber eine hätte Achselhaare.

»Mann«, sagte Veejay. »Du bist echt in Frankreich.«

Im Telefonbuch waren keine Bikauskaitės gelistet. Es gab ein paar Leute namens Bikauskas, aber danach kam gleich Bikauskienė. Neil überlegte, ob er den Namen vielleicht falsch notiert hatte, als sein Vater ihn damals am Telefon bat, die Weihnachtsgeschenke zu überbringen. Er versuchte, sich an den Vornamen der Freundin seines Vaters zu erinnern. Fing der mit *D* an? Er war nicht sicher, ob er ihn überhaupt schon mal gehört hatte. Da gab es eine Dijana Bikauskienė, doch das klang irgendwie nicht richtig. Und es gab eine Nellija Bikauskienė, aber das war sie auch nicht.

Zuerst rief er bei Dijana an. Keine Antwort. Dann bei Nellija. Auch nichts. Und weil er nicht wusste, was er sonst tun sollte, blätterte er im Telefonbuch, während er darauf wartete, dass der Regen nachließ.

Das Telefonbuch von Vilnius war mit einem kurzen Draht gesichert. Irgendwer hatte alle Seiten rausgerissen, die nach *R* kamen, aber auch zwischen *A* und *Q* fand Neil diverse neue Buchstaben. Das *E* mit dem Punkt darauf, ein C mit kopfstehendem *accent circonflexe.* Es erinnerte ihn an etwas Lustiges, was er mit seinem Dad gemacht hatte, als er klein war.

Im Grunde hatten sie sich eine Fantasiewelt erschaffen – seine Mutter wusste entweder nichts davon, oder sie war nie dazu eingeladen worden. Es fing an, als Neil das Alphabet lernte, vermutlich also schon im Kindergarten. Dort lernten sie zu singen: *Ah, Beh, Ceh, Deh, Eeh, Eff, Geh, Ha, Ih, Jott, Kah, Ellemeno, Peh …* und wie es wohl alle Eltern mit ihren Kindern taten, besonders wenn sie Lehrer waren, spielte Neils Vater mit ihm das Alphabet-Spiel. Fängt an mit *Kah,* sagte sein Vater dann zum Beispiel, wenn sie im Supermarkt an der Kasse standen. *Kekse,* sagte Neil. *Kassenbeleg,* sagte sein Vater. *Kaugummi,* sagte Neil. *Kaffee,* sagte sein Vater. *Camembert,* sagte Neil. *Nicht ganz,* sagte sein Vater. *Kokosmakronen,* sagte Neil. *Kartoffeln. Käsekuchen. Kichererbsen. Krokodile.* Und so weiter und so fort. *Fängt an mit Ess. Suppe. Sauerkirschen. Spiderman. Sahnehäubchen.*

Fängt an mit Ellemeno, hatte Neil einmal gesagt, als er an der Reihe war, einen Buchstaben auszuwählen, und seinem Dad hatte das so gut gefallen, dass sie anfingen, sich eine ganze Welt auszudenken, in der es von fantastischen Dingen nur so wimmelte: Da gab es den Ellemenofüßer, der gern Ellemenoghetti aß und sie mit ellemellionen Gabeln in seinen ellemillionen Händen aufzwirbelte. Da gab es den Ellemenopotumus, der unter Neils Bett wohnte, und den man mit umgedichteten Gutenachtliedern in den Schlaf singen musste. *Eine ellemenalte Dame einst verschluckte eine Fliege* war eins davon. *Ich ellemenoweiß nicht, warum sie verschluckte diese Fliege.* Neils Vater hatte das Ellemenoland so gut gefallen, dass er seinen Schülern jedes Jahr ein Sternchen gab, wenn sie sich ein Wort ausdenken und definieren konnten, das mit *ellemeno* begann – was Neil sich schmerzlich wieder abgewöhnen musste, als er in die Mittelstufe kam.

Ihm fiel so vieles ein, was er mit seinem Vater gemacht hatte, bevor die Eltern geschieden wurden. Als Neil sich eine kleine

Stadt für seine Modelleisenbahn wünschte, was die Mutter strikt ablehnte, weil so etwas zu teuer war, hatten sich Neil und sein Vater darangemacht, aus Streichhölzern selbst eine zu basteln. Gemeinsam bauten sie erst Hütten, dann Herrenhäuser, Bahnhöfe, Burgen und Pagoden aus Streichhölzern, sogar einen Supertanker, der in der Badewanne auseinanderfiel, weil sich der Klebstoff auflöste. Mit einer Rasierklinge schnitt sein Vater den Streichhölzern die Köpfe ab, sodass nur noch die Hölzchen übrig blieben, die Neil dann der Länge nach in eine Schale mit Holzkleber tunkte und übereinanderstapelte, um Sparren und Wände zu basteln. Hinterher fegte Neils Mutter die kleinen Streichholzköpfe zusammen, die liegen geblieben waren. Sie meinte, die seien brandgefährlich. Neil war ungeschickt mit seinen kleinen Fingern, trug zu viel Klebstoff auf oder baute schiefe Wände, doch die Streichholzhäuschen seines Vaters waren perfekt, mit kleinen Öffnungen für Fenster und rotem Drahtclip als Fahne, flatternd auf den Zinnen einer Streichholzburg.

Nach der Trennung seiner Eltern verbrachte Neil die Wochenenden bei seinem Vater, und manchmal bastelten sie schweigend, bauten hölzerne Städte. Neils Vater war voll konzentriert, während Neil in stillem Frust ein Hölzchen nach dem anderen brach, um die Rundung einer Raumstation hinzubekommen. Später arbeiteten sie mit Zuckerwürfeln, die Neils Vater kunstvollere Kreationen ermöglichten, farbenfrohe Paläste, bemalt mit Ostereierfarbe, Burgen mit Türmchen und doppelt dicken Mauern.

Als Neil in die Mittelstufe kam, fand das gemeinsame Basteln ein Ende. Neil ging an den Wochenenden zum

Debattierclub, und sein Vater verbrachte die meiste Zeit mit seinen Recherchen. Wenn Neil dann doch bei ihm war, spielte er Tetris, während sein Dad in alten Büchern blätterte, und an den langen Sommernachmittagen fraßen Wespen die Würfelzuckerburgen, die sein Vater nie weggeworfen hatte.

Es regnete immer noch, und Neil hatte genug davon, über seine Kindheit nachzudenken. Er ging davon aus, dass er sich auf dem Rückweg zum Haus der Uzdavinys' verlaufen würde, und Renate erwartete ihn zum Abendessen. Also zog er den Reißverschluss an seinem Sweatshirt hoch, steckte sein Handy in die Hosentasche, wo es am ehesten trocken bleiben würde, und suchte im Rucksack nach dem Plan von Vilnius, den Renate ihm gegeben hatte, doch der lag offenbar noch in der Pizzeria, denn er konnte ihn nirgends finden. Dafür stellte er fest, dass er versehentlich sein lateinisches Wörterbuch aus Paris mitgenommen hatte, was auch erklärte, wieso sein Rucksack so schwer war, und darunter stieß er auf die Tüte mit den Weihnachtsgeschenken von Magdalenas Mutter für seinen Vater. Er hatte völlig vergessen, sie abzuschicken. Die Wollsocken würden nass werden, und die Fotos von Magdalenas Mutter waren jetzt schon verknickt, nur der Kaffee in seiner Vakuumverpackung würde unversehrt bleiben. Neil dachte an seinen Vater, der schon seit letzten Dezember auf diese Geschenke wartete, jeden Morgen in seinem Briefkasten nachsah, vielleicht sogar beim Postamt anrief, um zu fragen, ob ein Paket angekommen sei, das nicht in den Briefkasten passte. Neil hatte ein richtig schlechtes Gewissen. Und da er sowieso einen neuen Stadtplan kaufen musste, schob er sich die Tüte unters Hemd, damit sie trocken blieb, trat in den Regen hinaus und lief zurück zum Postamt, in dem er die Telefonkarte gekauft hatte.

Der Weg dorthin war weiter, als Neil gedacht hatte, und so kam er klatschnass dort an. Er fand einen Stadtplan von Vilnius, doch die Frau hinterm Tresen starrte ihn nur unverwandt an, als er sie fragte, ob sie Englisch sprach, und starrte immer weiter, als er ihr mit Gesten zeigte, dass er die Sachen für seinen Vater in einen Karton tun wollte. Schließlich stand sie auf und ging nach hinten. Neil wartete lange. Er hörte einen Wasserkessel. Als die Frau zurückkam, schlürfte sie an ihrem Tee und hielt einen Karton in der Hand, der viel zu groß war. Neil legte die Geschenke hinein, und weil er Füllmaterial brauchte, damit die Sachen nicht im Karton herumflogen, riss er die meisten Seiten aus seinem Notizbuch, knüllte sie zusammen und stopfte sie hinein. Da er nicht wusste, ob Magdalenas Mutter Dijana, Nellija oder sonstwie hieß, fiel es ihm schwer zu erklären, von wem die Geschenke stammten, ganz zu schweigen davon, warum auf dem Paket eine litauische Briefmarke klebte. Auf ein anderes Blatt aus dem Notizbuch schrieb er *Hi Dad – hier kommen diese Weihnachtsgeschenke von deiner Freundin. Tut mir leid, dass es so lange gedauert hat.* Er warf den Zettel weg und versuchte es nochmal, probierte verschiedene Erklärungen dafür, was er in Litauen machte, aber alles schien ihm viel zu kompliziert. Er wusste nicht, was seinen Vater eher verletzen würde – gar nichts zu bekommen oder einen Riesenkarton, in dem nur Kaffee, Socken und ein dämlicher Zettel waren. Also ließ er es ganz sein. Er würde die Geschenke verschicken, sobald er wieder in Paris war. Die Frau ließ sich den Karton trotzdem bezahlen, gab ihm sein Wechselgeld und machte sich auf die Suche nach Zucker für ihren Tee. Neil bedankte sich, obwohl sie schon weg war, verstaute die Geschenke wieder in seinem Rucksack und trat in den Regen hinaus.

Am nächsten Morgen erklärte ihm Kazys Uzdavinys, wie er zum Litauischen Historischen Staatsarchiv kam, und Neil fuhr mit dem Oberleitungsbus zum Stadtrand von Vilnius, vorbei an Märkten, auf denen alte Damen Schälchen mit winzigen Erdbeeren zum Kauf anboten. Nach längerer Fahrt stieg er aus und folgte Kazys' Wegbeschreibung, bis er zu einem mittelgroßen Gebäude mit dicken Vorhängen vor den Fenstern kam.

Der Lesesaal des Litauischen Archivs sah aus wie ein aufgeräumtes Klassenzimmer, in dem alle Tische in dieselbe Richtung blickten. Er hatte eine Katalognummer und ein kurzes Schreiben von Kazys. Beides gab er einer Archivarin, die ihn zu den Katalogen führte.

»Polnisch?«, fragte sie.

»Nein, Amerikaner«, sagte Neil.

»Aber Sie sprechen Polnisch?«, fragte sie.

»Nein«, sagte Neil.

Die Archivarin zuckte mit den Schultern und blätterte im Katalog nach der Nummer, die Professor Piot aufgeschrieben hatte.

»Das hier?«, fragte sie. Die Beschreibung des Dokuments sagte Neil nichts.

»Gut möglich«, sagte er. »Ich spreche kein Litauisch. Ich soll dieses Dokument nur beschaffen.«

»Ist auf Polnisch«, sagte die Archivarin. »Alles vor 1795 ist auf Polnisch.«

»Ach so«, sagte Neil. »Was steht denn da?«

Wieder zuckte die Archivarin mit den Schultern. »Dann kommen Sie morgen?«

»Da fahre ich schon wieder ab«, sagte Neil.

»Die Dokumente sind erst morgen bereit.«

»Oh«, sagte Neil. »Na gut, okay.«

Er hatte sonst nichts weiter zu tun, also bat er die Archivarin um ein Telefonbuch. Sie gab ihm eine neuere Ausgabe als die in der Zelle, aber auch hier fanden sich keine Bikauskaitės. »Gibt es so etwas wie ein Telefonnummernregister?«, fragte er, als er das Buch zurückgab.

»Wenn Nummer öffentlich ist, steht im Buch«, sagte die Frau, ohne aufzublicken.

»Weil … Ich suche eine bestimmte Person, von der ich weiß, dass sie hier wohnt, nur kann ich ihren Namen nicht finden«, sagte Neil.

Die Archivarin sah sich den Zettel an, auf dem Neil Magdalenas Nachnamen ausbuchstabiert hatte, dann suchte sie im Telefonbuch unter *B*.

»Hier«, sagte sie. »*Bikauskas* ist Vater. Bikauskaitė ist nur für unverheiratetes Mädchen.«

»Oh«, sagte Neil. »Eigentlich suche ich ihre Mutter. Ein Vater ist da nicht. Glaube ich.« Was sollte er tun, wenn die Freundin seines Vaters verheiratet war? Danach hatte er Magdalena gar nicht gefragt. Er war davon ausgegangen, dass ihre Eltern geschieden waren. Es konnte peinlich werden, falls ihre Mutter einen Mann hatte, von dem Neils Vater nichts wusste.

»Dann heißt die Mutter *Bikauskienė*«, sagte die Archivarin und deutete auf *Dijana* und *Nellija,* die beiden Nummern, die

Neil von der Telefonzelle aus angerufen hatte. Die Frau sprach die Namen ganz langsam aus, als hätte sie es mit einem besonders begriffsstutzigen Kind zu tun, was gut war, weil Neil nicht gewusst hatte, dass die *j's* wie *i's* gesprochen wurden.

»Wundervoll«, sagte er. »Das ist wirklich wundervoll. Danke.«

Die Archivarin schenkte ihm etwas, das wohl ein Lächeln sein sollte.

Am nächsten Morgen wollte er nochmal bei Dijana und bei Nellija anrufen, doch bis zu Nellija kam er gar nicht, denn als er Dijana Bikauskienės Nummer gewählt hatte, antwortete eine Frau.

»Hallo, Dijana?«, sagte Neil. Er war etwas nervös und hatte eine trockene Kehle. Seine Stimme klang, als gehörte sie jemand anderem.

Eine Pause entstand, dann sagte sie: »Ja?«, auf Englisch.

»Hi, mein Name ist … Ich bin der Sohn von Rick Beart – von Richard …« Neil hatte sich vorher nicht überlegt, was er sagen wollte. Doch offensichtlich war das nicht so schlimm, denn Dijana gab einen Laut von sich, der klang, als wäre sie angenehm überrascht.

»Ah, hallo!«, sagte Dijana. »Ich freue mich, zu hören von Ihnen.«

»Danke, ich freue mich auch, mit Ihnen zu sprechen«, sagte Neil. Er räusperte sich und wünschte, er hätte etwas zu trinken.

»Wie geht es Ihnen?«

»Gut«, sagte Neil. »Das Verrückte ist, dass ich gerade in Litauen bin. Ich bin hier wegen … also, wegen meiner Arbeit, und weil ich gerade in der Gegend war, dachte ich, wir könnten vielleicht …«

»Sie sind hier? Sie sind in Vilnius?«

»Ja«, sagte Neil.

»Schön! Oh, wie schön! Und kommen Sie mich besuchen?«

»Ja, das wäre nett«, sagte Neil und staunte, wie einfach es war.

»Ich kann gar nicht glauben. Wirklich, Sie sind hier?«

»Jep. Es ist tatsächlich ein bisschen verrückt.«

»Nein, nicht verrückt. Ich bin … ach, ich habe vergessen Englisch.«

»Macht nichts«, sagte Neil.

Sie lud ihn zum Abendessen ein, nannte ihm die Adresse und sagte nochmal: »Ich kann gar nicht glauben!«

Neil konnte es auch nicht glauben. Offenbar hatte Magdalena nur Gutes über ihn erzählt, denn ihre Mutter schien ehrlich begeistert zu sein, dass er anrief. Neil hatte gedacht, Dijana würde das Telefon an Magdalena weiterreichen, aber vielleicht war es besser so, denn Neil wusste gar nicht, was er hätte sagen sollen. Oder vielleicht sollte Neils Besuch für Magdalena eine Überraschung werden. Das war ihm auch recht. Im Stillen schrieb er die Szene in der Pizzeria um, verlegte die Kulisse in die Wohnung von Magdalenas Mutter, behielt die wichtigsten Details jedoch bei. Er rief Professor Piot an, um ihm zu sagen, dass er noch einen Tag länger in Vilnius bleiben würde, dann fuhr er mit dem Oberleitungsbus zum Archiv, um sich die Dokumente anzusehen.

Das Buch, das Neil angefordert hatte, war tatsächlich sehr alt, Jahrhunderte älter als der hundert Jahre alte Karton, in dem es aufbewahrt wurde. Der Karton war übersät von Archivstempeln und durchgestrichenen Anmerkungen. Es war etwas verwirrend, und Neil betrachtete den Karton eine Weile, bis ihm bewusst wurde, dass sich mehr oder weniger die gesamte litauische Geschichte in Form von Stempeln darauf wiederfand. Immer wenn das Land in andere Hände gefallen war, hatte offenbar auch das Archiv den Besitzer gewechselt, denn neben der polnischen Aufschrift fand sich eine archivarische Notiz in dunklerer Tinte, die Neil, der alte Dokumente normalerweise ziemlich gut entziffern konnte, lange studierte, bis er merkte, dass er die Kursivform eines anderen Alphabets vor sich hatte, mit Schleifen und Schlenkern an ungewohnten Stellen. Es musste wohl Kyrillisch sein, stammte jedoch augenscheinlich von einer sehr viel älteren russischen Administration als die dicken Blockbuchstaben des sowjetischen Archivstempels daneben. Dieser war durchgestrichen und durch einen neueren Stempel ersetzt worden. Mit breitem Filzstift hatte man die Katalognummer hinzugefügt, als wollten die *Lietuvos Valstybes Istorijos Archyvas* sichergehen, dass sie auch ganz bestimmt das letzte Wort behielten.

Das Buch selbst war in dicke Lederdeckel gebunden, die von Bändern zusammengehalten wurden. Neil sah sich die Bindung der Seiten an. Das Papier zerfiel, als er aus Versehen gegen den Rand stieß, was feinen Staub an seinen Fingern hinterließ. Auf der ersten Seite fand sich eine offiziell klingende Lobpreisung des Monarchen, *Sigismundus Rex,* datiert auf das Jahr 1623. Vorsichtig blätterte er um. Anscheinend handelte es sich um eine Sammlung administrativer Dokumente – Stiftungsurkunden, Register und Gesetze, das Tagesgeschäft eines Imperiums in reich verzierter, polnischer Schrift. Neil hatte schon viele solcher Dokumente gesehen, doch noch immer begeisterte ihn die Vorstellung, dass jemand wie er, ein kleiner Student, im Grunde ein Niemand, Papiere in Händen halten durfte, die von Königen unterzeichnet worden waren.

Oft fragte sich Neil, ob es wohl auch anderen so ging wie ihm, und er blickte auf, suchte plötzlich jemanden, den er anlächeln konnte, irgendeinen alten Mann mit einem Stapel Notizen und einer Lupe, der nachvollziehen konnte, wie Neil zumute war. Doch alle anderen im Lesesaal beugten sich konzentriert über ihre Dokumente. Lesegeräte surrten und klickten. Hinter der Scheibe des abgetrennten Büros arrangierte die Archivarin weiße und rote Blumen in einer Vase. Sie wischte ihren Schreibtisch mit einem Tuch, dann arrangierte sie die Blumen neu, so dass die Weißen von Roten umgeben waren.

Neil fand das Dokument mit der Katalognummer, die Professor Piot ihm gegeben hatte. Er notierte den Titel des Dokuments und die Datierung auf das Jahr MDCXXIX.

Es wurde spät, und Neil wollte sichergehen, dass er noch genug Zeit hatte zu duschen, ohne hetzen zu müssen, denn er brauchte etwas Spielraum für den Fall, dass er sich auf dem Weg zu Magdalenas Mutter verlaufen sollte. Der bloße Gedanke daran brachte ihn ins Schwitzen, und er wischte seine Hände an der Jeans ab, bevor er das Buch vorsichtig zuklappte. Er legte es in den Karton zurück, dann stand er im Eingang zum Büro der Archivarin und sah ihr dabei zu, wie sie eine welke Blüte pflückte und die Vase zurechtrückte. Er wartete auf den richtigen Moment, um sie zu fragen, was er tun musste, um an Kopien heranzukommen.

RICHARD

Paris, Juni

Ich war nicht der Einzige, der vergessen hatte, dass das Französische Nationalarchiv samstags später öffnete. Gemeinsam mit einigen anderen wartete ich draußen vor dem Tor, bis ein Wachmann kam und uns aufschloss, dann ging ich nach oben zum Büro der Frau, mit der ich am Tag zuvor gesprochen hatte. Sie schien leicht verärgert, mich dort zu sehen, und rief mir in Erinnerung, dass das Personal nur von Montag bis Freitag für Konsultationen zur Verfügung stand und solche Termine im Voraus vereinbart werden müssten.

»Und?«, sagte die Frau, als sie fertig war. »Was wollen Sie denn wissen?«

Ich erklärte ihr, dass ich mich für die Krankenakten meiner Mutter interessierte. »Nein, so etwas haben wir hier nicht«, sagte sie. Unterlagen zu Inga Bearts Aufenthalt im Hôtel-Dieu würden vermutlich – sofern denn welche existierten – einige Blocks entfernt gelagert, wo das Archiv der *Assistance Publique-Hôpitaux de Paris* untergebracht war.

Sie schrieb mir die Adresse auf. »Ist nicht weit. Sie kennen den Place des Vosges? Die Straße liegt gleich dahinter. Aber ich denke, Sie werden warten müssen. Ich glaube nicht, dass Sie samstags dort jemanden finden, der Ihnen helfen kann.«

»Ich bin Ihnen sehr dankbar«, sagte ich und wünschte ihr ein schönes Wochenende. Ich hatte noch den Rest der dreiundzwanzig Kartons voller Theaterprogramme und Memoiren der Comtesse durchzusehen, also ging ich zum Dokumententresen und bat um den Karton mit der Nummer sieben.

Ich richtete mich an einem der langen Lesetische ein und verbrachte den Morgen und fast den ganzen Nachmittag mit den Kartons Nummer sieben, acht und neun: Quittungen diverser Damenschneider, alte Bahnfahrkarten, alles mögliche, was normale Leute wegwerfen würden. Ich blätterte alles durch, was auf Anfang der fünfziger Jahre datiert war, fand aber nichts, was einen Zusammenhang zwischen der Comtesse und meiner Mutter herstellte.

Möglicherweise hätte ich rein gar nichts gefunden, hätte mir der Mann aus der kleinen Galerie am Tag zuvor nicht eine Tasse Tee angeboten. Ich klappte den Ordner mit der Aufschrift *»Hirondelle«* nur auf, weil ich dachte, die Comtesse könnte vielleicht eines dieser Deckengemälde finanziert haben, von denen er gesprochen hatte. Wie man *Hirondelle* schrieb, wusste ich nur, weil es in goldenen Lettern am Rand der Untertasse gestanden hatte.

Der Ordner enthielt nur zwei Blätter aus dickem Papier, mit dem Namen einer transatlantischen Dampfschifffahrtsgesellschaft. Leider war alles auf Französisch, und ich wünschte, ich hätte den Galeristen bei mir, denn allem Anschein nach war die Comtesse höchstpersönlich irgendwann in den Fünfzigern an Bord der SS *Hirondelle* gewesen. Ich hatte das erste Blatt schon so gut wie überflogen, ohne mir viel dabei zu denken, als mir auffiel, dass diese Seereise tatsächlich im Jahr 1954 stattgefunden hatte, was möglicherweise Carter Bristols Behauptung widerlegen würde, dass die Comtesse dabei gewesen war, als Inga Beart tat, was sie getan hatte. Ich prüfte die Daten: Inga Beart wurde am 10. August 1954 in das Hôtel-Dieu eingeliefert, und die *Hirondelle* traf am 8. August 1954 in Le Havre ein, was der Comtesse vermutlich genügend Zeit gelassen hätte, um wieder in Paris zu sein und Inga Bearts Tragödie mitzuerleben.

Da fiel mir etwas Sonderbares auf. Das Dokument, das vor mir lag, war der Buchungsbeleg für eine Hin- und Rückreise, mit dem Ausgangshafen New Orleans – keineswegs Le Havre. Nachdem die Comtesse am 8. August aus Amerika angekommen war, sollte sie Frankreich am 20. August wieder verlassen. Außerdem war sie nicht allein gereist. Der Preis der Fahrkarte war in Francs angegeben, für zwei Personen, Touristenklasse, und die Comtesse hatte die Rechnung im Juni desselben Jahres beglichen.

Das zweite Blatt war eine Rechnung der Dampfschifffahrtsgesellschaft. Und genauso wie man den eigenen Namen selbst aus dem Stimmengewirr in einem Raum voller Menschen heraushört, sprang mich das einzige vertraute Wort auf der Seite an. Mir zitterten die Hände, als ich mein Notizbuch zückte und hineinschrieb: »*deux billets pour passager Beart et gardienne, classe touriste …*«

Ich hatte mir nie vorstellen können, dass Carter Bristol vielleicht Recht haben mochte, obwohl das – wie ich mir selbst sagte, ohne daran zu glauben – eher zu den weniger wichtigen Details gehörte. Was machte es schon, wenn meine Mutter eine Affäre mit der Comtesse gehabt hatte? Es war kein

Beweis für Bristols Theorie zum Anlass ihrer schrecklichen Tat, und ganz gewiss hatte diese Reise niemals stattgefunden, da belegt war, dass Inga Beart sich die ganze Zeit über in Paris aufgehalten hatte. Die *Hirondelle* legte am 28. Juli 1954 in New Orleans ab. Inga Beart saß am 1. August vor dem *tabac*, und nachdem sie sich am 10. August die Augen ausgestochen hatte, blieb sie bis Oktober in Paris, bis man sie in eine psychiatrische Klinik nach New York überwies. Ich schlug das Wort *gardienne* in meinem Wörterbuch nach und stellte fest, dass es Wärterin oder Pflegerin bedeutete, was ich mir schon gedacht hatte. Offensichtlich war der Comtesse sehr wohl bewusst gewesen, dass es mit Inga Bearts Verfassung nicht zum Besten stand, als sie die Fahrkarten im Juni 1954 gekauft hatte.

Danach machte ich mich selbstverständlich daran, jeden Schnipsel Papier in den sechzehn verbliebenen Kartons genauestens in Augenschein zu nehmen. In Karton Nummer vierzehn fand ich, was ich gesucht hatte: eine fast daumendicke Akte mit der Aufschrift »*Inky*« – ein Spitzname, den meine Mutter offenbar bekommen hatte, nachdem sie von zu Hause weg war, denn ich habe nie gehört, dass Tante Cat oder sonst wer sie so genannt hätte. Angeblich besaß sie die Angewohnheit, beim Nachdenken auf der Spitze ihres Stifts herumzukauen, was einen blauen Fleck auf ihren Lippen hinterließ.

Das war ohne Zweifel die Akte, die auch Carter Bristol gefunden hatte. Ich verstand nicht alles, was ich da sah, doch fand ich Briefe der Comtesse an verschiedene Ärzte und Psychiater, in denen es um meine Mutter ging, und dazu handschriftliche Entwürfe, bei denen es sich nur um Liebesbriefe an meine Mutter handeln konnte. Es gab auch Briefe von meiner Mutter, auf Französisch, mit Daten und Uhrzeiten von Verabredungen. Offenbar machten sie ein großes Geheimnis um ihre Beziehung. Ich gab mir alle Mühe, die Briefe Wort für Wort mit Hilfe meines Taschenwörterbuchs zu übersetzen, und obwohl vieles von dem, was ich da zustande brachte, überhaupt keinen Sinn ergab, konnte ich dem doch entnehmen, dass sie sich lieber an »unbekannten Orten mit ausreichend Dunkelheit« trafen, und dass die Comtesse meine Mutter *»chérie«* nannte.

Ich schrieb alles ab, ging sorgfältig Seite für Seite durch und achtete darauf, die Akzente richtig zu setzen. Am Ende stieß ich auf einen dicken Umschlag aus Wachspapier. Darauf stand *»juin 1954«*. Es war genau, wie Carter Bristol gesagt hatte. Ein halbes Dutzend Fotografien steckte darin, kleine, quadratische Abzüge mit geriffeltem Rand. Auf einem Bild stand Inga Beart vor einem großen Spiegel, das Gesicht halb im Schatten. Auf einem anderen sah man ihre nackten Schultern in demselben Spiegel. Langsam blätterte ich die Bilder durch und hoffte bei jedem, dass ihre Füße zu sehen wären. Doch die Fotos waren allesamt aus nächster Nähe aufgenommen worden. Nur auf einem Bild war meine Mutter auch unterhalb der Taille zu sehen. Sie sitzt mit einigen anderen auf einem Sofa, dahinter ein verzierter Kaminsims. Zwei blonde Frauen blicken lächelnd zum Fotografen auf, ein Mann im Abendanzug erhebt sein Glas, doch meine Mutter wendet sich ab. Sie hat die Beine elegant übergeschlagen, so wie Frauen es damals gern taten, doch ihre Füße sind verdeckt – fast wie absichtlich – von einem Teeservice auf einem flachen Tisch.

Wenn ich bei all meinen Recherchen etwas gelernt habe, dann, dass man auf der Suche nach bestimmten Informationen selbst heute noch an Grenzen stößt. Hier saß ich nun, war um die halbe Welt gereist, um ein Foto zu betrachten, das von einer komplexen Bürokratie in einem Pappkarton gehütet wurde. Und welch Errungenschaft, welch wissenschaftliches Wunder war doch so ein Schnappschuss, denn nun sah ich, wie meine Mutter vor einem halben Jahrhundert in einem unaufmerksamen Augenblick ausgesehen hatte. Bei all dem Glück jedoch und obwohl das Foto in einem guten Zustand war, verstellte mir eine chinesische Teekanne den Blick, und auch in tausend Jahren technologischen Fortschritts wäre es mir unmöglich, sie um zehn Zentimeter nach links zu verrücken.

Ich notierte mir alles so exakt wie möglich und merkte gar nicht, wie die Zeit verging, bis mir die Archivarin, mit der ich am Morgen gesprochen hatte, an die Schulter tippte, um mir mitzuteilen, dass sie schließen wollten. Und tatsächlich hatten alle anderen im Lesesaal ihre Sachen zusammengepackt und standen am Ausgang in der Reihe, um ihre Taschen überprüfen zu lassen. Eilig und dabei so sorgfältig wie möglich packte ich den Karton zusammen, denn ich spürte den prüfenden Blick der Archivarin, die mit verschränkten Armen dastand und aufpasste, dass ich keinen Knick in die Seiten machte.

Ich hätte so hungrig und entmutigt sein sollen wie am Tag zuvor. Was ich mir fürs Mittagessen mitgenommen hatte, lag vergessen im Spind, und die Informationen, auf die ich gestoßen war, schienen Carter Bristols Version der Ereignisse zu stützen. Allein jedoch die Tatsache, dass ich überhaupt etwas gefunden hatte, wischte alle anderweitigen Details vom Tisch. Ich verwarf meine Entscheidung, nie wieder in die Nähe der

Galerie zu gehen, und eilte dorthin, in der Hoffnung, den Besitzer vielleicht vor seiner Tür anzutreffen. Und als ich in die kleine Straße einbog, sah ich ihn dort tatsächlich stehen.

Nun, ich wollte ihm nicht zur Last fallen und konnte auch nicht sicher sein, ob er Lust und Zeit haben würde, mir die Seiten zu übersetzen, die ich abgeschrieben hatte. Doch er freute sich, mich zu sehen, und ich hatte ihm ja auch etwas zu erzählen, was die *Hirondelle* betraf. Also fing ich gleich damit an und berichtete, dass ich bei meinen Recherchen auf das Thema gestoßen war, über das wir am Tag zuvor gesprochen hatten.

»Ah, sie hatte Probleme mit Geld, die Comtesse«, sagte er, als ich ihm meine Notizen aus der *Hirondelle*-Akte zeigte.

»Das kann ich mir nicht vorstellen«, sagte ich. »Soweit ich weiß, war sie vermögend.«

»*Classe touriste,* das ist zweite Klasse«, sagte er. »Auf der *Hirondelle* hatte die zweite Klasse einen Swimmingpool, und es existiert wohl auch noch feines Geschirr aus dem dortigen Speisesaal, aber für die Reichen musste es *classe cabine* sein.«

»Es war nicht ihre Fahrkarte«, sagte ich, »sondern die meiner Mutter, einer Freundin von ihr«, und zeigte ihm, was ich vom Rechnungsbeleg der Dampfschifffahrtsgesellschaft abgeschrieben hatte. »Hier, da steht ›*Passagier Beart und Pflegerin*‹ – ich nehme an, eine Krankenschwester«, sagte ich. »Es ging ihr nicht gut.«

Er nahm mein Notizbuch in die Hand und betrachtete es eine Weile, als könnte er meine Schrift nicht lesen.

»*Gardienne,* ja, das dürfte jemand sein, der für sie verantwortlich war«, sagte er. »Aber hier, *passager Beart,* das ist Ihre Mutter? Dann denke ich, es müsste eigentlich Femininum sein.

Da fehlt ein *e.* Außerdem gehört da ein Akzent hin.« Er nahm einen Stift und änderte das Wort zu *passagère.*

»Tut mir leid«, sagte ich. »Ich musste mich beim Schreiben beeilen.«

Ich zeigte ihm auch meine anderen Notizen, sowohl die Briefe zwischen der Comtesse und meiner Mutter als auch die Briefe der Comtesse an die Ärzte. Ich wollte nicht gleich damit herausplatzen, dass meine Mutter eine romantische Beziehung zu dieser Frau gehabt hatte, aber er schien es sich zu denken, denn er lachte leise in sich hinein und sagte: »So, so.«

»Können Sie dem etwas entnehmen?«, fragte ich.

»Diese Lucette, die Freundin Ihrer Mutter, sie sagt, sie weiß, was das Beste für Ihre Mutter ist, und Ihre Mutter soll ihr vertrauen und so weiter, aber auch, dass der Mann – oder vielleicht eine andere Frau? – nichts davon erfahren darf. Und dann, verzeihen Sie mir, da stehen einige Details, die doch ein wenig ...«

»Ach ja«, sagte ich und erinnerte mich an gewisse Passagen aus Bristols Buch. »Ich glaube, davon habe ich schon gehört. Sagen Sie mir nur: Was steht da von einer Seereise?«

»Ah, hier bezieht sich diese Lucette auf etwas, das offenbar vorher gesagt wurde. Sie bittet Ihre Mutter, in Paris zu bleiben, weil dort etwas Entscheidendes für sie passieren wird. Entscheidend und zu ihrem Vorteil. Anscheinend hat Ihre Mutter eine Reise erwähnt, ja, und dass sie eine Weile wegwill. Lucette schreibt: ›*Immer läufst du weg, um Frieden zu finden*‹, und – soll das hier ein *r* sein? – ja, ›*Immer läufst du weg, um Frieden zu finden, aber ich werde dich hier glücklich machen*‹, und so weiter. So ungefähr.«

»Danke, wirklich, vielen Dank«, sagte ich.

»Aber es ist doch seltsam, dass Sie diese Briefe unter den Dokumenten der Comtesse gefunden haben«, sagte er. »Vielleicht wurde der Brief nie abgeschickt.«

»Entweder das, oder sie hat einen Entwurf für sich behalten. Das ging daraus nicht hervor.«

Er blätterte zur nächsten Seite meines Notizbuchs. »Ah, das hier ist auch interessant«, sagte er. »Haben Sie es in derselben Kiste gefunden?«

»Ja«, sagte ich. »Ich glaube, das ist ein Brief von einem Arzt.«

»Hm, scheint so. Er erklärt Madame, dass ihre Freundin an einer gewissen Entfremdung leidet – es gibt da eine Leere in ihren Beziehungen. Er meint, die Freundin müsse sich bestimmten unglücklichen Realitäten stellen.«

»Unglückliche Realitäten?«, fragte ich.

»So ungefähr. Sie darf vor bestimmten Tatsachen nicht länger die Augen verschließen, auch wenn sie möglicherweise schwer zu ertragen sind. Der Arzt erklärt Madame, sie könnte ihrer Freundin dabei helfen, wenn sie möchte.« Er sah sich meine Notizen noch eine Weile an. »Aber kommen Sie doch rein«, sagte er. Wir standen noch immer draußen vor der Galerie. »Möchten Sie vielleicht eine Tasse Tee?«

Ihr Leben lang hatte sich Inga Beart der Häuslichkeit verweigert, die damals von Frauen erwartet wurde. Sie tauschte ihre Kindheit auf dem Lande erst gegen die Glitzerwelt von Los Angeles, dann von New York und Paris, sie heiratete exotische Männer, nur um sie wieder zu verlassen, und hielt es ganz allgemein nie lange am selben Ort aus. Die Comtesse war nicht die Erste, die andeutete, sie würde vor etwas weglaufen. Es verlieh ihr eine Aura tragischer Abenteuerlust, die die Kritik zu schätzen wusste und von der die Künstlerszene gar nicht genug bekommen konnte. Etwas an ihr wies auf eine berauschende Nähe zum Abgrund hin, und die Leute – ganz bestimmte Leute – fühlten sich genau deshalb zu ihr hingezogen, als könnten sie in ihrer Nähe einen Blick darauf werfen, was jenseits davon lag.

Nach Aussage ihrer Biografen machte sie um 1949 eine Wandlung durch, was – Zufall oder nicht – genau das Jahr ist, in dem ich zur Welt kam. Und obwohl sie bis 1952 jedes Jahr ein Buch veröffentlichte, ist sich die Wissenschaft darin einig, dass Inga Beart gegen Ende der vierziger Jahre ihre besten Werke bereits geschrieben hatte. Sie entwickelte eine weithin bekannte Vorliebe für Opiate und wurde zum Stammgast auf Gin-getränkten Abendgesellschaften, bei denen sie mit einer solchen Maßlosigkeit trank, wie es ihre Freunde und Bekannten noch nie erlebt hatten. Ob das mit mir zu tun hatte oder nur die unausweichliche Auflösung einer Psyche widerspiegelte, die ohnehin am seidenen Faden hing, ist schwer zu beurteilen.

Jedenfalls war die Comtesse Labat-Poussin nicht die Erste, die versucht hatte, Inga Beart zu heilen. Bevor meine Mutter nach Frankreich ging, hatte sie einige Zeit in mehreren teuren Sanatorien verbracht, vermutlich ähnlich den luxuriösen Entzugskliniken für Prominente, von denen man heute hört. Im Bellevue Hospital in New York unterzog sie sich einer Elektroschocktherapie, und auf Drängen ihrer Verleger, die sich Sorgen um die Qualität ihrer Arbeit machten, besuchte sie mehrere angesehene Psychiater. Oft habe ich mich gefragt, ob einer von denen sie vielleicht überredet hatte, nach Hause zu fahren, ob sie auf Geheiß eines New Yorker Arztes an Tante Cats Küchentisch gesessen hatte, die Hände leicht zitternd, mit einem Fuß ans Tischbein klopfend. In meiner Erinnerung sehe ich dort eine Anspannung, die zarten Muskeln vom Knöchel bis zu den Zehen straff gespannt. Möglicherweise habe ich mich absichtlich vor ihr versteckt und bin unter den Tisch gekrochen, weil ich vor dieser fremden Frau Angst hatte. Gewiss sah sie noch immer aus wie eine glamouröse Schriftstellerin, *»eine Frau mit wachem Geist und exquisiten Augenbrauen«*, wie die *Vogue* sie einmal beschrieb. Mit meiner kindlichen Wahrnehmung könnte ich gespürt haben, dass sie auf der Flucht war.

Ich saß mit dem Galeriebesitzer im Hinterzimmer und sah ihm dabei zu, wie er den Tee in andere *Hirondelle*-Tassen als beim letzten Mal schenkte. Frühstücksgeschirr aus dem oberen Speisesaal, erklärte er, kürzlich erst günstig bei einem Händler in Marseille erstanden.

»Was meinen Sie – halten Sie es für möglich?«, fragte er und hielt seine Teetasse ins Licht. »Vielleicht hat Ihre Mutter auf der Reise aus eben dieser Tasse getrunken. Auf den Oberdecks der *Hirondelle* wurde den ganzen Tag feinster arabischer Kaffee serviert – angeblich besser als alles, was man in Paris bekommen konnte.«

Schon wollte ich ihm von den Daten und der Selbstverstümmelung meiner Mutter berichten und ihm erklären, dass sie diese Fahrkarte unmöglich genutzt haben konnte, doch hielt ich an mich und stellte mir einen Moment lang vor, Inga Bearts Leben wäre anders verlaufen. Ich sah sie an Bord der *Hirondelle*, wie sie über den weiten Ozean zu ihrem kleinen

Jungen fuhr, einem braungebrannten Kind, das seine Tage im kniehohen Klee verbrachte und jeden Abend mit dem Gedanken an die Schuhe seiner Mutter einschlief. Ich stellte mir vor, wie sie auf das Meer hinausblickte, eine Tasse an den Mund führte und auf dem Porzellan einen Abdruck von ihrem Lippenstift hinterließ, den sie so dick aufgetragen hatte, um den Tintenfleck zu überdecken.

»Meine Güte«, sagte ich und hielt auch meine Tasse hoch. »Na, das wäre ja was.«

NEIL

Vilnius, Juni

Dijana Bikauskienė wohnte in einem großen Mietshaus am Stadtrand von Vilnius, und Neil brauchte länger dorthin als gedacht. Er verlief sich und musste die Adresse mehreren Leuten zeigen, bis ein alter Mann ihn erst misstrauisch musterte und dann zum dritten in einer Reihe identischer Gebäude schickte. Zwischen den Häusern waren Leinen gespannt, auf denen Wäsche zum Trocknen hing, und obwohl es schon nach acht Uhr abends war, würde die Sonne noch lange nicht untergehen. Weiße Laken und Babywäsche, das Kleid eines kleinen Mädchens, Männerunterhemden, Bluse und Rock einer Stewardess, ein Paar Hipster-Jeans, lange Leinenunterhosen und ein kariertes Tischtuch wehten im Wind. Neil versuchte sich zu erinnern, was Magdalena auf dem Bahnhof in Paris getragen hatte, entdeckte aber nichts, was in ihrer Größe gewesen wäre.

Die Treppe hinauf zur Wohnung war dunkel, und an der Wand hingen Briefkästen mit russischer Schrift. Das hätte Professor Piot besonders gut gefallen. Die Sowjetunion mochte zwar tot sein, aber litauische Briefträger mussten nach wie vor Kyrillisch lernen, um die Post ausliefern zu können. Neil stieg die Stufen hinauf. Jemand hatte mit Blockbuchstaben BROOKLYN an die Wand gesprüht.

Er fand die Tür und prüfte nochmal nach, ob es auch die richtige Nummer war, dann schluckte er sein Kaugummi herunter und klopfte. Eine Frau öffnete die Tür mit strahlendem Lächeln im Gesicht, das im selben Moment verflog, als sie ihn sah. Sie sagte etwas auf Litauisch.

»Hi«, sagte Neil, »ich bin Neil. Wir haben gestern telefoniert, und ich … Entschuldigen Sie, sprechen Sie Englisch? Ist das hier Nummer vierunddreißig?«

»Ja«, sagte sie. »Sie sind *wer?*«

»Neil«, sagte Neil. »Neil Beart. Ich bin Ricks Sohn. Wir haben telefoniert …«

»Ah«, sagte sie. Dann: »Ah, *Ni-yell!* Hallo! Und herzlich willkommen!« Sie sprach seinen Namen genauso aus wie Magdalena. »Tut mir leid, ich wusste nicht, dass du bist auch hier. Ach, das ist schön. Dein Vater kommt, ja?«

»Eigentlich nicht, nein. Mein Dad ist in den Staaten. Ich bin allein hier.« Dijana schien überrascht, das zu hören. »Tut mir leid, vielleicht habe ich mich am Telefon nicht klar genug ausgedrückt.«

»Du warst an Telefon?«, fragte Dijana.

»Ja«, sagte Neil.

Einen Moment lang starrte Dijana ihn an, dann fing sie so heftig an zu lachen, dass sie sich an der Wand abstützen musste. Verlegen stand Neil im Flur und fragte sich, was wohl die Nachbarn denken mochten. Magdalena konnten die lauten Stimmen kaum entgangen sein. Er fragte sich, warum sie noch nicht zur Tür gekommen war. In diesem Moment fiel ihm auf, wie hübsch sich Dijana gemacht hatte. Sie trug einen karierten Rock, hohe Absätze und eine Blume im Haar.

»Und ich denke ganze Zeit, Rick ruft an.«

»O Gott, es tut mir leid«, sagte Neil. »Ich hätte mich klarer ausdrücken sollen.«

»Komm rein, komm rein! Ich lasse dich stehen in Flur. Ah, der berühmte Ni-yell. Nein, das ist wunderbar. Am Telefon du hast Stimme wie Vater.«

In der Wohnung duftete es, als köchelte in der Küche etwas Leckeres. Auf den Möbeln lagen Spitzendeckchen. »Ich habe Ihnen was mitgebracht«, sagte Neil. Er hatte sich nicht zwischen Blumen und Wein entscheiden können und so am Ende beides gekauft.

»Oh, wie nett«, sagte Dijana.

Sie führte ihn ins Wohnzimmer, das klein war und dennoch nebenher als Speisekammer diente. Da reihten sich Weckgläser aneinander, und unter dem Fernseher stand das Speiseöl. Eine Vitrine präsentierte Porzellanteller, und die geschlossenen Spitzengardinen zerstreuten das Licht der Abendsonne im Raum. Auf dem Tisch standen Teller mit Pilzen und kaltem Fisch, von Plastikfolie überzogen. Neil überlegte, ob Magdalena vielleicht noch bei der Arbeit war. Dijana brachte ein Tablett mit Rübensuppe.

»Lassen Sie mich Ihnen doch helfen!«, sagte Neil. Es waren zwei Schalen.

»Nein, nein, bleib sitzen. Iss!« Sie entfernte die Folie von den Tellern mit dem Fisch und schenkte Wein ein.

»Ist Magdalena auch da?«, fragte Neil.

»Magdalena? Nein, sie ist in Swindon«, sagte Dijana. »Auf Gesundheit, und danke für dein Besuch!« Sie stieß mit ihm an. »Und auch auf dein Vater!«

»Cheers«, sagte Neil. Aus Versehen stieß er zu heftig gegen Dijanas Glas. Hatte er da etwas missverstanden? War Magdalena nicht nach Hause gefahren, um ihrer Mutter in deren Pizzeria zu helfen?

»Und du magst Vilnius?«, fragte Dijana.

»Oh, ja«, sagte Neil. Er war doch mit Magdalena zum Schalter gegangen und hatte ihr die Busfahrkarte gekauft – Paris über Warschau nach Vilnius. Es war also nicht so, als hätte sie sich das alles nur ausgedacht, um ihm sechzig Euro abzuluchsen. Sie hätte schon am letzten Donnerstag hier sein sollen. Warum wusste ihre Mutter nicht, dass sie zu Hause war?

»Oh, ja, ist sehr hübsch, besonders Altstadt«, sagte Dijana. Sie führte einen Löffel Suppe an ihren Mund, dann musste sie lachen und legte ihn wieder weg. »Ah, Ni-yell. Du musst mich halten für seltsam, weil ich ganze Zeit dachte, dein Vater kommt mich besuchen.«

»Nein, das war meine Schuld«, sagte er. »Wahrscheinlich habe ich mich nicht richtig vorgestellt.« War Magdalena auf dem Heimweg von Paris womöglich etwas zugestoßen?

»An diesem Tag, als du hast angerufen, musste ich gerade denken an dein Vater und dachte noch, wie schön es wäre, wenn er mich anruft. Und dann höre ich ihn am Telefon, und – wow – unglaublich! Er ist hier in Vilnius, was für Überraschung! Aber dann kommst du, und … Ach, und bestimmt findest du mich komische Person, so wie ich aussehe. Weißt du, ich habe diese Sachen ganz extra angezogen.«

»Sie sehen sehr hübsch aus«, sagte Neil.

»Ja, dein Vater hat mir die Sachen geschenkt. Sind von seiner Tante.«

»Ach ja?«, sagte Neil. Was genau hatte Magdalena im Bahnhof ihm erzählt? Sie wollte nach Hause fahren, nach Vilnius, das hatte sie ganz sicher gesagt. Sie hatte ihren Job in Swindon verloren. Sie hatte kein Geld für die Busfahrkarte gehabt, also hatte sie auch nicht genug, um sich was zu essen zu kaufen, und das war nun … wie lange her? Acht Tage? Schon im Bahnhof hatte sie einen ziemlich hungrigen Eindruck gemacht. Konnte man in acht Tagen verhungern? Gut, dass sie nicht so dürr war. O Gott, er war ein solcher Idiot. Warum hatte er nicht darauf bestanden, ihr noch etwas Bargeld extra mitzugeben?

»Er hat mir Rock geschenkt, ja, und auch Schuhe sind von diese Tante. Ich glaube, sie sind sehr alt. Echte Wertarbeit.«

»Hm, ja, scheint so«, sagte Neil. Er holte tief Luft und gab sich alle Mühe, die Ruhe zu bewahren. Bestimmt war Magdalena bei Freunden untergekommen. Vielleicht brauchte sie eine kleine Auszeit, bevor sie bei ihrer Mutter in der Pizzeria anfing. Aber irgendwas stimmte da nicht. Hätte sie ihrer Mutter nicht Bescheid gegeben, dass sie nach Hause kommen wollte?

»Hatte Geschmack, die Tante von dein Vater«, sagte Dijana. »Alles, was ich trage heute, habe ich gefunden in ihre Schränke. Dein Vater, er hat mich gebeten zu putzen und meinte, ich kann behalten, was ich will. Ist gut, nicht?« Neil nickte und lächelte, als hätte sie gerade etwas besonders Interessantes gesagt. Mit dem silbernen Navajo-Gürtel sah Dijanas Kleid aus, als wollte sie zum Squaredance. Neil meinte, sich an dieses Kleid zu erinnern. Als kleine Kinder hatten sie einmal Nans Kleiderschrank geplündert, um sich zu verkleiden. Allerdings konnte er sich nicht vorstellen, dass Nan diese Schuhe jemals getragen hatte – rot, wie von einer Hexe, mit Absätzen, die sich in den Teppich bohrten.

»Oh ja, Retro-Style«, sagte Neil. Es war so irreal. Er war bei Magdalenas Mutter zum Essen eingeladen und unterhielt sich mit ihr über den Kleiderschrank seiner Großtante. So hatte er sich den Abend eigentlich nicht vorgestellt. Er wollte nicht, dass Dijana sich Sorgen machte, doch je länger er darüber nachdachte – während er mit halbem Ohr zuhörte, wie sie von Nans alten Kleidern schwärmte –, desto wahrscheinlicher wurde, dass Magdalena ihnen beiden nicht ganz die Wahrheit gesagt hatte. Offensichtlich war sie nicht mehr in Swindon, aber irgendetwas musste zwischen Paris und Vilnius passiert sein, denn zu Hause war sie nicht angekommen.

»Und haben Sie in letzter Zeit von Magdalena gehört?«, fragte Neil bewusst beiläufig, während Dijana ihm den letzten Fisch auf den Teller legte.

»Ist erst Anfang«, sagte Dijana. »Iss! Iss! Hühnchen wird kalt.«

»Mmmh, wow, das ist richtig gut«, sagte Neil und schluckte ein großes Stück Lachs herunter. »Also … nochmal zu Magdalena. Haben Sie von ihr gehört?«

»Oh ja, sie hat geschickt Telefontext am Mittwoch. Sie sagt, sie liebt England.«

»Tatsächlich?«, sagte Neil. Jedenfalls lebte sie noch.

»Ja, und sie will mit Freund schlafen in Zelt, wie sagt man?«

»Camping?«

»Ja, das. Also geht ihr Telefon nicht mehr.«

Neil fing an, jeden Bissen sorgfältig durchzukauen, fünfzehn Mal auf der einen Seite und fünfzehn Mal auf der anderen, bevor er herunterschluckte, so wie Nan es ihm immer geraten hatte, damit er im späteren Leben keine Probleme mit Entzündungen der Speiseröhre bekam. Ihm war nicht entgangen, dass Dijana ihn aus dem Augenwinkel beobachtet hatte, als sie erwähnte, dass Magdalena einen Freund hatte, doch im nächsten Moment sprang sie auf, um das Hühnchen zu holen.

»Dein Vater, weißt du, er spricht viel von dir. Du bist ihm sehr … *berühmt*«, rief Dijana aus der Küche.

»Das ist nett«, sagte Neil. Er hatte keine Ahnung, was er da kaute, aber er kaute einfach immer weiter, *dreizehn, vierzehn, fünfzehn.* Sie hat einen Freund. War ja klar.

»Immer erzählt er, was du hast gemacht als Kind, was du mochtest gern und wie du warst lustiges Kind und klug. Er hat gesagt zu mir: ›Mein Sohn kann sogar *Latein* lesen.‹«

»Ach, na ja«, sagte Neil. Er fragte sich, ob sein Vater Dijana auch erzählt hatte, dass Neil nach der Scheidung bei seiner Mutter leben wollte. Er versuchte zu schlucken, hatte aber alle Feuchtigkeit aus dem Zeug herausgekaut und kriegte es nicht runter.

»Er ist alleinsam, dein Vater, glaube ich.«

»Ja, das ist wahr«, sagte Neil. »Aber er beschäftigt sich. Er hat seine Recherchen.« Er spülte den Klumpen in seinem Mund mit einem Schluck Wein herunter. Magdalena hatte im Bahnhof nicht so ausgesehen, als wollte sie Zelten gehen.

»Ja, aber die sind nicht real«, sagte Dijana.

Sie legte fast das ganze Huhn auf Neils Teller und gab Kartoffeln und Pilze hinzu. Während des Essens versuchte Neil, mehr darüber in Erfahrung zu bringen, was mit Magdalena geschehen sein mochte. Was genau hatte sie in ihrer SMS geschrieben? Sah es ihr ähnlich, ihr Handy abzustellen? Doch Dijana schenkte ihm nur ein mitfühlendes Lächeln, dann lenkte sie das Gespräch wieder auf Neils Vater und das alte Haus, bis Neil es endlich aufgab. Magdalena hatte einen Freund. Oder so. Er ließ sich von Dijana noch die restlichen Pilze auffüllen.

»Ich liebe diese Haus von dein Vater. Ist wirklich wie aus Hollywoodfilm, mit so viel Landschaft und Pferde.«

»Ach, hält er jetzt auch Pferde?«, fragte Neil. Sein Vater war kein großer Rancher. Tante Pearl meinte, er hätte keine Ahnung, wie man einen Hof führte und das Land ginge vor die Hunde.

»Na ja, nicht Pferde, aber ist so ein Haus, weißt du. Wie Johns Wein.«

»Bitte?«, sagte Neil.

»Wie Hollywoodfilm. Johns Wein. Du weißt doch, dieser Country-Western-Mann, der schießt?«

»John Wayne?«, sagte Neil.

»Ja, das mag ich wirklich. Ist wie Johns-Wein-Film, dieses Haus von dein Vater. Und so viele interessante Sachen.« Sie löffelte noch ein paar Kartoffeln auf Neils Teller und schenkte beiden Wein nach.

»Stimmt schon«, sagte Neil. Als kleiner Junge war er oft genug in Erdburzeldorne getreten, wenn er in Nans und Pops Haus barfuß herumlief.

»Hat Küche wie für Restaurant«, sagte Dijana.

»Es wurde als Hotel oder so was Ähnliches gebaut, liegt aber leider mitten im Niemandsland. Ich schätze, da hat wohl jemand viel Geld in den Sand gesetzt.«

»Ja, dein Vater und ich, wir haben gefunden Maschine für

Kneten von Teig – so groß wie aus Fabrik und unbenutzt. Und dann, als ich bin weg, hat dein Vater sie mir geschickt, um zu backen Pizza«, sagte Dijana. »Ist antik, aber geht gut.«

Neil schaffte es, auch noch die letzte Kartoffel zu verdrücken, dann trank er seinen Wein aus. Dijana räumte die Teller ab und kam mit Kuchen zurück. Sie holte eine Flasche Kirschlikör von einem Regal voller Glastiere und gerahmter Fotos: Magdalena als mondgesichtiges Baby, Magdalena als kleines Mädchen, Magdalena als Schülerin, posierend mit einem anderen Mädchen. Beide hatten lila Strähnen in den Haaren. »Hübsche Glastiere«, sagte Neil, als Dijana merkte, dass er die Fotos betrachtete.

Dijana schenkte etwas Likör in die Weingläser und erhob ihr Glas zu den Fotos auf dem Regal. »Liegt eigentlich nur an Magdalena, dass ich kenne dein Vater.«

»Ach ja?«, sagte Neil.

»Ja, wegen ihr bin ich gefahren nach Colorado. Dein Vater, hat er dir erzählt, wie das war?«

»Ich glaube nicht«, sagte Neil.

»Na, das war komische Sache. Als sie war klein, Magdalena hat immer gemacht dieses … wie sagt man? Kitzeln an meine Füße, damit ich lache, und dann hat sie gesagt dieses komische Wort. *Puebolo* oder so ähnlich. Sie hat gesagt: ›Ja, *mamyte,* deine Füße werden dich bringen dorthin.‹ Das war wie große Witz zwischen uns. Und als ich kam nach USA, habe ich gewohnt in … du kennst New Jersey? Also, das war nicht so schön, und eine Freundin aus Polen, sie meinte, da gibt es Arbeit in ein Casino. Bei den Indianern. Und als sie sagt Namen von diese Ort, heißt der genau so: *Puebolo.*«

»Pueblo?«, fragte Neil.

»Sie meinte, ist richtige Country-Western-Stadt.«

»Na ja, mehr oder weniger«, sagte Neil.

Dijana schenkte beiden noch ein Gläschen ein. »Und ich denke, wow, muss ich erzählen Magdalena lustige Geschichte, dass ich fahre zu diesem Ort mit Namen Puebolo! Also, das mit Casino, das war nichts, aber okay, bin ich schon mal da und muss Arbeit finden, also ich putze Häuser – das geht überall. Und so ich habe getroffen dein Vater, und als er mich für Arbeit abholt, er fragt, wie ich bin gekommen in diese Gegend. Denn diese Stadt, wirklich, da sind nicht viele Europäer. Also erzähle ich lange Geschichte, und er hört zu und sagt: ›Eines Tages werde ich diese Tochter treffen und ihr sagen großes Dankeschön, dass Sie sind hier!‹ Und ich sage: ›Okay, dafür Sie müssen kommen nach Litauen!‹«

»Ich bin mir sicher, dass er Sie bestimmt gern besuchen würde!«, sagte Neil. »Es ist nur … wissen Sie, er ist nicht besonders reiselustig.«

»Ja, das stimmt«, sagte Dijana.

Dann erzählte sie Neil noch mehr von ihrer Zeit in Amerika und von der Pizzeria, die nicht so gut lief, weil der Bau des großen Einkaufszentrums gegenüber verschoben worden war. Es hieß, eine Gruppe deutscher Investoren wolle das Projekt übernehmen, und wenn erst die Geschäfte eröffnet wären, könnte die Pizzeria mit Hilfe der alten Teigmaschine ihre Produktion verdoppeln.

Nach einem weiteren Kirschlikör machte sie ein trauriges Gesicht. Sie nahm Neils Hand, und ihre Augen wurden feucht. »Dein Vater ist eine wunderbare Mann«, sagte sie.

»Ja, das war wirklich nett, Ihnen den Mixer zu schicken«, sagte Neil. In Wahrheit fand er es etwas sonderbar, dass sein Vater so mir nichts, dir nichts Nans Kücheneinrichtung verschenkte. Es hatte doch bestimmt ein Vermögen gekostet, etwas so Schweres um die halbe Welt zu schicken.

»Und wegen noch so viel anderes.« Dijana erzählte, wie sein Vater ihr geholfen hatte, als sie Geld nach Hause schicken musste, und auch mit ihren Zahnarztrechnungen. Er war sogar mit ihr zur Einwanderungsbehörde bis nach Denver gefahren, weil er versuchen wollte, ihr eine offizielle Arbeitserlaubnis zu besorgen.

»Und weißt du, während ich bin in USA, passiert was Furchtbares. Die Tochter von mein Freundin ist gestorben, aber woanders, ja? Und dein Vater, er hat mir so viel geholfen, damit ich finde meine Freundin, weil sie war sehr krank, in Klinik, nur wusste ich nicht, wo.« Neils Vater hatte jemanden beim litauischen Konsulat in Washington angerufen und die Mutter des Mädchens suchen lassen. »Als Magdalena anrief, sie hat geweint und gemeint, dass ihre Freundin ist tot und ich soll die Mutter finden und ihr sagen, so schrecklich, weißt du? Aber ich hatte keine Nummer. Und dann dein Vater kam, um mich zu holen für Putzen, und weil ich musste weinen, er hat für mich rausgefunden, wie ich sie kann erreichen. Mein Freundin ging es sehr schlecht. Sie war in Klinik für Verrückte. Aber ich konnte mit ihr sprechen – sie ist nicht verrückt, aber immer trinken –, und es war besser, wenn ich es ihr sage, nicht Leute von Klinik.«

Das war bestimmt das Mädchen im Schuhkarton, dachte Neil, und es gruselte ihn bei der Erinnerung daran, wie die Asche auf den Boden des Gare du Nord gerieselt war.

Dijana goss sich noch einen Likör ein und schenkte auch Neil nach, obwohl sein Glas halbvoll war. Was sie ihm da erzählte, passte überhaupt nicht zu seinem Vater, der immer dermaßen in der Vergangenheit lebte, dass er der Gegenwart kaum gewachsen war, der Neils Geburtstag vergessen hatte und es in den fünf Jahren seit Nans Tod nicht mal geschafft hatte, ihre Ansage auf dem Anrufbeantworter zu ändern. Neil konnte sich einfach nicht vorstellen, wie sein Vater am Telefon mit ausländischen Bürokraten verhandelte, um die Mutter eines toten Mädchens im Labyrinth litauischer Irrenanstalten aufzuspüren. Umnebelt von Wein und Kirschlikör fragte er sich, ob sie tatsächlich von seinem Vater sprachen, oder ob Dijana etwas verwirrt war und ihm von einem ganz anderen Mann erzählte, den sie in Amerika kennengelernt hatte.

»Und sprechen Sie denn oft mit meinem Dad?«, fragte Neil und hätte die Frage am liebsten gleich wieder zurückgenommen. Vielleicht verletzte es sie, dass sein Vater sie nicht öfter erwähnt hatte. »Es ist schon eine ganze Weile her, seit ich ihn zuletzt gesprochen habe.«

»Nein«, sagte Dijana. »Ich glaube, war er so traurig, als Walter starb, da hat er nicht mehr angerufen, und jetzt bin ich hier. Aber habe ich immer gesagt, soll er mich bitte eines Tages mal besuchen.«

»Na ja, die Ranch macht viel Arbeit«, sagte Neil. »Schon deshalb war es großartig, dass Sie ihm mit dem Haus geholfen haben. Es ist das reine Chaos.«

»Das kann man sagen laut«, meinte sie. »Wissen Sie, dass ich habe gefunden eine ganze … wie sagt man? Um zu brennen Alkohol, wie man macht auf Land? Habe ich gefunden, noch nie benutzt, und ich muss denken, wie ich kleines Mädchen auf Land war und meine Onkels haben gebrannt *schnapps,* weißt du? Aus Äpfeln. So viele alte Sachen in diese Haus. Aber von wirklich gute Qualität, und ich habe gesagt zu dein Vater, er soll verkaufen, nicht einfach so verschenken.« Sie beugte sich vor, als wollte sie Neil ein Geheimnis verraten. »Weißt du, Niyell, Pizza ist nicht meine größte Traum. Eigentlich möchte ich haben eines Tages eine Laden mit schöne, alte Sachen, modisch und antik. Deshalb suche ich ganze Zeit alte Dinge von Wert. Wie das, was ich trage. So eine schöne Gürtel, nicht? Ist ganz Silber. Und die Schuhe habe ich ganz hinten in Schrank von Tante gefunden. Man sieht, dass sie nicht lange wurden getragen. Waren in Zeitung gewickelt. Habe ich noch nie gesehen so alt.«

»Wie alt?«, fragte Neil. Das Gerät zum Schnapsbrennen war vermutlich ein Destillierapparat. Er versuchte sich zu erinnern, ob die Ranch während der Prohibition gebaut worden war – das wäre interessant –, und wunderte sich, wieso sein Vater nie erwähnt hatte, dass er das Haus ausmisten wollte.

»Ich weiß genau, dass diese Schuhe haben große Wert«, sagte sie. »Steckten in Zeitung von noch bevor ich war geboren. Und ich bin alte Frau, also, weißt du, die sind wirklich antik! Ich dachte, ich könnte verkaufen, aber siehst du, wie sagt man? Ist repariert.«

Dijana hob ihren Fuß, um Neil die Naht an der Sohle zu zeigen, wobei sie beinahe ihren Wein verschüttete, als sie kichernd einen Cancan andeutete und Neil dabei kurz eine aderige Wade zeigte. »Und als ich dachte, heute Abend kommt dein Vater, war ich freudig, dass ich habe nicht verkauft, damit er kann sehen, was ich habe gefunden. Immer hat er gesagt, ist schade, wenn so viele alte Dinge werden nicht benutzt.«

Neil hatte deutlich mehr getrunken, als ihm bewusst war, denn sobald er den Schuh näher betrachtete, lachte auch er. Es war ja wirklich zu komisch, doch als er Dijana erzählen wollte, worüber er lachen musste, war seine Zunge zu dick, und seine Gedanken waren zu langsam, um einen Sinn zu ergeben. *Doppelnaht unter dem Fußgelenk. Riemen verlaufen von links nach rechts am linken Fuß, von rechts nach links am anderen.* Er hatte es seinen Vater oft genug sagen hören.

»Ja!«, sagte Dijana. »Echte Wertarbeit.«

»Weiß mein Dad davon?«, fragte Neil.

»Wovon?«, sagte Dijana.

»Weiß er, dass Sie diese Schuhe haben? Weiß er, wo Sie sie gefunden haben?«

»Er meinte, ich kann mir nehmen, was ich möchte«, sagte sie.

»Natürlich, ich meinte ja nicht …«

»Das er hat gesagt immer wieder.«

»Ohne Zweifel«, sagte Neil. »Ich meinte nur: Haben Sie ihm die Schuhe gezeigt?«

»Ich sage doch, ich wollte ihn heute Abend überraschen damit.«

»Wow, ist ja verrückt!«, sagte Neil. Die Erinnerung trog seinen Vater nicht. Die Schuhe an Dijanas Füßen sahen genau so aus wie die, von denen er immer gesprochen hatte. Neil staunte, wie gut er sie kannte, allein von der Beschreibung seines Vaters.

»Oh, Mann«, sagte Neil. »Meinen Dad trifft der Schlag.«

»Ihm wird nicht gefallen?«, sagte Dijana, und plötzlich

vergaß Neil, was so lustig war. Das Zimmer, das nach dem Likör leicht Schlagseite hatte, richtete sich wieder auf. Inga Bearts rote Schuhe waren in Paris verloren gegangen – darin war sich Neils Vater mit den Historikern einig. Wie konnte es dann angehen, dass sie auf der Ranch von Nan und Pop gelandet waren?

»Es waren bestimmt Nans Schuhe«, sagte Neil.

»Bitte?«, fragte Dijana, doch diesmal versuchte Neil gar nicht erst, es ihr zu erklären. Die roten Pumps mit den über kreuz verlaufenden Riemen, an die sich sein Vater erinnerte – anders konnte es nicht sein. Wahrscheinlich hatten sie schon seit Jahren dort gestanden, in Zeitungspapier gewickelt, ganz hinten in Nans Kleiderschrank, wo Neils Vater sie niemals gesucht hätte, weil er davon ausging, dass Inga Bearts rote Schuhe in Frankreich geblieben waren. *Diese* roten Schuhe – die Dijana nun ausgezogen hatte und ins Licht hielt, und deren Riemen, wie Neil deutlich erkennen konnte, tatsächlich eingekerbt waren, genau wie sein Vater stets beteuert hatte –, *diese* roten Schuhe konnten unmöglich Inga Beart gehört haben. Vermutlich waren es schon immer Nans Schuhe gewesen.

»Neil? Ist alles okay?«

»Ja«, sagte Neil. Er suchte in seiner Tasche nach einem Tuch. »Ich glaube, ich bin gegen irgendwas allergisch.«

Er sah die Situation förmlich vor sich: Der kleine Junge kannte seine Tante nur in Gummistiefeln, und als sie sich einmal schick gemacht hatte, erkannte er sie nicht wieder. Er hielt sie für seine Mutter, die endlich wieder nach Hause gekommen war.

»Dagegen solltest du Honig nehmen«, sagte Dijana. »Honig von Bauernhof. Ist das Beste. Möchtest du haben?«

»Nein, danke«, sagte Neil.

»Ich habe welchen in Küche. Wirklich gut. Ist bio.«

»Geht schon, danke«, sagte Neil.

Dijana räumte die Gläser ab, und Neil tupfte mit seiner Serviette an einem Weinfleck herum, den er auf der Tischdecke hinterlassen hatte. Ein bemerkenswerter Abend für die Männer der Bearts. Magdalena war mit ihrem Freund zelten, und die Schuhe, die Neils Dad von jeher seiner Mutter zugeschrieben hatte, gehörten in Wahrheit seiner Tante – so schwer vorstellbar es auch sein mochte, dass Nan ihren Fuß in etwas gesteckt haben sollte, in dem sie mit der Ferse nicht fest auf dem Boden stand.

Als Neil ging, vollgestopft mit Kuchen und betrunkener als geplant, sagte Dijana: »Und dein Vater, er mochte die Geschenke nicht, die ich habe geschickt für Weihnachten?«

»O Gott, ich hab völlig vergessen, es Ihnen zu sagen! Er war total begeistert. Wow, tut mir echt leid. Er meinte, ich sollte es Ihnen unbedingt ausrichten«, sagte Neil. Er fragte sich, ob Dijana ahnte, dass ihre Weihnachtsgeschenke in Neils Rucksack steckten, noch feucht vom Regen.

Doch sie lächelte. »Ja, dein Vater hat gesagt, er braucht dringend Strümpfe, und diese habe ich mit Hand gestrickt.«

»Er meinte, sie passen perfekt«, sagte Neil.

»Nun, du musst ihm auch von mir danken. Magdalena sagt, was er hat geschickt, ist sehr hübsch.«

»Ich werde es ihm ausrichten«, sagte Neil.

»Sie meint, es ist Indianerkunst, aber mehr sie will nicht verraten. Ich muss warten, sagt sie, aber nun bist du hier, bevor sie kommt nach Hause.«

»Ja, stimmt. Es ist verrückt.«

»Sie sagt, ich werde sein sehr glücklich, wenn ich diese Geschenke sehe. Du musst also dein Vater geben meinen Dank.«

»Das werde ich tun«, sagte Neil, obwohl er sicher war, dass er es niemals tun würde. Das Denken fiel ihm schwer, als er aus dem Haus trat, in dem Dijana wohnte, doch war sein Kopf noch klar genug, um etwas Neues zu erkennen: ein Gefühl der Verantwortung, als wäre er der Vater und sein Dad das Kind, das er vor schmerzlichen und unnötigen Wahrheiten bewahren musste. Wenn sein Vater die Sache mit den Schuhen aus Nans Kleiderschrank herausfand, würde er zugeben müssen, dass Inga Beart nie heimgekehrt war, nicht mal zu Besuch. Dieser Gedanke bescherte Neil eine Einsicht, so als wäre er über eine unsichtbare Schwelle der Kindheit hinausgetreten und hätte zu seiner Überraschung festgestellt, dass auf der anderen Seite alles einfacher war: Sein Vater musste es nie erfahren.

Es war schon fast halb elf, als Neil zur Bushaltestelle lief, doch ging die Sonne eben erst hinter den Häusern unter, und der Himmel färbte sich rosarot. Neil war bedrückt und etwas benommen, doch er fühlte sich auch weise. Er hatte nicht verhindern können, dass seine Mutter mit dem Jazzercise-Typen durchgebrannt war, er konnte die traurige Kindheit seines Vaters nicht ungeschehen machen, und offensichtlich hatte er auch nicht verhindern können, dass sein Vater Probleme mit Becca und der Schulleitung bekam. Und schon wieder hielt das Leben eine Riesenenttäuschung für seinen Vater parat. Doch diesmal konnte Neil etwas dagegen tun. Und während Neil in der Abenddämmerung wartete und hoffte, dass die Busse noch fuhren, traf er die Entscheidung, seinem Vater nichts davon zu erzählen, dass er Dijana besucht und ihre alten, roten Schuhe erkannt hatte.

Am nächsten Morgen holte Neil die Fotokopien der Dokumente für Professor Piot aus dem Litauischen Archiv, dann verbrachte er die ersten Stunden seiner Busfahrt nach Paris damit, sich Sorgen um Magdalena zu machen, die, wie es schien, entweder besonders unzuverlässig war oder in echten Schwierigkeiten steckte, ohne Geld in einem liegengebliebenen Bus oder von Menschenhändlern entführt, die sie in diesem Augenblick im Fahrwerksschacht eines Flugzeugs nach Abu Dhabi festketteten. Im günstigsten Fall entsprach die Nachricht, die sie ihrer Mutter geschickt hatte, der Wahrheit, und sie röstete Marshmallows mit irgendeinem Typen, der sie nicht verdient hatte. Und dann waren da noch die Weihnachtsgeschenke für seinen Vater, eingerollt in eine Tüte, ganz unten in seinem Rucksack. Neil hatte sie zur Post bringen wollen, sobald er wieder in Paris war, doch das schien ihm nun keine so gute Idee mehr zu sein. Sobald sein Vater das Päckchen bekam, würde er bei Dijana anrufen, um sich dafür zu bedanken, und bestimmt würde sie ihm dann von den Kleidern aus Nans Schrank erzählen, die sie extra angezogen hatte, weil sie dachte, er käme zu Besuch. Sie würde die roten Schuhe erwähnen, und ganz ohne Zweifel würde sein Dad schon aus reiner Gewohnheit fragen, wie diese Schuhe aussahen, und dann würde alles herauskommen. Neil stopfte die Tüte tiefer in seinen Rucksack und rang mit seinem schlechten Gewissen.

Als sie die Grenze nach Polen überquerten, hatte Neil inzwischen den Entschluss gefasst, die Tüte in Paris gleich in den erstbesten Mülleimer oder vielleicht sogar in die Seine zu werfen, damit er es sich nicht anders überlegen konnte, wenn ihn der Gedanke quälte, dass Dijana die Strümpfe selbst gestrickt hatte. Er würde sich ein paar Tage schuldig fühlen, aber es gab keine andere Möglichkeit. Sich dieser Geschenke zu entledigen wäre vielleicht das Netteste, was er je für seinen Vater getan hatte.

»Nun?«, fragte Professor Piot. Er stand draußen und rauchte seine übliche Zigarette vor dem Mittagessen, als Neil beim Archiv ankam.

»Hier ist die Akte«, sagte Neil und übergab ihm die Kopien. Sie waren etwas zerknittert, weil Neils Sitznachbar im Bus seine Füße ständig auf Neils Tasche gestellt hatte.

»Ausgezeichnet«, sagte Professor Piot, während er die Unterlagen durchblätterte. »Und haben Sie sich gut amüsiert?«

»Sehr gut sogar«, sagte Neil. »Es war wirklich schön, sie wiederzusehen.«

»Ach?«, sagte Professor Piot und warf Neil einen schrägen Blick zu.

»Sprechen Sie denn Polnisch?«, fragte Neil. Er wollte nicht von seiner Reise erzählen.

»Allerdings«, sagte Professor Piot. »Mein Vater kam als Piotrowski in Bialystok zur Welt. Sie würden sich wundern, wie nützlich mir das ist. Die europäische Geschichte ist geprägt von den großen polnischen Reichen. Ah, das ist interessant«, sagte er und sah sich eines der Dokumente näher an. »Offenbar wird hier den Juden von Vilnius die weitere Verwendung eines bereits bestehenden Friedhofs zugesichert. Sehr interessant. Und das Datum? 1629? Sehr schön.«

»Was steht da noch?«, fragte Neil. Das Dokument war mehrere Seiten lang.

»Na ja, es ist ein offizieller Erlass, also werden diverse Themen behandelt. Die Frage, ob die jüdische Gemeinde ihre Schlachtereien behalten durfte, ob sie öffentliche Bäder benutzen durfte und so weiter. Die Schreibweise ist wirklich ausgesprochen antik. Ach, dabei fällt mir was ein.« Professor Piot holte einen Stapel Papiere hervor. »Hier, der Schriftenschlüssel für gotische Minuskeln, nicht ganz vollständig. Und nehmen Sie auch das hier – eine Handschrift aus der Zeit, in der Ihr Mönch in Saint-Jean-d'Angély geschrieben hat, und die, soweit ich weiß, aus einem nordfranzösischen Kloster stammt. Beachten Sie die Ähnlichkeiten zwischen dem *b* und dem *v* am Anfang eines Wortes.«

»Sehr gut, danke«, sagte Neil.

»Einige Buchstaben gehen ineinander über. Und dann ist da das vereinfachte *r*, das nur hinter einem *o* vorkommt.«

»Okay«, sagte Neil, während er die Seiten durchblätterte. Er war wirklich erleichtert, sich wieder um den Mönch von Rouen kümmern zu können.

»Ach, und noch was«, sagte Professor Piot. »Da ist etwas für Sie bei uns im Büro angekommen.« Professor Piot wühlte in seinem Aktenkoffer herum, der voller Bücher und Papiere und Mauerbrocken von der Baustelle war. »Hier«, sagte er und reichte Neil einen Briefumschlag mit rundlicher Schrift, die Einsen europäisch, wie umgekehrte *V*'s. Abgestempelt war der Brief mit *Albergue Municipal de Peregrinos* in einer spanischen Stadt.

»Von wem ist er?«, fragte Neil.

»*Je n'ai aucune idée*«, sagte Professor Piot mit einem Lächeln, das Neil erst verstand, als er den Brief umdrehte und sah, dass auf der Rückseite *Danke auch für nette Kaffee in Bahnhof, M* stand, offenbar nachträglich hinzugefügt.

»Wow, na, das ist ja … wow, danke«, sagte Neil. Er hielt den Umschlag am Rand, kümmerte sich nicht darum, dass Professor Piot leise in sich hineinlachte, während er seine Zigarette austrat und die Brocken steinerner Wasserspeier im Aktenkoffer ordnete, um ihn zuzukriegen.

»Sollten Sie Beth treffen, sagen Sie ihr, ich habe ein paar frühe Zeichnungen der *clocherie* gefunden«, sagte er.

»Mach ich«, sagte Neil.

Professor Piot machte sich auf den Weg zum Mittagessen. Neil stopfte den Schriftenschlüssel in seinen Rucksack und riss den Umschlag auf.

In einem gefalteten Blatt Papier steckten ein paar Euro-Scheine. Der Brief fing in Blau an, dann waren da mehrere Tintenkleckse, und schließlich wurde die Schrift lila. Neil las, dann las er noch einmal. Die Rechtschreibung war hin und wieder ungewöhnlich, und offenbar hatte sie inzwischen ein paar französische Worte aufgeschnappt.

Hallo, mein lieber Neil. Ich schreibe Dir von unterwegs, wo viele andere pelerins sind. Komisch zu sagen, dass ich auch bin pelerin, auf Jakobsweg, den Du mir hast beschrieben. Ich habe nicht genommen Bus nach Vilnius, wie gesagt, Grund ist lang und sehr komplizierte histoire. Du hast mir erzählt von Menschen in alte Zeiten, weißt Du noch? Dass sie immer sind gegangen zu heilige Jakob mit so viele Probleme im

Leben? Ich glaube, es ist noch heute so, die Menschen haben Last zu tragen, so viele schwere und sündige Dinge. Und als Du hast gesagt, dass seine Leiche wurde gespült an Strand und der heilige Jakob sah gar nicht aus wie tot und war voll gekämmter Muscheln aus dem Meer und diese Muscheln haben ihm gegeben eine Haut wie lebendig, da dachte ich an meine Freundin, dass ich sie habe verbrannt zu Asche, wo es doch so wichtig ist, ganz zu sein, wenn man stirbt. Also bringe ich sie zum Ende der Welt, denn diese pelerins Nonnen sagen, Jakobus hat ein Wunder für jeden (auch wenn man nicht glaubt!).
Aber jetzt schreibe ich Dir aus andere Grund, nämlich das hier: Du hast mir gesagt den Namen von Dein Vater, ja? Du weißt, ich wusste schon, dass er RICHARD *heißt? Meine Mutter nennt ihn nicht so. Ich kenne* RICHARD BEART, *weil meine Mutter seine Name immer trägt auf sich, an ihre Herz. Ich bin Dein Vater nie begegnet, aber vielleicht geht es ihm genauso. Sind die beiden füreinander bestimmt? Überleg nicht lange warum, nur sag Dein Vater, er soll anrufen mein Mutter und sagen hallo. Ich glaube, sie wartet auf ihn ganze Leben lang. Okay, also, mach's gut. Danke für freundliche Hilfe mit sechzig Euro. Ich habe jetzt kleine Job und kann Dir die Euros hier zurückgeben.*
Mit aufrichtige Grüße,
Deine Magdalena

Darunter war etwas durchgestrichen, als hätte sie noch etwas hinzufügen wollen, es sich jedoch anders überlegt. Neil las den Brief ein drittes Mal. Es war doch verrückt, einfach so auf Pilgerfahrt zu gehen, und er verstand nicht, wie sie das mit dem

Namen seines Vaters meinte, und auch nicht, was ihre Mutter trug. Aber sie bat ihn, seinem Dad auszurichten, er solle ihre Mutter anrufen. Das zumindest war klar.

Neil griff zum Handy, um seinen Vater anzurufen, dann fiel ihm ein, was er beschlossen hatte, nachdem er bei Dijana gewesen war. Er musste verhindern, dass sein Dad die Sache mit den Schuhen herausfand.

Neil steckte sein Handy weg und las den Brief nochmal. Ihm fiel auf, wie viele Worte aus dem Vokabular der Pilger Magdalena übernommen hatte, zum Beispiel dass sie vom *Jakobsweg* sprach und Worte wie *sündig* verwendete. Es war ein gutes Beispiel dafür, wie alte Sitten von einem Pilger zum nächsten weitergegeben wurden. Neil hoffte, es deutete darauf hin, dass Magdalena mit Leuten reiste, die wussten, was sie taten. Er überflog die verwirrenden Passagen. Bestimmte Worte stachen heraus: *Die Menschen haben Last zu tragen* … Neil versuchte, sich zu erinnern, worüber sie im Bahnhof gesprochen hatten, als Magdalena etwas über seine Arbeit erfahren wollte. Er hatte die Frau mit dem kranken Kind erwähnt, die verbrecherischen Priester und die chronischen Ehebrecher. *So viele schwere und sündige Dinge.* Neil nahm den Schriftenschlüssel von Professor Piot hervor. Er dachte an die kleinen Schnörkel, die der Mönch seinen Buchstaben angehängt hatte, die Art und Weise, wie die Striche vom Blatt zu streben schienen. Er sah sich den Brief noch einmal an. Da war der Teil über Magdalenas Mutter, dass sie etwas *auf sich trug,* etwas *an ihrem Herzen.* Neil fiel ein, was Professor Piot über die Schrift des Mönchs gesagt hatte: Vielleicht war sein Arm müde. Neil klemmte Magdalenas Brief ins Notizbuch, nahm seinen Rucksack und ging eilig ins Archiv.

Er las Magdalenas Brief noch mehrere Male, während er auf die Akte des Mönchs wartete und sich sagte, dass die Idee doch verrückt war und er sich nicht allzu sehr hineinsteigern sollte. Doch als der Karton aus dem Archiv von Saint-Jean-d'Angély kam und er das Paket mit den acht Pergamentseiten öffnete, wurde Neil plötzlich wie schwerelos zumute, als stürzte er durch ein Loch in der Zeit. Einen Moment lang kam es ihm vor, als blickte er hinter das Pergament des Mönchs und wurde Zeuge eines Nachmittags in der Abtei von Saint-Jean-d'Angély vor siebenhundert Jahren. Er sah, wie der Mönch den angespitzten Kiel einer Gänsefeder ins Tintenfass tunkte und damit zu kämpfen hatte, dass er gleichmäßig schrieb, weil die schwere Kette um sein Handgelenk jeden seiner Striche abwärtszog. Es fiel ihm schwer, die rechte Balance zwischen hohlem Federkiel und Pergament zu finden. Neil sah deutlich, dass der Mönch Mühe hatte, den Druck der Feder auf die Seite einzustellen, mit den Händen in eisernen Ketten, wie Ketzer sie auf ihrem Weg nach Santiago de Compostela tragen mussten.

Neil sah sich um. Beth war wohl schon in der Mittagspause, und Professor Piot traf sich mit den Archäologiestudenten. Weit und breit gab es niemanden, dem Neil davon erzählen konnte.

Er betrachtete das Pergament. Nachdem sich die Vorstellung erst einmal in seinem Kopf festgesetzt hatte, konnte er nicht mehr davon lassen: Der Mönch wurde beim Schreiben behindert. Er hatte eine physische Last zu tragen, selbst als er in der Abtei von Saint-Jean-d'Angély saß und schrieb. Das Schriftstück war auf das Jahr 1259 datiert, was – wenn Neil sich recht erinnerte – in etwa die Zeit der Inquisition im Languedoc war.

Die örtlichen Bischöfe waren eifrig damit beschäftigt gewesen, abweichlerische Ansichten innerhalb der Geistlichkeit auszumerzen, besonders in Frankreich, wo die Katharer und andere ketzerische Gruppierungen die Kirche schon seit einiger Zeit herausforderten. Neil hatte von Priestern gelesen, die wegen geringfügiger Abweichungen von der Liturgie gezwungen worden waren, barfuß einmal quer durch Europa zu wandern, oder weil sie der Heiligen Dreieinigkeit ein *und* hinzugefügt hatten, alles Dinge, die heutzutage nur lächerlich trivial wirkten. Kaum vorstellbar, dass Himmel und Hölle irgendwann einmal im Gleichgewicht gestanden haben sollten.

Magdalenas Brief lag offen neben dem Schriftstück des Mönchs. *Überleg nicht lange warum, nur sag Dein Vater, er soll anrufen mein Mutter …* Neil dachte an Dijana und Nans rote Schuhe. Er dachte an seinen Vater, den eine erfundene Erinnerung so sehr belastete, dass er sich zentimeterweise durchs Leben schleppte, und er wusste, was Professor Piot sagen würde. Ein Historiker durfte keine Fakten verbergen, um Menschen oder Länder oder Ideen zu schützen, die ihm am Herzen lagen. Neil warf einen Blick auf seine Uhr. In Amerika war noch früher Morgen, aber sein Vater stand immer zeitig auf.

Neil ließ die Dokumente des Mönchs ausgebreitet auf dem Tisch liegen und ging die Treppe hinunter, um sein Telefon zu holen, während er überlegte, wie er seinem Vater vermitteln konnte, wie viel Mühe es den Mönch gekostet haben musste, die einzelnen Buchstaben zu Papier zu bringen, weil sich die groben Eisenfesseln bei jeder Bewegung tiefer in die wunden Stellen an den Handgelenken gruben. Er wollte seinem Vater von den Prozessen der frühen Inquisition erzählen, und sein

Vater würde sich vorstellen, wie der Mönch schweigend dagesessen und an irgendeinem unerlaubten Glaubensdetail festgehalten hatte, während die Kirchenoberen die Schwere seiner Ketzerei in Eisen aufwogen – und dann würden sie sich beide an die Sache mit der Schulleitung erinnern und daran, dass Neils Vater sich geweigert hatte, mit dem Anwalt der Lehrergewerkschaft zusammenzuarbeiten, und dass er nicht mit den Leuten von der Presse sprechen wollte, als die ihn fragten, ob er die Vorwürfe bestritt. Dass er Neil angefleht hatte, ihm zu glauben, und dass das nicht genügt hatte.

Sie würden schweigen, und dann – sofern sein Vater nicht zuerst sprach – würde Neil ihm, wenn der richtige Moment gekommen war, von Magdalenas Brief und Dijana und den Schuhen erzählen.

Neil holte sein Handy aus dem Schließfach, zögerte jedoch einen Moment, bevor er die Nummer wählte, sah seinen Vater vor sich, leicht benommen, vermutlich allein an Nans und Pops altem Küchentisch sitzend, auf dem Platz, auf dem *sie* seiner Meinung nach gesessen hatte, und nun endgültig davon überzeugt, dass er von seiner Mutter verlassen worden war.

Doch dann dachte Neil an Dijana, die sich offensichtlich zu seinem Vater hingezogen fühlte, und dass sie sich hübsch gemacht hatte, weil sie dachte, er käme zum Abendessen. Er wählte die Nummer. Er dachte an Inga Beart, die so sehr mit dem Berühmtsein beschäftigt gewesen war, dass sie ihren Sohn kein einziges Mal besuchen wollte, die seinem Dad so wenig von sich hinterlassen hatte, dass dieser eine Erinnerung an sie erfinden musste, um diesen Umstand zu ertragen, und er dachte an Nan, die sich in einem Anflug von Extravaganz ein Paar schicke Schuhe gekauft hatte, nur um sie dann in die hinterste Ecke ihres Kleiderschranks zu verbannen, als sie merkte, dass sie sich darin Blasen lief. Sie konnte nicht ahnen, dass sich der kleine Junge, der sein Vater damals gewesen war, in der kurzen Zeit, die sie diese Schuhe getragen hatte, eine imaginäre Mutter ausdenken würde.

Der alte Anrufbeantworter piepte. Neil hoffte, sein Vater würde es nicht allzu schwer nehmen.

»Sie sind verbunden mit Walter und Catherine Hurley. Wahrscheinlich haben wir es nicht rechtzeitig zum Telefon geschafft, oder wir sind draußen im Garten …«

»Hey, Dad«, sagte Neil. »Tut mir leid, dass ich mich so lange nicht gemeldet habe, aber, äh, diese litauische Dame, diese Dijana? Ich glaube, sie würde sehr gern von dir hören. Und was Komisches ist passiert – sie hat in Nans Schrank ein Paar Schuhe gefunden, so rote, wie die, von denen du immer erzählt hast … Ach, das wird sie dir selbst erzählen. Ich habe ihre Nummer hier …«, und so weiter. Er stellte sich vor, wie seine Stimme langsam das müde Tonband in dem alten Anrufbeantworter neben Pops Stuhl in Gang setzte, oben auf der kleinen Kiste, in der Nan immer ihre Coupons aufbewahrte. Er stellte sich vor, wie sein Vater hereinkam und das kleine Licht blinken sah, wie er das Band mehrmals zurückspulte, um sicherzugehen, dass er sich nicht verhört hatte, dann den Hörer vom alten Drehscheibentelefon nahm und die Zahlenfolge wählte, die ihn mit Dijanas Wohnung voller Spitzenvorhänge und Küchendüften verband, wo sicher jemand antworten würde.

Und obwohl Neil wusste, dass er sich wieder an seine Dokumente setzen sollte, verließ er das Archiv und lief eilig zu der

Austernbar, in deren Müllcontainer er am Morgen die Weihnachtsgeschenke für seinen Vater geworfen hatte, in der festen Überzeugung, dass er sie dort bestimmt nicht wieder herausholen würde, so sehr ihn das schlechte Gewissen wegen Dijanas Socken auch quälen mochte.

Der Müllcontainer war noch nicht geleert worden. Neil krempelte seine Ärmel hoch und ignorierte die Blicke der Passanten auf dem Bürgersteig, als er hineinlangte. Ihm wurde kurz übel, als er versehentlich nach etwas griff, das Beine und lange Fühler hatte, doch er gab nicht auf, grub sich durch Muscheln und alte Zitronen, bis er den Rand der Einkaufstüte ertastete. Abgesehen vom Gestank und einem orangefarbenen Fleck an den Strümpfen waren die Weihnachtsgeschenke unversehrt.

Neil konnte es nicht nochmal verschieben, die Geschenke abzuschicken, also ging er geradewegs zum Postamt an der Rue de Moussy, wo die Frau hinterm Schalter zwar die Nase rümpfte, ihm jedoch einen Luftpostumschlag und ein feuchtes Papiertuch für seine Hände gab.

»Normal oder Express?«, fragte sie.

»Express«, sagte Neil. »Es ist ein Weihnachtsgeschenk.«

Die Postangestellte sah ihn seltsam an.

»Vom letzten Jahr«, sagte Neil.

»Vierundsiebzig Euro.«

»Oh«, sagte Neil.

»Normal kostet einundzwanzig Euro.«

»Das klingt besser«, sagte Neil. Er bezahlte mit dem Geld von Magdalena, dann rannte er den ganzen Weg zurück zum Archiv. Er wusste, dass er so schnell wie möglich wieder rauf in den ersten Stock gehen sollte – es wurde nicht gern gesehen, wenn Dokumente im Lesesaal länger unbeaufsichtigt blieben, als man brauchte, um einen sehr kleinen Kaffee zu trinken oder zur Toilette zu gehen. Aber diese acht Pergamentseiten bewahrten ihre Geheimnisse nun schon seit Jahrhunderten. Die konnten warten. Vorher musste Neil noch etwas erledigen. Er setzte sich vor das Schließfach und ging seine Unterlagen durch, bis er eine Karte vom Camino Francés fand, der Pilgerroute, die in Frankreich begann. Die Adresse, die Magdalena angegeben hatte, stammte aus einem der ersten Orte in Spanien, was bedeutete, dass sie gut vorankam. Er nahm seinen Computer und lief zwischen den Schließfächern herum, bis er eine Stelle gefunden hatte, an der das WLAN-Signal stark genug war, um sich auf der Website von Eurolines nach dem Preis für ein Busticket zu erkundigen. Neils Kreditkarte bot einen lausigen Wechselkurs. Es wäre besser, zum Busbahnhof zu fahren und bar zu bezahlen. Doch Neil traute sich selbst nicht. Magdalena würde wohl noch zwei Wochen brauchen, bis sie nach Finisterre kam, was Neil viel zu viel Zeit ließ, es sich nochmal zu überlegen. Die Fahrkarte kostete achtundneunzig Euro. Wenn er so viel ausgab, musste er auch hinfahren. Neil tippte seine Kreditkartennummer ein und kaufte das Ticket.

RICHARD

Paris, Juni

Mein Onkel Walt erzählte mir einmal, das Sonnenlicht bräuchte acht Minuten, um die Erde zu erreichen. Nicht mehr als acht Minuten für den weiten Weg, doch sollte die Sonne einmal erlöschen, würde auf der Erde acht Minuten lang kein Mensch etwas davon merken.

Vermutlich hatte Onkel Walt das aus einer seiner Astronomie-Zeitschriften, und es kam ihm an einem dieser Sommerabende wieder in den Sinn, als wir mit unseren Spaten versuchten, das Wasser im Graben am hinteren Ende des Feldes so lange aufzuhalten, dass der harte Boden Zeit bekam, etwas davon aufzunehmen. Ich weiß noch, wie ich zum bleichen Himmel aufblickte, zum wolkenlosen Sonnenuntergang, und mir vorstellte, jemand würde die Sonne ausknipsen und schwarze Finsternis würde durchs Weltall auf uns zu fliegen, während acht sonderbare Minuten lang noch Bäume wuchsen und Leute ihre Zeitungen aufschlugen oder ihre Kühe tränkten, in todgeweihtem Licht, nicht ahnend, dass die Sonne längst erloschen war.

Dieser Gedanke hat mich mein Leben lang begleitet, doch nicht aus Angst vor der Finsternis, sondern vor diesen letzten paar Minuten Sonnenlicht, vor einer Welt, die sich weiterdreht, während das große, unumkehrbare Ereignis bereits stattgefunden hat, während das Ende bevorsteht und die Katastrophe unaufhaltsam auf uns zusteuert.

Ein, zwei Jahre vor seinem Tod saß ich mit Walt eines Abends in unserem alten Pick-up, mit Blick auf den halb leeren Teich, als ich ihn fragte, ob er sich eigentlich daran erinnern konnte, dass er mir von diesen acht Minuten erzählt hatte. Konnte er nicht, aber wahrscheinlich leben Erwachsene und Kinder in verschiedenen Welten, in denen Worte Unterschiedliches bedeuten, und eine Bemerkung, an die sich ein Erwachsener nicht mal mehr erinnert, kann sich bis ins Innerste eines Kindes bohren und sich dort für den Rest seines Lebens einnisten.

Jedenfalls fallen mir diese acht Minuten Sonnenlicht ein, wenn ich an meine ersten Tage in Paris zurückdenke, als bestimmte Begebenheiten und Geräusche Erinnerungen in mir wachzurufen schienen, so wie die Schatten in ungewohntem Winkel fallen mochten, sobald das Dunkel die Venus umrundete und der Erde entgegenflog, den allerletzten Sonnenstrahlen auf den Fersen. Womit ich nicht sagen will, dass sich meine Welt verfinstert hätte. Auf meinem Weg zum Archiv der Assistance Publique-Hôpitaux de Paris lief mir keineswegs ein kalter Schauer warnend über den Rücken. Ich ahnte nichts von dem, was ich dort finden würde. Und das war wohl auch besser so. Ich bin nicht Inga Beart, die sich angesichts einer Erkenntnis die Augen aussticht, so unerträglich die Wahrheit auch sein mag.

In Onkel Walts letztem Jahr bestellte ich Diana alle zwei Wochen zum Putzen auf die Ranch. Walt und ich räumten nur selten auf, aber das meiste an Staub und Unordnung war ohnehin schon Jahre alt. Diana kümmerte sich um Walt, besorgte ihm ein neues Kopfkissen und dergleichen, und ich glaube, es gefiel ihm. Mir gefiel es auch, sie dort zu haben. Und nicht nur weil ich wusste, dass sie das Geld brauchen konnte, bat ich sie irgendwann, jede Woche zu kommen. Sie putzte die Fenster und räumte die hintere Küche auf, wo wir einen waschbeckengroßen, elektrischen Mixer fanden, noch verpackt und all die Jahre unbenutzt.

Als sie damit fertig war, ließ ich sie Tante Cats Kartons durchgehen, obwohl ich wusste, dass Pearl empört wäre, wenn sie je davon erfahren sollte. Im Testament war nicht klar festgelegt, wem sie gehörten. Dort stand nur: *»Für Ricky die Kartons im hinteren Kleiderschrank. Da ist was von deiner Mutter, das du haben kannst.«* Auch der Anwalt las daraus, dass damit *alle* Kartons in diesem Schrank gemeint waren, wenngleich nur auf einem kleinen Puppenkoffer der Name *Inga* stand. Und obwohl Pearl da anderer Ansicht war und sich direkt nach Tante Cats Tod furchtbar über diese Kartons ereifern konnte, hatte sie doch jahrelang keinen Fuß in das alte Schlafzimmer gesetzt, geschweige denn einen Blick in den Schrank geworfen, in dem Tante Cats Kleider nach wie vor auf Bügeln hingen. Also dachte ich mir, das wäre doch eine gute Aufgabe für Diana. Ich nahm den Puppenkoffer an mich und sah einige der Kartons durch – Kerzenhalter, Tischtücher und dergleichen von der alten Oma Beart. Das silberne Service stellte ich beiseite, weil ich mir vorstellen konnte, dass Pearls Tochter Carly es vielleicht eines Tages haben wollte. Ich schämte mich ein wenig, dass ich das Aussortieren nicht selbst übernahm, obwohl Tante Cat sicher angenommen hatte, ich wäre der Einzige, der genügend Geduld dafür aufbringen würde. Aber ich wusste, dass Diana für die Arbeit dankbar war, und langsam gingen mir die Ideen aus, was sie für mich erledigen konnte. Ich sagte ihr, sie sollte alles an Dokumenten und Fotoalben beiseitelegen, sich dann aussuchen, was sie vom Rest behalten wollte, und alles andere zur Wohlfahrt bringen.

Dienstags fuhr ich nach Pueblo, um sie abzuholen, und dann unterhielten wir uns auf der Fahrt zur Ranch – ich meist in der Rolle des Zuhörers – über unsere Kinder und Onkel Walts Gesundheitszustand und solche Sachen. Sie war keine unkomplizierte Frau, das merkte ich wohl, aber sie hatte so eine Art und Weise, Themen aufzugreifen, die mich normalerweise mit Sorge erfüllt hätten – zum Beispiel Onkel Walts Probleme, seine Beine zu bewegen, oder die Schwierigkeiten, die ihre Freundin in der alten Heimat hatte. Sie brachte diese Dinge ans Tageslicht und führte mir vor, was sie eigentlich waren: die alltäglichen Kalamitäten des Lebens, denen man sich stellen musste. Den Großteil der Woche hatte ich damit verbracht, mich darauf zu freuen, dass sie bald wiederkommen würde, und Gespräche geplant, die ich mit ihr führen konnte. Doch wenn dann der Dienstag kam, stellte ich fest, dass ich nichts zu sagen wusste – und freute mich dennoch an ihrer Gesellschaft.

Eines Tages, als ich Diana abholte, klagte sie über Zahnschmerzen, und als wir bei der Ranch ankamen, bereitete ihr der kranke Zahn echte Probleme. Ich besorgte ihr Schmerztabletten und etwas Eis, weil ich sah, dass ihre Wange anschwoll. Tante Cat hatte damals während ihrer Ausbildung zur Dentalhygienikerin gelernt, bei Wurzelbehandlungen zu assistieren. Ich erinnerte mich, dass sie gesagt hatte, ein schlimmer Zahn wird nicht von selbst besser, also entschied ich, Diana in die Stadt zu fahren, damit sie zum Arzt gehen konnte. Sie war nicht krankenversichert, aber ich sagte, um die Kosten solle sie sich keine Sorgen machen. Letzten Endes schickte man sie in die Zahnklinik nach Pueblo. Dort musste man lange warten, und obwohl ich die Krankenschwester immer wieder bat, man möge Diana so schnell wie möglich untersuchen, verbrachten wir doch fast den ganzen Tag im Wartezimmer der Notaufnahme. Es mag so klingen, als hätte ich kein Mitgefühl, doch das ist keineswegs der Fall, wenn ich sage, dass ich jeden Augenblick dieses Nachmittags genossen habe. Wir beide, Seite an Seite auf unseren Plastikstühlen. Ich fühlte mich – aus unerfindlichem Grund –, als gäbe es nichts, was mir auf dieser Welt fehlte.

Um ihr die Zeit zu vertreiben, erzählte ich davon, wie ich als kleiner Junge an Scharlach erkrankt war, was durch eine Allergie gegen Antibiotika kompliziert wurde, die eine beidseitige Lungenentzündung nach sich zog, und dass mein Cousin und meine Cousine ganz neidisch waren, weil ich in ein Krankenhaus in der großen Stadt verlegt wurde. Ich erzählte ihr von den runden Fenstern in der Wand, die sich in meinem Fieberwahn drehten und drehten, und dass die Schwestern ein Puppentheater für mich aufführten, mit einer dieser gestärkten, weißen Schwesternhauben als Schiffchen, und dass ich heute noch kein Boot besteigen kann, weil es das Schaukeln dieses Fieberwahns in mir wachruft.

Ich erzählte ihr von dem Tag, an dem mein Sohn geboren wurde, und dass es der glücklichste Tag meines Lebens war, und obwohl sie den Mund kaum öffnen konnte, vertraute sie mir im Gegenzug an, dass sie ihre Tochter unerwartet plötzlich bekommen hatte, in einem großen, sowjetischen Krankenhaus, dem es an Ärzten mangelte, und hätte nicht eine der anderen Hochschwangeren das Baby gerade noch rechtzeitig aufgefangen, wäre es vom Entbindungstisch auf den Boden gefallen.

Das alles ging mir auf dem Weg zum Medizinischen Archiv durch den Kopf, und es ist doch seltsam, zugeben zu müssen, dass ich in eben jenem Moment, in dem ich dem Geheimnis meiner Mutter näher kommen sollte als je zuvor, gar nicht an sie dachte. Ich wusste nicht, wo Diana geblieben war, nahm mir aber vor, es so bald wie möglich herauszufinden. Obwohl die Geschichte der Geburt ihrer Tochter in diesem sowjetischen Krankenhaus in gewisser Weise schlimm war, hatte sie beim Erzählen doch trotz aller Zahnschmerzen lachen müssen, und ich auch, als ich mir vorstellte, wie die kugelrunde Frau im Nachbarbett ausholte, um einen glitschigen, kleinen Menschen aufzufangen, der über den Rand des Entbindungstisches in die Welt hinauszurutschen drohte.

Im Medizinischen Archiv roch es leicht aseptisch, obwohl das auch Einbildung gewesen sein könnte. Das Gebäude war früher eine Grundschule gewesen. Zwischen den Regalen gab es einen Wasserspender für Sechsjährige, und darüber hingen alte Fotos von Krankenschwestern und Hebammen, die feierlich mit beunruhigenden Gerätschaften posierten.

Eine Dame hinter einem Schreibtisch sagte etwas zu mir, und als sie merkte, dass ich sie nicht verstand, fragte sie auf Englisch, wonach ich suchte.

»Ich würde gern eine Krankenakte aus dem Hôtel-Dieu einsehen«, sagte ich.

»Wie ist der Name?«, fragte sie, und ich buchstabierte ihn. Sie gab ein paar Befehle in ihren Computer ein, und ich wartete und überlegte, ob sie vielleicht Übersetzungen von Inga Bearts Büchern in der Schule gelesen hatte, ob sie mich fragen würde, wie es war, ihr Sohn zu sein, und was ich darauf antworten würde, falls sie es tat.

»Oh, ja, okay«, sagte sie. Sie fing an, eine Aktennummer zu notieren, dann hielt sie inne. »Ach, aber das ist 1954.«

»Das stimmt«, sagte ich.

»Dokumente nach 1939 dürfen nur den Patienten selbst ausgehändigt werden.«

»Na ja, aber sie war meine Mutter«, sagte ich. »Hier, da steht es.« Ich zeigte ihr meine Geburtsurkunde. Zum Glück hatte ich sie für solche Gelegenheiten dabei. Ich gab ihr auch meinen Reisepass, damit sie sicher sein konnte, dass ich auch derjenige war, der ich zu sein behauptete.

»Okay«, sagte sie. »Aber diese Dokumente dürfen nur der Patientin selbst ausgehändigt werden.«

»Aber sie ist tot«, sagte ich. »Sie ist 1954 gestorben.«

»Haben Sie ein Dokument, um das zu belegen?«

»Nein«, sagte ich. Ich hatte nicht daran gedacht, mir eine Kopie der Sterbeurkunde zu besorgen. »Sie starb, als ich noch ganz klein war, und erst später habe ich erfahren …«

»Ja, aber wir brauchen dieses Dokument. Vielleicht lebt sie noch, dann dürfen wir ihre Akte nicht herausgeben.«

»Sie lebt nicht mehr«, sagte ich. »Meine Mutter war Inga Beart, die Schriftstellerin. Sie war sehr berühmt und starb wenige Monate, nachdem die Krankenakte angelegt wurde, im November 1954.«

»Okay«, sagte sie. »Aber ich muss trotzdem den Nachweis ihres Todes sehen.«

»Es stand in allen Zeitungen«, sagte ich. »Die ganze Welt weiß es.«

»Bitte sprechen Sie etwas leiser. Die Leute lesen.«

»Die ganze Welt weiß es«, sagte ich leiser.

Die Frau tippte etwas anderes in ihren Computer. »Ich habe nachgesehen, aber wir haben keinen Beleg für den Tod Ihrer Mutter. Sie können nur Ihre eigene Akte einsehen. Es steht Ihnen nicht zu, etwas einzusehen, was ihr gehört.«

Da wurde mir bewusst, dass sie Recht hatte. Welchen Anspruch habe ich auf persönliche Informationen über eine Frau, der ich nur einmal begegnet bin? Genau das haben mir die Menschen mein Leben lang zu verstehen gegeben. Eine Weile stand ich nur da und starrte die Frau an, und ich war kurz davor, mich abzuwenden und zu gehen. Doch mit einem Mal sah ich die blaue Tür vor mir, eingerahmt vom Rand des Tischtuchs. Ich sah die Tasse fallen und in vier Teile zerbrechen, wie eine Blume aus Porzellan, als sie am Boden aufschlug. Ich sah die roten Schuhe und dass eine der Scherben meine Mutter gleich unter dem Knöchel getroffen hatte, wo sich ein kleiner Blutstropfen bildete, ohne herabzurinnen.

»Aber ich bin ihr Sohn«, sagte ich.

Ich sah die Naht, die den Riemen an Ort und Stelle hielt, die Schramme am Absatz. Ich sah, wie die schlanken Knochen sich unter der Haut bewegten, als sie aufstand, und wie die bläulichen Adern auf ihren Füßen hervortraten.

»Hören Sie«, sagte ich. »Ich habe den Beleg hier. Sie war meine Mutter.« Ich zeigte ihr noch einmal meine Geburtsurkunde.

»Ja, wenn Sie Ihre eigene Akte einsehen möchten, ist das okay«, sagte sie.

»Ich möchte die Akte meiner Mutter«, sagte ich.

»Sie können die Akte Ihrer Mutter nicht einsehen. Beart, Inga war 1954 im Hospital. Akten nach 1939 dürfen nur an den Patienten ausgegeben werden.«

»Ja, ich weiß«, sagte ich.

»Und möchten Sie Ihre Akte einsehen?«

»Welche Akte?«

»Für Beart, Richard.«

»Nein«, sagte ich. »Sie verstehen nicht. Ich bin Amerikaner. Ich habe hier keine Akte. Nur meine Mutter hat eine Akte, weil sie eine Weile in Paris gelebt hat, und ich … damals war ich nicht bei ihr.«

»Es muss Ihre sein«, sagte sie mit Blick auf meine Geburtsurkunde, dann auf den Bildschirm. »Akte für Beart, Richard im Hôtel-Dieu. Sie müssen nur dieses Formular hier ausfüllen, mit der Nummer des *fonds* oben drüber, okay? Ich helfe Ihnen dabei.«

»Nein, nein«, sagte ich.

»Möchten Sie die Akte nun einsehen oder nicht?«

»Das ist nicht meine«, sagte ich. »Richard Beart, der Name kommt öfter vor.«

Die Archivarin überlegte einen Moment und warf noch einen Blick auf meine Geburtsurkunde. »Ah, okay«, sagte sie. »Ja, dann muss das ein Irrtum sein, wenn Sie sagen, dass Sie gar nicht hier waren, aber hier steht, dass Ihr Geburtstag derselbe ist.«

»Ich war noch nie in Frankreich.«

Sie tippte noch etwas in ihren Computer. »Und außerdem ist auch der Tag der *Einlieferung* derselbe.«

»Welcher Tag?«, fragte ich.

»Es war der 10. August 1954, auch für Beart, Inga, ja?«

»Ja.«

»Und es ist derselbe für Beart, Richard. Ach, vielleicht gab es einen Unfall, und Sie wurden gemeinsam eingeliefert?«

»Nein, kein Unfall«, sagte ich.

»Oh ja, Sie haben Recht.«

»Woher wissen Sie das? Was steht da?«, fragte ich. »Würden Sie mir bitte vorlesen, was da genau auf dem Bildschirm steht?«

»Da steht ›Quarantäne‹, mehr nicht. *Quarantaine pédiatrique.*«

»Warum war sie in Quarantäne?«

»Nein, das ist für Beart, Richard. Für Beart, Inga steht da nichts mehr. Aber Quarantäne hat ein anderes Ordnungssystem. Ich kann hier sehen, dass die Akte für Beart, Richard aus einem separaten Register stammt. Eine Weile hatte die Kinderquarantäne ihre eigene Verwaltung …«

»Weshalb war er in Quarantäne?«, fragte ich.

»Nun, das darf ich nicht sagen«, sagte sie.

Ich erinnerte mich an das schwankende Krankenhaus, an Tante Cats kühle Hände an meinen Wangen und diese kleinen, runden Fenster wie Augen von Tieren, wie die Bullaugen eines Schiffes, mit Nieten an der Wand befestigt. »Lassen Sie mich die Akte einsehen«, sagte ich.

»Nein, wenn es nicht Ihre ist, dann dürfen Sie das nicht.«

Und als das Schaukeln nachließ, waren da die Schwestern mit ihren gestärkten, weißen Hauben, ein Riss in der Gipsdecke, mein Kopf wie taub vom Fieber konnte nicht verstehen, was sie sagten.

»Aber ich hatte Scharlach«, sagte ich.

»Ja, nur sind das Akten aus dem Hôtel-Dieu in Paris, und Sie sagen, Sie waren dort niemals Patient.«

»Aber ich hatte 1954 Scharlach.«

Die Archivarin betrachtete mich einen Moment, dann meine Geburtsurkunde und dann ihren Computer. Sie tippte mit dem Kuli an ihre Lippen. »Okay«, sagte sie und schrieb eine Zahl auf das Formular, das sie mir gegeben hatte. »Warten Sie hier.«

Ein paar Minuten später kam sie mit einer dünnen, blauen Akte wieder und führte mich in einen abgetrennten Raum, wo ich mir die Unterlagen ansehen konnte. »Bitte die Dokumente nicht fotografieren«, sagte sie. »Gestattet sind nur offizielle Fotokopien, und für die ist eine Gebühr zu entrichten.«

»Danke«, sagte ich. Sie ging hinaus und schloss die Tür.

Die Akte war mit der klobigen, etwas ungleichmäßigen Type einer alten Schreibmaschine versehen, der Nachname in Blockbuchstaben, so wie in Frankreich üblich. Einen Moment lang sah ich ihn mir nur an und dachte, wie seltsam der eigene Name einem doch erscheint, je länger man ihn betrachtet. Ich war um die halbe Welt gereist, doch diesen Namen hatte ich hier nicht erwartet.

»Hallo, du«, sagte ich zu dem kleinen BEART, *Richard* – doch als ich die Akte aufschlug, traf ich zuallererst auf meine Tante

Cat, in Form ihrer Handschrift auf dem Einlieferungsformular. Sie hatte es eilig gehabt, und die geschwungene, elegante Schrift, die immer femininer wirkte als alles andere an ihr, neigte sich in Panik, sodass die Worte ineinander übergingen, als hätte sie keine Zeit dafür gehabt, den Stift anzuheben. Doch der Kringel am *R* meines Vornamens, die rundlichen Ziffern meines Geburtsdatums ließen keinen Zweifel zu. Das Formular war auf Französisch. Die meisten Felder hatte sie frei gelassen und oben drüber SCHÜTTELFROST, HAUTAUSSCHLAG, WEISSE ZUNGE geschrieben und ALLERGISCH GEGEN AMOXICILLIN*!!!* doppelt unterstrichen. Ich blätterte um.

Ich bin der Frau im Medizinischen Archiv wirklich dankbar und habe mir vorgenommen, ihr eine Schachtel Pralinen zu schicken, sobald ich wieder zu Hause bin. Die Karte werde ich eher allgemein halten. Ich möchte ja nicht, dass einer ihrer Vorgesetzten auf diesem Wege erfährt, dass sie sich nicht an die Vorschriften gehalten hat. Als ich wieder vor ihrem Schreibtisch stand, um sie um Hilfe zu bitten, hat sie mir unmissverständlich erklärt, Archivare seien keineswegs für Übersetzungen zuständig. Vielleicht habe ich genügend Druck gemacht, oder vielleicht lag auch etwas in meinem Gesichtsausdruck, dem sie entnahm, dass meine Welt und alles, was ich bis zu diesem Zeitpunkt geglaubt hatte, daran hing, was in dieser Akte stand. Sie seufzte, stellte ein Schild auf ihren Tisch und folgte mir in den kleinen Leseraum.

Wenn ich an meine Tante Cat denke, kommt mir oft eine ganz bestimmte Erinnerung. Zu gern hätte ich die Geschichte auf ihrer Beerdigung erzählt, aber wer Tante Cat nicht näher gekannt hatte, wäre vermutlich etwas verwundert gewesen. Ich war noch ein kleiner Junge, als eines Tages einer der Männer, die auf der Farm arbeiteten, während des Abendessens hereinkam und meinte, da läge ein verletzter Hund draußen auf dem Highway, und irgendwer sollte ihn erschießen. In unserer Familie wurde stillschweigend davon ausgegangen, dass Tante Cat so etwas regelte. Sie stieg in ihre Stiefel und klopfte Eddie auf die Schulter, denn der war totenbleich geworden, weil er vermutete, dass es Goodboy war, der immer den Autoreifen nachjagte. Sie holte Onkel Walts Gewehr aus dem Schrank und ging mit dem Mann hinaus. Eddie weinte das ganze Abendessen hindurch, aber ich wusste, dass der Hund im Grunde Glück hatte, dass Tante Cat es tat. Vielleicht war das keine große Sache, und doch hätte ich gern davon erzählt, als wir sie zu Grabe trugen: Mit ruhiger Hand hatte Tante Cat damals getan, was getan werden musste.

Und auch jetzt denke ich an die ruhige Hand meiner Tante Cat, wenn ich mir vorstelle, wie sie mich zu dieser blauen Tür führt und dann in ein Zimmer, in dem ein Tisch mit einer Spitzendecke steht. Vermutlich hielt sie mich bei meiner heißen Hand. In der Akte stand, sie hätte meine Temperatur kontrolliert und den Ärzten erklärt, ich sei schon einige Tage vor unserer Ankunft in Le Havre leicht fiebrig gewesen – allerdings hatte sie geglaubt, ich sei seekrank, weil ich während der Überfahrt die meiste Zeit im Bett geblieben war. Sie wollte gleich nach unserer Ankunft mit mir einen Arzt aufsuchen, aber vermutlich hatte die Comtesse darauf bestanden, dass ich direkt nach Paris gebracht wurde, wo ich mich – wie Tante Cat den Ärzten berichtete – in einem Kaufhaus übergeben musste. Der Krankenakte war nicht zu entnehmen, was ich in diesem Kaufhaus machte, aber wahrscheinlich hatte die Comtesse etwas damit zu tun. Möglicherweise kleidete sie mich für das Treffen mit meiner Mutter neu ein. Dort war es auch gewesen, wo ich unter einem Schild voller Glühbirnen gestanden hatte, über dem der Himmel aufragte, benommen von den vielen Menschen und dem Fieber – wo ich aufblickte und mein Universum sah.

Im Laufe der folgenden Tage erfuhr ich aus der Krankenakte und den Unterlagen der Comtesse, dass verschiedene Spezialisten eine neue psychotherapeutische Technik namens »Emotionale Schocktherapie« für die angemessene Methode hielten, um Inga Beart von ihren hartnäckigsten Dämonen zu befreien. Man wollte sie mit aller Gewalt kurieren, wenn auch nicht per Stromschlag, wie es damals Mode war, sondern durch den Anblick ihres eigenen und zu diesem Zeitpunkt puterroten Kindes. Und da die Comtesse keine Kosten scheute, bot sie an, für meine und Tante Cats Reise aufzukommen, den ganzen Weg bis nach Paris.

Ich frage mich, ob Tante Cat – als sie mich mehr oder weniger die Treppe zur Wohnung ihrer Schwester hinauftrug – hoffte, dass die Comtesse und die Spezialisten zu Recht annahmen, meine unnatürlich roten Wangen, der neue Matrosenanzug und die beruhigende Wirkung des Fiebers würden dazu beitragen, dass Inga Beart mich liebte oder zumindest bei sich behielt. Ob Tante Cat vor der blauen Tür gestanden und gehofft hatte, dass sie allein an Bord des Schiffes zurück nach Amerika gehen würde, zurück zu einem Ehemann und zwei kleinen Kindern, die auch so schon schwer genug zu bändigen waren.

Was genau als Nächstes passiert ist, wird man wohl nie erfahren. Selbst nachdem ich Inga Bearts Nachlassverwalter dazu bewegen konnte, mir eine Kopie ihrer Sterbeurkunde per Express-Sendung zu schicken, und die Angaben in der Krankenakte meiner Mutter von einer professionellen Agentur übersetzt wurden, die mir die Archivarin empfohlen hatte, weist die Geschichte doch noch immer Lücken auf, die wohl nie zu schließen sind. Da Inga Beart, Tante Cat und die Comtesse Labat-Poussin allesamt tot sind, bin ich der letzte noch lebende Zeuge, und ich kann mich an diesen Nachmittag kaum noch erinnern, nur an die blaue Tür, die zerspringende Tasse, die Schuhe meiner Mutter und diesen – war es das wirklich? – Blutstropfen an ihrem Knöchel.

Ich weiß nicht, ob meine Mutter versucht hat, sich die Augen zuzuhalten oder wegzulaufen, oder ob die Comtesse sie festgehalten oder ihr die Tür versperrt hat, aber es wäre sicher unfair, einer Frau Grausamkeit vorzuwerfen, die allem Anschein nach nur Inga Bearts Bestes im Sinn hatte. In der Krankenakte meiner Mutter steht lediglich, Inga Beart habe die Comtesse beschworen, sie nicht zu zwingen, sich ihr Kind anzusehen. Es kam zu einem Streit zwischen den beiden – nach Aussage »der Schwester«, die dem Arzt in der Notaufnahme die ganze Geschichte erzählt hatte. Irgendwann hat Inga Beart Tante Cat offenbar angefleht – wobei sie Anzeichen »akuter Panik« zeigte, wie der Arzt sich ausdrückte – und gesagt, sie wolle »nicht sehen, was passieren würde« – vielleicht ein Hinweis darauf, dass sie spürte, wie gefährlich nah sie einem totalen Kontrollverlust war. Dennoch brachte man sie irgendwie dazu, die Hände vom Gesicht zu nehmen und sich mir zuzuwenden.

Ich nehme an, dass Tante Cat mich unter den Tisch gestoßen hat, als Inga Beart nach dem Messer griff, weil sie vermutlich dachte, meine Mutter wollte es gegen mich richten. Laut Krankenakte handelte es sich um ein kleines Küchenmesser mit gebogener Klinge, wie man es zum Obstschneiden verwendet. Vielleicht lag es an diesem Morgen noch auf dem Tisch, weil meine Mutter dort gefrühstückt hatte. Vielleicht war sie, als es an der Tür klingelte, gerade dabei, die Haut von einem Pfirsich zu schälen. Ich weiß, dass die Comtesse kurz darauf in Ohnmacht fiel, und es war Tante Cat, die ihrer Schwester ein Handtuch aufs Gesicht drückte und – vermutlich mit Hilfe eines Nachbarn – einen Krankenwagen rief, der die beiden – und mich – zum Hôtel-Dieu brachte, wo es nicht lange dauerte, bis jemandem auffiel, dass meine Rötung nicht allein dem Schock zuzuschreiben sein konnte. Der Akte nach hatte ich hohes Fieber – 41,7° –, was für ein fünfjähriges Kind lebensbedrohlich ist. Man packte mich in Eis. Vermutlich machte man Tante Cat schwere Vorhaltungen, weil sie ein hochansteckendes Kind quer durchs Land geschleift hatte, und verbot ihr, mein Zimmer zu betreten. Nach Aussage einer Krankenschwester hielt sie sich jedoch nicht an dieses Verbot. Sie blieb bei mir und ließ mich nicht aus den Augen, während ich mich von rot über weiß zu blau färbte, bis das Fieber nachließ und man mich aus dem Eis wickelte – und dann wieder von blau über weiß zu rot, als das Fieber erneut aufflammte.

»Glaub nicht, dass du schuld daran bist, Ricky, so darfst du nicht denken«, hatte Tante Cat gesagt, als sie damals an diesem Zaun stand, ihr Ärmel im Maschendraht verhakt, an jenem Tag, an dem ich wütend vom College nach Hause kam, nachdem ich von dem grausamen Akt der Selbstzerstörung erfahren hatte, der dem Tod meiner Mutter vorausgegangen war. Ich erinnere mich an ihre Worte, weil ich später, als ich mir unser Gespräch noch einmal durch den Kopf gehen ließ, zu dem Schluss gekommen war, dass Tante Cat mir eigentlich nur erklären wollte, warum meine Mutter mich als kleines Kind verlassen hatte, vor so vielen Jahren.

Außerdem hatte Tante Cat an diesem Tag noch etwas Seltsames gesagt, dem ich zugegebenermaßen keine große Aufmerksamkeit schenkte, bis ich im Medizinischen Archiv meinen Namen auf einem französischen Krankenhausformular fand. Ich hatte gesagt: »Dachtest du etwa, ich würde es nie rausfinden?«, womit ich meinte, dass ich doch früher oder später von der tödlichen Nebenhöhleninfektion meiner Mutter erfahren würde. Tante Cat schien die Frage missverstanden zu haben und sagte so etwas wie: »Aber du hast fantasiert. Du hattest so hohes Fieber, dass man mir versichert hat, du würdest dich an nichts erinnern.« Sie hatte ihre Hände auf meine Schultern gelegt und tief Luft geholt, aber ich hatte mich von ihr losgerissen.

»Ich fantasiere nicht«, hatte ich gesagt und sie selbst missverstanden.

Und dann, als sie wohl merkte, dass ich vielleicht doch nicht so viel wusste, wie sie anfangs angenommen hatte, dass sich keineswegs eine fiebrige Erinnerung in mir Bahn gebrochen hatte, atmete Tante Cat aus und sagte: »Nun, so etwas erzählt man einem Kind nicht.« Sie kniff die Mundwinkel zusammen und machte sich wieder an den Maschendraht. Das war vermutlich das letzte und längste Gespräch, das wir je über meine Mutter geführt haben.

Natürlich musste ich nach allem, was ich im Medizinischen Archiv erfahren hatte, manches überdenken und Gespräche von vor dreißig, vierzig Jahren umdeuten. Und da ich die letzten Tage meines Aufenthalts in Paris damit zugebracht habe herumzulaufen, Dokumente übersetzen zu lassen und Kopien anzufertigen, fällt mir erst jetzt auf meinem Rückflug wieder ein, was mein Onkel Walt gesagt hat, kurz bevor er starb.

Es wäre mir vielleicht gar nicht in den Sinn gekommen, wenn ich nicht den Fensterplatz neben einem netten, jungen Pärchen aus der Pariser Vorstadt hätte. Die beiden haben mir in fehlerfreiem Englisch erzählt, dass sie zum ersten Mal gemeinsam Urlaub machen. Sie wollen nach New York, um sich das Rockefeller Center anzusehen, und dann zu den Niagarafällen. Ich habe mich zurückgelehnt, damit die beiden ihre Heimatstadt von der Luft aus sehen konnten, als wir im Bogen über Paris hinwegflogen und nach links ausscherten. Von allen Menschen auf der Welt, an die mich dieses Pärchen erinnern könnte, fallen mir zuallererst Cat und Walt ein, die auch einmal jung waren und verliebt Händchen hielten.

Inzwischen sind sie eingeschlafen, mit der unbequemen Armlehne zwischen sich. Der Kopf des Mädchens lehnt an der Schulter des jungen Mannes, seine Wange an ihrer Stirn, und da wird mir klar, dass Onkel Walt natürlich Tante Cat und keineswegs meine Mutter gemeint hatte, als er im Sterben lag. In diesen letzten Augenblicken, als die Krankenschwester den Monitor leise stellte und sich der Schleier zum Jenseits hob, hatte Walt zweifellos Cat vor sich gesehen.

»Nimm es ihr nicht übel«, hatte er zu mir gesagt, und jetzt begreife ich, dass sein Blick dorthin ging, wo Tante Cat ihn bereits erwartete, und er sich dachte, dass jetzt die letzte Gelegenheit wäre, etwas klarzustellen.

Und zu ihr sagte er: »Du wolltest ihn nicht nach Paris bringen.« Dabei sprach mein Onkel Walt nicht vom Verlassen, sondern eher von Liebe: Tante Cat wollte mich nicht an meine Mutter abgeben. Trotz all der Mühe, die sie mit mir hatte, wollte meine Tante Cat mich bei sich behalten. Und bevor er diese Erde verließ, wollte Onkel Walt unbedingt, dass ich das wusste.

Und sollte ich damit richtig liegen, dann fügt sich langsam alles zusammen. Meine Erinnerung an die Schuhe meiner Mutter ist deutlicher, als sie sein sollte, weil ich sie gesehen habe, als Inga Beart bereits in Paris war. Ich war fünf, nicht drei. Und es war nicht Tante Cats Küchentisch, unter dem ich mich versteckt hatte, natürlich nicht: Das Tischtuch war aus Spitze. Was Bristol und alle anderen sagen, stimmt: Meine Mutter hat mich nie besucht.

Möglicherweise liegt es nur an dem schier endlosen Sonnenaufgang, weil wir mit der Sonne von Ost nach West fliegen und ich noch nie Gelegenheit hatte, mir den Beginn eines neuen Tages so lange anzusehen, oder vielleicht liegt es auch an dem ungewohnten Ausblick auf die Wolken. Es kommt nicht oft vor, dass man die Welt von hier oben sieht. Aber es scheint mir ein angemessener Ort, um alte Vorstellungen aufzugeben.

Ich stelle mir ein Ferngespräch aus Paris vor, bei dem die Comtesse auf Tante Cat einredete und ihr erklärte, der Junge müsse bei seiner Mutter sein. Am Ende willigte Tante Cat ein, mich auf der langen Reise nach Paris zu begleiten. Und als alles vorbei war und wir gemeinsam wieder an Bord des Schiffes nach Amerika gingen, mochte Tante Cat vielleicht für einen Augenblick vergessen haben, dass sie mich weiter durchfüttern musste. Vielleicht hat sie sich sogar ein bisschen darüber gefreut, dass der Plan der Comtesse derart fehlgeschlagen war und sie mich bei sich behalten durfte.

Was mit den roten Schuhen passiert ist, werde ich wohl nie erfahren. Vermutlich hat man sie meiner Mutter schon abgenommen, bevor sie ins Krankenhaus eingeliefert wurde. Neben den Augenverletzungen, von denen einem auch ohne große Kenntnisse des Französischen übel werden kann, ist den ärztlichen Unterlagen zu entnehmen, dass Inga Beart außerdem wegen einer Schrägfraktur des fünften Mittelfußknochens behandelt wurde: ein gebrochener kleiner Zeh. Solch ein Bruch entsteht in den meisten Fällen, wenn der Zeh auf eine Axialkraft trifft, zum Beispiel wenn er gegen eine Stufe oder einen Kantstein stößt. Diese Verletzung deutet darauf hin, dass der Zeh grob abgespreizt wurde, was eigentlich nur barfuß passieren kann. Möglicherweise hat man Inga Beart die Schuhe im Krankenwagen ausgezogen, doch meiner Meinung nach war es doch eher Tante Cat, bevor sie sich darangemacht hatte, ihre Schwester die Treppe hinunterzuschaffen, und so blieben die Schuhe auf dem Boden ihrer Wohnung liegen.

Ohne den geringsten Beweis für meine Annahme stelle ich mir doch vor, wie die Comtesse kurz darauf zu sich kam, vielleicht wegen der Sirenen draußen auf der Straße. Als sie merkte, dass sie ganz allein in Ingas Wohnung war, die Polizei und Reporter zweifellos als Tatort eines bizarren, grausamen Dramas deuten würden, hatte sie sich vermutlich still und leise davongemacht. Zugleich jedoch war die Comtesse eine Frau, die selbst die Entwürfe ihrer Liebesbriefe aufbewahrte. Sie hatte die Nachwelt im Blick. Und so hob sie auf ihrem Weg hinaus vielleicht die roten Schuhe vom Boden auf und behielt sie – für ihre Sammlung. Doch noch während ich mir vorstelle, wie die Comtesse über den Hof eilte, mit den Schuhen meiner Mutter in ihrer Handtasche, kann ich es ihr kaum verdenken. Ich habe mich an diese roten Schuhe geklammert, weil sie meine einzige Erinnerung an Inga Beart waren, warum also sollte die Comtesse nicht glauben, sie hätte dasselbe Recht? Da Tante Cat eher praktisch veranlagt war und in dem Moment ganz andere Sorgen hatte, waren ihr diese Schuhe vermutlich egal gewesen, und die Gaffer und Plünderer, die bald darauf eintreffen würden, hatten sie gewiss nicht verdient. Bei der Comtesse und auch bei mir war das etwas anderes. Uns war zu Lebzeiten ein leuchtendes, ein seltenes Wesen begegnet. Ich schätze, wir wollten wohl beide ein Souvenir.

Ich habe mich noch nicht endgültig entschieden, was ich mit den Informationen aus diesen Krankenakten anfangen will. Mit einem Artikel im *American Literary Review* oder einer der anderen Zeitschriften könnte ich eine ziemliche Sensation auslösen – ein brandneues Kapitel im Leben der Inga Beart.

Das Wissen um den Besuch ihrer Schwester, um den Plan der Comtesse und darum, wessen Anblick meine Mutter nicht ertragen konnte, würde der Diskussion darüber, weshalb sie sich geblendet hatte, eine neue Ebene hinzufügen. Vor allem würde es Carter Bristols Theorie widerlegen. Angesichts einer Szene, wie sie sich in Inga Bearts Pariser Wohnung abgespielt hatte, würde Bristol kaum noch behaupten können, dass Inga Beart kein Interesse an ihrem Kind gehabt hatte, dass sie pathologisch gefühlskalt war.

Andererseits bin ich mir nicht sicher, ob ich die Geheimnisse meiner Mutter in die Welt hinausposaunen möchte. Bristol und die anderen werden zu dem Schluss kommen, dass es sich bei dem, was meine Mutter für mich empfunden haben mochte, mitnichten um mütterliche Zuneigung handelte. Eine Frau, die den Anblick ihres eigenen Kindes nicht ertragen konnte – so würde Bristol es formulieren. Er würde sagen, sie hätte sich in Panik die Augen ausgestochen, nachdem man sie gezwungen hatte, mich anzusehen. Vielleicht sollte ich diese Dokumente lieber weiterhin im Archiv der *Assistance Publique-Hôpitaux de Paris* Staub ansetzen lassen und meinen Mund halten.

Es gibt nur einen, dem ich davon erzählen werde. Schließlich ist es ebenso Neils Geschichte wie meine, denn immerhin ist er ihr Enkelkind. Ich werde ihn anrufen, sobald ich zu Hause bin, und ihm mitteilen, was ich herausgefunden habe. Er hat Sinn für solche Sachen, und ich möchte gern hören, was er dazu sagt. Wie ich mich kenne, werde ich jedoch die wichtigen Punkte durcheinanderbringen, ich werde vergessen, ihm zu erzählen, wie es kam, dass ich durch Zufall die Akte der *Hirondelle* aufschlug, oder dass ich an ihn denken musste, als ich die jungen Leute an der Seine sitzen sah. Schon immer habe ich Worte geliebt, aber wenn es darauf ankam, war ich nie gut damit. Bestimmt versteht er mich falsch, wenn ich ihm zu sagen versuche, dass er hoffentlich nie alte Dokumente und Erinnerungsfetzen zusammenstückeln muss, um herauszufinden, ob er seinem Vater etwas bedeutet hat.

Der Kapitän sagt, wir erleben leichte Turbulenzen über Nova Scotia, und mein Tomatensaft kräuselt sich in seinem Plastikbecher. Ich werde meine Notizen zu Hause abtippen, um sie Neil zu geben, sobald ich ihn wiedersehe. Ich bin öfter abgeschweift als beabsichtigt, und alle möglichen Ergänzungen haben sich eingeschlichen. Was Inga Beart und das angeht, was tatsächlich vorgefallen ist, an diesem Tag im August vor gut einem halben Jahrhundert, wird Neil seine eigenen Schlussfolgerungen ziehen müssen.

Wenn man mich fragte, so glaube ich, dass meine Mutter sich geblendet hat, bevor sie mich zu sehen bekam, denn schon bei meiner Geburt im Krankenhaus von Santa Fe hatte sie sich von mir abgewandt, genau wie in Paris. Offenbar wollte sie es so. Und wenn das stimmt und Inga Beart sich tatsächlich lieber die Augen ausgestochen hat, als meinen Anblick zu ertragen, dann wird dennoch in nicht allzu ferner Zukunft der Tag kommen, an dem ich für mich die Entscheidung treffe, dass sie dafür einen guten Grund gehabt haben muss. Vielleicht werde ich draußen in unserem alten Pick-up sitzen, mit Blick auf den Teich, und darüber nachdenken, wie meine Tante Cat mich – fünf Jahre alt und rot vor Fieber – unter den Tisch stieß, als sie sah, was gleich geschehen würde, und wie meine kindliche Wahrnehmung sich nicht auf die Schreie und das Blut richtete, sondern auf die Schuhe meiner Mutter und die Porzellantasse, die zu Boden fiel. Manch einer wird annehmen, es sei Scham gewesen, verwandelt in so etwas wie manische Abscheu, die Inga Beart dazu bewegte, sich lieber zu blenden, als ihrem Kind in die Augen zu blicken oder ein Gesicht zu sehen, das ihre Nase hatte oder – wie man mir sagte – etwas von ihrem Lächeln. Sei's drum. Eines Tages, wenn ich über die Rohrkolben hinausblicke oder unten am Ufer unseres Teiches stehe, werde vielleicht auch ich in der Lage sein, mir auszusuchen, was ich sehen möchte und was nicht.

Es heißt, nachdem sie nicht mehr sehen konnte, sei Inga Beart in ihren letzten Monaten glücklich gewesen. Eines Tages werden die Experten vielleicht noch einmal einen Blick auf das werfen, was sie gesagt hat, bevor sie starb, angefangen mit diesem Interview, das sie einem Reporter gab, nachdem sie in ein Pariser Krankenhaus für Blinde verlegt worden war. Sie erklärte ihm, sie habe genug vom Lesen. Oder vielleicht findet irgendjemand den Bericht, den der Schiffsarzt während der Rückreise nach New York etwa einen Monat später, im Oktober 1954, verfasst hat, und überdenkt, was dieser darin schreibt: Inga Bearts Wunden hatten sich auf dem Schiff entzündet, und als sie dort auf fieberfeuchten Laken lag, das Gesicht noch bandagiert, schrieb sie unzählige Worte an die Wand neben ihrem Kopf. Nach Aussage des Arztes, der sich später einem Reporter gegenüber äußerte, litt sie offenbar unter Halluzinationen. Er sagte, es sei nur schwer zu entziffern gewesen – irgendwas von mit Tinte beschrifteten Körpern und dass die Blindheit verhinderte, dass sie etwas sah, was sie lieber nicht sehen wollte. In New York wurde dann festgestellt, dass die Entzündung inzwischen auf das Gehirn übergegangen war, und schon deshalb nahm man nichts davon ernst. Vielleicht würde eines Tages ein junger Doktorand die These vertreten, dass für Inga Beart – die einmal gesagt hatte, sie fühle sich gefangen in ihrem Leben als Schriftstellerin – allein die Blindheit einen Ausweg bot.

Doch werden noch viele andere Artikel zu verfassen sein, und vielleicht finden die Gelehrten nie die Zeit dafür. Vielleicht werde ich als einziger Zeuge, der sich darum noch Gedanken machen kann, zu dem Schluss kommen, dass ich das Rätsel selbst lösen muss. Sobald ich wieder zu Hause bin, werde ich zum Teich hinuntergehen, um nachzusehen, wie viel Wasser in der Zwischenzeit versickert und verdunstet ist. Und dann setze ich mich eine Weile hin und lasse mir alles noch einmal durch den Kopf gehen: Meine Mutter wollte lieber in Finsternis leben, als mich anzusehen. Ich werde abschätzen, wie breit der Ring von rissigem, ausgetrocknetem Matsch sein mag, wo sich das Wasser zurückgezogen hat, und da wird mir ein Gedanke kommen, die perfekte Erklärung. Ich weiß nur noch nicht, wie sie aussehen wird, aber ich habe ja Zeit. Der Regen wird kommen, der Teich wird sich wieder füllen, und eines Tages werde ich eine Möglichkeit finden, ihre Tat als einen Akt der Liebe zu betrachten, doch wird mir niemand glauben.

MAGDALENA

Santiago de Compostela, Juli

Die Pilger hatten ihr Ziel erreicht, doch vom Meer war weit und breit nichts zu sehen. Die Wanderung endete in der Stadt Santiago de Compostela vor einer großen Kirche. Alle anderen lagen sich in den Armen oder beteten oder suchten nach einer Möglichkeit, ihre Handys aufzuladen, doch Magdalena stand verloren zwischen zahllosen Souvenirbuden, die Jakobsmuscheln anboten, und überlegte, ob sie vielleicht etwas missverstanden hatte.

»Wo ist der Ort, wo Leichen tauchen auf aus Meer?«, fragte sie erst Rachel, dann Brit und Olaf. Sie wussten es nicht. Eine philippinische Nonne aus einer anderen Gruppe erklärte ihr, wenn sie dorthin wolle, wo der heilige Jakob in Muscheln gehüllt ans Ufer gespült worden war, müsse sie auf dem *Camino a Fisterra* weiterwandern, der alten Pilgerroute zum Ort Finisterre. Einige Leute wollten am nächsten Morgen gemeinsam dorthin aufbrechen.

Rachel blieb in Santiago, betete in der Kathedrale des Heiligen, er möge ihr die Sünden vergeben. Magdalena brachte es nicht übers Herz, sie darauf hinzuweisen, dass diese Sünden, soweit sie sehen konnte, immer noch da waren. Brit und Olaf wollten mit Magdalena weiterwandern, und gemeinsam schlossen sie sich der philippinischen Nonne, einem deutschen Pärchen und Pater Malloy an, einem verurteilten Straftäter aus Londonderry, der meinte, wenn er schon gegen seine Bewährungsauflagen verstieß, könne er den Weg ebenso gut bis zum Ende gehen.

Sie brachen auf, als es gerade hell wurde, hielten sich gen Westen. Olaf hatte einen Kompass an seinem Wanderstock und nannte im Gehen die Himmelsrichtung, in die sie liefen – *West-Nord-West, West-West-Nord-West, West.*

Unterwegs fing Pater Malloy an zu erzählen. Er sei eigentlich nicht kriminell, sagte er. In einem anderen Leben wäre er vielleicht Philosoph geworden, doch zu seiner Zeit gab es kein Entrinnen vor der Politik, und er war dabei erwischt worden, wie er Waffen für die IRA geschmuggelt hatte. Im Gefängnis war er ein derart vorbildlicher Häftling gewesen, dass die Wärter ihn hin und wieder raus in die Sümpfe fuhren und dort mit einer Tüte Chips und einer Regenplane aussetzten, damit die Spürhunde im Training blieben. Meist lief Pater Malloy ein Stück weit, dann suchte er ein trockenes Plätzchen, um sich niederzulassen, ein wenig in der Zeitung zu lesen und zu warten, bis man ihn gefunden hatte. Nur Magdalena glaubte Pater Malloys Geschichten. Die meisten davon standen genau so auf seinen Armen, zwischen den selbst gestochenen Tätowierungen.

Priester war er über einen Fernkurs im Gefängnis geworden, und anfangs nahm kaum jemand an den Messen teil, die er auf dem Hof abhielt. Schon bald jedoch kamen andere Häftlinge zu ihm, um zu beichten oder gesalbt zu werden oder Weihwasser auf handgeschriebene Gesuche gesprenkelt zu bekommen.

Im Gefängnis hatte Pater Malloy auch vom Jakobsweg erfahren, und während die Gruppe durch kleine Ortschaften wanderte, in denen dickbeinige Frauen ausdruckslos in Hauseingängen standen und Flechten die Gemäuer alter Ruinen fraßen, erzählte er ihnen von den Büchern, die er aus der Gefängnisbücherei entliehen hatte. Wer nicht zu Lebzeiten nach Finisterre pilgerte, so hieß es, der müsse es nach seinem Tod tun, wobei die Seele täglich nie weiter als eine Sargeslänge vorankam.

»Seht her«, sagte er und deutete auf die schwachen Umrisse eines Kreuzes, das dort in den Stein geritzt war. Die Kreuzfahrer waren diesem Weg gefolgt und hatten ihn mit dem Zeichen des Kreuzes gekennzeichnet. Es gab sogar eine himmlische Entsprechung für die Pilgerfahrt. Das Sternenband, das wir Milchstraße nennen, hieß im Mittelalter Jakobsstraße, weil es die Pilger aus dem Norden nach Spanien führte und weil die Sterne selbst angeblich den Weg pflasterten, den der heilige Jakob genommen hatte, als er vom Himmel herabgestiegen war, um den Christen im Kampf gegen die Mauren beizustehen.

Pater Malloy redete, Brit und Olaf und das deutsche Pärchen fotografierten, und als sie eine Rast einlegten, verteilte Brit Müsliriegel. Im Gehen rupfte Magdalena gelbe Blüten von den Büschen am Wegesrand, rollte deren Blätter zwischen den Fingern und zählte ihre Schritte, wie es laut Pater Malloy auch die mittelalterlichen Wanderer getan hatten. Der Pilgerstab half ihnen, gleichmäßige Schritte zu machen und so die Länge ihrer Reise zu berechnen.

Sie brauchten drei Tage von Santiago bis Finisterre. Die Straßen waren fast menschenleer, und es gab auch weniger Pilgerunterkünfte. Jeden Tag liefen sie weiter als am Tag zuvor, auf der Suche nach einer Schlafstatt. Pater Malloy kaufte Olivenöl und salbte allen die schmerzenden Füße.

Am Nachmittag des zweiten Tages sahen sie das Meer, noch weit in der Ferne. Pater Malloy kletterte auf einen Felsen und taufte diesen auf den Namen »Montjoie«, so wie mittelalterliche Pilger die Hügel nannten, von denen aus sie zum ersten Mal einen heiligen Ort erblickten.

Sie liefen schneller, schmeckten schon das Salz in der Luft. Als sie den Ozean erreichten, bäumte sich der Kontinent auf. Die letzten Kilometer des Weges führten auf eine schmale Halbinsel, wo sich das Land gegen das Meer stemmte. Keiner sprach. Es ging bergan.

Ein steinernes Kreuz markierte den Punkt, an dem der Weg endete, und überall sah man die Reste von kleinen Feuern, in denen die Pilger ihre Stiefel verbrannt hatten. Pater Malloy sagte, lange bevor die Christen Finisterre für sich beansprucht hätten, sei es ein Ort heidnischer Verehrung gewesen, der westlichste Punkt der bekannten Welt. Jenseits des Horizontes lag das Land ewiger Jugend, der Ort, an dem die Sonne umkehrte. Als die Römer etwa ein Jahrhundert vor Christi Geburt hier eintrafen, standen sie auf eben diesem Felsen, sahen die Sonne im Meer versinken und nannten den Ort »Ende der Welt«.

Das deutsche Pärchen fotografierte den Ozean. Magdalena stellte den Schuhkarton auf den Boden, die anderen legten ihre Rucksäcke ab und kletterten die Felsen hinunter zu einem kleinen Sendemast, an dem Kleidungsstücke hingen. Alte Hemden und durchgelaufene Socken flatterten wie Fahnen im Wind, manche davon neuer, andere ausgefranst. Brit und Olaf hängten ihre Parkas daran, Pater Malloy ließ seine Kniestütze dort, und die philippinische Nonne holte einen alten Filzhut hervor, von dem niemand gewusst hatte, dass sie ihn bei sich trug. Mit Sicherheitsnadeln befestigte sie ihn an den Metallstreben.

Das Meer lag weit unter ihnen. Wellen schlugen an die Felsen, und zwischen den Klippen hatte sich alles Mögliche verfangen. Ganze Bäume, Schiffsplanken und Plastiktonnen sammelten sich dort, rieben sich in den aufgeschäumten Fluten rund.

»Wo ist die Stelle, wo Leichen antreiben?«, fragte Magdalena Pater Malloy. Er wusste es nicht genau, und nachdem sich alle hatten fotografieren lassen, nahmen sie ihre Rucksäcke wieder auf und folgten dem Pfad zurück zu der Ortschaft Finisterre, vorbei an der Statue der Jungfrau, der angeblich echte Fingernägel wuchsen und die gelegentlich schwitzte. Schilder wiesen ihnen den Weg zum Hafen und dann einen alten Pilgerweg entlang, bis sie zu einer Stelle kamen, an der das Land seinen Kampf gegen das Meer vergessen zu haben schien. Stattdessen neigte es sich ihm zu und schuf einen breiten Sandstrand.

Unten am Wasser wateten sie alle geradewegs hinein, ohne vorher Schuhe und Strümpfe auszuziehen. Und als ihre heißen, geschwollenen Füße gekühlt waren und sie sich so leicht fühlten wie seit Tagen nicht, trotz ihrer klatschnassen Kleider, machten sie sich auf den Weg zu einer kleinen Strandbar, denn die Norweger hatten versprochen, Paella für alle zu spendieren.

Magdalena blieb im Wasser stehen und sagte winkend, sie käme nach. Ihre Füße waren voller Blasen, und nichts hatte sich auf ihrer Haut jemals so gut angefühlt wie das Meer. Sie hielt den Schuhkarton über ihrem Kopf, damit er nicht aufweichte, dann merkte sie, wie dumm das war – was machte es schon, wenn er ein bisschen nass wurde? Sie klappte den Deckel auf und versuchte, den darin liegenden Plastikbeutel zu öffnen, doch der Knoten war zu fest. Sie riss den Beutel mit den Fingernägeln auf und nahm eine Handvoll Asche heraus. Der Staub klebte an ihren nassen Fingern, und sie warf die erste Handvoll aus Versehen in den Wind. Also watete sie ins tiefere Wasser, bis es ihr an die Brust reichte, und schüttete den ganzen Beutel aus, einschließlich mindestens einer Zigarettenkippe, die offenbar vom Boden des Bahnhofs in Paris mit aufgesammelt worden war. Die Asche dümpelte um sie herum, die schwereren Brocken gingen unter, während der Rest auf der Wasseroberfläche trieb und an ihren Armen klebte.

Eine Welle kam und nahm die Asche mit sich. Magdalena hielt ihre Brille fest, als das Wasser sie anhob, wobei ihre Haare nass wurden. Plötzlich musste sie an Lina im Regen denken, wie sie sich mitten auf einer leeren Straße mit ausgebreiteten Armen um sich selbst gedreht hatte. Wie die Schminke von Magdalenas Mutter über Linas Gesicht lief, wie sie Magdalena rief, sie solle mitmachen, nur um dann die Augen zu schließen, sich weiter zu drehen und dem Regen hinzugeben. Der leere Schuhkarton war aufgeweicht. Magdalena drückte ihn platt und watete zurück ans Ufer. Sie wrang das Wasser aus ihrem Hemd und trug ihre Sachen etwas weiter den Strand hinauf, weil die Flut kam.

Sie stand auf einem Stück Sandstrand, doch weiter hinten ragten Felsen auf. Das Meer schlug dagegen, spritzte auf, dann spülte es darüber hinweg – dehnte sich aus und zog sich wieder zusammen. Als würde es atmen, dachte Magdalena. Sie sah nach, ob die Asche wieder angespült worden war, doch das schien nicht der Fall zu sein. Als heller Streifen zog sich der Strand am Ufer entlang, das sich im Bogen gen Osten erstreckte. Mit jeder Welle sammelten sich Steinchen um Magdalenas Füße. Dazwischen lag auch eine Muschel, keine Jakobsmuschel, sondern eine ganz normale mit abgewetztem Rand. Magdalena warf die Muschel ins Wasser, doch wurde sie wieder angespült und ließ sich wie ein heller Zehennagel auf ihrem Fuß nieder.

Als die nächste Welle hereinrollte, sah Magdalena den leblosen Körper. Doch schon zog sich die Welle zurück, und er war wieder weg. Magdalena konnte nicht mal sicher sein, ob sie ihn tatsächlich gesehen hatte. Mit der nächsten Welle tauchte er wieder auf. Ein Kaninchen, vom Meer durchgeprügelt wie ein Sack.

Mit der nächsten Welle verschwand das tote Tier, mit der übernächsten wurde es wieder angespült, weiter unten am Strand. Ein stetes Kommen und Gehen. Magdalena folgte ihm. Die nächste Welle hob den kleinen Leichnam an, strich durch sein Fell. Er war so sehr Teil der Bewegung des Wassers, dass er gar nicht tot wirkte. Er war nur ein Lebewesen nach dem Leben.

Einen Moment lang blieb das Kaninchen auf dem Sand liegen, doch bis Magdalena die Stelle erreichte, hatte eine andere Welle es schon wieder mitgenommen. Es kam und ging, kam und ging, jedes Mal ein Stück weiter weg. Die Strandbar war mittlerweile nur noch ein winziger Punkt. Der kleine Leichnam ließ sich für einen Augenblick auf den Felsen nieder, doch bevor Magdalena dort ankam, hatten die Wellen ihn wieder unter Wasser gezogen.

Im nächsten Moment tauchte er dort wieder auf, wo der Strand schmaler wurde. Da hörte sie, wie drüben an der Bar jemand ihren Namen rief. Vermutlich Brit, die sie darauf aufmerksam machte, dass sie ihre Sachen nicht einfach so am Strand liegen lassen sollte. Magdalena tat, als könnte sie sie nicht hören, und beobachtete, wie die Fluten den toten Leib falteten und entfalteten, bis er wie wirbellos wirkte, das Fell wogend im Meer.

»Magdute!«, hatte ihre Mutter aus der Küche gerufen, als sie in die neue Wohnung zogen, nachdem Magdalenas Vater gestorben war. »Magdute, guck mal!«, hatte ihre Mutter gesagt und Magdalena mit einem »Uff!« hochgehoben, damit sie den kaninchenförmigen Fleck an der Decke erkennen konnte: ein Zeichen für den Frühling, ein neues Leben und Normalität.

»Magdalena!«, rief dieser Jemand am Strand – das war nicht Brit. Die Stimme war männlich, doch gegen die Sonne konnte sie nichts erkennen. Er war nicht groß genug, um Olaf sein zu können und nicht rund genug für Pater Malloy. Eine Welle brach, und schon ging das Kaninchen wieder unter. »Magdalena!« Dieser Jemand kam auf sie zu.

Die nächste Welle, und dann noch eine, doch das Kaninchen blieb verschwunden. Ein Stück weiter wurde etwas Braunes, Unförmiges angespült, doch war es zu weit weg, als dass Magdalena hätte erkennen können, ob es wieder das Kaninchen war oder nur eine alte Papiertüte. Inzwischen gingen die Wellen höher, und Schaum und dunkle Steinchen glitten ins Meer zurück, verwischten ihre Fußabdrücke und ließen den Sand leer und glatt zurück.

Magdalenas Mutter erzählte ihr an jedem Geburtstag die Geschichte jener Nacht, in der sie geboren wurde, wie ihr Vater mit einer Flasche Cognac und einer Schachtel Streichhölzer in die alte Kirche an der Sankt Mikalojaus Straße getaumelt war, wo er die ganze Nacht damit verbrachte, Hunderte von Kerzen anzuzünden, bis jemand die Feuerwehr rief, weil er glaubte, die Kirche stünde in Flammen. Am Morgen kam er zurück ins Krankenhaus und sah aus, als hätte er eine noch schlimmere Nacht gehabt als sie. Die Krankenschwestern legten ihm die kleine Magdalena nur widerwillig in die Arme, weil er so stank. Dann wollten sie ihm die Kleine wieder abnehmen, als er sie ungeschickt aus ihren Decken wickelte und die Windel entfernte, wobei er den Schwestern auf die Finger klopfte, als sie ihn daran hindern wollten, weil er so sehr nach Alkohol und Weihrauch stank. Seine Hände hatten gezittert, die Finger waren verbrannt vom heißen Wachs, und als er die neugeborene Magdalena nackt ausgezogen und sie von oben bis unten begutachtet hatte, schrie sie, und der eine Arzt, der für ein ganzes Stockwerk voller Mütter zur Verfügung stand, war angelaufen gekommen. Die Schwestern schimpften ihren Vater einen Trunkenbold und sagten, es würde ihm noch leidtun, wenn seine Tochter sich den Tod holte, doch er hatte die kleine Magdalena, nur Stunden alt, rot und heulend, an sich gedrückt und lachte und lachte – so glücklich, alle ihre Finger und Zehen zu sehen, ihr rundes Bäuchlein, die dürren Beinchen und die Falten an ihren kleinen Füßen.

Sie dachte an den Mann in Paris, auf dessen Haut die Worte ihrer Mutter gestanden hatten. *Was die Augen nicht sehen, tut dem Herzen nicht weh.* Das sagte ihre Mutter immer, wenn Magdalena sich das Bild ansehen wollte, das man an diesem Tag im Krankenhaus von den dreien gemacht hatte, die kleine Magdalena in den Armen ihrer Mutter, ihr Vater mit hochrotem Kopf, aber lächelnd. *»Akys nemato …«*, sagte ihre Mutter dann, weil das Foto sie traurig stimmte. Doch jetzt dachte Magdalena über diese alte Redensart und ihre eigene, unbeschriebene Haut nach, und eine Ahnung schien in ihr heranzuwachsen.

Offenbar hatte ihr Vater all seinen Mut zusammennehmen müssen, um sich die Worte ansehen zu können, die auf ihrem kleinen Körper geschrieben standen, und dann hatte er vor Erleichterung gelacht, als er sah, dass auf seinem Baby nichts zu sehen war, nur etwas Hautausschlag und ein leichter Flaum. Wenn er mit ihr im Arm die Schwestern umtanzte und ein albernes Lied sang, bis selbst die älteste und ärgerlichste von ihnen lächeln musste, dann nur aus Freude darüber, dass die Haut seiner Tochter gänzlich unbeschriftet war. Denn für sie zumindest war noch nichts geplant.

Die nächste Welle kam, umspülte Magdalenas Füße. Sie wandte sich der kleinen Bar zu, blinzelte in die Sonne. Dieser Jemand rannte inzwischen über den Strand, rief ihren Namen und ruderte mit den Armen. Mittlerweile war er ihr nah genug, um zu erkennen, dass er blonde Haare hatte und ein Sweatshirt trug, das sie vom Bahnhof in Paris kannte. Aus reiner Gewohnheit griff sie nach ihrer Brille, um sie abzunehmen. Dann änderte Magdalena ihre Meinung und ließ sie, wo sie war.

Interview mit Adelia Saunders

Das Hauptmotiv in Ihrem Roman sind auf die Haut geschriebene Worte. Wie sind Sie darauf gekommen?
Zusammen mit meinem Mann bin ich bei Recherchearbeiten im Litauischen Zentralarchiv auf die unterschiedlichsten Dokumente gestoßen, die Auskunft über das Leben eines Menschen geben: Geburtsurkunden, Pässe, Schulzeugnisse, statistische Daten. Wie wenig doch übrigbleibt, um die Geschichte eines Menschen nach seinem Tod zu erzählen. Manchmal deuteten die Dokumente auf einen besonders komplizierten Lebensweg hin. Ich fragte mich, wie es wohl wäre, bei jeder Begegnung mit all diesen Angaben konfrontiert zu sein. Daraus entwickelte sich die Idee, dass Magdalena die Lebensdaten von Menschen auf deren Haut lesen kann. Vieles von dem, was Magdalena sieht, ist banal. Doch dann schiebt jemand seinen Ärmel hoch oder streicht sich das Haar aus dem Gesicht, und sie erkennt einen Haftbefehl, einen Liebesbrief oder ein Obduktionsdatum.

In einem Roman sind Zufälle und Hinweise, die nicht zu viel von der weiteren Handlung verraten, nicht unproblematisch. Wie kommt es, dass sich in Ihrem Buch alles so wunderbar zusammenfügt?
Nun, das hoffe ich zumindest. Ich wollte einen im Archiv spielenden Abenteuerroman schreiben. Alte Dokumente bergen

eine große Faszination, jede Erkenntnis ist das Ergebnis kleiner Hinweise. Jede der drei Hauptfiguren versucht ein Rätsel zu lösen, das eine zentrale Bedeutung in ihrem Leben einnimmt. Die Hinweise zur Lösung verbergen sich in verstaubten Dokumenten und in der eigenen Erinnerung.

Die Handlung Ihres Romans ist unglaublich komplex und detailreich. Welche Überraschungen gab es beim Schreiben?
Während der Arbeit an meinem Roman passierte in meinem Leben unglaublich viel. Ich fing mit einer vagen Idee an, es war noch kein Roman und nur schwer in den Griff zu kriegen. Also fing ich nochmal von vorn an. Ich wusste nicht, worauf es hinauslaufen würde, aber es war unglaublich aufregend, dies beim Schreiben herauszufinden. Am Ende dieses Romanprojekts war ich als Schriftstellerin gereift.

Sie haben einen Master in Internationale Beziehungen. Hat sich das auf den Roman ausgewirkt?
Ja, die Fertigstellung des Romans verzögerte sich. Als ich mit dem Schreiben begann, lebten mein Mann und ich in Paris, und ich war kurz davor, ein Masterstudium zu beginnen. Dann konzentrierte ich mich zwei Jahre lang auf meinen Abschluss, der fast gar nichts mit dem Schreiben von Romanen zu tun hat. Schließlich bekam ich meine zwei Kinder, und erst danach konnte ich das Schreibprojekt zu Ende bringen. In meinem Studium habe ich gelernt, wie wichtig annahmenfreie Fakten sind (darum geht es unter anderem in meinem Buch). Dadurch bin ich immer in der sehr realen Welt von Krieg und Frieden und Wirtschaft verankert gewesen. Ich hoffe, dass ich auch als

Romanautorin mit beiden Beinen auf dem Boden der Tatsachen stehe.

Wie hat Sie Ihr beruflicher Werdegang, angefangen bei einem Nachrichtendienst der* UNO *über Ihre Arbeit als Englischlehrerin in Paris, zum Romanschreiben gebracht?
Ich habe sehr gern für die UNO gearbeitet. Ich habe für einen kleinen Nachrichtenkanal geschrieben, der sich mit der Entwicklung unterentwickelter Staaten befasste. Ich stand immer bei jener Meute von Journalisten unter dem Guernica-Gemälde, die den Diplomaten Fragen zubrüllte, wenn sie am Ende von Sitzungen des Sicherheitsrates den Saal verließen. Ein Teil meiner Arbeit für die UNO fand auch Eingang in meinen Roman. Nach meiner Zeit bei der UNO fing ich mit der Arbeit an meinem Buch an. Mein Mann und ich lebten damals in Paris, und ich gab jungen Mädchen Englischunterricht. Das ist der Grund, warum der Roman zum Teil in Magdalenas Kindheit spielt. Meine französischen Schülerinnen halfen mir, die Unbeschwertheit und zugleich völlige Ernsthaftigkeit von Achtjährigen zu verstehen.

Und woran arbeiten Sie zur Zeit?
An einem Geheimprojekt. Es hat mit Wasser zu tun.

Adelia Saunders ist in Durango, Colorado, aufgewachsen. Sie hat einen Master Internationale Beziehungen der Georgetown University und einen Bachelor der NYU Tisch School of the Arts. Sie hat Englisch in Paris unterrichtet, für eine unabhängige Nachrichtenagentur bei den Vereinten Nationen geschrieben und als Assistentin eines Agrarökonomen in Uganda gearbeitet. Adelia Saunders lebt mit ihrem Mann und ihren beiden Kindern in New York. »Die Worte, die das Leben schreibt« ist ihr erster Roman.

Die Originalausgabe erschien 2017 unter dem Titel
»Indelible« bei Bloomsbury USA,
an imprint of Bloomsbury Publishing Plc

Dieses Buch ist auch als E-Book erhältlich.

Verlagsgruppe Random House FSC® N001967
Das verwendete Papier für dieses Buch
ist FSC®-zertifiziert

Wunderraum-Bücher erscheinen im
Wilhelm Goldmann Verlag, München,
einem Unternehmen der Random House GmbH.

1. Auflage

Umschlaggestaltung und Konzeption: buxdesign | München
Umschlagillustration: © Ruth Botzenhardt
Redaktion: Alexander Behrmann
Satz: Buch-Werkstatt GmbH, Bad Aibling
Druck und Bindung: GGP Media GmbH, Pößneck
Printed in Germany
ISBN 978-3-336-54793-7

www.wunderraum-verlag.de

Auf Wiedersehen im

WUNDERRAUM

www.wunderraum-verlag.de